侯宇燕——著

未必圆时即有情

新世界出版社
NEW WORLD PRESS

图书在版编目（CIP）数据

未必圆时即有情 / 侯宇燕著. -- 北京 : 新世界出版社，2016.11

ISBN 978-7-5104-6011-1

Ⅰ.①未…　Ⅱ.①侯…　Ⅲ.①长篇小说－中国－当代　Ⅳ. ①I247.5

中国版本图书馆CIP数据核字(2016)第250142号

未必圆时即有情

作　　者：侯宇燕
责任编辑：黄　倩
责任印制：李一鸣　黄厚清
出版发行：新世界出版社
社　　址：北京西城区百万庄大街24号(100037)
发 行 部：(010)6899 5968　(010)6899 8705（传真）
总 编 室：(010)6899 5424　(010)6832 6679（传真）
http://www.nwp.cn
http://www.nwp.com.cn
版 权 部：+8610 6899 6306
版权部电子信箱：nwpcd@sina.com
印　　刷：北京天宇万达印刷有限公司
经　　销：新华书店
开　　本：880mm*1230mm　1/32
字　　数：350千字　印张：10.5
版　　次：2016年11月第1版　2016年11月第1次印刷
书　　号：ISBN 978-7-5104-6011-1
定　　价：38.50元

初生欲缺须惆怅，
未必圆时即有情。

目录

楔　子

一场暴风雨刚刚止歇，沙砾在结满霜雪的地面上呼啸得肆无忌惮。沙漠与群山分界带上生长着枯黄的柽柳与灌木，掩映着一条暴涨的小河。月亮高挂于天际，远处神圣的鄂博清晰可见。

即使在阳光下也笼罩着迷雾的群山，从不同角度看过去，山峦顶端变换着淡蓝、绛紫、暗绿等神秘莫名的色彩。它们忽而似在咆哮、狞笑，忽而又陷入无垠的死寂，显出异常冷峻的神态。

沙丘边立着一座孤坟，木碑上的字早已剥落褪色，写着："这里埋葬着的人，有一种绝对的意志，永远在他的内心雄雄燃烧。"

第一章／金瓯已缺总须补

一

1935年冬，距东三省沦亡于日寇铁蹄下已过去了整整四个年头。这些日子以来，华北一带的局势也是一发千钧，而且传闻迭起，不容须臾乐观。僻处江南一隅的春江市，虽只是一座富庶宁静的小城，但它漕运发达，市肆通衢，人文灵秀。是以各界有识之士中，关心国家前途命运的特别多。喝早茶时，拍曲时，古琴会时，听评弹时……凡有雅集之所，只要先生们一提起国家前途民族命运来，都是忧心忡忡的。就连菜佣酒保，也有六朝烟水气，在端茶递水之余从旁听着听着，也会拍腿叹气，甚至时发激昂之语。

但是，离开战争的阴云，回到江南人家的日常生活里，游湖、品茗、赏花、玩月，就又是中上等人家不可或缺的雅兴了。战争，战争……北方的胡尘，怎抵得过江南的青瓦白墙、丝竹切切，还有烫干丝和蟹黄汤包来得真切呢！文章事业，前途于迈，总以为前面必还留有大把时间，且文化人的境遇终不会太糟，可直觉已令这种欢喜热闹带上了宿命的悲凉。虽知国家临危，但天崩地坼真会在自己这一代临头吗？

管他！且游湖要紧。

春江以一湾烟波浩淼的深潭而得名。城区很小，由几条青麻石长街贯穿其间，街道两旁是鳞次栉比的茶食馆、鞋帽铺、杂货庄、点心店，只市中心有几排紫铜圆顶的洋房很气派，傍水依山，却已是二十年前修建的。乌漆大门上挂着一幅黑底金字巨牌：春江大学。这就是这座城市唯一的高等学府了。

城不大，学校布局也小巧玲珑。据说大学刚开办时规模小得很，仅有的几门课程都由漂洋过海来的洋修道亲授的。北伐战争后，洋修道陆续都回到自己国家去了，学校大权落到中国人手里，才慢慢发展出了文学院和理学院、医学院。

因环潭诸山各具秀色，教授们多住于山腰间的两层小楼，诗意些的索性就把家安在梅林边了。这座城市的历史，向来是与梅联着的。宋朝年间的县志已记载，此地种梅凡百余本，不乏朱砂红、绿萼梅等珍品，花既可观，实亦可售。至民国年间，古梅以北山之阴北溪一地开得最盛。这个地方的住宅也因此得了一个雅致的名字：梅花墅。

这日正是周末。清晓，潭面上迷离的雾气漾出透骨的阴冷来。北溪边，梅林深处一带层层叠叠全是白墙青瓦、乌漆大门。其中一扇雕花铸铁门吱扭一响，依次转出三个人影。走在中间的是一位娉婷少女，梳两股油光水滑的长辫，辫梢处戴着用极细的银丝编成的两只飞蝴蝶，额前的刘海用火剪微微烫过，弯弯曲曲的。内着一袭月白色旗袍，外罩银灰狐皮大衣，下面依稀露出套着白色长袜的小腿。姑娘左边是个老年男子，一身短打扮，袖口微微挽起；右边挽着艾司髻的中年女人，一身藏青袄干净爽利，头发用刨花水洗得溜滑发亮。

三人走着，不作声地穿越一片片梅林，沿着青石台阶盘旋下到山脚。男子叫了辆人力车。

少女抱着书包坐定，道："奶妈、老董，请回吧。"

"小姐，你要当心好自己哦。"奶妈赶快说，"等老爷从南京回来，我就给你宿舍去电话，告诉你。"

少女面无表情地点点头，示意车夫起程。那两人却还站在当地，眼看着黄包车远远地去了。

"这就要怪着老爷了。去南京开参事会，哪里好不提前告诉小姐一声哩？"

"恐怕不是老爷，而是……"奶妈努努嘴，指指山上，拍拍身上不存在的灰尘，"小姐一早回家，却发现门户空空，原来全家都游秦淮河去啦，你说她能不气吗？"

"虽说是我奶大的孩子，这里到底要讲两句公道话的。那戏词上怎么说的，哦，小姐真真是'富贵娇儿'啊。老爷太太是做得不对，可小姐这样子使性弄气的，今后万一遇到了坏世道，不笃笃实实吃上几场亏，就怪了！"回路上，奶妈一阵慨叹，拍腿摇首。

“怕是——前面太太的阴魂还在捣鬼作祟吧！”

“可不是……太太死掉都整十个年头啦——呸呸！我是说前面太太。一晃小姐长成了大姑娘，难道要替死鬼娘向老爷来讨孽债啦？”

“债，债，一笔糊涂账！”

黄包车绕着深潭转了一圈，遂于市中心山脚下停住。宋灵漪付清车费，沿山势缓缓攀去。人说此地游湖多在春夏，游山多选秋冬。此言不差。她一路得赏清幽山光，心中的闷气渐渐消了一半。

有夹着书的男学生路过，看见她，都远远指点着交头接耳道：“看哪，瞧见了吗？这就是新闻系的‘铁骨红梅’。”“洒然而有清致，是够傲的！”冷风把话音吹到宋灵漪耳里，但她似乎把这些话都当做空气，作不予理睬状。

原来，此地有个道观，系明代时修建的故园，后渐颓圮了，名唤梅花观。观内栽有一本铁骨古梅，折枝处内外皆赤，士绅皆称罕物。故有一中文系高年级男生引清代吕留良《宋诗钞》诗句形容他一见惊艳的新生宋灵漪：“艳出于冷，故不腻；淡生于炼，故不枯。”送她这十四字评语后，意犹未尽，又云，“宋女秀致天生，傲气凛然，诚堪比铁骨红梅哉。”这个外号就不胫而走了。

可新生中的男孩子，都不觉得伤心，反个个额手相庆。因高年级男生的注意力几乎全集中在这个秋波流转的少女身上了，他们就集体逃掉了教会大学盛行的“拖尸”（TOSS）之厄。所谓拖尸，是当时从美国教会大学传来的一种坏风气，新入学的男生，必须集体接受高年级男生的一番折辱，有被抓住四肢扔进游泳池的，有被逼匍匐在地爬行的。其用意，就是要杀杀新生的威风，使其“为我所用”，也以此警告新生：不要冒冒失失地去追我看中的“甜心”！

女生宿舍是不许男生进入的，但可以经由女工传呼，在摆着钢琴的漂亮会客厅里见面。不过负责传呼的女工，很快就要求涨薪水。原来各系所的各色人物，如戏剧协会、诗社、网球俱乐部的少爷公子都先后以招徕会员为名，到精美的会客室翘首以待宋小姐一晒来了——结果，都是很没面子。据说，这宋小姐全不以常理待人，就是不给人面子。

几天后，女生楼锦上添花，又传出消息：宋小姐发议论说，她恼恨普天下一切以貌取人的男子和靠男人为生的女人！这不是得罪了当时几乎所有的人吗？渐渐地，大家也就把这个宋小姐当成了怪人。若非她实在美丽，是男人的梦中爱宠，反倒令女人在嫉妒之余不敢轻看，恐怕就会如她唯一的同学好友，丑女赵余心般，在残酷的时评讥嘲下，沦为茶余饭后的笑料了。

宋灵漪走得有些累了，就在半山腰一座俊俏玲珑的松亭静坐当风，举目凝望阴云欲雪的天空。怎么，又要落雪了？她很不喜此种天色。每逢这种天，她内心就隐隐作痛。

老家故宅大屋，七八年都没回去过了……园圃定是荒了，这时代废了多少旧物。她并不心疼，反有走出象牙塔的豪情。

那是一个古旧的老屋。两株百年老榆树矗立在院子中间。书斋、轩厅，幽静的庭院，门前有竹枝搭起的篱落。冬来炉火雄燃，门扉紧掩，垂着深灰色软缎厚帘。早早点起了鸡舌香，八岁的她静坐窗下，默读父亲回京前指定她背诵的古文。她放下《左传》，透过微微翘起的窗帘边角，向外默望。

院里静悄悄的，人迹罕至，鸟雀不留。地上积着层雪。是晚明遗老笔下的隐士画，绝望、无尘，偌大的荒郊野屋，只余她和一个病弱女人……

宋灵漪的同学赵余心说过：若有来世，自己定要好好地活一回——好像她的今世已经终了。赵余心真像宋灵漪的母亲，总是把话题扯到来世。是以灵漪一见余心就产生了亲切感，总想保护她不受风言风语的欺凌，抚慰她千疮百孔的心灵。

丑女的悲哀啊。可谁也等不到来世。

二

宋灵漪在亭子里闷坐了会儿，身上越发冷了，遂起身而行。

春江大学女生楼依山就岩，装饰得富丽豪奢。外墙彩画精美，镶嵌五色文窗，很像教堂。旁设小园深轩，洲屿曲栏，却是古色古香的中国风。楼道宽阔得很，地板都是软木铺就的。宿舍皆朝阳，三人一间。她从门口看了一眼，赵余心并不在，只另一个室友，教名为“琼”的，正坐在窗边沙发上对着小镜描画眉眼。几位来串门的小姐坐在桌边边谈笑，边吃些水果点心。

灵漪先向她们打个招呼，遂把自家床头一副水墨画两侧的烟色绦带——雅称

"惊燕"的——拂了拂，像在询问它们是不是也感到憋屈。画上一美人淡妆素服依栏而立。背景为茅舍疏篱。空白处题诗："自锄明月种梅花。"这种画境本无太大意思，在她这年纪却很沉迷，看着那画，飘飘然似乎就生了出尘之意。

琼修着指甲搭讪道："阿尔米达，你为啥这么早就回来啦？"

这洋名字听着挺奇特，是教会女中的意大利嬷嬷为她起的，她一直懒得换一个，就这么用着吧。像当时多数的教会生，她虽熟读圣经，也常去做礼拜，却未受洗礼。信奉儒家思想的父亲送她进基督学校学洋文钢琴，是为了赶大流随大势，却严禁她入教。她也觉得这信仰到底是属于外国人的。谁知道呢。

不过在这里，洋派头是正餐，精通英文比搞好专业来得更重要。拜家世所赐，学成之际，肥缺自会从天而降。当然也大可于毕业后继续游手好闲、走马征歌，最终修成位风流名士，或很懂"穿衣吃饭"的高级花花公子。——这尚指男生而言。至于寥寥女生呢，在当时，读大学几乎和添一份高级嫁妆是划等号的。

灵漪不答，却反问："雷娅呢？"雷娅是赵余心的洋名。

"有谁注意了吗？"琼以刚涂上蔻丹的纤手剥着新橙，懒懒发问。在清芬中众人皆懒懒摇头。灵漪暗想：要能和隐形人似的雷娅换换位置，该有多舒服。

"去图书馆了吧。"终有人懒洋洋道，"想想看，像她这样貌的女孩可有别的去处？"

灵漪转向那幅画，长久望着，似要走进那桃源，就再不出来。

于是小姐们又聊了会儿，陆续告辞了。琼拖着长睡衣，也跟着走了。门被不轻不重地关上。灵漪靠着沙发，望着那幅画，默想心事。女工突然敲门而进，汇报上午共有哪几位绅士慕名造访却扑了个空，见灵漪似听非听的样子，遂调转话题道："等下就该开饭了，要不要把饭菜送上楼来？西点厨子是外头新聘的。不尝尝多可惜。"——反正这些都含在昂贵的膳宿费里了。灵漪沉吟片刻道："给我和赵小姐各留一份吧，这会子我先去图书馆。"女工应着去了，一会儿却又转回，气喘吁吁道："宋小姐，许教务长就在楼下会客室，正等着见你呢。"

许教务长——除了工人，这里都叫他Dean Xu。此公中文名字叫许眉庭，英文名字叫Meiting Xu，年近四十，听说早年间曾留学法国，得了个博士学位。几个月前，灵漪这一级新生刚入学时，校方召开了一个迎新恳谈会，Dean Xu就出席了。可那一日，灵漪却故意迟到了，她避开四面八方投来的各色目光，只远远坐在角落里，拿了本《红楼梦》打发时光，却发现离自己不远处孤零零地坐着个满脸麻子、一只眼睛还半闭着的女生。看样子，她也没有听进去许教务长的高论，竟在津津有味地啃着厚厚一本《资治通鉴》！

这样的女孩子，在一群莺莺燕燕里也真算是异数了。宋灵漪主动上前搭话，方知那女孩子叫赵余心，与自己竟是同班同学。自此，虽性气不同，在外貌上更是天差地别，这两个处于人生两端的女孩子却在生活的道路上相与雁行了。

当时，在那个迎新会上，许教务长究竟说了些什么呢？宋灵漪却再想不起来了。她只记着自己翻着《红楼梦》，边听边漫不经心地想，此公既能做官，精力充沛自是不必说了，且看上去西服革履满面红光，在社会上混得有出息。对这样的人，她虽不至于反感，好评却也无从谈起。——现在竟连堂堂教务长都屈尊而至来请她一晤了！她不由得对着镜子凝睇片刻，低声自问：我宋灵漪不过一介普普通通的新生，何德何能？他又是出于何种目的来见自己呢？

从镜子里，宋灵漪忽然瞥见那女工望着自己的眼光也很怪。她下意识地一回头，女工忙垂首不语。宋灵漪一字一顿道："应、允。"

女工走了，灵漪对着镜子把刘海一根根精心地理顺，拂拂月白旗袍，再披上那银狐大衣，按照绅士应等候女士十五分钟的西方社交规则，掐准了时间，方徐徐下楼。

女生宿舍楼底被布置成典雅的会客厅，正中几排美国进口的长沙发雄赳赳的交相对峙。此时正有几对情侣利用开饭前的甜蜜时光陷在各张沙发里唧唧细语，各不干扰。灵漪站在楼梯上用眼一扫，站在门口的一位身材魁梧、西装革履的中年男子迅即把烟掐灭，快步迎上阶笑道："MISS宋，你好。鄙人——本校教务长，中文名字是许眉庭，英文名字是Meiting Xu。"声音不高，透着一股阴柔。一霎时，各只沙发里深陷的头都红杏出墙了。

灵漪点头致意，彬彬有礼："您好，Dean Xu."

许眉庭满面都是红光，搭着她的手，引她款款下了楼梯，请她在门口沙发落坐。自己也随之坐了，侧过身，手臂很自然地搭在她头顶的沙发背上，开朗又亲切地笑道："Miss宋，您真，真不愧为名门之后，果然风雅超群。"

"不知教务长大驾光临，有何贵干？"

"呃……"许眉庭扶扶金丝镜，一声咳嗽，始露正色，"Miss宋还有所不知罢……去年，呃，就是岁末耶诞，我曾专程去文山教会女中赏鉴了阁下主演的英文剧《青鸟》哩——Oh，My God，stunning! stunning! ”

有人这样默默地关注、欣赏自己，任十八岁的灵漪有多么清高，也不免得意暗生。虽说他把stunning念成了stanning，让她突然有点质疑他留学生的身份不纯……

灵漪故意绷住脸，说：“那，是为给黄泛区灾民募捐组织的义演，纯属玩戏么，Dean不必当真。”

“No，那才是Pure art。”这次他又把Pure读为Paul，好像嘟噜着嘴皮在唤“亲爱的保罗”，灵漪进一步怀疑起其学士资历来，虽然——据说此公还毕业于某名校——但见他毫不脸红头头是道，又转圜一想：当官的，本就是这么个样子吧?

见这女学生一时间略显沉肃，许眉庭立刻乘胜追击，昂然道：“为灾民出力，怎可以玩戏目之? ”

灵漪暗自羞愧。论本心，她并不想这样说的。“可和学业相较，就是娱乐嘛。”她低声辩解。

“不，不——”许眉庭摇摇手，胜利地笑了，露出小半个酒窝，随即重重一叹：“是的，我们幅员辽阔的中国，历史悠久的农业社会，永难断绝天灾和人祸的侵袭。你看，黄河年年都泛滥，其间到底死了多少人，谁能数得清! 可方今强敌在那边磨刀霍霍，这里兄弟却仍阋于墙……”

“要是众人团结一心，对抗外侮，内治国家，该多理想啊! ”灵漪亦感慨系之。

“宋小姐关心国是，令人钦敬。”许眉庭轻轻拍手，频频点头。

“不，我只是觉得，自古以来，农民永远都没有出路。”灵漪神色迷茫，“现今连国家也要找不着出路了。”

“此言差矣。令尊贵为学界泰斗，宋小姐岂不了解，这几年来，经济界、知识界的面貌均大有起色? 连自清朝起欠下的外债也基本还清了? ”

灵漪专注地看着教务长一言不发。

“如今——但愿日本人能多给我们留点时间。”许眉庭感慨。

“怎么! 倒要求日本人来赏我们时间? ”

“权宜之计啊! 我想这也是委员长的深谋远虑。”

“是这样？——”

不知不觉，谈得渐渐有味了。灵漪突然放缓语气，不解地问道：“教务长，您找我，究竟有何贵干呢？”

许眉庭先乱眨了一通眼睛，方笑道：“外面传言赫赫，说宋小姐特傲，不给人面子。我现在可真不觉得。”

“可笑。”

“也不奇怪，有这样的才貌，出身又好，不傲才怪哩。宋小姐，你说是不是？”

见他笑得亲切，灵漪微嘲道：“我怎比得了您？——教务长，留法硕士。”

“嘿，你可知我这留法硕士是怎样来的？有一句戏词你听说过没：‘听人齐唱落离莲’——说的就是我的祖父。”

“怎么？”

“所谓一朝势落如春梦，真是血淋淋万世不变的真理。敝七世祖，扬州大盐商，造了不知多少园子，养了不知多少戏子。老祖宗自认天恩厚重，皇上不会拿老老实实交税的商人怎么样的，不想富贵遭嫉，一纸参状递上去，他就被杀鸡儆猴的皇上抄了家。曹雪芹笔下的贾家有多惨，我许家就有多惨。可风水轮流转，衰落的家族在茅椽蓬牖，绳床瓦灶的惨淡经营中捱到了四世祖，凭着聪明才智，当然也要有点手腕，他又于清末中举，进了官。然子孙还是渐不成器。

“至民国初年，我那标准的公子哥儿祖父已沦为豪赌之徒了。为还债，他贱卖大片祖产，仍不能支，为谋生，竟混迹于乞丐之伍，千门打鼓沿街市，唱起了莲花落和竹枝词！

“一日，某大户人家办喜事，乞儿们在门前啸聚歌唱，门人照例抛掷铜钱，众人蜂拥争抢。门里忽走出一老者，端详蹲在地上乱抢的祖父片刻，惊道：‘汝莫非即当年立于高台，漫撒金粉笑引乞儿争抢的那位许家大少爷吗？’祖父突闻惊雷，历历往事涌上心底，顿时栽倒在地，断了气。

“幸而，家父传继了老祖宗那一脉见机行事、审时度势的血分。那时节国门已大开，德国人到上海经营颜料生意，家父牵线搭桥，从中赚了不少钱。我这才有了去法国镀银的资本。说到底，若无这身银皮，许某还断无今日之地位哩。只可惜这个学校还不是国立大学。”

灵漪听得惊心动魄，暗想此人对自家身世背景是何等稔熟，简直铭心刻骨，不但时时向人念叨，自己心底更肯定百转千回，以致说得如此流畅，连轻微的结巴都没了。一时间她忽然心生凉意，喃喃道："难道千百年来，中国人要想出头，就这么艰难？"

"哼哼，'何不策高足，先据……'"

"要路津。"

"对对，就是这么回事。许某留学两载，旅欧中国学子之众生相，足够结撰一部新讽刺小说啦。到底有多少人，心里真正揣着国家民族的发展壮大？也许真有那种人，但那种人都是天上的星星，照出我们的小和丑，可也照不了多长时光，他们就要回去啦。许某接触的大多数人，坦率说，包括许某自己，孜孜以求的依然只是功成名就，是回国当官发财，往上爬！"他义愤填膺地一捶沙发背，"共党元老陈独秀有篇好文章《中国的一日》，述其少时随兄长赴试金陵，一路看到读书人种种劣迹恶习，自此参透这社会若不来上场天翻地覆的变革，必入死径。可许某还另有一层见识。"

"愿闻其详。"灵漪看出这是个平日寂寞的，今天总算找到了倾吐块垒的机会。而她呢，出于礼数，更由于听得有趣，也希望他说下去。

"生生不息、否极泰来，这是中华文化传统之要义。根子即是一个字——'忍'。换做是外国人，怕早就坚持不下去，早亡国灭种了。为什么？就因为我们是历史悠久的农业大国，春耕秋收的经验告诉我们，只要忍过了冬，春天总会来的。可这种宝贵的精神普遍是抱团向内为己为家族而非对外惠人惠大众的。'人不独亲其亲，不独子其子'的天下大同，永远只是孔子美好的梦！你说我参得透不透？"

灵漪听得全入了神，心下却不甘示弱，忙道："可不是。人间万事，最怕'换汤不换药'五个字。我有个同学叫作赵余心，酷嗜文史。她说，学校图书馆就藏有嘉业堂刻印的《雪桥诗话》，作者是杨钟羲。Dean Xu有无读过？"

"有印象，有印象。不过愿闻，闻其详。"许眉庭其实连听都未听说过，却仍沉着微笑，看着面前脸色绯红的少女。

"不过，我可记不清原话，只记得余心道，有一则这样说：'然至废八股、裁胥吏、破资格，而仍无救于亡，则形式虽更，积习滋甚……'岂非接着这位共党的陈先生，把民国后种种世态人心也分析了个底儿掉？”最后一句她学了北方话，说得很俏皮。

“形式虽更，积习滋甚……精彩！”许眉庭一拍沙发，突然而起，“这赵同学是男是女？”

“自然是女子！是我的室友。”

许眉庭不由吁口气：“竟是个女孩子？不俗不俗！她人在哪里？鄙人很想见见。”

“她……她很腼腆的，不大与生人交流。”

许眉庭又吁口气，轻活笑道：“那就太可惜了！不过日后若有机会，定请MISS宋为我引荐一下。”

“好吧。”

见谈论越发入港了，许胸襟大畅。他似乎随意地看看表，神情愈显和蔼亲切起来：“听君一席话，胜读十年书。请恕鄙人冒昧，Miss宋呀，今天我才知道，为什么大家都要高看你一眼了！”

“他们应该高看的，可不是我。”

“顽皮。春江剧社的社长马方平，不知请了你多少回。现在我才知道这小马，眼力真不错。可你有这等高才，怎么就是不参加剧社呀？”

灵漪心下突然一惊。许眉庭见状，老练自然地笑道：“我们大学剧社的经济实力，可是无比雄厚的，只无奈漂亮女演员是一个也找不着。他们久慕小姐芳名，只恨无缘相识。这回小姐终入了春江，焉无近水楼台之理？居然拜我做说客！都是我的好学生，怎能不帮？听说马方平多次力邀，都被你一口回绝了？Miss宋真是太年轻了，可知这小马的尊翁是何许人也？只怕——还要升呢！”

一个孔武有力的纨绔公子没头没脑的笑容在灵漪眼前闪过。其人手脚粗大，西装穿在身上颇紧俏，空起了道家名字，却没学来一丝羽化登仙的本事。他是这弹丸小地宋小姐最猛烈的追求者之一，也自觉相貌一表家世风光最有资格。可惜手段每每笨拙用力，空无机巧。但若无这番花里胡哨的点缀，那少女满载的虚荣，似乎也不免缺了一分重量。

灵漪略表轻蔑地笑道：“我，没兴趣。”

“少年心性。日后你走上社会，就知其中大好处了。”许眉庭轻叹。

“不明白，也不想明白。”

“当然喽，对Miss宋你，将来无论选择谁，还不都是殊途同归，富贵逼人。只是作为教务长，我有责任提醒一句，委员长不是提出了‘新生活运动’的主张吗？校董会也有倚重Miss宋一臂之力，促进春江爱国娱乐活动开展之意。我想，Miss宋这下总当认真考虑吧？”

难道是一种软性要挟吗？见他轻薄的嘴角不自觉地浮起一丝诡异的微笑，灵漪的心猛然向下一坠。适才他追忆家史剖析国情，谁都听得出真诚；可到头来他仍不过是这腐朽帝国行政机器之一员，只不过更辣手罢了。于是她迫使自己做出一个老练的笑容，回道：“对不起，我已说过，入大学后，只求踏踏实实地学点东西，对演戏已无兴趣。”

许眉庭笑容渐失。

“况且，家父早有严命，绝不许我再去抛头露面。他望我莫当花瓶，只把文凭当字人筹码。高等教育绝不是用来提高女性在婚姻市场价格的！”灵漪故意把话锋说得很尖锐，而且声音提得很高。会客室静悄悄的，探出的红杏早又委顿。此刻人们好像都死去了。如若灵漪具有特异功能，能窥见许教务长的内心，定会恐惧于这番解气的言论已掀起怎样可怕的黑浪。但许眉庭只是微抽眉梢，就又吃吃而笑了：“既如此，我们只好另想他法了。只望Miss宋日后能回心转意才是。”

此人虽官气十足，可到底还算个绅士哩。灵漪想。于是她站起颔首：“那么失陪。”迅即上楼，银狐大衣的衣边在许眉庭面前掀起一阵旋风。

许眉庭魁梧地站在当厅，捏紧袋中烟盒，忽见红杏们又齐刷刷转向自己，忙沉一沉，待恢复自信气度后，方缓步、翘首，昂然走出。

“且看这辣手的Dean许怎样对付那自以为是的Girl吧！”一个碰过宋灵漪钉子的男生口沫飞溅地道。“怎么他辣手？”男生身边的女友于沉思中挑眉。“自然，你以为教务长能是一般人？”女友眉目簇合，温柔地靠将过去：“他对付他的，又关你啥事体！下午到底去游湖还是看嘉宝的新片子？”

三

这个周末，直至夜幕轻垂，赵余心仍然踪迹全无——显然又泡在图书馆的书海里了。宋灵漪枯坐许久，心下到底有些不以为然：老做书呆子毕竟也没多大意思。等了半天，她只得独自来到女生餐厅，要了碗芡实银耳粥就着凉拌海蜇头、上好的红糟腐乳慢慢吃喝。忽然女工进来告诉她有电话。原来是父亲回来了，命她速回北山家宅。

这个江南小城像中国任何地域一样，拥有形形色色的名人以及名门之后。虽然十八岁的宋灵漪自己总嘲讽着说："名人是什么东西？"但这并不妨碍人们很快了解到这个漂亮高傲的姑娘，有个显赫的父亲。

宋鲁直系同盟会元老，世纪初元即负笈东渡，后参加辛亥革命，最终在民国参事部挂了个闲职。几个月前，宋鲁直受聘执掌春江大学国文系主任牛耳，正薪四百块大洋。

因天色已晚，宋鲁直派老董专程来接。等黄包车到家时，饭已开过，一问继母和三个弟弟旅途劳顿，都去睡了。只父亲一人在书房等她。

宋鲁直始终抗拒西化家庭的时髦风气，故特意在栽着栀子、枇杷树的天井中央用碎石子拼了条花径，直通后花园。园子不大但山石错垒，曲径通幽。而厅堂和书房中，则历历陈列着洒金屏风、精美瓷器。

"父亲。"宋灵漪穿廊度院，来至书房。敲门，进屋，问安，将程序一一履行完毕。

"听奶妈讲，你一早就回来过了？"身躯伟岸的宋鲁直从窗口转过身，拿下叼在嘴里的烟斗，指指窗旁的硬木流云椅。

待父亲在桌前落坐，灵漪才坐下："是，可家中无人，我就回学校了。"

"难道说这个家就如此令你不堪忍受，连多待一刻都不行吗？"宋鲁直继续发问，语气却含了悲怨。

灵漪无言。半晌，她才抬起头来："父亲，当年那个家，不是也不能多留你一刻吗？”

“放肆！”

……

——“亭亭。”床上的女人在哀声唤，声音很有点不耐烦。八岁女孩忙收回投向院中斜阳的目光，跑到屋角的檀香木大床边，轻巧地拉开金色帐钩，将土灰色珠罗纱床帘挽起。母亲瘦弱的身躯横在床上，搭着半截棉被，却只占了很少的位置，愈发显出荒凉的荒诞来。

床角深处，那本早就揉皱破碎了的《花月痕》，和这恹恹的脸同样枯干凋萎。

灵漪极熟练地取过靠垫，扶起微微呻吟着的母亲，让她靠在床头，再从床边一直燃着的“五更鸡”上端起温热的药，又从床头柜的玻璃匣子里取出几颗冰糖，带着熟极而流的哄骗语气说：“喝完药再吃糖，一点不苦。”

母亲苦着脸，一口气灌下药，灵漪忙捏住糖滑入她嘴角，又取过毛巾来揩拭泼在被头的药渍。那被头，已经黄渍重重了。灵漪皱皱眉，奶妈对母亲，也太应付了。等下要去和她说洗被头的事，不能软，也不能太硬……

“苦得来……我这死病，真是在天天扛呵……”

“大夫不是说了吗，总比旧年好些了。等到开春，若无变化，就有望痊愈了。”

“你以为姆妈是《红楼梦》里的秦可卿？说到底，这不是在咒姆妈吗？”

小灵漪低头强笑笑。

过了一会儿，母亲归于宁静，重新躺下，问：“外面可落雪了？”

“快了，姆妈。”

“八年前，也是这么个阴丝冷的落雪天……那时节，我独力抚育襁褓中的你，身边只有个奶妈……这个命啊，真应了小时候算命瞎子说的，是薄而又薄！”母亲怔怔望向灰黑的珠罗帐顶。

“那，爹爹呢？难道我刚落生，他也不在你身边？”灵漪满脸通红地发问，感到不可置信。

女儿不解的目光使做母亲的一时愣怔了：“你说，他？”

“对呀。你刚生下我，他就不来看一眼？”

“他呵……他在外地……”母亲的脸忽然红了，那是赭黄后面即将消逝的一抹惨淡的夕阳红。

“姆妈！”小灵漪抓住母亲的手，“别再难过了，再说，还有我呢！”

“啥？……”母亲呆滞的眼睛渐转向她，那离散的目光让她心痛。

“姆妈，我说，我会一辈子守在你身边的！”她大声道。

“你？……傻孩子，你个女孩儿家，能守我多久？”母亲长吁一声，又咳起来。

小灵漪急忙站起，为母亲捶背。母亲一下把她搂在怀中：“亭，姆妈只有你了。只有你了！答应我，孩子，等你长成了大姑娘，千万不要轻易信任男子们的任何誓言！答应我！”

“姆妈，随你说什么我都答应你！”

……

——“那时节我留在家乡的钱，足够你读书了。你姆妈不愿你读书，说什么女子无才便是德，是我坚持，你才读到今天。”廊上，金丝雀还不入睡，在月色里只顾宛转欢叫，这声音竟是灵漪最不愿听到的。她的确古怪。而父亲沉闷的声音又催她猛醒：“而你那时就管账目，心里很清楚的。”

“你是为我读书留下了足够的钱，可不知为啥，你就是没给姆妈留下买冰糖和花生的那几个铜钿。”灵漪一甩双辫，直视父亲，“不是这几个钱你拿不出，而是你从来就没有把她放在心上过！”

宋鲁直双臂支桌，以手捧头，对女儿的严责一声不吭。

灵漪之母周氏，尽管出身浙东书香门第，却因自小貌丑性乖，备受家人、亲朋甚至仆佣的漠视、嘲讽，很少被允许与父、母、姐妹共桌进餐，直到二十六岁上还找不到相当的婆家。最终父亲破釜沉舟，看上了邻县破落书香子弟宋鲁直，容忍了宋之亡父流传乡里的为夷人做“通事”的“恶名”，以资助宋出洋留学为交换条件，在一个如磐的深夜，用两顶素轿将女儿和女仆悄没声儿地送于宋家旧宅，又暗中雇人将宋家装修一新，便感仁至义尽，从此再不理这终于泼出去了的浑水。

成亲后的第二天，宋鲁直便撇下妻子，赴了东洋。

沧桑一瞬，民国肇造，袁氏沉浮，军阀混战……政治风云动荡诡谲，周家几个或有权势，或有令名的亲家都随倚恃势力的骤坍潦倒破败，甚至下狱、暴死、倾家荡产……反而是在日本就加入了同盟会，民国后又在参事部任职，学养深厚的宋鲁直，瞬间为岳父青眼相加。可无论人们先前的冷漠鄙视，还是后来的协肩阿谀，对这个血气方刚的年轻人而言，都不过疥癣蚊虻。他本就无法接受那时刻提醒着某种耻辱与屈服过往的丑陋女人。

他长年居住北京，往往一年才回一两次老家。北京，才是他真正的归宿。

1917年冬，女儿诞生了。可连孩子的大名也是做母亲的起的，他只送了襁褓中的婴儿一个小名：亭亭——就此停了吧。

十年后，在一生的哀怨与企盼中，始终无能解脱的周氏悄然病逝。他回老家接女儿来到北平；一年后续娶一小家碧玉为妻。年轻夫人的艳丽与伶俐，曾使心死多年的他必然地如醉如痴，但好景无长，“假继惨虐孤遗，离间骨肉”古老一幕的上演，又令其必然地伤心断肠。加之沉浮宦海多年，深晓仕途险恶，个人又无挽狂澜之力，一腔救国壮志也灭，遂携妻、子南归，挂个闲职，退守林泉，做起了养花对弈，品茗挥弦的寓公。

教他如何对光风霁月的十八岁少女诉说这一切呢？这个性气激烈的女儿最为痛恨各种形式的交易，而她自己，却恰是这桩以情爱换前途的人生交易的产儿！

确实，对那个早已完全隐没在阴影里的，无辜善良的女人，自己欠下了太多心债。他支着头，沮丧地暗想。而这内疚感，是在渐近老年，种种欲望已退，思想逐渐清明的状态下，才发生的。若有来世，怕依然会重蹈覆辙。人，天生是审美的。男人，尤其是血气方刚的青年，又怎能将感性热烈的爱喷发于一截枯木身上？然而，枯木蝼蚁却以终生完成了唯一一件撼动未来的事情：培养了一个天壤之别的女儿。

和多愁多病、优柔寡断的母亲截然两样，灵漪自幼便精干强健得很，以一少年管理众仆佣而尊卑有序、赏次分明。仆人们都不怕太太，却只怕这位八九岁起就孤标冷傲到几不近人情的精明大小姐。幼小的她，竟反过来成了母亲的保护伞。宋鲁直那时从北京回乡后，见此光景大为惊喜，每每夸奖：“你倒像我的女儿。”自此爱如掌珠。

她自幼酷爱读书，亦敬重博学多才的父亲，唯一不能原谅者，就是名士父亲对可怜丑母的冷淡。这也是她后来一看到同学赵余心就备感亲切同情，希望保护她、善待她的深层心理原因之所在。

直至已成年，她仍无法理解，难道对一个男人来说，女人的美丑而非性灵之善恶，竟是天平上最重的那个砝码？丑女子难道只能贱如泥沙？难道他们就没有最起码的同情怜爱之心？父亲对穷苦人，可是慷慨得很呵。

不过令她终生感激的，是父亲坚持让自己受到完整的教育，在这个男尊女卑的社会里有幸成为有主见有文化，将来能够自食其力的公民。奇怪的是，母亲当年却一直不愿放她出去读书，总是说："女子无才便是德，我自己就是识点字，境况又怎样？"母亲毫无心机，对奶妈倾吐体己话，"这孩子眉目生得不差，将来就是不识字也嫁得掉的。"奶妈转过头就把这话告诉了小姐。

不过父亲还是坚决拿出一笔钱，让她进了私塾。"时代不同了，女孩一定要自立自强。"吃饭时，他不看怯怯地坐在桌角扒饭的母亲，只是对灵漪说，"只要你读得下去，父亲供你到大学。"母亲麻木地听着，望一眼丈夫英挺的侧影，又惶惶低头，数着扒着碗里不多的饭粒。

中年后的母亲渐近慈祥，对这一既成事实，也像对生命里其他事实一样，毫无反驳地容忍下来了，进而产生了某种絮絮的兴致。而在料理家务、修习课业之余，她也尽力陪伴孤独的母亲。每日入夜，灵漪做完功课，母女二人在高高的屋顶下共飨猪油豆沙芯汤圆或猪肉青菜馄饨，母亲会饶有兴致地听她讲私塾里的家长里短，时不时也发些议论，有时那议论甚至很高明，独具只眼。待孤灯将灭，服侍母亲爬上高大、深远、宽阔的床，把滚烫的汤婆子送进母亲的被窝，再替她放下双层的帐子后，听她微微叹气，深陷入放了汤婆子的软被中，小灵漪这才一步一回头地带上门，回到自己的小屋去。

到父亲留下的钱快要用尽时，母亲就常吩咐奶娘以猪油和着晚上的剩饭煮了，当宵夜吃来竟也特别香甜。作为女儿，灵漪是一辈子不厌其烦地诉说着无限苦痛不甘的母亲最忠实的听众，虽然母亲几乎从未触及那些在她心底必然最感撕心裂肺的点点滴滴。就在猪油饭的溶香中，和着母亲一句句长叹，她一口口吞咽着无声的悲哀。

她从未有过疲累之感。她精力充沛，自小禀赋坚毅过人。因为没人可依靠。有时她想，这禀赋必定得益于父亲。

左邻右舍都传说，宋家那窝囊的丑女人，倒生出个标致的厉害角色。自她出门读书抛头露面后，就常招来路边巷里的评头品足。人们交头接耳争着传说乡里从没出过这么五官周正的女孩。灰蒙蒙的宋家老宅因这颗明珠霍然生辉。提亲的人踏上了蒙着灰尘的门槛，大半是周围乡绅，甚至连母亲的两个姐姐也为自己的儿子来探过口风。女人们往往不去问母亲，倒常在路边截住放学后的灵漪，话里话外试探来去，好像即使在这件事上，宋家做主的人也是她。但一来二去，人们领教了这小孩子的厉害。

“真是鬼精灵。不要鬼狐附体哟！”“真是那个丑女人生的伐？”碰了一鼻子灰的婆婆妈妈们私下议论。在碰了一次钉子后，也有媒婆避开灵漪，托奶娘引见，找母亲直接谈的。

一直长躺在床，对什么都没兴趣的母亲忽然有了排遣漫长时间的动力和精神。白日里，她和三两登门的说亲人相谈甚欢，晚上竟兴奋得吃了药也睡不着。“其实呢，人家这么看得起我，看得起我们宋家，也是前世修来的福分。”一日，在夜里吃猪油饭时，她对女儿放话试探，“女孩儿家，总归只有嫁人一条路可选。赶着日脚，你就到出阁年龄了。不如早订亲的好，免得剩下。我看呢，男人最要紧的是人材老实。张家那个儿子，你见过没有？虽说年龄是大了些，脑子也不太灵光，但家底厚实，将来嫁过去，终归会对你好的……”

“姆妈，你在说啥！”小灵漪忍无可忍，终于叫起来，“你不是说男人都没有好东西吗？为啥又要急急地把我往火坑推！”

“啊呀，不同意就算了，急得那副死相做啥！”母亲满脸通红，不满地推开饭碗，走向她赖以安身退守的拔步大床，“不要以为自己将来就一定是八抬大轿的命哦！你是啥？珍珠宝贝？！不是伤你心咧，有的女孩儿家不是女大十八变，变到上轿观音脸，而是越到上轿越推板哩！哼，人家的丫头，哪里敢顶做老的嘴？还不是我自家没用，连女儿也瞧不起……”母亲又哭起来了。

她永记得母亲死前的一幕。母亲一生没有受过苦，吃过累，这也算是她大不幸中仅有的一点福泽。但并不辛苦的生活非但未能滋长任何生机，反而是并非佳人却多病多愁，惹人厌烦。后来青春飞逝，身体赖以生存的那点活力彻底消去，她也就这样自然而然地寿终正寝了。

那是一个阴冷的冬日。五更鸡上还徒劳地炖着苦药，灵漪坐在母亲床边，握着她冰冷长瘦的手，自己早已麻木不仁。半晌，母亲慢慢睁眼，喉间咕噜作响。

平日里暗淡无神四处躲闪的眼睛，在这最后时刻忽然清澈明亮了一瞬，一张枯黄的脸上，烧起漫天红云。“姆妈。”灵漪的眼泪落下来。“不要哭！”母亲镇定而厌烦地摇摇手，似乎突然间积蓄了惊人的力量。

灵漪急忙拭去泪，诧异而又悲伤地看着那双明目。

“亭儿，姆妈就要去了。这是姆妈的天命，可来得还是太晚了些……老天早知姆妈不敢寻死，所以就这样慢慢地折磨姆妈。好在现在连老天也厌烦了，姆妈不想解脱也终于解脱了。”

“姆妈！”

“不要插话！”母亲冷冷而有气派地摆手，忽又平静下来，恢复往日絮絮的伤感，“亭，这一辈子，除了你，没人对得起你姆妈。父母，姆妈不敢责备，只怪命薄；兄弟姐妹，简直如路人；但这些都不是一个女人盼望的根本。女人，心里最看重的，还不就是能有个丈夫疼惜自己。不能一世，至少，就是几天，也有个回味啊……”母亲终于在生命的最后时刻放开所有无形的束缚，如一个演说家那样迫不及待地侃侃而谈，“我不是怪你父亲，他和天底下所有男人都一样。我又能怪他什么呢，换个人也如此。他还算好人，至少没把我赶出宋家去。我只能怪，怪自己不争气，没有张漂亮的脸子，没有读进过什么书，学个安身立命的本事，否则，我凭什么要仰他的鼻息，吃他宋家的饭！”

宋灵漪悲凉地望着姆妈，一种从未敢深想的疑惑，此时从深海涌上水面。

“亭，你是姆妈心底里最想做的那种女子。能干，又标致。将来，哪个男子不被你玩得团团转？但是，千万莫信这些男人。答应我，你要离他们远远的！千万不要上了他们的当！否则，你定会后悔一辈子的！”

姆妈脸上露出决绝神色，眼睛越发清亮如水。灵漪忽然想，如果父亲这时看见姆妈，大概也会有一点心动吧？可惜，太晚了，姆妈也不需要了……

“答应我！”姆妈紧紧抓住她的手，“告诉我，信不信姆妈的话？”

“信……”灵漪小声说。她觉得这并没有什么意义。男人和她，和她将来想成为的人，又有什么关系呢？

“答应了一声，就是一辈子。一辈子！姆妈的魂在天上盯着你！”

这双畸形之目，在生命的终点，终究焕发了本应有的夺目光彩，平日却为何总被阴翳蒙罩着暗淡无光？灵漪在床前庄重地向这个濒死的苦命女人，更向满心悲愤的自己许下了誓言。为了被毁灭一生，连骨头都不留的，给予了自己生命的人，还有什么可犹豫的呢？！

“你走吧。”宋鲁直眼里掠过天边苍凉的浮云，他颓唐地坐下来，脸上松弛的皮肤不停抖动，“不要再说了，我想自己静一会儿。”

四

冬至之后这几日，入了三九，天色越发地阴寒沉重了，冻云黯淡，雪花却吝啬得迟迟不落。这日，竟自清晨起就天昏地暗的。用过晚餐后，灵漪款款地与余心商量道——不知怎的她总有些怕她，或许余心也只在她面前才有这样古怪的魔力——“等下我跟你一道去图书馆好不好，雷娅？省得又有哪个协会的少爷公子来献殷勤！”

“当然好。只是，能不能快点儿？”余心本来就暗淡的目光更暗了，她强自微笑着，低低地说。

“当然，当然，只抹点面霜。”灵漪忙道。就这样说定了。

二人正欲上楼去，却不料女工又匆匆而入：“宋小姐，许教务长又来了。”她看都不看赵余心，对这人倍觉陌生。灵漪焦躁地跺脚说：“怎么又来了？”余心粘在台阶上一动不动。灵漪想说不见，又感略失教养，只得抱歉地对余心道：“你先回吧，我应付一下就来。”余心点头上去了。

寝室的门大开着，两位盛装少女端坐在花梨木长桌两端啜饮着利普顿红茶。因怕弄皱漂亮礼服，涂脏鲜艳口红，故都小心翼翼的，以致动作生硬，连表情也是硬的。那是琼及常来串门的外文系的朱莉。听到余心的脚步声，她们连茶也不喝了，同时站起，去拿手包。

“你今晚有啥安排，朱莉？”

“等下有车子接我。快到年关了，耶诞又至，庆祝活动多，表哥明晚要带我去上海总会参加个大PARTY。你呢，琼？”

“没你的好运气，只好和沈宏达去看嘉宝的新片子。这家伙缠我多少次了，看在嘉宝面上，且应他一回。”

“笑话！我看你个小鬼头就是嘴巴硬，沈宏达这么个美男子，家世又顶刮刮，你的鼻子不要翘到天上去了。”。

“你既欣赏他，我就拱手让与你，好不好？”

“好倒是好，表哥岂不要骂我琵琶别抱了。”

“嘻嘻……”两人谈笑着女孩子的私密话，很自然地走了出去。

余心心如明镜，这必是因自己杵在门口之故，否则按西方社交原则，两位小姐是定要等男朋友来了，女工上来再三再四地催请后，才会“屈尊”下楼的。她们的迅即离去，一是与她确是分属两个世界，无话可谈；二则呢，出自女人特有的怜悯之心，又多少有些不忍之意。

她忽然有些感谢。又觉荒诞透顶。她对她们毫无威胁，只是对方倾与纤细同情的对象。她的同盟军，竟然永远都是这些彼此斗得如乌眼鸡般的同性。是的，在没有男人介入的情境下，女人的本质多如泉水般清洁。

原来又到周末了。余心恍然。时间于她本是一成不变的流水，永远不见波澜。

“笃笃！”西洋钟里跳出一只小鸟，在树上剥啄七下，又钻了回去。余心一把抄起包，走出寂静的楼道，竟直下到对她而言极陌生的会客厅去找灵漪了。

她从没去过会客厅。从没有男子约过她。她本想着，那里现在定是人来人往欢声笑语像在开大party，在这样繁华富丽的环境里，孤单丑陋的她又该如何自处呢？却没想到人对自己所不了解不熟悉的环境往往有着夸张的想象。这里竟如此清和，人们都早走了，只余灵漪与面带调笑的许教务长在来回周旋。“马方平”三字像皮影戏里的小丑在他们嘴里蹦来跳去。

这次，许教务长露出了他粘皮糖的真面貌，似笑非笑，却牢牢拦住对方的去路。灵漪一派宁折不弯的峻急，全身上下都是死穴。昏暗里，余心敏锐地发觉教务长金丝镜框后的小眼里，居然深藏着来自男人本能的对美女的怜惜。

余心站在梯上看了几分钟。灵漪正无计可施，一抬头，立时满眼大放光彩，招手道：“雷娅，快下来！”许教务长也一惊，回过头，目光倏忽间变得极淡，迅即转身。熟悉许的人都知道他的招牌动作就是每见一女性，无论老少媸妍，皆会从速打量，再在一秒钟内决定自己态度为火焰还是冰山。曾有女人说他的眼睛是典型的桃花眼，他十分得意。

余心匆匆做个“不！”的手势，飞跑下楼，直掠过他们身边，一头奔出了女生宿舍。她跑了很久才停下步子，在冷风里一把扯开棉袄的前襟，平平的胸脯如拉风箱般上下起伏。

周末的图书馆，空得正像颗失落的心。暗木长台后，一个瘦弱的身影像一座铜像立在那里。

照惯例，余心找了最靠里的位子坐下，自觉立即蜷进了一方封闭的铁屋。她打开教科书，却突感一阵困倦。近来，她常有这种感觉。

专业书必是看不下去了。望着灯光下空荡荡的阅览室，她索性大咧咧地原谅自己，起身在书架上随手寻了本易读的《安徒生传》。此刻——很多时候——也只有安徒生这样与她命运相似却仍生生不息的善良生命，能使她的心被温暖烛光映照片刻。他把所有生命历程里无言的缺憾化为对世界的大爱，他笔下充斥着英俊的王子、美丽的公主，自然还有他们之间动人甜蜜的爱情。虽然这爱时而被风雨摧折，但大多数还是结出了幸福的果实。照理，他的私生活是最与这些绝缘的，但他热情讴歌那些使人为人的东西。

而在外面的喧嚣世界，心，竟是完全被世情抽空的。所以她故意不让自己去想，这么拼命地读书，到底又为了什么?

林管理员在长台后轻轻咳嗽。余心忽然间醍醐贯顶，这本上次来时还没在书架上看到的书，原是这位善良的工作人员专为常跑图书馆的自己采购的！她总能有这样的直感。像个被宠坏的孩子，她向长台后怯怯瞥去，却只见灯光蔼黄，那黑缎旗袍前的十字架在上下轻微地晃动。

是的，她全不谙世故。不一样的经历、寂寞封闭的性情、天赋的脆弱的善良，使她那改变世界不公秩序的愿望是如此强烈，她想它必会把这颗心烧为灰烬。

余心放下书，苦痛地抱住头，想自己原该破釜沉舟，下定决心早做修女才是。虽然即使连从前明德教会女校的嬷嬷也很不欣赏她迷茫消沉的劲儿，而做商人的父亲就更难允诺了。到头来，懦弱的她竟只能把一腔深爱完全寄予到小动物上。对路边的壮丁、受灾的农民呢，虽充满深厚的悲悯，却又鼓不起救助的勇气，她便自我安慰这是不知被救助者其天性到底是善良还是丑恶。——所以说那被推翻被审判的人中也必然会包括自己。她一度还曾强烈地幻想当银行家的父亲能散尽家财，去资助那些把每一分钱都当救命稻草的苦难深重的同胞。

她还向往过一条明智之路，即随有识之士去苦寒之地办学开启民智。她曾肤浅地与灵漪探讨这个问题，灵漪大感兴奋，也很支持。但半年过去了，她依旧只关注着从若干遥远角落传来的先行者的信息，迟迟未动。她依旧是个书痴而已。

正当她心神恍惚之际，左边坐下了一个人。难道，还有人愿坐在我身边？大而空的图书馆，却选择我身边！余心怯然扭头，见一位年龄稍长、容貌娴雅的小个子女人正对着本摊开的《红楼梦》发呆。女人似乎觉察到有人在观察自己，眼角余光流转。习惯性地，余心忙抢先垂下眼帘，以免与不屑、惊异或嫌弃的目光相撞。可就在那一瞬，她已敏感到那女人先是一惊，后竟又微笑了。

是个好人。对陌生人微弱的关爱，余心的感激如春日的池塘，点点水波初生。

屋里很暖，女人却在乱翻书页。毕竟，这不是个读书的晚上。

哒哒哒，哒哒哒……突然一阵脆利的高跟鞋声打破了这迷梦般的宁静，定是灵漪了。余心微叹。见来人满身喷发寒凉之气，却若星光般灿烂，那适才还温和微笑着的女子脸色不觉一凛。灵漪却连看都不看她，只直奔余心，气吁吁道："那个Dean到底是什么家伙？"显然并不准备听到回答，没停顿就继续下去，"我原以为他关心国是、思想新锐，谁知他左谈右扯，最终目的竟还是逼我入剧社当花瓶！简直像条大蛇，越缠越紧，越缠越滑！"余心忙示意她轻声，灵漪这才发现旁边还有别人。她歉意地看看那女人。女人微笑，似毫不在意，眼神却透出沉思。灵漪喘了口气，转身去将银狐大衣挂在架上。

不知何时，那女人已无了影踪，《红楼梦》却还留在桌上。

灵漪在余心身边小坐片刻，顺手捡起《红楼梦》，直翻得哗啦啦作响。"昨宵庭外悲歌奏，知是花魂与鸟魂？花魂鸟魂总难留，鸟自无语花自羞。愿侬此日生双翼，随花飞到天尽头。天尽头！何处有香丘？未若锦囊收艳骨，一抔净土掩风流；质本洁来还洁去，强于污淖陷渠沟。尔今死去侬收葬，未卜侬身何日丧……"

"怎么，很难受？"余心叹口气，放下《安徒生传》。灵漪把《红楼梦》一合，靠着椅背喃喃长叹："千红一窟，万艳同悲！兴许这大造就是个骗局，自古无人更没女孩子能逃撞得出的！可我却偏要闹他个鱼死网破才罢休！雷娅，在我心里你比谁都更像那喜散不喜聚的黛玉，可我却多向往兴利除弊的敏探春，若能闯将出去做一番事业，那时自有道理。"

余心直脸红道："我？我怎堪比倾国倾城的黛玉？若真不幸生于几百年前的贾府，我只愿做另一人。"

"谁？"灵漪顿时来了兴趣，"你平日可从不自攀比附的。宝钗吗？不可能！湘云？性情不对。妙玉？倒有几分神似……"

余心淡淡截住："别只往那些人里想。"灵漪又猜了几次都没答对，不免急了，央求道："好姐姐，快说了吧！你知道的，我是急性子！"

"其实我又何尝不是？"余心笑笑说，"我且问你，贾府上下哪个女子活得最自在，既不悲风也不吟月，不比心机不斗口角，别人也不屑与之争——因为她本就没得可争的。就连宝玉这个痴儿几乎惠施与所有女孩子的泛爱，都完全遗缺了她——她反自得其乐——你说那人是谁？"

灵漪愣道："就连宝玉这情痴都把她忽视了？天下还有这样的女孩子吗？那她可真活得太没意思喽。"

余心顿时面如死灰，半晌方喃喃道："你可真不留情面。——不错，就连曹雪芹也从没记录过她有什么心思，似乎即使连他这天下女儿的知音都认定了她是没心的，每日里只与自家找快活——或许是真痴，也可能竟是最能看得透的。现在想起来了吗？"

灵漪依旧一头雾水。"连百年后有爱心的读者如你都完全忽视了她，用世俗的眼光来看她，也真是没意思了。好在她还有自己。那是谁也夺不去的。"余心唠唠叨叨,似在安慰自己。

灵漪愣了会儿神，忽想起什么，恨恨道："还是不可妥协，我现在就给校长伯伯打电话去！Dean许欺人太甚，别人动不了他，在我这里就是不行！"余心默默一笑。灵漪站起，匆忙走了。

周末闭馆的铃声如深山古钟，悠悠响彻全室。余心收拾了文具，拿起书，默然走到借书台前。

林管理员早就站在那里，迎接着她。这三十多岁的妇人，面容憔悴又清癯。她从长台后向余心点头。几个月来她们已十分熟悉彼此，甚至无须任何对话。余心也向她报以微笑。这个孤独世界里的孤独女人，真不知自己给予了这可怜的孤女多少温暖。

妇人礼貌地还以微笑，忽指衣架问："Miss赵，这大衣是不是你那朋友的？"

余心忙过去取下银狐大衣，笑道：“是。她忘记了，真谢谢你。”

妇人露出母亲般的关切：“入夜寒凉，下了小雨。”“怎么，不下雪倒下了雨么？”“是呵，这样的天气！我看你穿得太单薄，不如把它套在外面，也省得既拿书包又拿衣服，太过麻烦。”

她这么说，是见余心肤黄肌瘦，想她火气必衰。不知小时生过什么病，想必家人疏于照顾，落下病根。而刚才那位宋小姐，竟只着旗袍就能顶风冒雨地走到外面去了，可见先天既丰，后天调理亦得当。同是所谓大家闺秀，其境况竟如此天差地别。人生可不都是这样么，应了那句程老板的唱词，成败兴亡一刹那，再也追不回来。她只微微一叹，声音小得化入嘘嘘寒气。

余心依言而行，二人相对微笑。妇人说：“这衣服好看。”轻叹一声，又笑道，“那么，明天见，Miss赵。”

“明天见。”余心像是在和萍水相逢又长厮守的亲人道别、分手，然后出去了。

果是下了场冻雨。余心瑟瑟发抖，幸赖银狐大衣遮挡寒气。周末的春江残星几点，凄清满目。图书馆旁黑暗的林荫道空寂无影，女生都不敢独自走这样的路，余心却无所谓。这静寂昏黑的夜是难得地属于她的。那穿银狐大衣的孤影轻盈婉约，宽大的衣服下摆真如飞鸟妩媚缥缈的羽翼。她不觉有些呆了，默立着痴看自己窈窕的影子。

就在一瞬间，路旁突然猛窜出几条高矮胖瘦不一的黑影来，粗蛮地拦住余心的去路！余心暴惊，刚待呼喊，早已有两人跳到她身边，不由分说，架起她的胳膊就走。

“放开，放开我！”余心惊怒狂呼，可一经北风劲吹，凄凉的声音立刻散了。

黑暗中一人狞笑道：“小妞，别心急，我们是带你到一处销魂的好地方去！”几人同时发出鸱枭般的可怕笑声。

余心何曾见过这等阵仗？只徒劳挣扎呼叫。幸得黑暗里前方又跑来三两人，见状立即与歹徒展开奋勇搏斗。余心趁机逃脱，躲于角落，却见一歹徒像是斗红了眼，抄起砖头，猛劈向那正与自己拼命扭打的西装男子。男子抱头惨呼，立时如不倒翁般左摆右摇。几个歹徒逮住机会，逃之夭夭了。

一场噩梦转瞬平息。看样子有人挂了彩。另一参与搏斗的高个男人忙扶住不倒翁："马公子，马、马公子！"其余人等也迅即围拢，问长问短。

年轻男子显然是强忍着痛，喉咙里挤出阵阵狗打呼噜似的呻吟。

余心满怀说不出的激动，几乎语不成句："谢谢，先生们！"

满腔痛苦中那年轻人还不忘摆手礼貌答谢，大手挥得迟钝、笨拙："不用，小姐，你受惊了……"他从怀里掏出个高级手电筒，旁人忙接过扭亮，照向余心。余心被晃得眼花缭乱，隐约见一粗壮身形雀跃无比地向自己走来，却蓦地停下来："怎么……原来不是她！"

其他人也显出呆痴状，只有那高个男子深深地看了余心一眼，那女性化的姿态宛如临去时留了一抹秋波。余心却是被探照灯照着的囚犯，什么也看不清，只任人辨察了个仔细。

白光迷离中，年轻男子似在心疼地抚摸头上的伤口，恼怒、羞恨满得直溢出来了："怎么搞的，费了半天劲，却是这丑女人！"

余心的心一震。

抑制不住无名火的男人竟抬脚粗暴地踢向余心的肋部。这是赤裸裸的兽性——余心被踢得跌倒在地时，脑子里还划过这样的话。其他人又赶快上来接二连三补了几脚。

高个男子赶快拉住，声音压得很低："不要打了，快走！"

"算老子晦气！"

"快，快……"

踢沓的脚步声渐消失于树林深处，空气里还残留着湿润的灰尘气息和男人浓郁的汗味。余心平躺在冰凉的水泥地上。那件银狐大衣堆在身边，依旧轻盈娉婷。高冷的月下，久已麻木的细腻的心尖锐空洞地疼，直入骨髓。

红楼隔雨，珠箔飘灯。自远而近湿雾弥漫。又有三人说笑而至。即使天色黑沉，也辨得出他们衣着极俭，浑不似这学堂常见的洋装学子。却如一家人，彼此的说笑那样和暖。

恍惚中一个带北方口音的叫声在她头上响起："老方，这里像有个人！"

三人立刻停脚，同时俯身。其中一女子惊奇发问："姑娘，你怎么在这里呀？"

因距离很近，余心立刻辨认出她就是图书馆短暂邂逅又神秘消失的温和女子。这女子的手也是暖的。余心抓紧它，眼泪浮上眼眶。

见余心尽力要爬起，女子忙按住："快不要动！老方，别袖手旁观了，你也来拉一把嘛！"

于是三人共同将余心扶起，女子关切地为余心拂身上的尘土。那个较年轻的男人把银狐大衣捡起替余心拿着。另一年纪大些的则紧盯这轻盈亮丽的衣裳，样子竟有些呆了。

"是被坏人欺负了吗？"女人试探地问。

余心摇头，努力使声音不要过分颤抖："谢谢你们了，我自己走。"

"不！你这样怎么走？是春江学生吗？"

"我是新生。"

"啊！来，让我们送你回宿舍。"女子不由分说地拉住她的手，像待亲妹妹似的。

今天是周末，人们大多有约会。从外面望去，女生楼五彩斑斓的灯光可怜得零丁，琴房却刺目地雪亮。灵漪把琴房的大灯全开了，现下正噼里啪啦地猛击琴键，萧邦的《革命》分明比她更激烈狂怒。她边弹边回想适才电话里校长伯伯的嗫嚅：虽说大学是教会办的吧，可这Dean许自有南京背景，我们也奈何他不得，若不致万不得已……哼，总大刚都是哄！官痞呀官痞！她恨恨咒骂，身体寸寸发冷。

原来大衣竟落在图书馆了，她陡惊——怪不得这么冷呀。雷娅会为自己带回吧。可是，她怎么还不回来，就快熄灯了……

女工神色慌张，一头冲进琴房："不好了，宋小姐，你那位朋友被打了。"

灵漪一下立起，血冲头顶："在哪里？"

"就在会客室。"

灵漪推开她，跑下去了。

五

会客室的灯刚被打开了，灯的四周笼着一团朦胧温柔的黄气。天气真冷，阴、湿，直入腠理。灵漪一眼瞧见余心半躺在沙发上。那个在图书馆见过一面的女子竟也在这里，不住嘘寒问暖。另一年纪略大的男子站在门口，双手插在裤袋中两眼朝天。似乎沙发后的阴影里还有一人，但她已顾不得细看了，一路跑到沙发边，只是高喊："雷娅，你怎样？"

余心默默点头以示并无大碍。灵漪这才转向那对男女："小姐，先生，谢谢你们！"

门口那男子迅即回过身，一直走到她面前，深深注目于她："不……不用谢。"

女子拍拍灰站起身，笑得很庄重："你，就是宋小姐吧？"

灵漪点头："是。"又俯身望着余心，"伤口在哪里？我让女工请校医去！"

余心疲惫地摇头，半张脸深埋在沙发里，言辞吐露得很艰辛："不要……去，这伤口是看不见的。我把你的大衣……弄脏了。"

"还说这些干什么！那坏人是谁？明天我就告到校长室去！雷娅，你看清到底是谁了吗？"

那女子赶忙插言道："她一直不肯讲。好了，既然你来了，我们就走了。"

灵漪忙追问："请教你们贵姓？"

"我叫王永勤，这学期刚转学到历史系。"

那个一直注视灵漪的男子也开口说："我叫方超，也是历史系转学生。"发音浑厚有力，和不高的身材恰成对照。

灵漪握住永勤的手："谢谢你们！"

"不过是小事一桩！"方超忙接口。

这时阴影后的人也转过来了，灵漪这才看清那是个一身旧长袍，脸色黝黑的年轻人。原来他正忙着灌一个热水袋，此时把热水袋递过来说："赵小姐你试试，或许这能减轻点疼痛。"余心忙感激接过，由永勤帮她放在衣服下面。那年轻人又把一件银狐大衣拿过来。灵漪中途截住，说："这——是我的。"年轻人点点头。王永勤道："他叫萧川，和你们差不多大。"灵漪不置可否。

王永勤微笑道："那，我们就走了！赵小姐，请你好好休息吧。"

躺在沙发上的余心向他们摆手告别，神色里有种放弃一切的冷漠。

灵漪直送三人到大门口，亲自关好门，这才跑回会客室，轻轻把余心扶起。

女工过来，帮她把余心搀上楼。好在今晚只有她们二人住宿，琼看完电影，自回家去了。

"宋小姐，到底出啥事了……"女工颤抖着，忍不住问。

"你不要管，去吧！"灵漪安顿罢余心，回头吩咐，又加上一句："记着，不要把这件事情向别人乱说！"

女工答应一声走了，带上房门。

余心躺在床上，脸尽量向里侧去。

"雷娅，到底发生了什么呀？"灵漪在床边坐了，气吁吁追问不止。

"也没什么……阿尔米达，只不过你一定要当心了。"

"你糊涂了吧，为什么要当心的倒是我？"灵漪雾水满头，眼如铜铃。

解释，此刻对余心无疑是另一次剧烈折磨，但灵漪显然是不可回避的。她只有长叹口气："一切都等明日吧，我，实在太累了。"

灵漪是深知这同窗脾性的，只得强按下不问，仔细为她掖齐被角："放心睡吧，自有我宋灵漪为你去出头！堂堂大学竟不能保证学生基本安全，还枉称什么高等学府！"

灵漪漱洗完毕，也上了床，顺手关上台灯。一切终于都幽暗下来了，堕入但愿是永恒的静寂。冷月挂在中天，低垂的帘幕后，树影凄暗如鬼魂。灵漪辗转一会，呼吸渐趋匀称。余心却始终徒劳地望着深渊般的天花板。也许，直到天色重新发白，还将这么一直望下去。

我这才知晓。对美丽的女孩子，生活里不仅充满玫瑰花和巧克力糖，也遍布着险滩暗礁。这二者都是我无缘体会的。

不知何时，在漫天蔽野的雪地里苦苦跋涉的我，竟然看见了一座小磨坊。在厚厚的积雪中它躲在角落里，清冷如是。我欣喜地走去，想取取暖，这种遗世独立的深隐幽约一向强烈吸引着我。走到门口，阳光从天棚倾注下来，我发现里面还有一个人。他背对着我，在磨什么黑黑的东西。我惊疑欲退，他却回过身，抬起了头。啊，他的脸竟也是黑的，让人辨不出本来面目！他走出去，拿起一团雪在脸上抹。黑迹渐消，他就要露出真实面貌来了。还要不要再看？……仿佛上天为我做出了决定，轰隆！一声巨响。磨坊塌了！它倒塌了！……

人们是不给人们机会的。

余心打开日记，一字一顿地写下去。

这个晚上，住在校园外面，半山腰一个茅屋里间的方超、王永勤，以及在灶间打地铺的萧川，也都迟迟难以入睡。

王永勤曾在武汉念过女师；几年前为逃婚离开家乡，加入了地下党。方超则是不打折扣的“老革命”。虽然连王永勤也没弄清楚过他过于冗长神秘的政治背景——出身地主家庭，1927年在长沙读书时就背叛了本阶级，也曾按照指示，在国共“蜜月期”加入过国民党。大革命失败后，他辗转数省，以教书匠、小商人等各种身份为掩护，一直从事地下工作，是个走南闯北、胸怀城府的人。被组织上调到春江前，他正在家乡洪湖的一支游击队里当政治委员。

萧川和他们又不同，是个彻底的“无产阶级”——塞外雁北岚漪河畔是这汉子天长地远的故乡。他自幼放羊，蒙一位好心私塾先生指点，才陆续读过一点书。接着家乡遭灾，实在无以为继，他四处流浪到了东北，加入抗联，于白山黑水、铁岭绝岩间洒下持戈卫国的鲜血。在部队里，他宣誓加入共产党。再后来，他所在的部队经历了激烈战斗，几至覆没。按指示，他又辗转来到山外，在一个煤矿做苦工、搞地下交通。人世间的苦辛，几乎都尝遍了。

自从年中省委下决心大力加强这个通衢小城的组织力量后，三人分别被从各自岗位辗转调到湖光山色的春江来。最近，组织上又秘密指示要逐步加强与社会上层的交往。这显然与新形势下中央新的思想方针密切相关。而春江大学不但是教会领地，同时也是教授、少爷、小姐们的乐园，自然就是上层社会中的上层社会喽。于是市委书记兼组织部长老刘让人伪造了三份文凭，命他们以插班生身份转入春江大学。同时老刘通过内线了解到，该校教务长许眉庭竟是个秘密的蓝衣社，这就大大增加了工作的危险系数。于是老刘提出“静观、伏击”方针，要求三人不急于开展工作，只作冷眼观察，找到突破口，长期深入下去。

要想在一群根本不相信亡国会在自己这代临头的公子小姐中闹“革命”，艰难险阻自不堪言。首先，昂贵的学费就让三位职业革命者捉襟见肘。为了节约开支，他们在山间寻了所民房住了。王永勤和方超同屋；萧川栖身于灶间。每周三人开一次党小组会，有时也秘密读些上海出的进步书籍。好在春江混文凭的大有人在，还没露出破绽来。

校园最高处风景特别迷人，依山临水，翠鸟鸣啭。一座玲珑秀丽的六角小亭掩映于翠竹丛中。天气晴好时，常有人在此嬉戏、读书。这日是个小阳春，方超和王永勤像校园常见的恋人般并肩倚坐在亭角的红漆立柱旁，命者的警觉。王永勤一边体贴地递给方超汽水解渴，一边仔细观察四周树阴以防万一：“我说老方，近来政治形势的发展，实在大大出人预料啊。”

“何以见得？”老方一饮而尽。

“慢点！全被你喝光了！这是做样子的，留一点儿！你看，《何梅协定》签订后，北平的殷汝耕又出现投降日本的趋势了。我们可不能只坐在这里研究报上的蛛丝马迹啊。如果全国真的爆发一场像五四那样的浩大爱国运动，该作何响应？”

“别忘了，现在可不是大革命时代。全国又有多少共产党员？依我看，这种可能性微乎其微，恐怕还要再等上三年五载。”

“三年五载？那日本人可等不了！”

“永勤，你知道你的最大弱点是什么？就是冲动。”老方放下汽水，悠闲地点着香烟，“到底斗争经验不足呵。”

永勤不与他争辩，只继续道：“无论如何，派咱们来春江，就是为加强薄弱的党组织，特别是学生组织力量嘛。在春江大学，统共只有你、我、萧川三个党员。斗争太尖锐，形势太迫切了。应该利用同学们的爱国心，采取实际行动。这，就是斗争的突破口！”

“这，我完全同意。”老方深吸一口劣质纸烟，忽笑道，“有烟斗就过瘾了，像我在老家常抽的那个。”

“叫你别抽烟，总是不听！”永勤索性把他嘴上的烟蒂也夺下，“到底你老家还有些什么人？我看你一提烟斗就满面放光。我就不信你从没结过婚！”

“不要这样卤莽嘛，说你冲动还不承认。”老方尴尬地把烟蒂夺过来，“老家的烟斗，是我那已过世的娘亲手做的，和媳妇啥的根本连边都不沾。自然，我，呃，曾有个媳妇，可那是包办婚姻，连房都没圆过。我连她是美是丑都不知晓，何况还是不识字的小脚。”他搂住永勤肩头，亲昵道，“难道——能和你比？”

“那她现在怎么样？就在家给你守一辈子活寡吗？”永勤刮他的鼻子。

“谁还有工夫关心这个。我们这个社会就是个大铁屋大牢笼，一定要冲破这个牢笼！”方超神情严峻。

“看，萧川回来了。”永勤就是有点怕他这副样子，赶快挣脱，向远处指去。

萧川果然回来了。

王永勤忙招手示意。萧川左右看看，从怀中掏出一盒香烟，递给方超：“市委最新指示，左数第二根。”

方超珍惜地接过烟盒，不慌不忙揣入怀中：“呵，三五的！老刘这家伙，自己的生活水准可不低呀！”

“胡扯。”永勤不睬，只忙着将汽水递给萧川。萧川摇头：“喝过了。”

“你那是凉水！”

“都一样。”

方超于一旁负手看着，忽然笑道：“对啦，二位，你们看那大家闺秀宋灵漪是不是很有个性？听说她父亲为国民党元老，著名学者。她自己呢，会演文明戏，在同学中很有影响力。如果能把她拉到我们这边，无疑是天助援手。”

永勤一笑：“真没想到，你对这位小姐了解得如此详细。”

方超脸一红：“她可是学校的名人！”

“当然。不过这名人似乎也过于孤傲清高了些。”

“孤傲者必怀不凡心志。以她的条件，将来当个官太太还不是易如反掌？可人家为什么胸怀大志，一心向学？这就很值得研究。”老方立刻反驳。

“是吗？”永勤颌首沉思，“据说她很讨厌男人。”

老方又转向萧川：“你呢？对她又有何了解？”

萧川摇头："没有。"

"这怎么行！"老方火了，"我们现在的工作对象，多是所谓上流人士。自然有暴发户，也多世家子弟。我常常在想到底什么才是五代之世？只要生在有保障的家庭，稍肯努力，大多会成个人样。'郁郁涧底松，离离坡上苗……'古今无异。当然喽，隔阂是巨大的。可你们一定要学着在螺蛳壳里做道场，因为最后这一切，终将是属于我们的。"老方居高临下，挥臂一抡，仿佛要把这山，这水，这梅林，这片洋气的别墅全部揽入怀中。永勤欣赏地看着他。他落寞一笑，补充道："所以，如果像宋灵漪这样官宦世家的小姐能参加革命，其影响怎能轻看？萧川，你就是不习惯，也要学着理解、接近。"最后一句未免带了嗔怪。萧川默默点头。

谈了几句，萧川说："你们坐吧，我买柴去。"

"一起去吧？"老方忙说。

"哪用得了两个人？"萧川向山下走。

行至半山腰处，萧川和正向上走的灵漪、余心不期而遇。灵漪身披银狐大衣，面庞白中透红，手扶曲栏，望着下面蜿蜒的冬青树，声调清扬："雷娅，这连绵的风景真适合极目远眺。以后我们就常来此遨游烟霞好了，还无闲人打扰。"面色蜡黄的余心默默凑上去观看。灵漪傲视四方，正碰到萧川的目光，愣了一下，似乎记起，又视若不见。萧川看她们一眼，匆匆掠过，下山而去。

也许这样的任务还是由老方来实行比较得心应手。他突然想，他和老方虽同怀伟大理想，也都曾在人世的最底层滚过一遭，却到底是不同的。

"宋小姐，赵小姐！快上来！"山顶上的王永勤高声呼唤着。灵漪高兴地挥挥手帕。余心跟在她后面向上跑着，怔怔地看那兴奋得直搓手的老方，又向山下望了望。

双方相互打过招呼，团团在亭中坐定。王永勤笑道："天气好极了，二位也来登高赏景吗？"

"是呀，王小姐，方先生，我们——不打扰吧？"灵漪慧黠地一笑。

"打扰？请还请你不来呢！"方超笑道。

永勤转向余心，问："赵小姐，被打的事最后是怎样处理的？"

灵漪又抢过话头："放心吧，第二天我就去找了DEAN许。他这骄矜滑巧之徒一听，哈哈，脸都吓白了，一口应允查惩恶徒，加强学校治安。”

王永勤和方超沉默地对视一瞬。永勤重转向余心，关切地问：“伤全好了吧？”

“只是皮肉伤，谢谢！”余心忙不迭地点头。

这边，方超与灵漪搭话道：“宋小姐，你风姿绰约气度不凡，如此资质，为何偏不加入学校剧社？听说连这个许教务长都曾亲自出马力邀你呢，好大个面子！”

灵漪把薄薄的眉梢一扬：“不，这并不是我要走的路——图书馆有多少宝藏啊。不过我很诧异，方先生，我们从前素不相识，你怎么连这个都知道？”

方超诺诺。永勤瞥他一眼，适时插话道：“别误会，他也是一片好意，全是为你着想。你看，现在国难当头，日本人磨刀霍霍，政府却依旧秉奉不抵抗政策。眼看东三省沦陷整四年了！其他学校都在上演进步爱国的剧目，就是咱们春江，剧社被马方平这既不懂戏剧也不关心国家大事的纨绔子弟把持着，跟个堡垒似的，还是充斥着那套醉生梦死卿卿我我情情爱爱，真让人气愤！宋小姐，你若真是这剧社的成员，我们倒要奇怪了。”

她一瞥，惊异发现倒是局外人余心先被这一席话激得满面通红。灵漪也胸脯起伏，良久凝望远方幽幽一叹：“管不了这些了！依我看，管也无益。我看透了，世道永远是那样：‘文官爱钱不怕死，武官怕死又爱钱。’我竭力不卷入泥潭中，这就够了。”

方超抚掌而笑：“‘文官爱钱不怕死，武官怕死又爱钱。’此语妙哉！出自何人高论？”

灵漪指指余心。余心忙解释：“不是我说的，是出自明朝张岱的一本随笔。看起来，三百年前的社会状况竟与当下如出一辙。从几千年前的孔子起，我们就一直追求公平清廉的机制，却总沦为空谈。”方超长看她一眼，心下很感兴趣却无情绪继续了。

永勤看了会儿余心，又拨转话题：“你们处理那天的事情，到底有无困难？”

“请不要隐瞒。我们一定会帮忙的。谁叫我们碰到了嘛。”方超道。

灵漪微笑颔首：“好的。如果有，自会劳动大驾的。”

“还是要再次谢谢你们！”余心忙补充。

永勤看一眼灵漪，沉默片刻，又道："那许教务长……似乎来者不善，望你们小心对付。"

灵漪挺胸一笑："最初，我是被其豪言蒙蔽了心窍，现在看来他本质上还是个官痞。但在这件事关学校治安的重大事情上，他堂堂教务长焉敢掉以轻心？"

"那么，现在到底有没有一点儿线索？"方超问。

灵漪沉吟片刻："据雷娅讲，她被殴打前后都隐约听见有人在低声叫'马公子'，可能，坏人是个姓马的有钱人。"

"是这样？"

"还有……他们似乎把穿银狐大衣的雷娅当成了我，才上演了这样一出闹剧丑剧。由此看来，救人也是假的。"灵漪不好意思地打量地上自己的影子。

余心只默望残霞。

方超一拍大腿："果有预谋！宋小姐，令尊知晓此事了吗？"

灵漪有些不自然，似被轻看了："不——我自有主张。"

方超忧思重重，永勤神气丰富。

"这一切，你都向许眉庭反映了？"

"我们只反映了坏人可能姓马这件事。其余的，没必要讲。"灵漪脸色微红。

这次轮到方超赞许点头了："你做得谨慎。"

"宋小姐，赵小姐，望你们提高警惕，时刻注意。如需要，我们也愿助一臂之力。"永勤补充。两个女孩子同时感激地点头。

永勤继续道："另外，我想……你们若同意，我想让萧川保护你们，尤其在你们去图书馆的晚上。他绝对可靠。"

"不！不用，我们绝对应付得了。"灵漪立刻一口回绝。

方超暗自皱眉："那么，日后再说吧！"

灵漪看看手表，向余心询问地看一眼，站起来："好，太感谢二位了！时候不早，我们要走了！"

"再玩会儿吧？"方超挽留。

二人婉言推谢，道别下山。

方超直看着宋灵漪的身影在山脚消失，才转过身，忧心忡忡："永勤，我看她有危险。"

“我说什么来着？这位大小姐，就是太清高太固执了。”

方超沉默不语。

永勤打量打量天色，正色道：“咱们是不是也该回去研究市委的指示了，老方同志。”方超忙把自己从沉思中拽出。像一对游山归来的恋人，二人携手下山。

六

周日向晚，回家探望的余心要归校了。她提着满登登的竹篓从乌漆大门里出来，坐上早已等在门前的黄包车。依照老爷吩咐，绵纸桐油糊里的篓子里装满了她最爱的糟白鲞和野鸡瓜子。

车子慢悠悠地行进在潭边，透过厚厚的棉障一角，她心不在焉地遥望外面的冬景。渐近市区，忽见路边一群衣着褴褛、面黄肌瘦的男女老幼或卧或坐于尤加利树下，神态皆疲惫绝望已极。余心不禁“哦”了声，车夫边跑边向路边不经意地看一眼：“灾民，里下湖的。郊外才多呢！”即使车子一驶而过，余心也能清楚地看见濒死老人散光的眸子，孩童呆滞的目光。一种汹涌的不能忍受的痛楚突然使她激动地踏踏脚板：“停一下。”

车夫不解又沉默，目不转睛地望着她下车。余心站在地上犹豫片刻，终于鼓起勇气向这群孤零零的灾民走去。在零星路人和灾民们共同的惊诧目光中低下头，把篓子胡乱塞给一位鼻涕邋遢的老人，小声说：“请你们吃。”就赶忙回头坐上黄包车，低声道，“走吧。”

却不知萧川就站在不远处，正看见这一切。

一路上，余心都觉血脉贲张，心跳得扑扑的。迎面而来的行人，清新得如迎面而来的冬青树荫。他们似乎都在看她，就连车夫也拉得分外轻快。她真想跳下来自己走，却又踌躇了。就在这踌躇间，已到山脚。

她注视着车夫汗淋淋的额头，忙柔声道：“快回去吧。今天辛苦了。”车夫惊奇地笑，一咧嘴，牙齿雪白。余心顿时脸红，胡乱看着别处。车夫早拉着空车走了。

余心这才舒口气，可又觉得好像连这车夫也对不起似的。方才那幕壮举如过电影似的在脑海里无数遍回放着，不知不觉已到寝室门前。她这才留恋地一笑，收起什么似的，慢却轻快地推开门。灵漪舒适地靠在床头，正在读《快园道古》。

“看什么呢？”余心笑问。“还不是你老人家淘的冷门书。”灵漪读得兴起，遂一字一句念白，“陈眉公曰，人有一字不识而多诗意，一偈不参而多禅意，一勺不濡而多酒意，一石不晓而多画意，淡宕故也。“她着意将最后一句重复几遍，“余心，我怎么觉着这明明就是在谈论几百年后的你啊？”

余心对镜摘帽，在镜中笑瞥她一眼：“我？我有何意？”

“汝非教徒，却大有出尘之意。”灵漪摇头摆脑。

“可我还有服务大众之意，却常怯于行动，请问阁下慧眼看出没有？”

“你可真是好人啊，好得像食堂的包子，心子都透出皮了。”灵漪光脚跳下床，按住余心肩膀左看右瞧，嘻嘻笑。

“好人——当真有用吗？”余心嘴角上翘。

“也许，终有一天你将付出行动的。你永远是好人。”灵漪收敛了笑容，认真、感慨。

余心半晌无言，忽然站起来：“别讲古了，该用晚餐了！”

“哎，糟白鲞在哪里？”灵漪调皮地围着她左右乱转，“为了享受这道赵家菜，我可连下午茶都没用哪！快拿出来。”

“忘带了。”余心笑得很羞涩，“走吧小姐，还下午茶呢，这日子可真够奢侈的啦。”

次日课后，余心依旧保持着头一天的愉快心绪。她让灵漪先回去，自己去教务科办些杂事。教务科和宿务科在同一间大房子里办公。通过软缎门帘与木地板的间隙，余心意识到刀条脸的女生宿务主任娄荷也串门来了，因她那标志性的裹着玻璃丝袜，挤在高跟鞋里的小脚正如两把尖刀在地上一下下跺得很锐利。余心无来由地打个寒噤，暗忖这名字风雅，平日也自诩风韵的娄主任白日常守在宿舍楼口办公，对来来往往的小姐都很亲热。于是心下稍安，刚抬手要敲，忽听娄主任边脆生生地大啃苹果边狠狠道：“别吵别吵，且听我说！人家都讲公立大学里钻头觅缝的穷鬼很不少；而咱这破学堂哪，只要兜里揣满大洋，多半就能进。

这儿，不是公子哥儿就是娇小姐，没错。可我就是气愤不过，凤凰群里竟也藏着乌鸦。大家子弟里也有像新闻系赵余心那种含着金钥匙出生，却出落得又傻、又丑的——不幸，又是女人！这个样子活在世上还有啥用？啊？要是我自个的闺女啊，一生下来就把她溺死在马桶里！”

啃苹果之音如碎玻璃一片片四下里散落，立刻众人哄笑起来，声调有高有低。

赵余心下意识地回过头去，突然和伫立身后的萧川打了个照面。他穿一身补丁长衫，小心地捧着堆零散旧票子，一看就是来补交学费的。

余心转身疾行。

她被剥得赤裸裸地，活像一只人人喊打、四处逃窜的老鼠，冷不丁立在萧川面前。而手捧千辛万苦凑足的票子来此势利之地的萧川，必也将被剥得赤裸裸地，刀途血路，同样暴露在她面前。也许他不会在意。他的情操高洁洒脱。不，对她，只余逃遁一途，逃得越远越好。这，也是双方的解脱。

萧川却显然不幸都听见了，竟紧随她不放，呼吸急促：“混蛋的说法是根本不值得放在心上的！”

她麻木而行，恍若未闻。萧川却不放心，还在后面跟着。

不，现在千万别给我同情！那颗千疮百孔的心在呐喊。

这以后，她又消极沉沦下去了。

时光往往是不问人心的，它只顾日日流逝。老方的目标一向很明确，要确保灵漪安全。担忧提防，渐成空穴来风。然而半月过去，终出了事。

这日又到了周末。宋灵漪和赵余心搭伴去图书馆自习。那条林荫路上，路灯不知何时熄了。远处微光明灭，宛如鬼火，一个个在狡黠地向两个姑娘挤眉弄眼。莫名的紧张令她们同时加快步子。直觉更给余心一种不祥的警告。果然几条黑影又一次从天而降，这次却是直奔灵漪而来。

灵漪牙关打颤，强撑着厉声喝问：“你们要干什么？可知这是什么地方？”

“什么地方？管他啥地方！老子就是冲着美人来的！”这边厢领头人激动得张牙舞爪口吐飞沫，那边灵漪已毫不犹豫，先抓过他的手，在上面狠咬一口。那人痛叫，下意识地挥拳就向灵漪打来，边上人忙拦住了。“马先生，马先生！”他们接二连三地垂询着，“现在该怎么办呀？”这一声真如电光石火，灵漪和余心同时互望。

“终于找到你们了！马、先、生！”灵漪于愤恨中勃生破案的激动，高喝一声，“来人呀，抓坏人！”却有几人立刻上前死扭住她。余心刚想叫，也被踢倒在地。

“难道就没人来救我们吗？”灵漪死死抱住路边的树，心下十分凄凉。

“谁在呼喊？谁在呼喊？”远处有人询问。灵漪如闻天籁，立刻不管不顾地狂呼：“是这里！抓坏人！”于是几个男子热气腾腾地跑来。

“到底出了什么事？”其中一人挥挥手，音调于疑惑间透出不谙世事的敦厚，“地上的，又是谁？”

“给我滚开吧公子爷！”“马先生”忍了半天早已不耐烦了，干脆掏出利刃来，“识相的就趁早滚远点，别耽误老子好事！”

“堂堂春江，岂容宵小作乱？”对方正气凛然毫不畏惧，上前理论，“不管你抓的是谁，只要是春江学生，我就要管到底！”说得连他自己都被感动了，声调抖颤。

“你真要管？那可先吃老子一刀再管吧，小赤佬！”“马先生”大有流氓本色，无须废话，挥舞利刃便迎奔上前。

“小心！”灵漪忍不住高喊，但为时已晚。那人似是草包，转瞬间便惨叫一声紧捂住胳膊。旁边几个朋友立刻踊跃地上前支援。混乱之际，司职放哨的歹徒匆匆窜回，叫道：“马先生，不好，那边又有人来了！”

“马先生”顿时无心恋战，暗骂一声，吹个呼哨，几个歹徒迅即人间蒸发。

接着又是一片死样的寂静，并没有什么人过来。灵漪的腿都软了，忙咬住嘴唇扶树站起，定定神，先从包里摸出一个手电筒向恩人照去。

“是你？”一见之下她愕然万分。只见那男子正惨白着一张大脸在一班朋友围拢下查看胳膊伤势，面容狰狞扭许。

“那是谁？”长久无声的余心却接着话茬厉声发问。

“你没事吧，雷娅？”灵漪才想起余心来，又照向她。

“没事，莫非你倒认识此人？”余心皱眉用手驱赶光芒。

灵漪不答，反向那男子走去，声音微颤：“马方平先生，谢谢你——救了我们！”

“你，是……”那男人挣扎着向她看过去，忽激动站起，“宋小姐！原来我救的竟是你呀，宋小姐啊！”

他显然过于激动，身子一晃，倒于地上。

“马公子，马公子！”朋友们忙上去摇晃他的身体，“你怎样啦？”

灵漪听着，心里满满的都是针刺之感。余心向她附耳低语：“不要受骗。真正的坏人其实就在此！原来正是他——马公子！绝非那冒牌的跳梁小丑‘马先生’！”

灵漪圆睁双目。

“我已听出他的声音。那天晚上，就是他……”

在这千钧一发之刻，马公子身边一个家伙抄起地上尖刀，劈手就向余心狠刺过来。灵漪和余心魂魄皆散。却又有一人赶来，一脚踢飞尖刀夺在手中。

这边，灵漪突然缓过神来，高举手电射向马方平：“马、公、子，原来这个姓马的家伙不是他人，就是你！”

一泻无余的白光下，那位曾数次力邀她加入剧社的富家公子马方平脸部痉挛，如鸭子蹒跚走来，嗫嚅道：“宋小姐，不要误会，请听我解释……”

“站住！你还敢说什么！”

“既如此，就休怪小生不客气了！——哟！”说是迟那是快，那救了余心的男子已敏捷上前，一把揪住马方平的衣领。原来是萧川。

萧川扯住马方平，迅速退后，背靠大树，挥舞尖刀在马方平头边摇晃：“谁敢过来，我就把他宰了！”

黑暗中一片寂静。马方平簌簌发抖，厉声叫：“谁敢杀老子！”

众人呆若木鸡。这帮不成器的家伙显然使萧川轻蔑，他冷冷一笑，又对灵漪、余心示意：“还不快走！”二人惊魂甫定，忙绕过他身后，互作搀扶，向路灯跑去。这边仍是两方对峙，萧川抓着马方平慢慢后退。忽然灵漪高跟鞋一扭，一个踉跄跌扑于地，失声惊叫。余心忙扶她站起。萧川闻声回头看，余心的第六感捕捉到了他的分心，遂奋力叫道：“没事的，你放心！”

马方平也立刻感知萧川的松动，突然从怀中掏出一把匕首，冷不丁儿反手刺向萧川。萧川本能一闪。黑暗中，不知是谁忽然开了几枪。枪声引来了附近的学生和教师，一片人声鼎沸。

余心和灵漪不管不顾，只径直向宿舍狂奔而去。

“宋小姐，出了什么事？”混乱中有两双手拦在她们面前，原来老方和王永勤正夹在人流里四处打探消息。灵漪如见亲人，一把将王永勤拉住。方超只听了几句，立刻去找萧川。“这里人多，跟我来。”永勤克制住心头强烈的不安，将她们领到自己租住的地方。

这是间草顶碎砖的民房，四围荒地。进门处整齐地堆着劈柴，冷灶边一床卷起的旧被褥孤零零靠在熏黑的墙壁上。里屋的门关着，想来也大不到哪里去。如此简陋，却显然要挤住三个人，真不知该怎么个住法，她们于惊魂中又添了些许不安。没想到就在这富家子的乐园，仅半山之隔竟还存在这般寒酸的住处。

永勤焦虑地走着来回：“萧川每天都在暗中保护你们……不知他现在怎么样了？”

灵漪只不住拭去冷汗，什么也说不出。

余心向黑洞洞的窗外望去：“方先生怎么还不回来？他回来了，萧先生自然也就有消息了。”

“你说得对。”

等了好久，才见方超扶着满身是血的萧川匆匆跨进门槛。

“萧川，你受伤了？”永勤惊呼。

萧川无所谓地笑一下：“没什么，只是肩膀擦破了点皮。他妈的，这帮乌龟王八蛋！”

灵漪看他一眼：“快请坐下。那个流氓呢？”

萧川在王永勤帮助下艰难脱去带血的长袍：“我抓着他到了人多有光的地方，那时其他家伙早逃了。在场许多同学都要将马方平扭送校方，我不同意。”

灵漪扬扬眉梢：“怎么？”

“这时，许眉庭和几个学生自治会的人赶来了，要带走他。”

萧川喘一口气，老方赶快接上岔儿：“正好，我也赶到了。那姓马的还在叫嚷冤枉，萧川从他身上搜出凶器，又要请你们前来对质，他这才老实了。围观同学全吓呆了，都说堂堂春江可从没出过这样的丑事。许眉庭满脸通红，立刻要把他带走。那几个自治会的人也吵着要带走他严惩。在这种情况下，我们又有什么办法？奇怪的是，这个平日里最爱流连歌舞场的许某今天怎么出现得如此神速？

要知道，今天可是周末。”

王永勤止住他的滔滔讲演：“行啦，快坐下吧，给萧川洗洗伤口,别化了脓。”余心见架上有个脸盆，犹豫着捅捅灵漪。灵漪恍然，跳起来去拿盆。老方赞许地看她一眼，从缸里舀一瓢水倒在盆中。余心嗫嚅：“怕还得加点热水吧？”被提醒了的永勤烦恼地说：“可不是，我这就去烧！”“怎么你们就不用暖瓶呢？”灵漪奇怪地问，老方尴尬地摇头，余心忙向她做个眼色。

“要啥热水，这么洗洗不就行了。”萧川不以为然地撸起袖子。灵漪心里千头万绪倒不出口，只望着永勤从铁丝上拿下一条洗得发白，薄得透明的毛巾。这会儿老方也从抽屉里找出棉花和红药水。王永勤细心地为萧川清洗伤口，不停叨问：“疼不疼？”萧川无所谓地笑笑，摇摇头。

方超无事可做，又踱到灵漪面前：“宋小姐，看你脸色苍白，一定是受了惊吓。”

灵漪慢慢摇头：“我现在头脑很乱。”她把头埋在手掌中，不再说话。

这时永勤正给萧川小心地涂抹药水：“子弹是不是还在里面？”

“如果有子弹，可得尽快取出。”方超回头嘱咐。

萧川站起，披上带血的长衫：“只是擦破了点皮，没关系的。”

“天不早了，我们也该回去了。”灵漪见状慢慢起身。

“我送你们。”方超走到她面前，语重心长，“要好好休息，宋小姐。”

“怎么——还能睡得着？”

灵漪彻夜辗转，第二天一早就爬了起来，见余心似乎还睡得很香，犹豫片刻，便自己赶往教务长办公室。

办公室静悄悄的，只有一个秘书模样的人在收拾。灵漪劈头就问：“DEAN许在吗？”

秘书抬头，惊笑道：“是宋小姐？他，他还没来哩。”

灵漪既惊且怒。她素日风闻许眉庭是个风流种子，可昨天学校发生这等大事，姓许的怎还踪影皆无？

恰在这时，夹着文明棍，行色匆匆的许眉庭进了走廊。通过半开的门他看见灵漪，先吃一惊，随即微笑而进：“宋宋小姐，对对不起，我还以为你昨晚一定回家去了，故此未致慰问。受惊了吧？令尊可可已知晓？”

“校方不出马护送，我怎敢独自回家！难道我吃了熊心豹子胆吗？”灵漪冷笑，“不知DEAN许将马方平如何处置？”

“放心吧，已送送往警察局了。”

“给他什么判处？同案人等又在哪里？”

“这这都要由司法当局调查、审审判决定，校方无权干干涉法律。不过宋小姐，你请请放心吧，他定会为自己的如水痴痴心和愚蠢尝试付付出不小代价的！”许眉庭一叹，偷睨她一眼。

灵漪尽量沉住气，起身缓走几步：“DEAN许，我想你当然知道，家父为本校教授，但你可能不大清楚他还是国民党元老，在政界自然有不少朋友。连省主席都曾到我家来做过客！如果当局对姓马的惩处不力的话，我相信，到时会有人出来说话的！”

天气并不热，可许眉庭却掏出丝帕来回擦拭光滑的头顶：“对，对。”

灵漪走到门口：“如果需要出庭做证的话，请立即通知我。”许眉庭唯唯称是。

目送灵漪身影远去，许眉庭一屁股坐在椅子上。秘书从里间屋出来，附于他耳边道：“教务长，马方平的父亲来过几次电话了，请你立即去南京。”

许眉庭置若罔闻，依旧皱着眉头。

“教务长……”

“知道了！”许眉庭一挥手站起来，“备，备车。”

一周后的早晨，灵漪和余心匆匆赶到那荒地上的民房。她们对此地已很熟悉。“王大姐，怎么就你一人？”灵漪的兴奋之情溢于言表。

“老方和萧川进城办事去了。”永勤边梳头边笑道，“有什么好消息？”

“许眉庭昨天通知我，今日警局就会把马方平押到学校来公开受审。我要控告他！雷娅也准备做旁证。”

“如果需要，我们几个也愿做证。”永勤忙补充。

“谢谢！”灵漪昂起头，自信地道，“这次有那么多双眼睛盯着，他就是有三头六臂也绝跑不了啦！我呢，算是又长了见识，认清了这种人华丽外表下的一颗狼心！”

余心很快做了个理性的补充：“如果萧先生能出来作证的话，就更好了！”

“没关系，他们很快就能赶回。”王永勤亲切地抚她的肩。

正说着，远处传来小汽车尖锐的喇叭声，依稀可闻人声鼎沸。

“难道这么快就来了？”灵漪既喜又惊。三人匆匆赶上山去，见教务楼前已水泄不通，不但围满学生、教师、校董会成员，还穿梭着手持闪光灯的记者。灵漪分开人就向里挤，又招呼余心和永勤快跟上。人们也纷纷让路，悄悄发着议论：“你看‘铁骨红梅’那精神头，这次非把马方平拉下马不可！”“要不是被这么个美人迷了心窍，小马能做出这等糊涂事来？”

却见许眉庭动作迟缓、神气沮丧地从一部挂警局牌照的车中走出，后面只跟了一警察和另一书记员模样者。

灵漪急着问：“马方平呢？”

许眉庭先将她死死摄入眼帘，又旖旎地打量一下余心和永勤，半晌才缓缓长叹：“很不幸，十分意外，他……他他在路上跑掉了！”

这消息实不啻拔地惊雷，四下的议论更争先恐后如早春池塘漾起的蛙鸣。大家谈得津津有味，灵漪却早急得手足失措，幸得余心轻轻拉她，她才强自镇定，怒声道：“这，这不可能！”

那头上贴了纱布的警察忙过来小心解释：“是这样的！半路马犯提出要下车小解，忽然从草丛里窜出几个同伙，把我打昏，将他劫走了。”

许眉庭一直在痛心地揩拭金丝眼镜，此时才缓缓戴上，接下去补充道：“当时我们还坐在车里，等发现情况再出去，已晚了！晚了！发生了这样的事，难道我不痛心？不过请大家放心，警局定会严加追捕的。”

有人不满地摇头走开，剩下的人都紧着注意灵漪的神色。“红颜到底是祸水呀。”一男生大感趣味，紧盯又气又惊的灵漪，向女友悄悄感慨。女友轻蔑地从鼻子里哼出一声，突然发了飙，把勾在他臂弯的手抽出，低泣着奔下山去。那男生这才知失口，只能回头找补地盯了灵漪一眼以示愤愤，无可奈何更没热情地追将下去。

永勤也不觉头上冒了汗，见灵漪神色痛苦，只得上前低慰。灵漪咬牙，恨恨道：“追捕？哼，谈何容易？”

“小姐也太低估当局能力了！”义正词严地要赖本是许眉庭拿手好戏，灵漪一接口就入了他的套。

王永勤没心情地回身四望，却见余心目露惊色，像是自己被自己吓住了。她才欲过去搭话，不料外间又起喧哗，只见萧川、方超推搡着许眉庭的秘书，分开人群大步而进。发现新热点的记者们不分青红皂白，先冲上去占据有利地形，“啪啪”地按了通快门。

许眉庭的嘴皮子立刻严丝合缝地全粘在了上牙床。他忙寻口唾沫咽了，跑下台阶一声怒喝，只恨没备惊堂木，不然打在大腿上也在所不惜：“你们反了，竟敢劫持我的手下！”

秘书却早心怀鬼胎低头不语。许眉庭背摇小手向这不争气的部下暗表弹压，同时阴沉地打量着方、萧。两个穷小子是堂堂教务长根本不认识的，此时却蓦然激发出他猎狗样的职业敏感。晚了，怕是晚了！大意失荆州啊！他目光如炬却心跳如鼓。

方超根本不屑不与这狐狸做正面交锋，只老练地转向大众，声音沉稳有力：“我和老萧出门办事，回来时偶见几人正鬼祟地爬上江边停泊的一只小船。萧川眼尖，说那壮汉不是马方平么！我们悄悄绕过去一打量，果然就是他！可惜晚到了一步，他们已解缆上船了。只有这家伙当时还在忙里忙外没来得及登船，被我们逮了个正着！可惜姓马的却已逃之夭夭！”

“可不是么，原来从头到尾都是大圈套大陷阱！”王永勤愤怒地接口。余心吓呆了。灵漪早顾不上呆了，眼里喷射的火星使许先生毛发倒立，活像烫了火剪的女人。

萧川随手一推这个秘书，把他推了个踉跄：“快说，那幕后策划者究竟是谁？”

魂飞魄散的秘书抬头呆望主子。许眉庭想抽烟以示镇定，连划几次火柴都划不着。

直觉在这时又及时出来帮了余心。她拉住灵漪道：“是的，那天打我的人中，有一个高个子，现在想来正是教务长！对，我想起来了，他有轻微的口吃！还有他打量女人时那种特殊的姿态……我都想起来了！”余心脸一红，急道，“他还催马方平‘别打了’呢……”

立时灵漪火冒三丈直冲上前，许眉庭想不到发了怒的女人竟如此不好惹，拐着脚连连躲避不及。

“真没想到啊，姓许的，你这披着人皮的豺狼！居然还站在这里为人师表！帮凶、政客！”

许眉庭差点踩空摔下，自知颜面已扫地却不得不勉强作出正色：“你，你乱咬！有有何证据？”

赵余心立刻举手：“我作证！”

萧川一把揪住秘书的衣领：“快说，后台是不是他？”

愤怒、惊疑的目光立刻都聚焦在秘书身上。他怯懦地躲避着主子凶狠威胁的注视，权衡来去，终于缓缓点了点头。好一片唏嘘叹息，更夹杂了层出不迭的惊呼。群情激愤顿如被点燃的干柴！几个高大学生猛冲上前团团围住许眉庭，不让他逃。许眉庭垂手夹腿而立。方超逮住时机跳上许刚站着的台阶挥臂高呼：“清平世界，成何法纪？同学们，我们堂堂的许教务长到底是个什么东西？——就是官痞兼流氓嘛！一定要严惩许眉庭、马方平，改选不称职的学生自治会！改选，改选！”人群中萧川更振臂高呼：“走啊，到校长办公室请愿去！”在场人等对自身安全的担忧，对校方的诸多不满被一触即发。人们兴奋地互相鼓动，都觉得这比读书可有乐趣多了。押解许眉庭的队伍很快组织起来，浩浩荡荡向森严的校长室而去。宋灵漪拉着赵余心走在最前面。余心根本挣不脱。

王永勤兴奋地鼓动打气，忽见萧川落在最后，脸色赤红，皱紧眉头。永勤兴头头地挥手：“走啊，萧川！”

萧川勉强笑笑：“大姐，你先去吧。”

永勤一愣：“怎么啦？你的脸色好难看！”

萧川立刻说：“没什么，快走吧。”尾随队伍向前而去，永勤担心地跟在后面。

七

事后，在向市委的汇报中，老方高瞻远瞩，做出全面总结：此次请愿行动丝毫不諬军事上打了个大胜仗，还捎带获得了远比单纯的战争捷报更深广的政治效果：迫于师生强大压力，校董会立即召开紧急会议，罢免了许眉庭；马方平虽如黄鹤一去杳无音讯，但由他领导的学生自治会也自然威信大扫。全面改选后，方超和宋灵漪都当选为委员。“

我们终于掌握了对学生活动的支配权，找到了党所要求的那个突破口”。在刘书记面前，老方毫不掩饰激动之态——因为绝大多数公子小姐都是没有多少政治意识的，反而更容易指引。这样快就取得了重大进展！刘书记自然也惊喜不已。

唯一遗憾者，就是在这一帆风顺中忽然发生了件出人意料的事：萧川在请愿现场晕倒了，被送往医院急救。

当日下午虽还是阴沉沉的，却有了种湿漉漉的温暖气息——立春还没到呢，但那味道就已经不一样了。灵漪提了篮包装精美的水果，和余心赶往市中心的德国医院。

急诊室门口静悄悄的，只方超来回在有限的方砖格子间踱步，王永勤直看得热汗滚滚：“别走了，把我的头都搞晕了！”方超置之不理，一眼见灵漪挑帘而进，忙迎过去。

“他到底是怎么了？”

“是一颗子弹留在他身上，造成血液中毒。”老方语气沉重。

灵漪怔了半晌，才道：“都是为了我们……他怎么不说呀。”

“你还不知这人的脾气。他性情内向倔强，承受力、耐力都是常人难以想象的。”

“那么现在还有危险么？”灵漪忙问。

永勤也过来了，摇头道：“子弹在体内停留的时间较长，还很难说。”

灵漪只得默默坐下，余心在她身边站了。空气越发凝重。

急诊室的门开了，一位大夫匆匆走出，众人忙围拢过去。

那神态疲倦的德国大夫摊开双手道：“总算上帝愿意保佑他！他的体质真是惊人的健壮，我想他一定当过兵。此外，我找不到任何理由来解释萧先生在受伤后这些天里牛一般的耐力。”

大家都有些感动，更不约而同松了口气。永勤目光急切：“我们可以去看望他吗？”

“请吧。不过一次最好不超过三个人，也不要说话。”

永勤转向灵漪说：“三个人？那么你也来吧？”

灵漪忽然把水果递与她：“不，我还有事，就不进去了！”回身匆匆跑出医院。

“哎！”方超在后面叫着，忙对余心嘱咐，“你快去追她，看她是不是不舒服。”

余心点点头，追出去了。

方超叹口气：“奇怪……那我们进去吧！”

刚迈进静谧的病室，一阵低微的歌声传进他们耳朵：“我走过世上所有的角落，却回不了家乡的山林……”

只听见前两句，王永勤的泪便已夺眶而出。她忙扭过头去，不让老方发觉。

轻声哼唱的萧川把目光从松云笼罩的窗外拉回来，惊喜地叫道：“王大姐，老方！”

老方忙过去按住他：“不要动。你在唱什么歌？”

“民歌。”

“不要唱，好好休息。”老方坐在床边。

王永勤自行拭了泪，也笑眯眯过来，把水果放在床头柜上。

萧川说：“这点伤算不了什么，我想明天就出院。”

“你疯了！还要不要命？”

“刚才我一睁眼，就看见了窗外的松树。不知怎的，我还真以为自己是躺在家乡的山冈上……想想那些岁月，就觉得现在过得太舒服了。我没有权力在这儿继续躺着，而不去干些实事。”

王永勤柔情地按住他的手：“萧川，还是安心养伤吧！形势发展得这么快，今后还有许多事需要我们去做呢！”

萧川笑一下：“刚才我也不知怎么了，说了那么多话。也许是因为受伤，感情有些脆弱了吧！”他闭上眼睛，不再说话。

方超一直沉思地凝望他，这时才缓缓开口：“我们虽住在同一个屋檐下，却很少谈彼此的过去。是的，在参加革命前，每人都有一段十分艰难的历程，虽然它的形式是不一样的……”

“你少说两句吧。”王永勤打断他。恰在这时，护士捧着药进来：“对不起，病人该吃药了。“

王永勤和方超急忙站起，又嘱咐几句，走出病房。萧川侧过脸，默然地望着他们的背影。

当二人无言地步出医院时，意外发现灵漪竟还坐在医院门口，残柳下的长椅上。余心站在一旁，手插在棉袍兜里望地上深积的落叶。

“你们还没走？”王永勤和方超诧异地过去。

灵漪站起：“萧先生可好些了？”

“放心吧。”永勤为她拂拂肩头的落叶。

老方也长舒口气，一屁股在她身边坐下，顺势伸展双臂，侧头盯住她赞道：“这次和马方平尤其是校方的的斗争，取得了很大政治影响！你真是个聪明、顽强的姑娘！”

灵漪有些不自然地说：“当初我可并非是有意针对校方。”

“噢？”老方和永勤对看看。老方意味深长地发问，“难道这是偶然事件？”

“当然，我厌恶像DEAN许那样的人！他是什么教育家？官痞！”

“可是DEAN许下去了，DEAN张、DEAN王来接管春江，照样会以权谋私、官官相护啊，想过吗？”老方很有兴趣地看她，永勤却沉默不语。

“也许！天下乌鸦一般黑！似乎我能做的只是独善其身。”

“非也！”老方搓搓手掌，这是他兴奋时的标志动作，“于今国难当头，国家急需我们青年挺身救亡。怎能独善其身呢？要知道我对你有很高期望。”

灵漪沉默，心绪纷繁。

“那姓许的才不傻呢，要不能坐到这位置？但为了讨好想入非非的少爷马方平，更确切点说，为了讨好马方平身后的人，才不得不出此下策。可百密一疏，他忘了自己的标志——结巴。看——”老方乘胜追击，“你所幻想的教育救国、新闻救国，遇上这种世道能行得通吗？要治国，首先得把腐烂发霉的旧根子挖出，才能再植新芽。”

听到此处，余心眼睛发亮，忙捅捅灵漪让她注意。

“你们的哲学课，大概讲的都是西方那一套，没用。”永勤也插上，“你该看点辨证唯物主义理论，它才是最适合我们这个东方大国之国情的。”

老方接着道：“宋小姐，社会如此不公平，事实是你连独善其身都难以实现，还妄谈何治国之志？”

灵漪和余心无不感慨系之，同时点头。灵漪神气沮丧地皱眉绞手：“今日方知自己真不是一般的幼稚。是啊，如果当时没有你们帮忙……”

王永勤沉着摆手，表示不值一提。

“自古娥眉性命由他人，我们做女子的……”她亲切地挽住灵漪胳膊，轮番打量二人，斩钉截铁地道，“只有把自身的出路和民族的出路结合在一起，才能独立自主，实现个人价值，为社会服务。”

“对，我们女子不是花瓶。可我们常常被当作花瓶！”

“只要我们有救国雄心，团结起来，就一定会战胜目前困难。我有几本书就是讲这些道理的。你们如有兴趣，可以读读。”

灵漪高兴地挽住她的手：“你介绍的，我一定读。我信你们！我愿意听新的东西！”

“走！”老方十分兴奋，“今天可真是个艳阳天！”

于是几人一鼓作气来到那民房，进了里屋。王永勤熟练地掀开一块地砖，在两个姑娘惊奇的注目中抱出几本书，先审查哪些适合她们阅读。趁等待的工夫，余心在旁边翻看那些上海出的杂志。老方用胳膊肘轻轻碰碰灵漪：“到院里去，我有话问你。”

灵漪看他一眼，沉了沉，点头出去。

两人来到院中。老方试探着问：“你……家里还有些什么人？先不要问我为什么这样好奇，我自有道理。”

灵漪遥望远方：“父亲、后母，还有三个弟弟。”

“恕我冒昧，你和家庭……关系融洽吗？”

灵漪冷笑：“融洽？那是个金丝编制的牢笼，纵有锦衣玉食也毫无意味！”老方没想到这大家闺秀的逆反精神竟这么强烈，不觉有些惊喜……

这时王大姐出来招呼老方，见二人谈得热火，遂不言语。灵漪道：“天不早了，我们该走了。”老方欲言又止。

永勤看他一眼：“不，你们接着谈，我没什么事。”

“可我们必须走了。”灵漪等捧着书的余心出来，即拉她向二人告辞，快步走远。老方凝望那披着夕阳的背影消失在山凹间。

王大姐评价：“灵漪真有个性。余心呢，是个书呆子。”老方漫应着。

“老方……你最近瘦了。我劝你不要熬夜，也不要太在饮食上节省，你总是不听。昨天我去药店买了点鱼肝油。”

老方转过头，视线落回永勤脸上，不觉轻握握她的手：“谢谢你。”四目相对，永勤轻叹：“回屋吧。”

两人闷闷而回，老方抚抚立在冷灶边的被褥。永勤先进小屋，将余下的书刊藏好。半晌，老方叉腰眺望着小窗外的无尽梅林，叹道：“别看宋灵漪表面风光，其实坎坷着呢。”“怎么着？”永勤在里面问。“你知道吗？她有后母，底下还有三个弟弟，你能想得出她在家里有多不容易！所以你这个做大姐的要多关心、怜爱她才是。”

永勤没接话茬儿，过一会儿拍着身上的灰走出来，从茶壶里倒了碗水，痛喝几口才道：“你跟她在院子里说话的工夫，我和赵余心也谈了谈。”“噢？她说了宋灵漪些什么？”“不是说宋灵漪。原来余心的母亲也很早就去世了，还是姨太太呢。”老方便也靠着灶边坐下，倚着那被褥道：“以后我们真要对宋灵漪更好一点儿。”

一路上，宋灵漪和赵余心都默默无言。灵漪哗啦啦翻着手中的《大众哲学》。“还是放到包里吧，这是禁书。”余心轻声提醒。

“禁书？越是禁的，我就越感兴趣！”灵漪赌气地道。

余心想了想，问：“你觉得他们到底是怎样的人？”

灵漪看她一眼，正与她询问的目光相对。

“他们……是红色的？”灵漪试探道。

余心点点头：“三个神秘的火枪手。”

和熟悉的人在一起时，余心的连珠妙语常与外表毫不相称。灵漪不由心跳加快：“你怕么？我倒觉得他们行事言谈都很有道理！管他什么颜色，只要能救国救民，搅动这一潭社会的死水，我就信服！

“雷娅，你——怕吗？”

我怕？……余心苦涩地笑了。从没人真正了解过她。

她打开了日记本，写道——

“那方，就是那方，心爱的人儿啊，我要与你同往！”

还记得那春暖花开的季节，湿润的空气中浮动迎春的沁芳。手执从后门蔓草中攀折的青柳条，我情不自禁地哼着那动听的《迷娘歌》跑进幽僻的后院，心情与这和暖的天气一般开朗无二。

"我的大小姐哎！"白大妈惊恐地挪动小脚，艰难地飞奔而来，两只眼瞪得比铜铃还大几分，"你在唱啥鬼调？"羞、气使她满脸通红："败坏风俗！啥亲呀爱，作孽啊！"

我沉默了，把柳条丢在地上，好一阵懊恼：白大妈，守寡多年，视我亲同己出的好母亲，一个虽无多少知识却很有见识的乡下妇人，更是这世上唯一爱我疼我的人——她的话，能有错？

我想向她细细解释，《迷娘歌》并非我的创造，而是德国一位大文豪的著作。我这自小浸淫于宗教中的孤女，每当唱起这天籁之乐，都如望见了一座遥不可及的圣堂——比地上的冷酷世界美丽，温暖千百倍。可谁又能解释得清这纯粹的，仅为愉快、欣悦，甚至不无惆怅的情感寻找的寄托？这，正是我现在需要的情感。

其实，她还能不明白吗？我哪儿有什么心爱的人？从履历上看，我是幸福的公主，实际上，我的命运连风雨中可怜的乞儿都不如。他们至少还有亲人相依为命。

我就这样长大了。刚满十岁就死了母亲，被大太太推给忠实的老仆白大妈一家。十二岁上生了一场天花，自此毁了容貌，也毁了憧憬满怀的心。后来我才明白，天花留下的后遗症，还远不止这些。

苦难好像总在前方等待着我。十六岁，我才入中学读书。几年与世隔绝的卧病生涯，麻点，独目，如黑色怒涛，完全吞噬了我的自尊。二十岁，我从女中毕业，考入春江大学。

这又颇引发一些不平。嫉妒是一种可怕的毒素。真奇怪，人们漠视我，更把我当靶子谈得津津有味。

不过，这些对我来说已毫不重要了！我已飞出静如死水的教会女校，投入憧憬多时的大学校园。令我吃惊的是，在这里，我第一次看到那么多男人！以前，除了冰冷的父亲与白大妈痴傻的儿子，我从未接触过任何异性，似乎也没这种要求。可现在不同了。我的心在一夜间膨胀起来，眼光也不再迟钝。我发现了一些很好的青年，他们热情，他们文明，他们聪颖……每当听到周围女伴用爱慕的口气谈论起这些人时，我虽习惯性地缄口不言，可心中，却同样涌动着激情。

我并不傻，甚至相当敏感。但这敏感在全无心肝的俗世上毫无用场。当然不久后我就明白，这种激动对我来说是很多余的。我的心本就是多余的。青年热烈的诗、鲜美的花，只会送给我周围的姑娘。刚萌芽的心随着春天的消逝而渐冷，炎夏的酷热又把它烤得枯焦。最终，在经历了深秋与寒冬后，它成为一块铁板。

除了学业，再无任何可寄托的东西。潜在的歧视、冷暴力，时时阻止我这样不够坚强的人寻觅其他可寄托的所在。热闹么，欢玩么，都是我欣慕却难拥有的。别人只简单地说我真是块没感情的木头，——丑陋者往往免不了性情愚蠢、卑劣。这是很易推断的结论。我们刚学到社会达尔文主义。这是整个疯狂的世界都很推崇的一种哲学。比起来，我宁愿做块木头。

所以我真该与外面世界诸人等交换位置，皆大欢喜。也许我命中注定是要做村姑、乡尼的。这也是一种境界——然而不行，我又有山一样的惰性和恐惧，无论于精神还是体力。我迈着缓慢沉重的脚步在荒野踽踽独行。凡是人类足迹印上沙子的地方，我都十分注意，尽量避而不去。

真希望不经授粉，花儿也自能结出果实。

就在这种压抑的潜环境中，我结识了王永勤。她富有城府的男友老方则对我视若不见。经常和他们在一起的，还有一个叫萧川的沉默寡言的青年。

孤独造就的敏感使我几乎立刻就明白了他们从属于某个神秘危险的政治团体，正在从事的不仅是抗日救国的伟业，还有破坏一切以求新秩序的潜在使命。我竟喜欢这样的事业！我有什么可惋惜的呢？我，同样是无产者！

——难道，不参加革命，我就会成为一个虔诚的基督徒吗？

比起社交活动多得推也推不掉的宋灵漪，孤单的赵余心自然就更依恋、更信任做大姐做惯了的王永勤。后者还有个宝贵天赋，就是极易使人对己敞开心扉。

对赵余心，王永勤总显得直截了当。这姑娘的心是空的，亟需爱的甘露——

她总是对老方这样解释，老方却每每不屑一听。于是只有永勤在关心着可怜的小资产阶级小姐赵余心的一切心思，当然也包括爱情了。可多年来这是余心冰冻的禁区。当听完那些断断续续、支支吾吾的叙述后，王大姐的愤怒与同情一起涨发出来，红涨的脸颊和坚定的回答更令可怜的姑娘感动非常："不，赵余心，你一定会得到真正的幸福的！你比你身边那些醉生梦死的小姐可强太多啦！谁若胆敢因为那些庸俗的理由就轻视你，那，他就是混蛋！"沉默半晌，王大姐似乎竟也需从柔软的余心这里寻求些虚无的支撑："你知道吗？我曾信世上有真正的爱情。为此，我不惜三次逃跑，反抗包办婚姻。"

三次啊！这真是正义与爱、力量与勇气的化身，简直是一个贞德！余心亲热地把头靠在她肩上。她笑了笑，借此令心情平复，又挽着余心缓缓前行。

"你父亲果真是个银行家？"过了一会儿，她又略带惊奇地发问。

余心默然点头。这个显赫的出身常使她莫名其妙地在外人惊羡的目光前感到少有的满足。而接下去这种满足的衍生物往往又是更深的怅然。

"真是这样啊！"永勤笑了，"怪不得你这样……文静。家里还有些什么人呢？"

这时，她们已踱到那条清静的林荫道上。余心突然打个哆嗦。月亮高挂在中天，冬日的风吹拂着她们的头发，拂在脸颊上，痒丝丝的。话说开了，就很容易深入。因余心自己也怀有强烈的倾诉欲望，于是就一边用手指拨去额上的乱发一边回答："还有三个妹妹。她们都很漂亮。"

王大姐同情地望着余心，过了会儿突然热情如火道："没关系的！身为新时代的女子，我们不应只沉溺于个人苦痛中无法自拔，应学会倾听民众在苦难中的呼唤。你说对吗？"

"大姐，我就总在想，为什么工友就不能住在学校周围的山上？这不就是不公平！我们天天可以见到，却没人留意过。"余心忽然激动了。

永勤一愣："哦，是的，这我也从没想过。太好了，你真是个善良的大小姐。"显然，是余心的不幸使王大姐将这可怜的姑娘当成了可发展的对象。少有的重视和关切就足以令余心感激涕零。

"宋灵漪身上那种奇特性情又是如何来的呢？"过了会儿，永勤又试探着问。

"阿尔米达？我也不很清楚。"余心想了想，还是决定告诉永勤。人都是藏不住他人秘密的，“阿尔米达很小时母亲也死了。她母亲很娴淑，也很灵慧，但是那种旧式女子，心中的天地只容纳丈夫和子女。无奈她容貌不美，又性格拘谨，不会讨好丈夫，丈夫一直冷淡于她。她积郁成疾，很快就油尽灯枯了。临死前，她告诉女儿：你要明白一件事，女子绝不可信赖任何男人。”

王永勤微妙地注视余心，深深点头：“有道理，很有道理。”

“阿尔米达一点儿不像她母亲，从容貌到性情都如是。但母亲的悲剧对她影响极大，所以她对男人的看法，是有些偏激的。”

“怎么个偏激法呢？”王永勤越发感兴趣。

“呃，她一心要在社会上出人头地，不靠男人荫庇。那些公子哥入不了她的眼，但还有些专心做学问的，她也看不上。”

“那又是为什么呢？”

“她自己偶尔说起过。她认为据她平生所见，没有哪个男人不把女人的容貌看得比她的智慧和品行更重的。”

“倒是真知灼见。”王永勤也有些感慨，“可照这标准，难道女人就都得做尼姑去不成？你们没和男人接触过，自然不知……这个到底也怪不得他们。再说，重视女人内心的好男人也并非没有啊。”

“我不知道……总之她被母亲的悲剧所影响，加之自己有一腔激情，就不喜欢只顾读书，不念国家大事的人。”

“这倒是男儿气概了！”方超的话音突然在她们身后响起。王永勤回头嗔道：“请你别老这么神不知鬼不觉的，好不好？”

“赵余心，”方超显得亲切又兴奋，“你回去告诉灵漪一声，我们晚上就要找她谈谈。”

余心回到宿舍，灵漪早已等候多时，不等她开口就抢着道：“我刚才回家去了。咦，雷娅你的脸怎么这样红艳艳的！这样的气色真好看！”

余心惆怅地笑一下，见灵漪自己也神色激动，岔开话题问：“伯父从南京回来了？他一定被许眉庭们气坏了吧。”

灵漪叹道：“气也无法，马方平自有权势撑腰。更让父亲忧心的还是局势越来越风雨飘摇！”她随手打开报纸，“看，这是从父亲书桌上拿来的。瞧，殷汝耕已在北平通县成立卖国政府，日本又紧逼宋哲元投降……国事真到了万分危急的地步！”她放下报，冷冷一笑，“可是，光叹息、忧心，又有什么用呢？世上多数人只会剪灯芯，决不会去添灯油。但凡添灯油的人多一点儿，国家也不至如此。”

“我是添灯油的人吗？”余心问自己。

“也许那边倒是希望所在……”灵漪又喃喃自语，“共产党讲求平等和民主，这都是驱除积弊的良方。附痈赘疣，只能用暴风雨荡涤干净。”她向窗外望着，希望现在就来场震天动地的大雷雨。

“方先生正要找你，晚上和王大姐一起过来。”

“什么事？”

“他没说。”余心淡淡一笑。

“一道去吧！”灵漪有些兴奋。

“他们要见的，只是你。”余心默默打开书。

“当前正有个为国出力的机会，你是否愿意参与？”一见灵漪，老方便趁热打铁。

“什么？”

老方看看永勤。永勤走上来，手搭在灵漪肩上，意态亲切：“我们有意筹建新剧社，上演些在京沪引起过强烈反响的爱国戏剧。你有无兴趣参加，并帮助筹点款？”

“先加入就可，筹款的事大家想办法。”老方忙插言。

“不能与旧剧社合作共建新社吗？毕竟他们有雄厚财力。再者，马方平已去，剩下那些人虽不是添灯油的，但如有人领头带他们搞些爱国活动，想来他们也不会反对。”灵漪委婉地建议。

老方和永勤对看看，都没说话。显然这离其设想甚远。半晌老方才道：“既然搞，就要彻底搞我们自己的东西！有这些个浑浑噩噩的公子小姐在，总是碍手碍脚。”

灵漪沉吟片刻，果断点头：“好罢，只要能为抗战出力，我就万死不辞！”

“一言为定！”老方大喜过望，三人击掌盟誓，都笑了。

“去喝点酒吧！”又谈了一阵，老方越发兴奋，“冬寒难耐，何不以酒助兴！”

“那，把雷娅也叫上。”灵漪说。

老方见永勤沉默不语，吟道：“不惜千金买宝刀，貂裘换酒也堪豪！永勤莫愁，我把围巾当掉不就有酒钱了嘛！”

“怎能这样？”灵漪忙道，“我有钱。”

老方有些尴尬。永勤这才道：“我看算了，萧川还在医院里，剧社一成立，要用钱的地方更多。”

灵漪说：“萧先生的医药费本就该由我来付。”

“不必！”老方道，“我们已付过了。”

灵漪知道，这个“我们”不仅代表眼前这两人，还暗示着一个看不见的集体。这种神秘的联想使她无来由地有些激动。

直至清风夜起她方回宿舍。余心放下书，见她目光莹澈，大为诧异：“阿尔米达，你的脸怎么这样红……莫非病了？”甚不放心，去摸灵漪额头。灵漪倒把她的手拉下，使劲攥进自己滚烫的手心：“不，我从没这样清醒过！雷娅，我终于要实实在在地为抗战出一份力了，我要加入王大姐他们的新剧社了！开锣大戏即是田汉先生的《回春之曲》！”

余心便也兴奋笑道：“这真是好事啊，我觉得萧先生、王大姐和方先生他们都是好人。”

“那么请你也参加进来，好不好？”灵漪孩子气地恳求。

“我能做什么呢？真心请我的怕也只有你一个人。”余心沉默片刻，笑容滞在嘴角，“我想，总可以做些幕后工作吧，灯光，拉布景，或者准备宵夜什么的。”

“那怎么行？你就干这个？”

“我为什么就不能干这个呢？”余心想说“我本来就不如你啊”，但又沉默，过一阵，方老老实实地吐露心声：“只要能为抗战添些灯油，我想无论做什么都是应该的。”

第二章 / 敛翮遥来归

一

春江之名得自何典，有不同说法，但世人公认市中心那湾很美的深潭为其缘起。有人说，也许叫“秋江”倒更适宜。但“春江”予人的联想无疑是更深广更美丽的——不仅仅因了唐朝张若虚那首著名的古诗《春江花月夜》。江与花和月联系在一起，在这里竟略嫌浓酽了！自然，这个城市也有繁花盈野，更不乏斜月清辉，但那盈碧流虹的水波就是淡婉的，在月色下平薄地发亮。春水潺湲时节，一切都清新丰润，富有诗意。“初春的江水”——这个词贴切地描画出了小城的性灵。

灵漪总是有面子的。她一出马周旋、交涉，果然手笔不凡。校方立即同意批给新剧社一间空房。这日下午无课，新剧社便提着水桶、粉刷，整饬去了。

快到年底了，正是一年中最冷的时候。灵漪素不怕冷，只将长辫盘头，蒙以手绘梵高向日葵图案的丝质方巾。干着干着她索性把大衣也脱了，在月白旗袍外套了件藕荷色夹腰素袄。“怎么干个活还打扮得活像在演戏似的！这些不知轻重的少爷小姐呵！”王大姐看着不舒服，一股气堵在心里，又不敢出声。

这也是余心的节日。她首次参加集体行动，竟高兴到不知所措的地步。被高尚目标吸引的人，到底是不一样的。她四处找活儿，动作虽不麻利，却不招致嫌厌，人人快乐宽容。挂窗帘时，她怎么也不能把帘子套进环里去，一个男同学见状以指撮声，她惊疑回头。那男生便示意她下来，拿过她手中的窗帘挂上，然后无声地走开。一种发自肺腑的感激使得余心平日铁板样的脸上也染了朝霞。

王大姐既能干又司职指挥，无奈人们总堆在灵漪身边。大姐忽然笑了，自己去搬椅子，一眼看见余心，忙叫道：“余心，你看我都忙糊涂了，快把剧社牌子挂到门外去！”“哎！”余心两眼放光，小心搬起油漆味还没散的木牌。走到户外，先对着一望无际的稻田深吸一口清新的冷气，这才转过身。“出来工作多好。”她感激地想起灵漪鼓励自己的话，“总窝在图书馆，和社会、自然都脱节了。”

土墙上正好有个钉子，她踮脚想把牌子挂上，却总差了点距离。忽有一双手从她后面接过木牌，端端正正地挂好。

余心回头，大为惊喜：“萧先生，你出院了？”

萧川微笑着向她点头：“真没想到，新剧社这么快就成立了！”他一字一句念道，“黎、明、学、生、剧、社！”

余心也笑着，旋即转身跑回屋里，慌慌张张地拉住正搬道具的王永勤：“王大姐，萧先生回来了。”

“真的？！”王大姐直起腰，喊起来，“在哪儿咧？”

“在门口……”余心的声音被王大姐的招呼声淹没了。王大姐已拉着几个人迎着踏进门的萧川奔去了。

余心站在人群后面，微贴着刚被粉刷一新的墙壁，感到为人所需的幸福。

方超也闻声赶到，冲上前猛捶萧川一拳：“好伙计哎，这一周少了你这实干家，可把我们忙了个四脚朝天！”

萧川把袖子卷得高高的：“有啥活分配吧！”

“干吗那么着急，先看看咱们的排练室再说。怎么样，别看它小，可是我们的心血所在哩。”

王永勤指着在场人等笑道：“对排抗战戏，同学们的很踊跃的！”

“谁敢不踊跃，我们就打倒他！”一人举手说，立刻引发连串笑声。

“你们速度真快，这下旧剧社可要败下阵来了。”

方超显然十分得意：“那当然。尤其是，我们还拥有宋小姐这样的名角！好戏，好角，他旧剧社哪个比得上？”

大家也都跟着笑，王永勤忙赞道：“灵漪可真立了汗马功劳。”大家都赞赏地望向灵漪。灵漪默立一边，脸微泛红。

方超道：“书归正传。照这个进度，《回春之曲》明天就可上马排练啦！”

于是永勤拿出剧本向萧川一一介绍：“老方和灵漪任导演，灵漪还兼女主角梅娘一职。男主角维汉则由这位艺术系高才生付翔先生扮演。”随着介绍，一位面容清俊，风度不凡，穿白大衣的青年走过来，略带几分随意地伸出手，与萧川轻轻一握。

萧川笑道：“这么强大，真是无话可说。”他看看四周，俯身扛起一个木箱，“那我就负责后台吧！”说笑声中，工作渐变得紧锣密鼓、井然有序。

付翔并不怎么干活，似乎总难放下架子，大家便都不太理会他。转眼间晚饭时间已到，可人们依旧情绪很高，忙碌不停。他怊怅地退到门口，冷眼打量来往人影，忽然背诵起《麦克白》里的台词来：“人生不过是一个行走的影子，一个在舞台上指手画脚的拙劣的伶人。登场片刻，就在无声无息中悄然退下；它是一个愚人讲的故事……”

“充满着喧哗与骚动，却找不到一点儿意义。”旁边忽有人接口，也说英文。付翔一回头，见是那有名的物理系才子鲁过，不由笑道：“没想到未来的科学家竟也有这般文化功底。”他们平日分属科学与艺术两个截然不同的专业，是几无接触的。

鲁过推推黑边厚底眼镜，望向排练场，认真答道：“颉颃兄，我从适才你的背诵中听出了深致、厚重的情怀，那是我今生都望尘莫及的禀赋——应该说我们都选对了路。假以时日，兄之天资必将大放光彩。只是……似乎稍嫌尖刻了些。”

见他完全不是开玩笑的样子，付翔落寞的眼中流露着不期而遇的惊喜，手插在白大衣兜中向天望着，良久一叹：“真没想到我的知音竟是一个实验室里的天才。”见鲁过不好意思地笑了，又说，“你这天才的未来必是花团锦簇，而我这天才呢，终不过是个戏子罢了。”

“为什么这样糟践自己？”

“这是最老实的话。”

“我绝不这么看。艺术的美与科学的美是殊途同归的。而且文艺的感化力量是永恒的，虽然那创造者不免生前寂寞。其实真正的科学也一样。”付翔沉思，琢磨这句话。

“我就不明白为什么非要排这出戏。”过了一会儿他把下巴往排练场远远地一点，像在与知音进行探讨。

“可我很理解。我常惭愧自己身为儿郎却无力上阵杀敌。现在人们正需要这样激励抗战情感的戏剧。”

“可这样的戏是一时的，而莎士比亚才是万世的。”

“我不这么看。”

“怕是别有深怀？”付翔语气嘲讽。

“是。”鲁过很老实地承认，“我是为观摩抗战戏，也为——她。”

“感谢你还听得进方才鄙人之谬论。”付翔向他微微俯身致意，“而您那位镜花水月的——她，却一向性气刚直，而且只许州官放火。适才我刚发表了两句意见，她就冷冰冰道，既然你那么喜欢莎士比亚，就不要来演抗日英雄维汉罢！瞧，就连她那丑陋的朋友都比她脾气好了太多。可我们还是放弃不了对可人儿的思慕，是吗？哪怕是坏脾气不通情理的可人——原来这就是男人。”

鲁过诺诺无言，付翔却放声大笑，笑得大家都停了打扫，疑惑地看过来。

仅用去半月排练时间，为华北水灾灾民举行的募捐义演《回春之曲》就在春江大学校礼堂正式公演了。这无疑是件大事，在“驱许事件”发生后，新自治会成立不久，就更引人注目。所以台上学生演员无不忘情表现，台下更是座无虚席。连许多外校大学生及报社记者也挤在过道静观。

戏近尾声更是高潮迭起，观众鸦雀无声。舞台中央打下聚光灯，照着梅娘坐在因参加“一二八”抗战受伤失忆的维汉前，吟唱那凄婉抒情的《梅娘曲》：“哥哥，不要忘了我啊，我是你亲爱的梅娘……你曾坐在我们家的窗上，弹着那动人的歌谣……我要用我的眼泪，治好你的创伤……”

“真美，谁作的曲？”方超和王永勤也坐在台下，旁边一学生不由悄问。“聂耳。”“哦！”“没听说过？”“陌生。”“多看几部上海联华公司的电影，就能熟悉了！”“知道了！”

方超随时观察周边反应，心中满意。“这就是好戏、好演员的功力！”王永勤也注意到一些来自东北的流亡学生早已泪流满面。

最后一幕徐徐落下，全场仍浸于悲壮气氛中不能自拔。一片死静。老方忐忑不安，突然响起暴风雨般的掌声，全场沸腾如火。接着有人此起彼伏连绵不绝地喊出了抗日救亡的口号。

“成功了！”老方差点跳起，赶快奔向后台。王永勤默不作声，紧随其后。

持续的掌声中，演员们连谢了几次幕。前台终于沉寂下来了，后台却开始热闹欢腾。化妆室外摆满大篮鲜花，付翔和宋灵漪站在花丛中接受采访。这时打在他们身上的不是聚光灯而是各种目光，却更雪亮些。同学们里三层外三层围着这两位交头接耳，目光艳羡。还有人喋喋不休地猜测他们到底是不是恋人。几个拿相机的记者左奔右突。某学生周刊的记者也不失时机，挤进来边按闪光灯边死缠烂打："请二位谈谈感想吧。"

付翔满脸激动，却还绷着，环顾众人道："能和宋小姐一起演出乃颉颃今生最大的荣幸。她的演技如此娴熟高超，臻于化境，以致你完全忘记了自我的存在……"

灵漪闻言淡淡道："付先生过奖了。"

方超和王永勤都在兴奋地向里硬挤，却见赵余心远远站在人群外面。永勤招呼："怎么不进去？来，听听他们在说什么。"她又回头找方超，才发现他已经迫不及待地挤进去了。

方超热气腾腾地冲上前紧握灵漪的手："宋小姐，真是情深义切，感动四方啊！"

灵漪抽出手微笑："你也过奖了。"

记者拍完照，纷纷回去发稿。人群也渐散了，首次登台的学生演员却依旧聚在一道兴奋地回顾不休，笑语不绝，看来这必将是不眠之夜。付翔好不容易才把灵漪拉出来，表示想到清静地方用些茶点，请她赏光。灵漪这时的兴奋劲反上来了，边高兴地应对络绎祝贺边随意答道："大家宵夜不是更热闹？"

付翔刚想说话，见赵余心远远地走来，就把头扭向一边。

余心招呼灵漪："去吃夜宵吧。"灵漪愉快点头。那边，大家正乱哄哄地像孩子似的笑闹着把一个大桶包围起来左争右抢，好像那里面盛满山珍海味。萧川站在中央手执巨勺搅动桶底，四周热气翻腾，看去暖意十足，像个深不见底的梦。付翔有些迷茫，只知跟着灵漪走，表情很不自在。

王永勤麻利地端着两碗馄饨从人堆里挤出来，迎向男女主角："快吃吧，热乎着呢。虾仁紫菜馅的。"灵漪笑着接过，付翔也礼貌笑笑接了。"萧川，再来一碗！"看到余心，永勤啊呀一声，忙又挤进人堆盛了一碗，硬塞给余心。余心习惯地推辞不止。"推什么？人人都有份儿，趁热吃。怎么样，味道不坏吧？"

永勤只很有兴致地追问着男女主角。

灵漪舀起一勺汤："很鲜。你和老方怎么不吃？"

"我们几个嘛最后再说。你们是功臣，辛苦了。再说老方还在收拾道具哩！"

付翔意识到完全插不上嘴，只得低下头来应付地喝了一大口汤，却烫得直喷嘴，把碗重重放回桌上。

《回春之曲》接连在校内外上演了几场，边演边根据观众意修改细节，只男主演付翔始终坚持自己认定的表演原则，我行我素，老方也奈何他不得。"要学猫头鹰，睁一只眼，同时闭一只眼。"他对永勤嘱咐道，"好在这人就是为艺术而艺术，没别的。"瞧你那些粗俗的比喻！"

半个月过去了，连临近城市的学府也向黎明剧社伸出了橄榄枝。"对不起，日程表全排满了！"老方对来人婉言谢绝。"人无远虑必有近忧。"他对王永勤说，"要记住灵漪的父亲随时会站出来干涉。如若灵漪为演戏耽误学业，就将前功尽弃。"

照计划，本来还要在礼堂加演两场，以迎接圣诞和新年。但就在12月9日这天，北平各大中学校突然爆发了大规模游行示威，游行学生打出了要求当局"停止内战，一致对外"的横幅。长期以来，全国古井般沉寂的抗战氛围首先被北平学生的救亡热情打破了。在当时，许多人，甚至包括部分党内干部，都未意识到这次游行在中国现代历史上将奠定何等重大的作用。老方却异常敏感地嗅出了某种扭转乾坤的政治气息。

《回春之曲》的上演被他一手搁置下来。几天过去，校园里难觅导演老方的踪影，就连灵漪也不知这三个火枪手究竟身在何处。教务处已连下几次最后通牒，警告缺课太多的他们，如若期末考试时再缺席，就将按退学处理。无奈就连送通牒的也找不到三人下落。

"要响应北平同学的政治热情！"几天后老方们终于现了身。王永勤一气跑进女生宿舍小洋楼，没空兜圈子，单刀直入："要借12月9日北平的游行声势，把春江沉闷的抗日气氛搅出个高潮来！"

这时的王大姐，真像个打足了气的演说家。宋灵漪和赵余心都被深深地感染。灵漪紧握她的手，注视她憔悴的脸："王大姐，我们都是爱国者，你明白的。只要于抗日有利，请你就一定要让我们加入。”

“好！有你们这样的朋友，我为之自豪！其他女生呢？有何反应？”永勤十分关注。

“呃，应该说不很关心。”

“在她们，游行不如游湖来得重要。”余心语含讥嘲。

灵漪看她一眼，宽容地笑一笑。她对余心一向是这个态度。

“真是群不知亡国恨的小布尔乔亚！”王大姐意态轻蔑。灵漪又深看了大姐一眼。

“灵漪，我们有个计划，”王大姐沉了沉，不知不觉已开始布置任务，“想在十六日那天搞一次全市学生抗日大游行，响应北平同学！现在呢，还请你们保密。你很有号召力，请尽量发动身边人，有多少就发动多少，到时候，气势越高就越成功！”

“我们尽力吧。”灵漪有些紧张，表面依然镇静。

“呃，还得弄些标语、横幅什么的。可最近经费比较紧张……”

“这钱我来出。”灵漪立刻开口，“不过是少吃一次馆子。”

这回，又轮到永勤深深地看了她一眼。

又过了几日，王永勤通知宋灵漪和赵余心去剧团排练室去做游行前的最后筹备。正值大考前夕，人不太多。赵余心领下任务，站在门边，一面用低得外人听不见的声音哼唱《梅娘曲》，一边笨拙地糊小红旗。宋灵漪专心写横幅，老方磨墨铺纸。

王永勤一直端坐于屋角，和三个北方学生模样的，穿厚棉袍的神秘青年小声商量什么。萧川则削着打横幅用的一根砍来的竹子。

灵漪打量那三个同龄学生，老方刚才悄悄透露说他们都来自北平名校。这竟让灵漪心中略带了几丝酸溜溜的伤感。春江大学的高才生与北平名校的高才生到底是有些距离的。虽然因她是女子，且为家世、容貌都好的女子——后者似乎最重要——而冲淡了这差距的滋味。但她毕竟胸怀大志，按琼的话说是日子过得太惬意了非要找点罪受，所以不免惆怅。

那三人只静听王大姐排兵布阵，从不东张西望。这更让永远处于人群中心的她感到说不出的失落。其中那极瘦小的姑娘更不多言，无形中却很像这几人的领袖。灵漪自诩很了解这类同性——因她多少也是这样的——从小不让父母操心，中学就上了好学校，进入大学更是人人敬爱。这样的女孩子，那眼光就是和一般女生不一样，特别沉静、自信。她们无不学业有成，将来必成为女名儒，更会嫁个比翼齐飞的好夫婿，子女兰桂齐芳，一辈子都顺风顺水。“但可能会缺乏点激情，对国家民族过问不够。”这是余心对她们的评价。“所以我偏不去走那阳关道，将来必要惊世骇俗！”灵漪带点负气地想着，仿佛这是自己与之抗衡的唯一资本。可看看那沉静的面容，又觉得自己像吃不着葡萄的狐狸。

忽然门被推开了，冷风夹杂细雪扑面而来。老方警觉抬头，见付翔倚在门口，面带惊异，注视这一切。

站在门口的赵余心不自觉地走开了。王永勤停住嘴，向那三个青年示意此人并不碍事，同时沉着地望向灵漪。灵漪低下头，仿佛没看见。此时她是如此反感这个公子哥轻飘飘的到场，如果是那物理系考试得头名的鲁过，也许竟还骄傲些。她惊觉更鄙视地发现自己心底竟有这么庸俗，更觉得很对无辜的付翔不起——但在这个年纪的她到底还不敢正视内心不够光明的那些东西。

老方放下手头的活，沉着地迎将出去：“颉颃兄，你也来帮忙？欢迎欢迎！”

“不，我来找宋小姐。”付翔嗫嚅。

老方向灵漪示意。灵漪不快地放下笔，与付翔走出去，顺手带上门，倚在墙边道：“付先生，你没见我正忙着吗？”

“不是约好了一起去看中国旅行社的《玩偶之家》吗？”付翔赶快说。

“对不起，我忘了！”灵漪恍然笑笑。

“宋小姐！”付翔凝视她片刻，忽然说，“不料你越卷越深了！”

“什么意思？”灵漪立刻回击，心想：怎么，你竟要干涉我的人生？

“我们这种人是注定干不了政治的。”

“谁在干政治？我就是爱国！”

“难道爱国就等于高喊几句空洞口号？请想想令尊大人，想想他对你这长女的深爱，想想他老人家在春江的名望。我们均已成年，你该明白了，盲目的激情往往转瞬间即飘逝如风。难道，在戏剧舞台上你还没有体尝过这种虚幻的情感？它绚丽，却如一戳即破的气球！你要考虑现实，考虑到未来的路。”

灵漪默默听完，才说：“原来艺术家也有食人间烟火的一面。”

“莫非你真认为我只会邀你踏雪探梅入山访胜？”

“第一，我是完全独立的女子，最反感别人为自己出谋划策。第二，我相信，家父也一定爱自己的祖国。”灵漪一气说完，转身欲走，又回头嘱咐，“今日之事，请你……保密。”

付翔掩饰不住深深失望，最终只能自嘲一笑，嘴角旋下两个深深的酒窝：“你放心，这点良心我还是有的，遵命就是。”

灵漪推门进屋，脑海里还不住闪回那两个深不见底的忧郁酒窝。“活见鬼了！”她镇定片刻，这才发现大家早都停下了，目不转睛地注视着自己，更不由五心烦躁，走回桌前，重新提笔。

王永勤过来，有些紧张道：“他都说了些什么？”

宋灵漪一甩笔，几个大墨点子泼在一张刚写好的标语上。她无所谓地把纸团起，扔进竹篓。

溅起的墨汁差点洒在永勤身上。她忙不迭地躲闪，又心疼地看看那个白纸团，不满地斜瞥老方一眼，走开了。

灵漪根本未加注意，继续挥毫。老方沉了沉，若无其事地吹口哨，研墨，送纸。倒是余心有些不安，四处张望着。

又过了一会儿，老方才似乎不经意地道：“不管付翔说了什么，你还是不要被他动摇才好。”

“我又不是墙头野草，别人吹阵风就会改变方向！”灵漪这才开口。

“对嘛，永勤就是婆婆妈妈的。”

“何况这还是为抗日！请你们放心吧，我有个脾气，只要认准了的事，就一定会支持到底。老方，请把镇纸给我。”

老方拿起墨玉镇纸，露出微笑。

二

到十六日清晨，天更冷了，山上山下铺琼砌玉，晓雾迷离。参加游行的人们擎着标语、纸旗聚在校门口，跺脚取暖，四下张望，都多少显得紧张、激动。萧川和另一男生共举一面横幅，浓酣墨饱的楷书出于宋灵漪手笔："停止内战，一致抗日，坚决支持北平同学，抗战到底！"

远远的，王永勤引着那三个着厚棉袍的神秘学生过来，这才笑着揭开神秘的面纱："他们是北平来的学联代表！"

"可莫要小看这几位先锋咧，"方超亲热地拍拍其中那男生的肩膀，"他们都参加过9号的北平游行，有着丰富的实践经验哩！"

三人便向周边团团瞪圆的眼睛点头致意。王永勤先指着戴圆边眼镜，满面憨达的男生说："燕京大学的张博平，物理系才子。"又介绍那极瘦小，容貌文雅的女生，"这是清华经济系才女江寒。"另一位发齐耳根，脸圆而丰满的女生等不及便抢过话头："我是北大的，可不是什么才女，我叫刘红。"

王永勤噗嗤一笑，怜爱地抚着刘红的肩："这孩子！她最小，还不到十八！一二·九时警察封锁了城门，她就从门底下滚了过去！是轰动华北的女英雄呢！"

女孩子的直率爽利立刻在南方人中引起巨大好感。众人很快攀谈起来。

这边，萧川走到老方身旁，低语几句。

方超沉着点头："出发吧。"

于是众同学摇旗呐喊向校门冲去。不知何时，铁门竟已被一把大锁扣牢。几人上前使劲摇撼铁门，高喊："快开门，快开门呀！"此际多数校园人尚在梦中，几座小楼陆续亮起灯光，隐隐有人拉开窗帘向这里望。

方超从传达室跑出来，哆嗦着，气愤交加的样子："别喊了，这里空无一人。一定是预先策划好的，是阴谋！"此时风势更烈了，人们跺着冻僵的脚，议论纷纷。

张博平扶扶眼镜说："北平游行时，有些学校也出现过类似情况。没关系，这里不能走，还有旁门嘛。"

"对，千万不要泄气！"王永勤立刻应道，"再想办法，绝不能耽误与其他学校的会合。萧川，你们分别到几个旁门、后门去看看。"

过了一会儿，萧川等人又气喘吁吁而回。萧川大声说："门都锁着！"

愤恨的议论声中，一些人露出了失望犹豫之色。

"回去吧。"有人说，"再睡个囫囵觉，犯不着。"

"什么叫犯不着？说这样的话好意思吗？"刘红忽跳上平台，扬手呼喊，嘴里白气翻涌，"同学们呵，爱国无罪！不能退缩，实在不行就用身体撞门！"于是，在她有节奏的指挥下，一群青春的血肉之躯拼命向铁门撞击，无奈封锁太严，撞了几下，仍旧不开。

"大家闪开！"萧川不知从哪里觅得一柄利斧，飞奔而来，大喝一声，抡动铁斧，猛击铁锁。铁锁慢慢松动、断裂。萧川一脚踹开大门，众人蜂拥而出。"太刺激了！"有人说。在人流中，短发飞舞的刘红如一只飞燕掠过萧川面前，一翘大拇指："好样的！"

老方脚下加速，直跑到队伍前面，边舞大旗边呼口号："团结起来，一致抗日！坚决反对不抵抗政策！坚决响应北平同学！"队伍呐喊着向潭边进发，一路吸引目光无数。

"这些学生到底想干啥？"队伍穿过一条仅可容人的许巷。米店的伙计正忙于卸排门，旁边是家鞋帽铺，老板娘抱着几个月大的婴儿在菜担前挑挑拣拣。听到呼声，他们无不转过脸来，目不转睛，兴味浓郁。

学生们平日深居象牙塔，这样琐细的清晨市井画卷在他们看来很有趣味，只恨不能停留。赵余心却细心地听到只言片语："你看女人也夹在里面……""住着小别墅，读着学堂书，还不知足，要胡闹！""饿上两顿试试，再看他们还闹不闹……你怎么还往篮子里捡呀！""晦气！"这时候赵余心真想念鲁迅。

潭边已聚了春江高专与几家中学的队伍，灵漪和余心惊喜地发现她们的母校两所教会女中也在其间，只惜人数寥寥。周围却站满看热闹的市民。老方和其他几个领队凑在一道，迅速商量几句，即向萧川果断挥手："萧川，下面就看你的本事了！"萧川立刻跳上平台，寒风把他的高声演讲送得很远。

王永勤悄声告诉灵漪："萧川的演讲是我们精心策划过的，引用了红军在北上途中发布的《为抗日救国告全体同胞书》，你们要好好听听。"

"警察来了！"刚听了一半，忽有市民高喊。瞬间一队军警如风卷残云冲散人墙。

"我们快跑吧。"赵余心吓坏了，拉拉宋灵漪。

灵漪岿然不动："岂有此理！难道警察还能拿我们怎么样！"

正说着，棍棒和水龙已在人们头顶交相飞舞，瞬间局势大乱。市民早都逃之天天，学生或是躲避不及，或竟怒不可遏，徒手与军警战成一团，不时有人被打得头破血流。

萧川跳下平台，见一军警正揪着王永勤的头发把她向外拖，忙冲上前一拳砸在他头上。另一军警见状，挥动大棒便向萧川劈头盖脸地砸下来。灵漪未加思索，立刻扑过去将萧川推开，大棒已带着呼哨急砸下来。她和萧川一起跌倒在地，大棒擦着她的额角落在肩上。

旁边几个同学过来与军警扭打。萧川一咕噜爬起，扶起灵漪，呼喊着："宋小姐，宋小姐！"

老方急赤白脸地赶来，身上也挂了彩："还不快送医院！"萧川俯身背起灵漪，向躲在墙角簌簌发抖的余心招呼一声。二人迅速穿过小巷，躲避着军警的追捕，曲曲折折地去了。

"奶妈，好端端的你哭啥，丧门星！"

转眼已是初春了，春江终于湖碧天青。北山梅花墅一带的古梅已次第绽放，暗香氤氲。冯兰薇手捧一盏绿锈斑驳的西汉陶罐走进天井，罐里几支斜插的绿萼梅香气四溢，飘在水中的花梗却是被生生折断的，汁液宛若清泪，活生生地显示出它们曾遭受多么粗暴的对待。

宋家人口多，开销大，主妇冯兰薇的脾气就更微妙不可琢磨。几个女佣都因"忤逆"被先后扫地出门；贴身佣人最后仍只留下那位懂得眉高眼低，看人行事的老奶妈。奶妈是灵漪的奶妈，伺候过原来的苦命太太，对新太太也很会逢迎。

宋鲁直父女都是梅之挚友。自打十二年前和这个夫人成亲以来，鲁直的傲气就被成功地磨了个一干二净，末了只剩这点案头清供还未被消灭。从前，每至冬末春初，从后花园折些含苞乍吐的梅枝送进书房都是奶妈的任务；只是这两月来，灵漪在家养伤，奶妈既要伺候病人，又得烧饭洗衣，实在忙得四脚朝天。鲁直虽惧内，却也爱长女，看在眼里，叹在心上。于是，经过一番软硬兼施，夫人冯兰薇终于同意暂时承揽这桩轻省差事。

"啥个破情趣！"兰薇并不喜自然之美，宁愿在卧房摆些四时不凋的假花。这是个打扮得过于花俏的美艳妇人，上月刚庆完三十大寿，却已是三个男孩的母亲。

宋鲁直尚在壮年，离鸡皮鹤发还早着呢，尽可能给妻子提供优裕的物质条件和很高的社会地位，但她隐约的委屈是永远填不平的，有时竟想莫名地哭上一场才能痛快些。只有在化妆、制衣，跳舞、应酬，飞旋于男人们爱慕的眼光时，少妇才能暂忘委屈，得到餍足。——她不愿和丈夫在一起。

不知不觉中宋鲁直的宽容越来越如山似海，他机械地满足妻子无限合理不合理的要求，也正因此才不得不出山屈就教职。仅凭积蓄与参事部薪水，已很难餍足妻子末世狂欢般的一掷千金。

在小厨房煮银耳莲子汤的奶妈听到太太质问，抬头忙换上笑脸，隔了青琐窗应道："嗨，太太您千万别多心，我是为大小姐发愁。她的伤口总不能好利索，这样下去，大家都辛苦来哉。她自己呢，人又倔，最近胃口更差了……"

"不爱吃就别吃！"冯兰薇站在窗下一脸轻蔑，"你们就是把她惯得不成个样子！"她探头看看冒热气的小锅，"这是给她煮的了？"

"呃，是老爷吩咐的。"奶妈对答如流，"您的燕窝粥早好了，已送进卧室了。"

冯兰薇捧着陶罐走了几步，想了想又回头问道："怎么那位付先生又来看望小姐了？"

"是啊。"奶妈笑成了一朵花，"有他陪，小姐大概还好得快些。其他人来，您，呃，老爷又不同意。"

"老爷怎么会同意！老爷还想让她退学呢！要不是看在付先生爸爸当年给老爷看过病的份上，怕连他也进不来！"冯兰薇气得很夸张道，"好好的大小姐，去参加什么游行，和那些穷鬼激进分子混在一道，真丢死了老爷的脸！这样的性子，真是种气不好……还不能说！反正我是不要管她，管我自己那三个讨债鬼还忙不过来呢。"

"要说付先生，家世还不错，人也漂亮。"

兰薇沉默一下，想着付翔那两个深深的酒窝说："小白脸，不中用的！"捧着罐子走了。

要是让灵漪听见继母这番刻薄的议论，她准保也闹翻了天，冲出家门绝尘而去，但此时她正坐在后花园的山涧边，拿着本义山诗集默对着寒梅。阳光在这早春的上午越发明朗了，她知道这时准能好好地想些心事。可游行、示威、流血……怎么竟统统演为流云了?

一阵微醺的香气飘入，她下意识地抬头，月亮门边付翔一袭白衣，持一色暗红腊梅，正怔怔凝望自己。

“哈，好美啊！”灵漪心中大赞。她和余心不约而同都喜欢中国古建筑里的月洞门、和合窗。想着刚读到的义山诗，她不由脱口吟道：“入门暗数一千春，愿去闰年留月小。栀子交加香蓼繁，停辛伫苦留待君。”

“MISS宋，你的脸色比起昨日来又见红润了。”付翔没听过却记下了。他也觉得很美。于是满面喜悦，翩翩而入，在进月亮门时特意站在槛上停留顷刻，才把脚郑重跨进，然后才将花奉上，“适才在吟什么?”

“不知道就算了。”灵漪指指诗集，落寞一笑，“一时触景生情罢了。”为掩窘态，她举起那束梅花闻了又闻。

付翔看看书的封面，暗暗记下，不再发问，在她身边坐下了：“我进入的，是一个多静美的丘园！若未生于这离乱之世，我们的人生该是另一副完全不同的图景吧！”

灵漪以手支颐，似被勾动心事。

“怎么你累了? 我陪你回房。”

“外面的局势……到底怎样? 有没有逮捕什么人啊?”

“受伤如此之重，又休养了整整两个月，你竟然还念念不忘? 他们到底给你下了什么迷药！”付翔腾地站起，神色陡然焦急，双手一挥，似要奋力逮住潜在之敌：“这两个月有人来看视过你么? 我付某从不信任何政治信条。搞政治的大都如此，人权、人情是其最大天敌。你既已做了回冲锋陷阵的棋子，差点把命都搭进去了，难道还要任其摆布?”

灵漪沉默。

“灵漪，不要再这么执迷不悟下去了，好不好? 洁白的羽毛却偏要随风没头没脑地向石头上撞！有什么用处呢? 爸爸昨日来信说眼下国内局势不稳，他希望我一毕业就去美国进修戏剧表演。”他牵动嘴角一笑，“我本无炽热的留洋梦，可看看亲友里有多少家庭的子女已经或正在准备出去。就像人来到世上多须结婚生子延续血脉一样，出国就如同封建时代的科举，是我们这阶层子弟必走甚至不得不行的道路，一个家庭至少得出一个。你虽是女孩，此种义务或曰责任不一定落到你肩上，但老伯开明，对你也寄予着希望。你如能镀镀金，他老人家肯定高兴。”

“家里开销这么大，如何出得去。”灵漪随口答，“况且我也不知自己到底想不想走。”

“我——资助你，灵漪。好吗？”梅枝映着付翔渴盼又迷茫的眼神，“女孩子在这件事上本不须自己费力的。除非那特别优秀的。还有一种，就是没能嫁得个出洋的丈夫，只好靠自己奋斗。”

“我们的交情可没这样深。”灵漪不快，自己竟也是被他划在那“特别优秀的”之外的，一瞬间她想到那清华的文静女生江寒，那沉稳睿智的眼睛在梅林后面如墨玉样闪烁着。这姓江的女生若不搞政治，会不会凭自己的本事出国去呢？即使搞了政治，也有可能出国去吧？她又会找个什么样的丈夫呢？那个念物理的吗？灵漪怔了一会儿，撅嘴回道，“况且我也从不接受资助。”

“为什么我们始终不能再前进一步呢？”付翔痛心疾首，“这几年不知多少人为我介绍女友，我都一口回绝了。艺术家在对身边人的审美上，是最最苟且不得的。我参加剧团，不能说全因你，但你确是今生最令我心动的姑娘。你不仅美，还有独立的人格。我爱就爱这个完整丰富的你。难道我们就不能好好谈一谈？难道——你也因我不是搞理工法商的，就因此瞧不上我？”

灵漪一时哑口无言，干脆不表态。她虽不庸俗，却也不能免俗。况且家世摆在那儿呢，又生了好相貌！好在未来还远得很呢。但她还是为心底逃不掉的一丝儿势利抱愧，更有些看不起自己。“可我们是负着另一种重担的！”她开脱地在心里叫着。付翔见她不答，顿如五雷轰顶，颓局是无能尽人力挽回的。他对自己说，谁让你没用世之才！他此次来本是意欲表态的，所以将白皙的脸刮得干净，隐隐可见些青胡茬，如秋日收割后的麦田。此时那修长的手指不听指挥地颤动起来，表现出极度的弧线美。宋灵漪盯着那手腕处青筋自然形成的小弧，几乎怔住了，忙扭过头去。

那指尖犹豫着挪过来，触触她的手，她立刻条件反射般站起来：“付先生，你可知我的小名是何种来历？”她嘲讽一笑，“亭，停也。到此为止之意！起此名者正是父亲。家父他不想再和家母生下任何孩子了，尤其是女孩。其实出自极端痛苦下的好意：他怕女儿也是丑的，会重蹈她们母亲的悲剧——却不想那悲剧的始作俑者为谁！”沉吟良久，她渐渐平静，“家父是好人，好学者，更是爱国者。可有时好人之间也会产生悲剧，甚至巨大得不可调和。这才是人间最深的痛。”天色忽然变了，一霎时阴云密布，越来越重的黑云中，浓密的乌发与风共舞。

一种极度怜爱的情感立刻涌上付翔的心。如果倾诉这人间悲苦的是随便哪位佳人，他定会毫无犹豫地上前拥她的肩，吻她的发，甚至恨不能把一切马上交托给她——他常被这种突如其来的脆弱汹涌的温情甚至激情淹没得无法喘息。

但那是宋灵漪，所以他不敢，只默默自语："POOR GIRL，POOR GIRL！”“你为何不说POOR WOMEN呢？”灵漪心下悲凉。但她这次原谅了他。然而她想结束这场并非完全不投机的谈话了——毕竟他身上有吸引人之处。于是，灵漪逃避似的将头发一把挽起，胡乱扎了个纂。“宋小姐，请不要这样对待你美丽的头发。”付翔目光痛惜。灵漪却逮住机会冷冷回击："知道吗？我小时候常想出家当尼姑的，却舍不得剪去这把烦恼丝。说起来真是个笑话。我常在和爱美之心斗争！”她不打招呼，一径走出花园，撇下付翔立在当地。他愣了片时，拣起几根落发狂热地吻，眼泪不觉滴在上面。“POOR GIRL，POOR GIRL！”他用英文念出雪莱的诗，“不要掀起活着的人称之为生活的彩色的面纱……”

三

宋灵漪不想回卧室去。她穿过一道曲阑，斜插向父亲的书房。书房是个隔墙小花厅，由一个大天井旁边的小门进去，厅前还有个绿草蒙蒙的小天井。地是砖地，窗是纸窗。南方的初春倒是一点儿都不冷，暖洋洋的。

灵漪走进，宋鲁直正在阅报。“爹。”“坐吧。”鲁直放下报纸，仔细端详她的脸色，“伤怎样了？”

“快好了。”

“那位付先生刚才又来过了？”

“是。”

“他来得也太勤了些！”

“……”

“我想，他对你有好感。”

“是。”

“不要轻易答应他。不仅因他学无所用，爹远没那么势利实用——是此君性情实在太过孤高了。你还小，还不会看人。和这样的人过一生，也许他不会背叛你，但你会时时感到痛苦。”

灵漪闭嘴不语。

“说别人干什么？说来说去，还不是数你最离经叛道。我一向对你放心，觉得你很知道何时该做何事，但你什么时候和那些激进分子拉扯上了？你演文明戏，我已容忍，但绝不许你玩火自焚。若再与他们来往，就给我退学！”

“爹！国家危亡，我怎能无动于衷？亏你老人家还是参加过辛亥革命的！”

不料宋鲁直听了这句话竟大受震动，沉默片刻，才喃喃道：“非也！非也！”不住以手批额，良久竟垂泪纵横。

灵漪吓得轻唤：“爹，你是怎么了？”

“亭儿，你难道还不明白爹之用心吗？这么多年了，爹以为你灵心慧质，早就懂了……”

“爹。”

“爹也是经过辛亥革命、五四运动的，岂无热血衷肠？爹之苦闷，除你何人可解？”

“爹！”

“这也怪爹——许多往事，爹从不曾向你谈过。”

“是关于为何娶了母亲？”灵漪不快，“其实我已知道了。”

“不，不是。那也是一件永不得解脱的故事，每一念及，我便五内如焚；每一念及，如梦，如幻，如电……爹是负着几代人的重担，如今又要把它传给你。其中变幻辛酸，恍如台上影戏。

“你坐，听爹慢慢道来。爹虽出身世家，然自幼失怙，家境贫寒，全赖多年守寡的远房姑母资助方得念书。然宋氏族人对我寡母孤儿毫无体恤，浑同路人。寡母时时激励我要求取功名，勿像我那不争气的父亲，被乡人宵小耻笑终生。可怜我的小小心灵，自幼就被‘功名’这两字压得透不过气来！

“寡母为人极刚烈。彼时我虽努力向学，终因少年心性，不免贪欢。一年秋收刚过，偶与若干小友搭乌蓬船赴邻镇观社戏，回家时不觉已夜深人静。船渐划至家前菜地，欸乃依依，蛙声隐约。举目遥望，却见堂门大开，娘枯然桀坐，孤灯在侧。我弃船登岸进门，娘立即站起，抄一柄竹鞭向我劈头狂打。直打得我魂升九天，动弹不得，娘方才喘吁停手。

“夜间，伤处剧痛，我久难入眠，方朦胧欲睡，忽闻低泣丝丝入耳。恍惚有人轻抚我伤处，热泪滴于其上。倏然惊醒，见老母坐于床边，木然落泪。见我醒来，唤声‘儿’，母子抱头痛哭。序属深秋，景状凄凉。枯叶纷坠，星野无迹，独院荒宅，鸱枭孤号。

“顷刻，母方徐问：‘汝知娘用心否？’‘是为儿子上进，不再为乡人耻笑。’母叹曰：‘只知其一，不知其二。汝知汝父究竟为何许人？’从未听娘提及。”非娘不愿，实不能也。宋家世代皆为读书种子。传至汝父这辈人丁不盛。汝父为老太爷吃斋拜佛求得，合家视若珍宝。他又生小异骨，更为人所称道。然进学后，屡试不中，终未能一搏高第。其弟为庶出，幼时迂讷，成年后却步步高进。想来真是造化弄人。因父母乡人均态度大变。汝父自此淡于仕进，性趋冷隽，遇稠人广众中，稍坐即去。常年留恋勾栏院春香馆，一掷千金，竟成败家子，为乡族不耻。

“他携我赴沪飘流，谓‘汝知何为浮生六记？人世皆空，与汝同销万古愁尔。’家徒四壁，唯琴书不鬻。一日，汝父忽欢喜告我，一粤友荐其为英使文墨之士。自此为英人效力，自谓得人。吾方知其多年自伤之重。汝父生为男子，又不幸为宦家后，其功成业立之心、经国治世之志竟若原上野草，岁岁枯荣，令我垂泪。

“彼时士子皆以效力西人为耻，辛丑之役，夷人入京。汝父同往，更惹诟病。未己英使归国，汝父亦失职回乡，潦倒之至。由是好谩骂人，白眼视时流，少所许可。世人畏而恶之，呼为怪物，不喜与之见，往往避道而行。旧所得书帖物玩，斥卖殆尽。老太爷气极而逝，临终高呼：‘孽子！孽子当诛！’

“服中，汝父又纳一妾，觅屋同居，擅宠专房，时夸其双弯纤小于客前，视至戚同路人。后终发狂疾而死，出所爱碑本，碎剪之，无一字完。生平著述无人收拾，散佚不存。时我方有孕，他嘱我：‘若生子，当教其砺砺向学获功名，方可退处林泉。莫使学我！切切！’急掐我手，我抖不能应，愈紧。我泪下颔首，他方狂笑长逝。未己，小妾亦从人去。空留吾与汝于这冰冷人世。”

父女两人默默对坐，宋鲁直拭去蕴藏已久的泪水。

“所以，所以，后来为能留洋你才违心地娶了娘，是吗？”

“女儿！……你是否理解此中真意！在中国历史上这不是孤例啊。”

“我理解，我想我太理解了！宗法、科举、君臣……多年来，你还不是像祖母教导你这样继续实用主义地要求着我和弟弟们！可怕的轮回！”

“既然能轮番上演，那就是正剧了。”宋鲁直居然不气，满目求助之情，“三世轮回，既有幸修而为人，若不奋斗，以何存身？但这真好比双刃宝剑，”他从墙上摘下从日本带回的鲨皮刀抚拭，“魔瓶中的精灵如何按得下？所以‘五四’打倒孔家店，我一万个赞成。不过运动归运动，这几千年的人心又岂是一把火烧得尽的？况绝不应毁我中华泱泱文化以证基督新果。那是绝不适合我们这片农业社会华夏热土的。我只是为父亲深深悲哀，他一生为功名所困，竟到癫狂了也挣脱不出；乡村更奸刁冷酷，非世外桃源。我虽毅魄机遇远胜于他，严母又时时监督，终取了些功名，可人生许多快乐自由也同时化为乌有。还有些我本可补偿报答的人，也为这誓言付出了无辜生命。真不知是我活得快乐，还是我那父亲一生快乐……”

宋灵漪紧咬嘴唇，不能出声。

“亭！你是聪慧的，你历经苦痛，来到我们这衰朽不堪的家族。新鲜的血液，应有全新的结局。去做你真心想做的事吧！只要，这不违背你最初立下的誓言。”忽然老人挥手，神态决绝，“我想通了，再不管你的事情。”

“你是世上最开明的父亲！”灵漪热泪盈眶。

“去吧！去得越远，越好……”

“父亲，我绝不会让你失望的！你一定要相信我！”

这时房门洞开，冯兰薇端着苹果走进来：“老爷，该吃水果了。你担子重，这一大家子省心不省心的都指着你来养活哪。”她看也不看灵漪，径直拿起小刀。

宋鲁直无力的目光望着女儿。

“父亲，我走了。”

灵漪深鞠一躬，头也不回，夺门而去。

这两个月来，宋灵漪一直在后花园孤零零地疗伤想心事，方超、王永勤们却忙了个焦头烂额四脚朝天。既要苦苦躲避追查，又要处理游行善后事宜。他们三人早已退学，也搬了家，却还在继续指导春江大学的地下工作。遵刘书记指示，目前学校的任务要转移到相对隐蔽的文艺活动上来。故风声稍静后，他们除却重拾剧社排练，便是筹备校刊《钟声》的出版事宜了。

1936年的春来了。山上山下万物复苏香雪烂漫，潭边一派烟波开合、花气盛茂之象。水边林下，方超、永勤一径顺着柳堤而行。方超嘴角叼着烟，忧心忡忡道：“整整两个月啦，目前形势总算平静了些。但刘书记特别指示要谨防敌人突然袭击！北平的抬棺游行后，中央做出决议。上午刘书记说，今后学生工作的重点应该转移到统一战线上来，切不可再盲目地弄什么游行了。况且春江的群众基础向来是比较薄弱的，学生这块已做出了成绩，可万不能放松……”

“是这样……”王永勤专心聆听，不时点头。

“要注重对爱国进步的民主力量的培养。还有，要加强与国民党上层的联系。宋灵漪这条线很重要，省委领导指示要通过她团结宋鲁直等一批爱国的国民党元老，为今后开展统一战线奠定基础。”

老方显出极其心疼的神气：“咳，就不知她伤势究竟如何？”

“要说咱们可没断了到宋家探望，但她家门户森严，硬是针插不入水泼不进。还真不好办，已经有俩月没见到她了！连赵余心都被门房挡了。”

“听说付翔这小子倒没吃闭门羹。”

“我也有耳闻。长此以往，灵漪会不会受他影响，对咱们产生误会？”

“就怕这个！瞧付翔见到咱们时那股冷傲派头！有什么了不起的！我看他会在灵漪跟前搬弄是非。”

二人正觉一筹莫展，后面传来两声轻唤，原来是北平学生江寒、张博平从山上下来，打断了他们的谈话。

“隔着连翘和栀子就远远地看见你们了！”江寒笑说。

王永勤殷勤地挽住江寒手臂，笑道：“老张，江寒，你们也来游春吗？”

戴着厚底眼镜的张博平憨憨笑看一眼江寒：“是啊，到底是江南。这寻常人家的翘角宅院，本色的廊柱，高高的马头墙，四季长绿的冬青，还有处处可见的探出墙头的一抹梅色……果真是不可言传！不是金碧辉煌，而是黑瓦白墙。我和江寒就要回北平了，抓紧时间玩玩。”

在漫长的两个月中，这还是他们首次游山。在此之前，另一个学生刘红已按照北平学联的部署和刘书记的要求，决定留在春江了。

方超刚从方才的烦恼中回过神来，也殷勤地发问：“江寒，怎么样，南国春色很不坏吧？”

朴素瘦小的江寒只穿一身浅蓝阴丹士林布旗袍，方超每见她却总带些敬重。“美不胜收。”她抿嘴微笑，只说了四个字。

王永勤道：“人家江寒也是南方人，你不要在这里吹牛。”

“真的？”

江寒一笑道：“我老家是苏北滨海，不过是在北平长大的。”

“嗨，论调查研究，我就是比不上她！”

几人都笑了。

张博平扶扶眼镜，左右四顾说：“对了，萧川呢？他怎么不在这里？”

方超随口道：“他到城里买纸去了，准备试印新刊物之用。”

“这人真是拼命三郎！”江寒叹道。

“萧川却不愿留在这鱼米之乡。他总希望回北方去打仗，只是组织上不同意。”

正议论着，萧川和刘红忽沿着潭岸向他们跑来。

王永勤眼睛发亮，笑迎过去：“说曹操曹操到。你们两位怎么碰到一起了？”

刘红跑得满脸红晕，边用手扇风边爽朗地笑应：“刚从刘书记那儿回来，就在纸店门口遇到了他。老张，江寒，何时回北平？”

萧川从书包里掏出相机：“是呀，老张，江寒，共同斗争一场，留个美好纪念吧！”

“这提议实在是好。”方超忙拍手，“今后不知啥时才能再见面呢。”

王永勤也感叹：“说不定得等战争全面爆发了！”

“愿那时，我们的热血能浇灌出民族解放之花！”张博平严肃地说，像在发一个誓言。

“原来你还是诗人。”方超望着他，“一个学物理的，也能做这么好的诗。”

“我可不是诗人，充其量只是做诗的人。”

“有哲理！”王永勤笑着插进。方超不再说话，似乎讨厌她的插嘴。

几人沿潭而行，走到一所花木扶疏的故园前。门上挂着一方陈旧的匾额：“梅花观”。从外面望进去，园子里笼着一层雾气，隐隐看见一排冬青还很绿。刘红擎着一枝探出墙头的金碧色腊梅，嗅个不住，愈显兴奋了：“我去把小旗拿来！那才叫有意义！”

江寒一把拉住她：“算了吧，你当现在一片太平？傻脾气一点儿不改！”

刘红咯咯一笑：“我在开玩笑呢。有我们江寒在，哪个能不谨小慎微！”

于是刘红又风风火火地跑到萧川身边，帮他装胶卷。

江寒微笑道：“刘红就是这脾气，人是极能干的。今后你们要多关照她。”

王永勤也笑了：“那当然，我们都极喜欢她！对了，老张，江寒，你们看没看出，”她神秘地压低声音，“萧川和刘红的关系，是不是挺理想？”

张博平推推眼镜：“他们？嗯，可算天作之合。”

江寒嗔道：“老张你乱讲啥呀。”大家都笑起来。

方超道：“萧川是个拼命三郎，对自己的事从来不上心。这下可好了！”江寒无意参与这种虚无缥缈的议论，就悄然走开，对潭凝思。

“她呢？”方超神秘地指指江寒的背影，“老张，我看你对她也很有情意啊。”

“别胡说了。”张博平忙尴尬地阻止，“人家江寒早有男友了，是北平医学院的。”

王永勤忽然来了兴趣：“啊，不相宜么！江寒一个清华才女，长得也不坏，却不在清华找对象，也没看上你这北大学物理的才子，只找了个医学院学生？学医的嘛，当然也不坏，不过……”

“庸俗门第论和实用主义哲学观。”方超不满地一挥手，又对张博平说，“能掳获江寒芳心者，必非凡人。将来有机会，真想见见这小伙子。”

“你说得很对。”

“好了没有呀！”刘红早等得不耐烦了，手拢在嘴边夸张地嚷。他们这才发现自己这边谈得忘情，那里三人已耐心等待半晌了。萧川一声不吭，江寒抿嘴含笑。

“就是萧川老实，我让他偷偷拍下你们谈得手舞足蹈的样儿，他就是不干！”刘红犹有余憾。

几人忙住口，忍笑。刘红和江寒走过来，王永勤赶快把她们拉到自己这边，亲热地一边一个搭住她们的肩膀。萧川举起相机，一边对焦距一边叫道：“大家快看相机，马上要拍了！”

几人聚在碧波盈盈的春水边，留下青春的群影。

方超道：“萧川，你们再来一张，把相机给我。”忽然，他指着前面叫起来，“这不是宋灵漪吗？”只见身穿月白旗袍，外套海蓝色针织外套的宋灵漪正向梅花观这边摇摇晃晃地踱来。

王永勤喜出望外，忙迎过去紧握住她的手左右摇晃：“哎呀灵漪，这两个月可把我们想得百转回肠！怎么样，身体全好了吗？”

见梅花观前竟聚了这么多人，萧川还手持相机，灵漪嘴边扮出的笑容极不自然：“全好了，不劳担心。你们……原来在照相？”这些人欢蹦乱跳把遮不住的春光都带到了这处寂寞之地，却让她心底生出些落寞的愤懑。她特别看了一眼向自己微笑的江寒。

方超火眼金睛，忙跑来打断永勤絮絮叨叨的叨问：“灵漪，这两个月来，我们一直想去探望你，却全被拒之门外啦！”他已看出灵漪神态有异。

灵漪拢拢头发，半信半疑。

方超有些急。这时其他人也都拢了过来，永勤热情地挽起灵漪的胳膊：“一起照吧！”刘红也笑着邀请：“来，宋小姐！你站中间！”

萧川也道：“宋小姐，谢谢你那天救了我！”

灵漪勉强一笑：“没什么。你不是也曾救过我吗？”

刘红诧异地注视她，又看看萧川。

永勤赶快关切地抚摸灵漪的肩膀：“有没有落下后遗症啊？”

灵漪酸溜溜地摇摇头：“没事的。王大姐，你们接着玩吧，我回宿舍去。”

永勤勾住她的胳膊：“那，我陪你回去！老方，你们再玩会儿吧。”

方超忙说："我们一道送送灵漪吧！"

灵漪微笑："不用了，谢谢。我自己能行。"

萧川沉默片刻，走上前去："宋小姐！"灵漪抬头看他，随即不自然地低垂眼帘。四围一片静寂。

"我制了根竹杖，放在家里了。我去取来。"

灵漪转过身，斩钉截铁地说："我不需要什么报恩，萧先生！我救你是出自良知，就如同你当初从马方平手里救了我。"随即快步向前。王永勤愣一下，忙追上去。

刘红看一眼沉默的萧川，不满地问方超："这位宋小姐似乎有点古怪脾气？"

方超正在苦恼，闻言立刻正色道："不，她可是百里挑一的。"

江寒始终站在旁边望着这一幕，沉思不语。

二人的身影在山脚消失，大家都颇感扫兴，刘红恹恹地摆弄相机，意犹未尽。"好了，咱们还是商量学联的任务吧。"萧川的话，就这样结束了一场春日的欢会。

这边，灵漪在永勤陪同下恹恹回到宿舍。一路上她是如此沉默无语，连善于开启他人心扉的王永勤都无计可施，如刺在背。好不容易捱到了女生楼，赵余心正静坐读书，见灵漪推门而进，立刻扔下书迎过来，大为惊喜："阿尔米达！你总算回来了！"

灵漪向她微笑："你好。"

余心拉住她的手，开门见山道："这两个月，我们一直在为你担心。去你家探望，门房老董只说你须静养，根本不准进。还说伯父伯母很生你的气，也生我们的气。"

王永勤忙哄小孩似的补充："可不是嘛，我们几乎天天去看你，都吃了闭门羹。"她想，灵漪受伤后变得脆弱了，怕被抛弃，需要人疼，需要人哄。

"那，付翔怎么就能进来？"灵漪显然已有些信服她们的话。

"我听老董说，因为他父亲在二十年前治好过伯父的顽疾。"

灵漪顿如遭重击，喃喃自语："王大姐，雷娅，我错怪你们了！"随即难过地伏于床上。

王永勤突然暗生一念，赵余心倒真是头脑清楚，一眼就能看清绳扣之所在。而且，看来灵漪和她的友谊确实不一般，对她完全信赖。好在麻烦已过去了，于是她十分亲昵地抱住灵漪肩膀："灵漪，你根本不知自己到底有多么重要。这两个月，老方瘦了五六斤。"见灵漪脸色绯红，又哈哈一笑道，"我们的工作哪一项也离不开你。就拿黎明剧社来说吧，《回春之曲》大大成功了，接下来还要排《大雷雨》，排《复活》呢。你先好好休息，再把功课补一补，外面有的是你干的！另外，我们还准备办一个进步校刊。你这女邹韬奋，这下可大有用武之地喽！"

永勤说得灵漪双目放光破涕为笑，自己也分外满意，遂站起向余心点点头："余心，你陪灵漪好好聊聊，我还得向老方汇报去。那边急着呢！"

窗外淅淅沥沥地飘起了微雨，江南的黄梅时节又快来了。

二人静坐窗前，泡了两杯明前茶，半天没说话，只望着那袅袅白气，都觉心下分外安泰。余心捂着瓷杯，试探着问："听说付翔天天都去看你？"灵漪点头，呷一口茶，半晌道，"可他的心白费了。那些男人的心，都白费了。真正该得到爱的，不是我，而是你。"余心不应，只道："对你来说，天底下的好男人实在很多——且都是真正的好人。你真不该如此挑剔的。"

"不，你一天找不到知心人，我就一天不结婚！"灵漪孩子气地宣布。余心笑得很枯涩。

"快喝药吧。"这时女工把热好的汤药也送来了。余心立起向她致谢，同时把药递给灵漪："别忘了，你还是个病人。"

这药是通筋活血的，颇有苦意。灵漪刚喝几口就直打哆嗦："好苦呀，我不要再喝了！我已经好了。"

"这就苦了？"余心淡淡一笑，"我那些年里服的汤药，简直苦过了黄连。"灵漪好奇地问："到底你吃过几年药？""五年。""五年？！"灵漪失声惊叫，"你怎能天天……"

"人没个不惯的。"余心望着窗外，"想着这药能让我好起来，让麻子褪去，让眼睛重变明亮，就什么都吃得下了。虽然越往后希望越渺茫，可还是得机械地往嘴里灌。不喝又怎么办呢？还有其他出路吗？"

宋灵漪自诩已很了解赵余心了，可亲耳听到这些，还是不寒而栗。

我真为雷娅担心——余心站在窗口，灵漪望着她的侧影。故事重提，余心胸脯微微起伏——雷娅呀雷娅，你今到底后该怎么办呢？在这个男人掌控一切的社会里！

四

盛春的阳光照满小屋，带来杨柳吐苞的清气。歪在床上的灵漪放下书，沉思着对窗前的余心道："马克思说，共产主义能使人全面地自觉地回到人的地位，你怎么看？"

"雨果说过这样的话：在完全正确的革命之上，还有一个完全正确的人道主义。"

这是1936年的4月。

春季开学后，黎明剧社招兵买马，队伍逐渐壮大。老方因目标显著退居二线，宋灵漪的地位就越发不可或缺。付翔最终留下来了，任新戏《大雷雨》男主角。

萧川依旧负责后台。付翔对他持续冷淡，却时时处处观察他。付翔可是敏感到几乎神经质地步的。

这人真怪，和我遇到的任何人都不一样。他有一种少见的纯真品质，与生俱来，而且很能坚持，是块硬骨头——付翔本不愿意承认这一点，却又不得不承认——他从不欺骗自己的。表面上他继续冷落萧川，骨子里倒不乏敬佩，但远非喜爱。

灵漪呢，她听王大姐说萧川当过兵，曾料想他必爱说些粗口。可除了那句"他妈的乌龟王八蛋"，还未听过他开口骂人。甚至他连话都很少说。这是个什么样的人呢？灵漪也忍不住揣测着——只知工作，沉默而深邃。他根本就不知道自己引起了别人的关注，也不愿意为人所关注。

时近紫燕北归的暮春，又有一项更令灵漪动心的工作摆上了台面：校刊《沉钟》已进入紧锣密鼓的筹建阶段。老方早就斩钉截铁地宣布了，新闻系出身的宋灵漪是当仁不让的主编人选。

但主编本事再大，也需要打下手的。刘红另有事务，萧川忙于后台布景，抽不出身。于是老方对王永勤吐露了自己酝酿已久的计划："有关《沉钟》的刻板和印刷，我已安排春江高等专科学校机械科二年级的小郭来主事。他是乡下人，没家庭管着。小伙子很机灵，已办了退学手续。我让萧川为他找了处僻静民房，地点也很理想。"

"好啊，你真能干。"

"可主要问题是敌人对租房的单身男子追查极严，而且搞印刷，声响大，总得有人放哨才好。"

"怎么你想给小郭找个假妻子？"王大姐打断他。

"是的是的。"

"这可不好找。得是我们的人，有点知识。若是学生，最好还要放弃学业。"

"我已想好了一个——赵余心。"

王大姐愣了半天。方超倒第一个想到了她。

"人尽其用嘛。所以需要你和她好好谈谈。先办个休学手续，说不定她还情愿从此就做个职业革命者呢。"

"这怎么行？"王大姐不由反驳，"赵余心一个二十出头的女儿家，去和一个陌生男人扮假夫妻？"

"你怕什么，反正是假的嘛。"

"那要是弄假成真了呢？"

"也不坏嘛！我们为她解决了婚姻大事，她该感谢才是。"老方轻松地微笑起来。

"混蛋！你们男人就是混！同是二十岁的女学生，你为什么不让宋灵漪去干这事儿？"大姐愤然。

老方则一愣："宋灵漪怎么能去做这样的事！"

"那为什么赵余心就可以？你们男人永远把女人看成三六九等，即使革命者也一样。"

老方无言，半晌才点头："是这样的——我们到底也是人。那么，你还去不去？"

“去！”王大姐叹口气，掸掸身上的灰站起来，“只不知赵余心会怎么想。”

赵余心，一直以来，她都在目前拉上了一道坚强的，遮盖事实的帷幕。如今在这闭锁的幕帘间，芳菲的阳光下她竟要曼声儿歌唱了。至于那任务本身——她很明白自己原是无权挑剔的，竟因此萌生出大勇之气。虽然人们并无兴致探究冰山之下——自然其中便包括老方——构造这帷幕的，是注定将支离破碎，毫不值钱的尊严。

余心应允的爽快程度令王大姐万分感动，不觉间已眼中含热泪。余心悄悄办妥了休学手续。王大姐千叮咛万嘱咐她切莫告知灵漪，生怕以灵漪之性情必会横加干涉节外生枝。可余心原就未打算这样做，灵漪是她最要好甚至惟一的朋友，可她并不喜欢对方关心自己时那种自然而然的神气。

是的，我终于等来了专门属于自己的革命事业，那生活必将神秘刺激诗意盎然——比任何人都更敏感的书中人，怀着欣喜最早嗅出了土层下春气的萌动。于是在一日上午，恬静的和风里，她徐徐拉开女生楼雕琢着精美玫瑰花的铁门。像是要配合这种静好的心境，门外寂静无人，鸟语如剪，只一排闪着淡灰色亮光的栗子树长长地向远处漾去。她回头望那富丽的楼宇，向长久以来拘禁也保护了自己的孤岛告别。为什么不能把自己想成空旷舞台上的舞者呢？她滑动得如此轻盈俏皮——只有想象才是完全属于自己的。于是她止不住频频低头，欣赏着繁复树影间那袅娜的身姿。这是一段极美丽的路程，在后来的日子里，再没有一天比这一天更接近希望顶峰的了。后来只是过日子了。

来到一间极简陋的饭馆，余心郑重地捡向阳的桌子坐了，把蓝印花布包放在显著位置。“小姐您要点什么？“不不，我等人。”她抹去额上的汗。一个大姑娘家到这样的小酒馆“等人”！如果父母知晓肯定气死。不久就听见布帘一掀，脚步声像着了火。自己已来得早了，没想到对方竟也不晚。有些无来由的怕，她忙回头看去。

一个矮敦敦的毛头小伙儿挺在屋子中央，颜面上如结了冰。余心也随之掉下了冰窟。小伙儿突然狠狠将一粒小石子踢得老远。伙计站在柜台后看看他又看看她，看够了才招呼：“先生要吃什么？——还是找人？”小伙子的手足无措显示了他作为学生的幼稚。在伙计不动声色的注视下他转到最远的桌边坐下，低声吩咐几句。“一碟花生米，二两烧刀子！”伙计唱着菜名转到后面去了，路过她面前时斜过来的眼珠子险些儿撑裂了眼角。赵余心低头捻碎袍襟的棉线，小伙子的背影心浮气躁地对搓手掌。

伙计端上菜，小伙子摆手让他走开，自斟自饮，近乎凄厉的酒香随着炉烟袅袅地转。这时老方挑帘而进，先是一个懵懂，随即眼光一闪便了然于心。余心可怜巴巴地望着他，他却直向那男子而去："小郭你这家伙让我一通好找！你姐从乡下来了。"小伙子立刻跳起匆匆结账。——"带上花生米。"老方吩咐。二人遂一道出了门。阳光早移走了，余心默对冰冷肮脏的墙角坐了很久。伙计出出进进，每次都要注意地打量这个冰制的人，后来随着客人的增多，也就不在意了。

她很明白，那严肃"任务"还未来得及执行就又夭折了。血肉模糊惨不忍睹的战场，注定只能由她自己一寸寸一分分艰险打扫。或者，随着溃败的一日千里、步步深入，干脆就不再收拾，随它不忍目睹地摆在那里。她感到打不死的灵魂像个满目创痍的魔鬼，又逐渐拼凑在一起。

一到无人处，老方就嗔道："你怎不上去与她接头？""老方大哥哎，难不成你真让我与这丑女组成家庭？""革命工作岂容挑三拣四？"老方十分严正。"可我真的不行！你分派些别的好了，上刀山下火海也没二话，只这个……"小郭做个鬼脸，显得天真。"你呵！"老方无可奈何，随即面现宽容，亲热地勾住他的肩，"走吧走吧，日后再说！你真该把那壶酒带出来的，我那儿还有包花生米。"

花气袭人知骤暖。我推开窗。果然，已值阳光明媚的清晨了。那日我重回孤岛，我唯一的避风港。我注定这辈子是再也走不出去了。除非强大到完全不再在意这些。

女子们一个个打扮光鲜，说笑而去。这是一年里最和美恬静的时光，青春大展光彩。她们很仁慈，给我空间，留我在洞穴里甜舐伤口。女人是仁慈的。我掸去重重尘灰，掀动死水，看到镜中那个童年的自己。她咯咯笑着，鬓边插朵素心兰，提上竹篮随妈妈去花园采摘。艳阳天，一切都是那样美与静，像极了圣经中描述的天国。

一想到童年，我便会记起妈妈死后被大太太有意无意摔碎的古瓷瓶，那是妈妈的陪嫁，也是我的最爱。瓶上一副古画：山郊侵晨，回廊掩饰疏竹，小姐在微微淡淡的阳光中抚琴，边上是同样悠然的小丫环……每当看见这瓶子，我那小小的浅白的心中便会涌起对远古，山林这些陌生概念遏止不了的向往。甚至它还常唤起更隐逸的回想：深冬之夜，北风横吹，小屋里，母亲将我搂在她温暖的怀中，给我唱一支忧郁飘远的歌。那支歌令我想到黑暗而不阴暗的温暖走廊。是怎样的走廊呢？幼时的我，想必曾含糊不清地问过妈妈，而她的回答呢，又是我至今仍搞不懂的：那是最美丽温暖的地方，咱们迟早都会去……那地方又在哪里？告诉你不要打听，你偏不听！她忽然急躁了，妈妈的性子常这样在转瞬间大起大落：女孩子家，最要紧的是懂得安分守己！

那时的我，聪明，活泼，无忧！几乎从无矛盾的挣扎，仰人鼻息、看人脸色的怯懦；没有自卑自怜的痛楚，也就体会不到从天上跌落地下的失意……但也许这种种自我未出生时就潜伏于血液了，只不过现时情境最适于它生长发芽。因为我的母亲——作为一个人，她是很好的，甚至太过善良；但作为母亲，她的缺点又远多于优点。我不得不痛苦地承认。这不仅在于她是战兢懦怯的姨太太。

在怀着我时，她暴躁、易怒，这与她平日里温和又有些机心的外表背道而驰。我出生了，成长了，她不许我穿花衣，说花衣恶俗不堪。她自己呢，也以身作则，非黑即白。她不像大太太，鼓励女儿去闯，去试。她甚至连我拈根针都大惊小怪。而她自己，就更以手笨著称。难道吃过笨拙苦头的母亲不更应让女儿掌握灵巧才能吗？…… 琐细的束缚形成一张网，我没有做成功过一件事。然后，这个终生恪守烈女式儒家道德的母亲就默然离开了人间。

我茫然极了。母亲明不明白呀，她亲生的女儿，不管她愿不愿意，也终将成长为一个女人呢？

听啊，窗外有悠扬的乐声响起了，响起了……

你可知道，那柠檬花开的地方？

黯绿的密叶中映着柔橙金黄，

骀荡的和风起自蔚蓝的天上，

还有那长春幽静和月桂轩昂……

你可知道吗？

那方啊，就是那方……

心爱的人，我要与你同往，同往……

写完赵余心合上了日记，内心久久不能平静。

五

转眼间盛暑就来了。根据北平学生运动走向和中央最新指示，春江地下党逐渐改变斗争策略。学生运动进一步转入了隐蔽。

这半年里，花事有信，人事也多有变化。首先是物理系才子鲁过毕业，获得美国麻省理工学院博士奖学金。这还是春江第一个就读此所名校的，颇引发轰动。余心暗想鲁过临走时定和灵漪见过面，至少道个别是肯定的。但既然灵漪不动声色，她也就当做什么都没发生。不久付翔也突然退学，离开了小城。这下议论便更多了——他本来就有被议论的资格。有人说是其追求宋灵漪不成，也有人说并非如此简单；有人说他是去美国进修戏剧了，也有人说他回了南洋。此外还有一些政治面目偏左的学生陆续转移，关注者就减了许多。老刘最终决定将萧川差回他来的地方。而北平学联也一直想调刘红回去。既然春江的局面已完全打开，刘红也要走了。

时值盛夏，王永勤和老方商量着组织《沉钟》周刊诸人搞一次游湖，其实是为萧川和刘红送行。

这日清晓浓荫四覆，老方、永勤还在熟睡，萧川已来至蔓草掩映的潭边，梅花观前，默坐在突如蛙背的大石上，久久凝望水波。太阳渐高了，脚下青草中水气袅袅蒸发。忽然身后传来刘红惊喜的喊声："没想到你也在这儿！"

"刘红？"萧川站起迎向她。二人遂并肩坐于石上，却都不开口。不甘寂寞的刘红只静了一刻，忽敏捷一跳，准确地蹦到湖中一块青石上，俯身折下一枝开得正盛的红莲，才又跳回坐了。

"看，莲茎虽拗折了，莲丝儿还系挂在上面。"萧川轻碰碰那中通外直的半截梗儿，不以为然，"小刘红，你何苦非采它不可？"

刘红忙辩解："江南可采莲，莲叶何田田。它又脆又嫩，天生就是等着被采的嘛。好了好了，是我不对，其实我也挺心疼它的，刚一下手就后悔了。"

萧川笑道："怎么说得快要哭鼻子了？怪我。"

"不，你能说这话，我倒高兴。你的心肠比我原先了解的还要善良！几乎是这时代不必要的软弱。你能懂得花花草草也是有情感的，会觉得疼是吗？"

"我哪儿想得了那么多？"

"不，你一定就是这么想的，我全看得出！能有你这个朋友我真是心满意足。可我采它送你，原是希望你在冰天雪地的森林中也能记着这段青春的，萧大哥！我的好哥哥……"

"那，怎么忘得了。"

刘红眺望湖面，轻轻哼起《五月的鲜花》，萧川低声应和。两人唱了一遍，又唱了一遍。

终于唱完了，刘红抬起闪着泪花的眼睛："萧川，保重！"

本该很愉快的载酒游湖笼着压抑气息。王大姐不停顿地张罗，有意让萧川与刘红多处处。当游船划至潭心一青莽小岛时，老方突然建议上岛野餐。众皆举手同意，遂乱哄哄鱼贯而上。宋灵漪走在赵余心前面，自有男士扶持。而余心有灵漪接应，也跳得很稳。萧川和刘红渐落于最后。刘红别出心裁，单脚立于船舷向岛上猛跳，却差点落水。众人惊呼。萧川忙探身拉住刘红的手，使她站稳。刘红哈哈大笑，把手抽出。余心忙掉转头，假装未看见。

大家环坐野餐。萧川忙于分发面包水果。王永勤向刘红感慨道："瞧，一百个人里才会出这么一个萧川。可惜他要走了——就连你，也要走了。"

"王大姐！"刘红圆脸上黑目滢然，"昨天不是说好不流泪，不伤感的吗？"

萧川也默默过来坐在王大姐身边。王永勤把自己舍不得吃的桃子递给他，强笑道："一起战斗一年多，可真有点让人舍不得……我和老方都感到空落落的。"

萧川眼中一热："大姐。"王永勤拍拍他的胳膊，以手捂眼。

刘红忙挽住她的手："大姐，千万别难过。总还有重逢的机会。"

王永勤微笑，拍拍她的手："还是小刘红说得对。我们将来都要上战场的，送别战友不要做儿女态。好了，我不打扰了。"她正要起来，刘红忙拦住她："大姐，你们再谈谈吧，我还要去找老方他们告别呢。"说完迅速跑开。

下午，萧川和刘红便搭车前往上海，接着又乘同一辆火车到达北平。萧川还要转赴东北，二人便在正阳门火车站挥手作别了。

送行后的回路上，大家心中还都萦着些感伤。半晌，老方半开玩笑半认真的话才打破了沉重气息："这两人真是很搭配的。"

"张博平走时就说过类似的话。"王永勤很起劲地回答，"不过刘红像个假小子，还没开化呢！"

赵余心也跟着笑，忽发现灵漪怊怅若有所失。她微微一惊……

"我，要和灵漪谈谈。"老方像在请示，王永勤微笑点头。

"谈什么？"灵漪如梦初醒。

"暑假快到了，你这个主编须亲自到上海虹桥机场去一趟，采访那里的空军，做期专访。"

职业敏感立刻使她激动，却沉静不语。

"日本人一直在监视这个机场。"老方富有深意地压低嗓音，"复杂呀，不过我对你很有信心。而且，到那儿你就知道了，你不是一个人。"老方神秘一笑。

灵漪点头："我明白。"她当然已知道，后面站着一个集体。

"要学会与各种各样的群众交流，包括那些军官和士兵，"为进一步鼓舞她的斗志，老方意气昂扬道，"在这点上萧川是榜样。当然啦，你们出身背景很不同，无法强求。不过，全面抗战一触即发，一定要抬起头来，看飞机，水闸，工人住宅，集体农场，而不再专门两眼着地，摇头叹气……"宋灵漪觉得老方像在背什么现成的诗句，微微一笑，又沉默了。

"当然喽，生活是难以琢磨的，斗争更极残酷。有时真理只掌握在少数人手中——那少数人，是特别孤独的。"老方沉思，压低声音道，"也许将来，我可以给你讲讲我在洪湖打游击时那段特殊难忘的经历。现在时机未到。"余心好奇地抬头想问点什么，见老方只盯着灵漪，便又沉默。

灵漪扬头指向前路说："快走吧！路还这么长。"

长久以来，还是敏感的余心，她头一个嗅到老方浑身上下洋溢着的极旺盛情欲。更形象点说，他就是一头种畜（天知道她绝无任何贬义）——套句时髦话，他最富于主体意识，时时充满激情，处处引经据典，一逮住机会就向人宣讲男女情感的段子。若在歌舞升平之世，让他来好好导上一场《仲夏夜之梦》或《阿都尼与维纳斯》这类旖旎瑰丽的情感剧真是再出彩不过了。这种感情丰富的人，理应最悲悯众生才是吧，但对待丑疾的异性，最基本的礼节却都无了踪影。虽是如此，她仍不恼恨他。他本就是这样的人。

萧川和刘红悄然离开了。夏去秋来，又有一青年从北平转移至春江来——却是江寒的医学院男友薛磊。

老方和王永勤立刻喜欢上了这个单纯的大孩子。“江寒果然眼力不错！”老方赞不绝口，“这孩子大笑时好似每一丝肌肉里都流淌清泉，放射阳光！”

性情幽默的薛磊竟完全与江寒是两样的。他坦白，从不知忧愁为何物，举手投足间带着北人的爽直与礼节。春江大学不设医学院，他就进了生物系。“一打起来总会派上用场。”他告诉老方。

“你这小子为何总爱吹口哨？”一见那张生机勃勃的脸，老方就觉得又能在这错综复杂的环境里继续奋斗下去了。

“吹口哨吗？没法子，二十来年的老习惯，永改不了啦！据说我小时候是十足的傻瓜蛋，怎么着也学不会说话，为表达喜怒哀乐，只好撮口为声。家人一听各种调子的吟啸，就能了解到这孩子到底是饿啦、渴啦，还是尿啦……真真是万事无忧。”

薛磊煞有介事，认真得很。王永勤听着听着就笑弯了腰。方超也边笑边说：“这小子，就会寻开心！”连宋灵漪也忍不住笑起来。

虽然付翔走了，《复活》却要复排。起初老方想让薛磊担纲。薛磊个子高大，站在舞台上很打眼，却怎么也学不会表演。男主角只好改由一位经济系三年级学生担任，薛磊则挑起萧川留下的担子。

这天是周末，灵漪来到排练室，刚要推门，却听见有男女二人的交谈声。原来是新招募的小郭和王之芳在收拾器具——这小郭就是拒绝与赵余心扮假夫妻的那位。因社里男演员太少，老方看他外向聪明，把他拉来客串配角。那王之芳也是经济系出身，形状矮胖，却生了热情聪慧的大眼睛。王大姐说一看就知她的心眼“比筛子还多”，老方立刻决定将其“争取”过来“为我所用”，故也为其排了个重要角色。

听到二人聊天，灵漪犹豫着是不是该进去，却听见小郭用一贯的调笑口吻道：“我看宋灵漪演的玛丝洛娃实在太凶巴巴了，聂赫留道夫要吃不消了。难道你们做女子的就真的这么狠心冷面吗？”

“油腔滑调！说这话也不怕咬舌！自古至今痴心女子负心汉的故事比比皆是，亏你还熟读野史，竟不清楚？”王之芳肯定是斜睨了他一眼，在冷笑。

灵漪实在不愿再听，正欲离开，忽听小郭的声调变得正经了：“不开玩笑。你们那高材生鲁过老夫子，每听人谈论‘铁骨红梅’，就要狂饮一场。他又哪儿会喝呢？往往酩酊大醉。这等痴情万种的男子和宋灵漪那冷血女性站在一道，岂非高下立判？你说，如若高明老夫子还在世，会不会大跌眼镜，重编一出20世纪30年代的《琵琶记》？”

王之芳肯定先是愣怔了一会儿，然后依旧冷笑着反驳：“真看不出小郭你还挺有同情心的！我倒认为，最好让古往今来天下所有负心的男人都泡在酒缸里尝尝这欲罢不休的苦头才好哪。嘻！”

“瞧你这张利嘴！那天下所有负心的女子又怎么说？”

“我不管，反正自古来历史都是男人写就的。你说鲁过这人也忒没出息了。且不论是否值得，就说他既会登楼买醉，又怎不去望望那下面长江水已流淌了几千万年；怎不会凭栏远眺天长地远，痛念东北泪尽胡尘里，于铁蹄下呻吟的父老乡亲？！如今已是国难当头了，还只沉溺于一己私情，你说他是不是给许眉庭一流的好教育制度陪葬的标准牺牲品？宋灵漪何罪？她只不过是矛盾爆发的导火索罢了！虽然我不大喜欢这个人，但要为她说句公道话。”

“呵，佩服，佩服！要让薛磊听见足下这番高论，准保要拉你去一浮三大白！哈哈！”小郭却越发兴高采烈了。

“我才不稀罕你们这些臭男人的酒缸子哩！快点，去搬桌子！”

“走走，同去。”两人的声音淹没在“乒乒乓乓”的杂音中了。

宋灵漪怅对一垄稻田，半亩残荷。她当真不知鲁过竟是这等痴心人。毕竟高才生对她还是有吸引力的。从前她只一心想着被男人所负的母亲，此时却由不得怅然。

剧社成立一年多来，人员来去频繁，率性而为。时间是磨损激情的良药，一切在艰难中集结的队伍都必分化。但灵漪年轻，未免迷茫。压抑和沉郁，失望和犹豫，想象和对比，令她觉得那刚选定的目标渐渐不再清晰。

这时她也快入三年级了。越来越多的议论说这MISS宋太冷硬，再美也不娇媚，多年来只对蜂蝶大泼冷水。人们得不到甜头，看不着相思的明天，纷纷作战略撤退。就这样一拨拨追求者毕了业，新生力量对向学姐献殷勤不大感冒。故她身边渐只剩些近水楼台者还在鼓其余勇，其中就包括扮聂赫留道夫的那经济系男生。他有个宏伟计划，要出国读博士，当然如果MISS宋对欧风海韵无兴趣，也可在国内找个事。灵漪听他的宏图听得直皱眉："好好的在排练时间说这些？不如赶快回去念熟英语好了！"

"难道你当真不知？当真不知？真的不知？"他绝望地挥动手臂，连续三个笔酣墨饱的问号，王大姐误以为谁在演绎《天问》，忙转过来看个究竟，"好不容易付翔走了，男一号轮到我头上。宋小姐，我又不是他们念戏剧的，这一年来完全是为与你同台！"

"用不着！"灵漪提高嗓门，"大、可、不、必！"

人们顿时安静，投过各种目光，只余心愣愣坐在窗边，似无动于衷。

"这是怎么了？"王永勤忙劝解，"好好的吵什么吵？男女主角都闹矛盾了，这戏就更没法演了！"

"不演更好！"那男生是学经济的，深知再热烈的感情也是有折旧期的，灵漪这般不通，正为自己破釜沉舟推了波助了澜。他便沉着地酝酿一下情绪，想着终于能摆脱剧社俗务去新生中另觅佳偶，陡生出股没来由的兴奋，连脸都涨红了："真是心比天高，不知有多么降尊纡贵哩！你再漂亮，难道能比过电影明星？难道不知韶华易逝？"

"你说谁？！"方超见他掌握了主动，忙赶过来，"不想演可以，但不要人身攻击！"

"说得对，我早就不想演了！诸君，请冷静想想这样搞下去到底有何意义！参加这红色半红色的剧社，演这些危险半危险的戏，在夹缝中求生，既无经费又临被取缔开除的风险，还误了无数宝贵时光！多考虑个人前途吧。也许你们认为我思想落后，但这就是铁的事实！到底有多少人在毕业后当职业演员，或者，做职业抗战者？激情只是属于未成熟人生的。如果还有傻瓜对某位女生不死心的话，我劝他也就此收场，难道鲁过不是前车之鉴？！"

"啪！"一记清脆的耳光声。众人登时如死般沉静，灵漪胸脯起伏，手微抖。余心吓得脸发白，方超赶快扑过去挡在灵漪和那男生中间。

“哈，老方别担心，难道我也会这么没气度地倒打小姐一巴掌？就算是我终于沾染芳泽了吧，也不妄在剧社白待一年！”那男生倒不恼，深觉这耳光是个圆满的句号，更把中途而退的理由吹得完美了些。他整理精神，把外衣向肩上一搭，还不忘朝灵漪做个鬼脸，这才快步走出，却和正满头大汗扛着彩纸赶进来的薛磊撞个满怀。

“这人倒真是演戏的天才。”王大姐不无遗憾地想。

“CRAVEN，COWARD！”灵漪恨得失了风度，骂着。余心向她望望。

“咦，到哪里去？”薛磊回头问。

“老子不干了！”

“哎！怎么回事！”

“他不干，谁来干？”王永勤有点失望。

“我看，剧社的指导思想早就出问题了！”薛磊竟也火上浇油，把纸往桌上一放，大发议论，他是正宗北平搞学运出身的，老方私下里常认为他未免激情有余，“成天不是排《复活》就是《大雷雨》的。不错，这都是进步戏，但观众呢？也就是这么几所学校的同学呵！而且演出和观看的还都得时刻提防当局干涉！瞧，连演戏者自身动机都不纯，遑论观众，遑论唤起民众？‘一二·九’过去近一年了，春江的情况怎么样？我倒觉得当初激起的爱国情绪正在减退！”

“那你说该怎么办？高呼口号让警察来抓吗？不考虑其他人的想法了吗？”方超也恼了，驳他一句。

“看看人家北平，组织民族解放先锋队、南下宣传团，深入农村演出，这才是真正的抗日呢！我们必须走出校园这象牙塔，到一切需要我们的，闭塞麻木的地方去宣传，为将来的全民抗战打下基础！譬如，办平民夜校，还有，到乡村演街头剧，《放下你的鞭子》等等。我看宋灵漪你也别演什么玛丝洛娃了，穿上小褂扮香姐吧！这样老百姓反而会接受得快些！总之，必须贴近民众，这是爱国青年唯一的出路！而且，老方你指的别人是谁？上一代？活古人能理解青年的心情？他们老了，成功了，明哲保身、瞻前顾后，多已忘记自己也曾年轻过，忘记火烧赵家楼了！”薛磊用布揩着道具，说得愤激忘情，忽然想起已用不着了，将其扔在脚下，想想又拾起。

老方气得皱眉："你这口无遮拦的家伙，真太偏激了。"

薛磊耸耸肩道："但愿如此。"吹着口哨出去了。

"大家歇会儿吧。"方超说。

一时屋内寂静如水。方超点燃劣质香烟。

薛磊的话虽简单偏激，仔细想也不乏可取之处。他想。这半年来，我们的工作是生色不多……老刘昨天不是做了委婉的批评吗？可是……血的教训告诉我，最主要的是保存有生力量！地下工作充其量只能润物细无声，挡不了枪子儿的。其实，我的斗争经验比老刘更多，只是他是领导罢了……如果连这些宝贵的火种都给弄进模范监狱去了，刚开辟的一小块阵地不是又要泡汤了吗？这个薛磊，一二·九的热火还没在他身上熄灭，真是愣头青，希望他将来能成熟！但那永不言败的热情又很珍贵……看来我已老了。

如果萧川还在就好了，他永不知疲惫为何物，又比薛磊成熟冷静……原来我们是这样离不开一个实干家。不知他在东北义勇军怎样了？多想如萧川，离开这沉闷束缚的小城，去那冰天雪地的战场和敌人真刀真枪地拼杀个痛快啊！不过，战场也非净土呵。身不由己，身不由己！他仰天长叹。

六

杨花似雪，飞雪如杨。当时光流至1937年7月7日这酷热难熬的夏日，卢沟桥的炮火在灾难深重的北中国大地上爆发了！"平津危急，华北危急，中华民族危急，只有全民族抗战，才是我们的出路！"老方们加紧油印的《八一宣言》洒遍春江的青山绿水，比一二·九时"华北之大，已放不下一张平静的书桌"的口号更直插国人心灵深处。接着，又是蒋介石的庐山宣言、八·一三的炮火，全面抗战的形势在南中国也迅速蔓延……

乱离之象愈演愈烈。看来春江大学必须向内地转移，须臾间人们怎能抛舍洞天福地！冯兰薇哭哭啼啼，紧着和老奶妈收拾细软。宋鲁直放不下书帖孤本。人们匆忙来往，为国家担忧，为前途茫然，又问自己如何重整河山。小城青年焦心、激动、流离、避难，逐渐走上不同路途。

春江是必须抛撇的。灵漪顿时面临两种抉择！要么，下个月就随学校及家庭迁到内地去，要么立刻跟从老方们做职业抗战者，以及职业革命者——在她看来这二者是合二为一的。可又该如何对望女成凤的老父交代？在自己阶层的同龄人尤其是女孩子里，又有多少人敢于选择这条坎坷莫测，截然两端的道路？这可是一辈子的事啊。在春江大学，她年纪不大，却以有主见，富于叛逆精神著称，但站在这个大时代的十字路口，也不免权衡来去，心绪往复纷繁。

剧社已做鸟雀散。薛磊在事变前回了北平一趟，事变一起又马上回来料理善后。一连几日他都在空荡荡的排练室里焚烧宣传单和剧本。王永勤则略带伤感地倚窗打量这曾充满欢笑的排练场。

“还和江寒通信吗？”方超抽烟抽得直咳，还不忘关心薛磊。

薛磊也被烟火呛得咳嗽，却不躲避，只咽口唾沫，摇摇头。

灵漪帮他把剧社成员名单撕碎扔进火盆，沉默聆听，想自己的心事。

“为什么呢？江寒前天还给永勤来了封信，用暗语谈到北平近况。你们是老朋友，怎么回来后反失了联系？”

“大概她怕影响工作吧！”薛磊拍拍手掌上的灰站起，火光映得他惆怅的孩子气的脸一片通红，“也许她清楚王大姐会把北平情况告诉大家，就用不着再另外通知我了。”

“这不好。”方超还在唠叨，“这时代的姑娘怎么一个赛一个的倔强？”

“我先去实验室了，晚上的会我准时到。”薛磊打断他。

“这种时候了还去做实验？”王大姐叫起来。

“学一天，是一天。再过两日连器材都要装箱运往内地了。”薛磊匆匆离去。

方超心绪未平，似乎还有很多话没说完。他转而看看沉思不语的灵漪：“你可知江寒其人吗？”

“当然记得那姑娘，你们不是还一起在梅花观前照过相？”

“唉！如今局势变化多端，各人使命不一，这两个优秀的年轻人大概也要各奔东西了。”王永勤叹息不止。

“小薛这孩子真有毅力。许多原本学理科商科的同学因参加学生运动误了功课，都不得不转到比较轻松的文科；可他却说将来一打仗，医生必是前线不可缺的，所以坚持着学到现在。在战争结束后像他父亲那样悬壶济世，是他长久的愿望。这样的青年，和我们身边一些醉生梦死或不问政治，只顾读书的人相比，高下立判！纯真可爱的青年，却偏偏学不会表达情感。其实，人人都知他是深爱江寒的，江寒确实也值得爱。咳，伯劳东去燕西飞，如果不是生在这般乱世，他们会是多美满互补的一对。”

“他们现在也是幸福的。”灵漪截住他开始伤感的话头。

很快春江大学的迁校计划也定了，将移师武汉。同学大都要跟着走，余者则转学上海，也有的想留下参加游击队。还有些或故土难离或有实际困难，计划着等日本人来后干脆闭门不出，总之心情都极悲壮凄惶。

就在这种让人透不过气的艰难氛围里，一个阴雨天，礼堂召开了最后一次校务大会，同时举行1937届毕业典礼。往年这时候宾朋济济一堂欢声笑语、鼓瑟吹笙，闪光灯如星光点点。这一天的阴沉气压却迫得每个人都透不过气来。校长、教务长讲话时就不断有人抽泣，最后轮到资深教授宋鲁直缓步上台。

在全校师生注目下，宋鲁直静默如塑，连台下的灵漪都感到了些许不安。礼堂里连掉一根针都听得清楚。忽听他缓缓开口，字斟句酌：“‘千古恨，河山如许，豪华一瞬抛撇’。自九一八后，在潜意识里我们都知道这一天迟早会到，可一旦豺狼当真来了，仍是全无思想准备：总以为前面必还留有大把时间，文章事业，前途于迈；却万万料不到避乱辞家之痛，天崩地坼之遇，真会临在自己这一代中国人头上！”说到此处，他忽然扶住讲台，身子前倾，挥动拳头大声喊，“此战为中国再造之机，若再失败，则万无挽国势之日也！我们常思奋不顾身，以殉国家之急，可最后却还是要逃！究竟逃到哪里才是个头啊！”

顿时台下哭声骤起，如悲风横扫大地。更多的人跳起高喊：“打倒日本帝国主义！”“中国不会亡！”“我们绝不做亡国奴！”全场口号震天，人人热泪横流。

就在那一刻，灵漪决定了终生的道路。

在悲愤与忙乱中又过了几日。薛磊忽来找灵漪。这是他第一次造访女生宿舍，灵漪很惊异。

“我被盯上了。”薛磊呼吸急促，“住所不能再回了。老方和王大姐又不知去向。”

“跟我来。”灵漪立刻镇定地命令。

灵漪带薛磊回到北山梅花墅，从后花园悄悄放他进来，自己则马不停蹄地去找王永勤和方超。

高墙外环绕着一条僻静弯曲的山路，路边栽的都是几百年的香楠，使得轩窗也尽染碧色。偶有马车铃声伴着灼人的花香飘入，却丝毫惊不起窗中人黏乎乎的熟睡。

忙于收拾逃亡所需衣物的奶娘，工作总算告一段落，将湿毛巾在袒露的胳膊上抽甩着，从厨房出来，向月亮门里望望，困惑自语：“这鬼天气，实在热死人，小姐倒是耐得住，连帘子都拉得严严实实的……”自回下房睡觉去了。

午后，灵漪方进了大门，绕厅轩，穿窄巷，直入桅子香浓郁醉人的花园。她收拢洋伞，靠着石山喘了口气，顺手将一份路上买的《中央日报》放在石桌上，又从腋下抽出麻丝手绢，拭去满脸汗。淡蓝色印花夏布旗袍已湿透了。

这园子是宋鲁直平日消夏及与诸友宴饮觞咏之所，此时却再清寂不过。月亮门深处有个小厅，厅后藏着一屋。灵漪轻推房门，吱呀一声。见惯阳光的眼睛一时不能适应黑暗。她忙回身关门，以免热气扑进来，然后静一下，蹑手蹑脚向里间去。

铺了竹席的小床上，半边淡绿纱罗帐微垂，能清晰地看见床上的男人背对着她，一动不动。她转身到外间，躲在洒金屏风后脱下旗袍，换上黑色香云纱长裙，又在盆里拧了把毛巾，擦去满头满脸的汗，最后从桌上的紫砂壶中倒出一杯茶一饮而尽，这才松了口气。里间隐隐传来响动。她背对着远远喊道：“薛磊，睡醒了？”

薛磊忽得坐起，迅速拿过脚头的长衫穿齐整，跳下床，看看墙上的钟，惊道：“真没想到一觉睡了这么久。”

灵漪这才走进里屋，笑道：“没事做，你理应多睡一会儿的。”

薛磊向后窗外张望一下，伸展手臂打个呵欠，说：“外面热如火炉，这里倒别有洞天。”一回头，仙女似的灵漪彻底震惊了他，他结结巴巴语无伦次地说，“你！真，真美，像一首，诗，不，是词。怪不得他们都称你铁骨红梅呢……”

登时灵漪脸际飞霞，但有着一双清澈眸子的薛磊，身上喷发的小动物似的热乎乎的气息，融得化任何坚冰。她释然一笑，可还是不知该说点什么才好。薛磊又问：“你的脸这么红，是不是刚从外面回来？”灵漪点头。

“那都是我不好了！我在这儿，害你休息不成，大太阳地里……”薛磊歉意地拍拍脑袋，又看一眼刚才睡的床，那淡绿的纱帐、飘发杭菊暗香的枕头、精致的竹篾凉席、紫罗薄被……他的脸也红了起来，“我真的不知道……”

灵漪脸上的红晕更浓了，她甩甩长辫，争辩似的笑道：“亏你还是革命者呢，这么封建。我中午出去是见老方和王大姐的，并不是因为你在这里。”

“见到他们了？！”薛磊迫不及待地问。

灵漪点点头，走到外间，薛磊跟出来。灵漪示意他洗脸喝水，然后打开屋门，说：“不碍事，大家都在午睡，到外面坐坐吧。”

花园里种着棵古老的栀子树，枝繁叶茂，扶苏的翠叶飘荡着洗神的清香，这是它一年中最为浓烈美好的气息。清风送凉，两人都不由深吸一口花气，仿佛将来再闻不到似的。只见小园烟景凄迷，四处散落着捆扎结实的竹箱，其中多为宋鲁直长年潜心收集之书画碑帖及精刊孤本，更兼大包小包杂物。显然宋家人正为即将到来的逃难做准备。这碑帖孤本都将像刚有起色的中国经济一样在战火中毁于一旦，当然这是后话。此时灵却漪烦恼地向它们望一眼，自往绿水边的竹椅上坐了。薛磊则在假山边捡块石头坐下，接着问：“我什么时候能离开春江？”

灵漪先看他一眼，方道：“明天中午你从我家出发，转赴天津的驳船。到时会有一铁路职员模样的人在码头接应，问：‘先生，你是土生土长的春江人吗？’你答：‘不，我是从北平来的。江寒是我的朋友。’”

“太好了！”薛磊注意聆听，一拍大腿，“总算能走了！”

“难道你就那么想离开？”灵漪半开玩笑半认真，笑容惆婉。

“这儿已不能发挥我的作用了！当然要走。况且北方是家乡，更是前线。”薛磊认真地说。

“你是从北方来的，又要回北方去了。我们又要送走一个朋友了。”

“是这样。”

“会留恋这里吗？亦或竟一点儿也不想？”

“怎么说呢！一晃在这儿待了一年！潭水、寒梅、山峦、溪涧……还有那么多新结识的朋友，当然留恋啦！不过，既然时局已决定我必须走，去打仗，就要走得不留一丝挂牵！”薛磊从沉思中摆脱，恢复了开朗无拘的神态。

他看见丢在石桌上的报纸，忙拿来细读，渐渐眉头紧锁。

“有什么消息？”灵漪问。

“还不是英勇的抵抗，血淋淋的伤亡！骨横朔野，魂逐飞蓬。上海正打得如火如荼！真想现在就上战场去！”薛磊抬头向北方望，眼里有泪水浮动。他又低头默默读着。

“能回北平去看看家人吗？”骄阳下灵漪却不感到燥热，离别在即，她是如此地渴望和这单纯而热烈的朋友待上一会儿，再多待一会儿。他低头读报的专注神情如一尊雕像永印在她心上。

“我想，相当困难。虽然天津和北平离得很近……争取吧。”薛磊安慰地说，既像安慰自己，又似安慰灵漪。

“江小姐，她还在北平吗？”

“我一点儿不知道。”

“难道你们……竟也不能见面？”

“既然江寒一心以民族大业为重，七尺男儿又怎可卿卿我我？”薛磊自嘲地一笑，虎地站起。灵漪也随之而立，庄严地道：“那我就祝福你们，在北方的战场上英勇杀敌，为着死难的同胞！”

“谢谢你，宋灵漪！能征战疆场我薛磊死而无憾。看来今生是注定要马革裹尸以还了！”

“不要胡说……”灵漪忙伸手在石头上连敲三下。

“想不到连你这样的姑娘也讲迷信？”薛磊惊异地吹声口哨，哈哈大笑，“好好，我不会再说了。也请你不要担心，其实，我也有无限理想和抱负，也有真诚美好的情感，我是不会让自己轻易死掉的！”

月亮门外似乎传来说话声，薛磊匆匆进屋。灵漪依在月亮门边茫然四望，轻轻伸出一只手，似要去触摸门外茂密无边的竹林。那林子顺着石头台阶一直盘旋上去了，直到了她看不见的地方。

学校越来越混乱了，各单位都忙于清点装箱。宋鲁直坐镇国文系指挥，暗念着“不提防余年值乱离”“不料舆图换稿”“收拾起大地山河一担装”等曲词稳定心神，不想越背越烦，日日凄凉。送走薛磊后，灵漪几日不出家门，只静心为父亲收拾文稿。这日上午余心忽打来电话，说鲁过突然从美国回来了，正等在女生宿舍会客室，定要见灵漪一面。灵漪心下诧异，这样的乱世，他回来，为什么呢！她似乎已知道答案，却又不能满意。

在美国待了一年，鲁过没怎么变，还是那皮肤黝黑的青年，神态凝重，朴实斯文，只是眼镜换成了金边的。见到灵漪，他高兴极了，直率地恳请她赏光到潭边餐馆一坐。灵漪沉吟片时，点头应允。毕竟大分离的时候能多一个朋友聚聚，总会温暖些。

不知何时，空中飘起了蒙蒙丝雨，轻雷隐隐。道旁着了雨滴的花树格外清幽妩媚。鲁过为灵漪撑起油绿纸伞，二人并肩穿越许巷，向雨雾中的深潭缓行。灵漪只穿家常白衣黑裙，长辫垂在身后，辨梢上用茉莉花蕊编织的飞蝴蝶缀上了晶莹的雨珠。而这个朴素的灵漪，特别令鲁过喜欢。他不觉反复轻吟《雨巷》："那丁香花一样的姑娘……自从知道你喜欢戴望舒的诗，我就把他所有的本子都买来，细读了一过。"见灵漪惊讶，他又以做科学实验的态度老老实实地说，"有的诗，我喜欢；有的，我不太喜欢……"

"怪不得胡适先生说，最好的文科人才要到理工学院找呢。你们若发奋起来，恐怕连这片天地也无我们落足之地了！"

环湖峰峦碧沉沉的，空翠皆如新沐。只有这些亘古不变的风景，似乎根本未觉战事已迫在眉睫。二人走过虹桥，桥下草色清新如旧，往昔拥挤的餐厅"翠华轩"却已一片落寞。"把你们所有的好菜都上来！"鲁过一气点了油爆虾、葱烧海参、雪菜黄鱼等好几道名菜，最后又一定要个卤鸭面，好像在国外长年吃不饱似的。跑堂的无精打采地去了。"少点些，吃不了这许多的。"灵漪忍不住阻止。"不，我要点。也许再吃不着了。"鲁过执拗得像头牛。灵漪只好随他。还有什么可争的呢！她想，国家都要亡了。

"我心中有块圣地，除了供奉着对父母的爱，对祖国的爱，对为人类造福的科学事业的爱，还有一个地方，是留给你的，留给这乱世一段纯真如流水的情感。"鲁过以这样一段感发开头，说着说着，似乎鼓足了勇气，却又带着更深的叹息，"也许在你看来这情感实在过于狭隘。可家父供职的电力局仅一顿平常宴请，就能吃掉十户中等人家一年的开销。这个社会不是令人心安的。我无能拯救黎民，只求跳出浊水，求得天清地明的小世界。"鲁过直直望着她，声音浑厚，其实很好听。

灵漪罕见地表现出好脾气，平静地推心置腹：“独善其身的念头，我也有过。我猜在春江学子中有这念头的远不止我们二人。这总比同流合污强，但目前国家一塌糊涂，我们却远遁在自己的小世界里，难道就真能心安吗？况且，我还有自己的困难。我始终无法与千百年来男子评判异性的单一标准相妥协。鲁先生，我请问你，如果我很丑，你还会千里迢迢从美国赶回见我一面吗？”

“当然会。”鲁过很坚定，“因为，只有你在我心里播下了爱与美的种子。在对这个社会彻底绝望，感到窒息时，只要一想起你，我就如吸吮清新空气，看到花朝月夕，又能好好地活上几天。”

“若你当初认识我的时候，我就是不美的，难道依旧会——爱？”

“世上本无丑陋的女人，只有不可爱的女人。”

“虚伪！请问哪个是鸡，哪个又是蛋？”

鲁过可怜地定定望着地面，脸色通红，半晌才又开口：“我真弄不明白你这种奇怪的心理。难道人不是尽力去求美的吗？难道要去求丑？不过，老实说，求学期间，如我这般既不风流，又不擅甜言蜜语的男生，是很难追到心仪女孩的。你既是校花，我更不该作此妄想。”

“什么校花，都是你们男人强加在女孩子头上的东西！”灵漪自和革命者接触以来，本已学会些平心静气的本事，此刻又不由愤愤起来，“你们以为自己是封建帝王么，是不是还要分三宫六院七十二嫔妃！”

“请听我说。”鲁过被她的怒气吓得摸不清头脑，忙解释，“自我留学后，亲友中为我介绍女友的逐渐多起来了。我是学物理的，成绩不算坏，又就读美国名校，前途有保障。愿意和我交往的，并不乏漂亮家世好的姑娘。”

“那可要祝贺你啊！你那理想小世界不是已近在眉睫了吗？”灵漪自己也听得出语调里的酸味。

“我成日忙于实验，确实需要一个好太太来相夫教子，使我无后顾之忧。我也希望她美、活泼，在人情世故上懂得周旋，那正是我的弱项。而且我更知道，根本不可用这种种贤妻良母的标准来要求于争取绝对独立的你！可我还是愿意跟着你！你到哪里，我就去哪里。我虽笨，糊口却不成问题，绝不会成为你的拖累！”

“别这样。”灵漪感动了。她眼中湿润，好像已听到了什么东西碎裂的声音，“我们，我们不是一条路上的。我要走的路，可能不适合你。你有很重要的工作，同样能造福人类。”

“宋小姐，你何苦总这样看待男女之情？我只是想说，女人的悲剧并不都是由男人一手造成的。在新的时代会出现新的男女关系，真正意义上的两情相悦。我愿身体力行。你走什么路，我就跟着走。”

“不，我不欣赏这样一类男子，他只因为一个女子就决定了自己终身的道路。”灵漪缓缓吐出的话震得鲁过如冰雪般凝住。在他看来，她自认为深沉的目光其实还是充满了孩子气。

“看来，你心里已有了个伟大的参照系，他们高尚勇毅，在他们烛照下我自然微不足道。其实我也钦佩这样的人。可是我的实验……”他颓唐地辩解着。

“我明白。你也没有错。现在我能这样想，已是进步了。这还要感谢一些人和事……我多傻，刚明白其实人和人永远不一样，也不一定非得走同一条道路。”

“你能这样理解，我很感激。这些天我一直处于痛苦的自责中，不停自问，山河破败如此，你又为国家做了什么？但这次回来，导师梁先生开导我要把眼光放长远些，努力学习也是保存实力的手段，将来国家复兴需要有知识的人。”

“这种说法也是对的，而且我相信这对你并非托词。但归根结底我们的性气还是不合，虽然无论如何我要谢谢你海样的情谊。”

“难道就真的没有余地了吗？”鲁过还想尽最后努力。

“也许，当我年老时会悔恨曾错过了一段最适合的因缘。”灵漪微含苦笑，打开手袋数出几张钞票放在桌上，摆摆手，“但现在绝非谈情说爱的时代。不要争，我是独立的。即使已是你的未婚妻，也不要你为我付钱。”

鲁过的嘴角最终泛起一个哀愁的苦笑：“都明白了。”

七

赵余心坐着黄包车，从乱哄哄的家回到春江大学。

宿舍里，未回家的几个女生正围桌而坐，对着张摊开的《中央日报》，无不神色凄惶。听到余心走进的轻微脚步声，她们忙转过眼睛去。“雷娅，你看日本人到底会不会打到春江？”一个女生渴求地盯住她，似乎她就是战争总指挥。

自从一年多前赵余心随宋灵漪参加演剧、编报等公开半公开的政治活动，变得忙忙碌碌，甚至带了几分神秘色彩后，室友们对她的态度反添了几多亲近敬重。这是她从前绝未料想到的。温暖之余，余心意识到可能人性并非如自己所观察的那样悲观，有些原因还是要从自身挖掘的。于是，就带着这种既温暖又焦虑的复杂情绪，她回答：“长期抗战肯定免不了的，中国积贫积弱近百年了，受尽列强欺侮，只有打赢了才能走向民族复兴和现代化之路。”若论对政治的关注与敏感，对政局走向的准确揣摩，她不但远胜绝大多数女生，就连灵漪也甘拜下风。

几人频频点头，显然十分信服。朱莉说：“上海打得这么凶，真不知表哥到底怎样了，本来他一过完暑假就要出国留学的。”说完悄悄拭泪。众人都不言语，朱莉的感伤既普遍又不合时宜。一位历史系女生开口道：“还是琼好呀，上月就退学做少奶奶去了。”“做少奶奶就能逃得脱战火？”有人反驳：“何况沈宏达已报名参加空军了！”“真的？这么一个公子哥儿，竟……”“大家都在议论保卫国土，可沈宏达却已身体力行，真真了不起！”“我要为他和琼祈祷一千次，一万次，愿上帝佑他平安……”

赵余心有些惘然，悄悄退出，漫步踱至走廊。溽暑炎热，两排长窗都开了。隔着窗纱幔，野花氤氲之气无可名状。此夜月色倍明于常时。过去一到周末，不远处的礼堂就灯火缤纷、舞曲盈耳，有人唱戏，有人跳舞，各得其乐；烂漫之状宛若天堂。而就在这盛夏之夜，却只露珠依旧晶莹璀璨，周围寂静若死。即使远离一切欢会如赵余心者，此刻亦不免暗生恍如隔世的悲凉。

她信步走到琴房外，听见有人在弹萧邦的《降e小调波罗乃兹》。定是灵漪了，余心静靠门外听着。她自幼失怙，没有得到过多少来自亲人的关心，也就未能学习一门乐器以自娱；但她对音乐也是天生地敏感热爱着的。在西乐中她最爱萧邦的《革命练习曲》，那是钢琴曲；还有萨拉帕蒂的《流浪者之歌》，小提琴凄婉吞绝的调子表达出茨冈人千百年来飘荡流亡的苦痛，却是属于全人类的普遍情感。甚至她总感觉这许子就是萧川，那离去了正在执戈战斗的朋友。对他的往昔她毫不了解，也不想去探求，但每看到那双沉默深陷的眼睛，就如融入了雄深的北国山川。她也自知若在专家看来这样的艺术欣赏品位还算不得最入流的——

管它呢。此外她还爱《自新大陆》《伏尔塔瓦河》这样气势滂沱的交响乐。最怪的是她并不大喜欢听音乐会，甚至也从不买唱片。她只爱在静坐或躺卧着浮想联翩时，能听到远处隐约传来铮琮的钢琴、小提琴、大提琴，乃至交响乐的许声。隔了楼板，隔着空气，即使那些不熟练的弹奏也带有种诗意。此刻她听着那忽而阴郁悲愤，忽而又慷慨激昂的许调，胸臆间同时拥抱起激烈与柔情。她踏着旋律，大步迈进琴房。

灵漪意识到了，却未作停顿。她略为短粗的手指更迅速地在琴键上滑移。有几个音接连错了，如汹涌的瀑布里混入些杂质，令余心脊背生刺。她真恨不能将其择出重听一遍，那些张开的毛孔方可妥帖平伏。真是王大姐们常讥讽的小布尔乔亚啊——她不由自嘲起来，战火就要烧过来了，竟还在意这几个错音！留恋花朝月夕！将来，将来是否还有听萧邦的机会呢？……

结尾悲壮的宣叙调弹得并不饱满。琴声戛然中止。灵漪端坐，依然背对着她：“失去祖国的人，就是这样子找不着灵魂。”余心走过去半靠琴身。阿尔米达纵有千般不成熟，但她气质中这种圣洁的，一触即发的激情却是余心最赞美的东西。

“听说学校下周就要转移到内地去了。”半晌余心才开口。

“我也听父亲讲了。不过……”灵漪望向余心，眉目间带些歉意。为什么她会有这神气？“雷娅，我要跟老方、王大姐去上海。”

余心愣了。

“昨天我见到了王大姐。”灵漪犹豫一下，并未说明其实是王大姐主动把她叫去的，“她说上海战事正烈，那里也是各力量、各事态焦点所在。王大姐和老方准备加入抗日救亡演出队。上海《民族魂》周刊社主编江漓先生和名记者赵凡也修书一封，邀我共事。”

“你当然该去，这是每个搞新闻的梦寐以求也不能推卸的职责。况且你去年不是采访过虹桥机场守军吗？”

“是啊，我和那里的一些青年军官非常熟悉。”

“那就更该去。这次上海之战，真是非比寻常。”

灵漪犹豫一下：“那么你呢，你跟我们去吗？”

余心白皙秀气的脚脱出绣花拖鞋，在光滑的大理石地面上来回搓着，没有答话。她显得茫然，甚至压着汹涌的屈辱的情感。

“只可惜他们并不像我这样了解你。”那只残缺的，无生气更无光泽的眼睛令灵漪暗自叹气，不由又替她作出了决定：“这样吧，我们先去开展工作，你或随学校撤退或回家等候。一有合适机会，我就立刻给你去信。”

“这样也好。”余心淡淡道，“我想，这也是王大姐们的意思。”

灵漪没有说话，只按出几个古怪的音符。

“伯父同意你去上海吗？”

“……我刚从家里来。”因不愿回忆父亲的慈爱和幼弟的娇憨，灵漪压着情绪，只简单道，“我想到上海后给他寄一封信。也许这就是永别的信。”

“雷娅，你理解我此刻的心情吗？”夜已深了，月满西楼。千百年间，这轮皓月曾映照过无数中华民族的耿耿忠魂。窗外竹林空翠，灵漪倚立窗边，近乎凄清的月色映衬着她皎洁的目光，“我决定了，我好像总是幸运的。在这民族沦亡，烽火遍地的动荡年代，在紧要关头我终于找到了救国救民，也能拯救自己的路。我意已决，再不会转向别路了。”

余心过来，和她立在一起，融合于月色里：“我明白，都明白。你的性格决定了你就要当这样子的人：托身已得所，千载不相违。”声音轻微却清晰可闻。当没有必要说一些幼稚慌张的话语来插科打诨，掩饰不安和自卑时，她就是清明、激情的，甚至见识卓越的。

“对，就是这种把自己融到一种伟大事业里的，身不由己的情感！”灵漪为终于找到了合适的形容词而喜出望外，“千载不相违！千载不相违。”她重复几遍，像在发一个庄重的誓言，“雷娅，我和你之间已不单是知己的情谊，我们——是同志了。”

“阿尔米达，”余心也很激动，“即使你选择的是少人行走的小路，我们也永远是最好的朋友。”

第三章 / 落月关山何处笛

一

1937年盛夏时节，上海浸于血腥酷热的烟云中。

8月底，宋灵漪随方、王抵沪。后者马上按照组织安排加入抗敌演出队去了。灵漪稍作安顿，独自赶往位于虹口的《民族魂》周刊社。

周刊社的编辑工友都挤在一座石库门房子三层办公，灵漪因一年间几次来沪采访机场守军，已很熟悉。但此次一下黄包车，她便立刻被乱离之象强烈震撼。只见狭窄的弄堂人流拥挤不堪，难民、宣传队夹杂着报童、卖吃食的来往纷纭。她刚小立片刻，便见一群难民包围过来。有人低声恳求："小姐，行行好吧！我们的家都叫东洋鬼子炸了！""这世道可怎么活啊？……"

灵漪忙掏兜倾其所有。这时一阵激昂的口号声伴着隐隐炮声又吸引住她，原来一群中学生正在弄堂口作抗日宣传。她刚想过去听听，忽闻有人在唤自己，语调是无限的惊喜："停车！宋……小姐！"

灵漪回头，发现弄堂对面一辆黄包车，竟是付翔坐在车上招呼自己。他目光怔忡游移，头戴巴拿马草帽，连身上彩色的衬衫也颇具南洋风情。灵漪心下万分诧异：在这紧急关头，他不留在印尼，也未去美国，怎反到此地了？

一年未见，付翔很显黑瘦，胡子也没刮，那彷徨忧郁气质倒着实减了几分。他跳下车穿越弄堂走向灵漪，拿着一根烟却不抽，只是定定注视着她。

"烟烧手了。"炮火纷飞中旧友重逢，灵漪自然感到激动，可付翔这神情又令她颇觉尴尬，竟只得以这句平淡的话开头。

"我想得到你会出来，却没料到你也来了上海。"于是付翔把烟掐灭，随手想扔，忽又停住，掏出一只瘪烟盒把大半截烟头放进去，又将烟盒小心揣入怀中，抬头向灵漪不好意思地一笑。

“可你怎么也来了呢？”付翔不答，只取下草帽煽风，也为灵漪扇着，“入门暗数一千春，愿去闰年留月小。栀子交加香蓼繁，停辛伫苦留待君。——你吟过的，可还记得？我，可是永记下了。”

灵漪一惊，那美丽意境偏偏于此时此地，在炮火中的深巷现身！

“我，也要走入那扇门去了——我就要做真真正正的维汉了。这该是喜剧吧。”见灵漪面露困惑，他又一次大感失望，“难道你这么快就把维汉给忘了吗？‘哥哥，不要忘了我呀，我是你亲爱的梅娘。我们曾坐在红河的岸上，那祖先流血的地方……，”

听他唱得抑扬顿挫，灵漪又立时火冒三丈：“够了够了！也不看都什么时候了，还搞噱头！请你放尊重些。”

“可这并非戏剧，全都是真的！”付翔放声大笑，“怎么，你就永远不信我真有勇气去做维汉？”他直笑得近乎歇斯底里，一滴泪悬挂眼梢却不掉落，薄薄的嘴角不住抖颤。路人见此情景却个个面若僵尸无动于衷。这样的年景使一切不正常都变得正常。

灵漪挥手道：“不要再笑了。你到底怎么了？”

付翔便也突现正色：“去年我回到了雅加达。上个月父亲变卖寓所，欲携全家到美国去，那里很安全。当地一位橡胶商千金也同意与我结亲，共同赴美留学。大家都认为这是一件很好的事，再完满不过的安排。”

“既这样你为何又跑来上海？”灵漪竟听得有些酸溜溜的，更感困惑。

“为什么？”他耸肩一笑，“连我自己也不知道。”

“……”

“战事惨烈如此，从理智上我认为我们断难取胜。与其玉碎，不如远遁；可不行，我总念念忘不两年前以游戏心态扮演的这个维汉。他和我一样，也是华侨，在远离祖国的红河岸边遭受屈辱排挤的炎黄子孙。此次重归南洋，我忽有所悟，只有在国破方知人种贱时，方知身后有个祖国是何其可贵。虽然，这祖国是萎靡、落后的！到另一个异乡去？洋人会允许我在百老汇抢他们的饭碗吗？即使抢到了又有何意思？这边炮火隆隆，在大洋彼岸我能演得下去？”

“付先生……”灵漪刚开口又被他迫不及待地打断：“所以我回来了，和很多像我一样抱着拳拳赤子心的华侨青年坐着同一条大船，渡过辽阔的红河，朝着太阳升起的故土回来了。我已参加抗敌演剧队，明日就启程。也许去武汉，也许去前线，也许……去天堂。”付翔满不在乎地微笑。

灵漪忽然想痛哭一场。眼前这胡子拉碴的男子，文艺腔十足的少爷，从未像今日这样令她强烈地感到可亲、可敬、可爱。

“宋灵漪，我不会再奢求你的爱。我已不爱你啦。义山诗云：‘初生欲缺虚惆怅，未必圆时即有情。’我终于弄明白了，生活就是生活，而舞台只是舞台。你很倔强，有时不通情理，这就是你。你根本不是柔情满腹的梅娘，我也不是真正的维汉。看透了就很好。我们今世大约是再不能相见了！这也好，在亡国的炮火中，我们将两地捐躯。这岂非最伟大最壮美的诗篇？！”

付翔紧握灵漪的手，突然使劲摇摇，以示告别。也许因为天气太热，灵漪觉得就要晕过去了。她只隐约看见付翔转身踏上黄包车的背影，在眩目的阳光中听到他在说：“别了——上海！快走罢！快走！”他发疯般的挥动草帽，“走！走！”

一个面色青白的瘦高男子殷勤地引领灵漪沿着弯许的楼梯走上去。“宋小姐，上海从来没有像今年这样热过。从天象上讲必有兵戈之事。果然！你当心脚下。”此人是《民族魂》记者赵凡。

“这么险象横生的路，宋小姐你是一人来的？”见灵漪始终有些神不守舍，他又探询地问。

“不，还有几个朋友。”灵漪应付地作答。

“噢。他们也来采访战事？”

“不，他们……想搞文艺救亡。”

“是这样？”这时二人已到三楼，走廊上乱七八糟的全是一捆捆报刊、校样，几乎无处下脚。赵凡推开主编室的门：“请进。江主编等着您呢。”

这是一间零乱的鸽子笼，窗前一位五十岁左右，面容刚毅的中年男子手握毛笔，在堆满稿件的桌边露出一个头，双眉紧扣，似在深思。灵漪过去微鞠一躬：“江先生！”

江漓回过头，急忙站起绕过桌子紧握灵漪的手：“宋小姐！你果然很守信用。来，请坐！”

赵凡为灵漪泡了杯茶，也在旁边的沙发上坐下。

简单寒暄几句，灵漪便迫不及待地询问战局进展。

“战前敌方叫嚣三个月便能亡我中华，但在我将士英勇抵抗下已陷入重重困境。可我方伤亡也极惨烈！我们的国力实在太弱，内部的问题也积累得太多了。”他似乎看了赵凡一眼，“且不谈这些。宋小姐，明天你就赴宝山前线采访，行不行？”

灵漪站起：“太好了！那么现在我就不打扰了。”

“宋小姐，明日报界同仁要随上海各界慰问团去前线，让我们一道走吧。”赵凡先向江先生投去征询的眼光，才微笑着对灵漪开口。

灵漪看一眼颔首同意的江先生，点点头。

二

次日清晨，在与宝山城防接壤的安全地带，宋灵漪、赵凡及若干记者焦急等待迎接的军官，以期进入前线。旁边还站了一行抬着慰劳品的各界市民代表。人人神情肃穆。

远远地，隆隆枪炮声中传来汽车喇叭的鸣叫，顿时群情沸腾。第一辆军用吉普很快到了，在灵漪和赵凡身边停下，一个不到三十岁，年轻英挺的军官跳下车笑道：“请诸位上车吧！我是上尉杨嘉，负责你们的安全。”

灵漪大为惊喜：“哎呀，杨先生！原来是你！”去年她来上海采访时，这位上尉参谋还驻防在虹桥机场。杨嘉也兴奋地笑握她的手，又与其他人一一迅速握手，即刻安排大家各自上车。赵凡和灵漪上了杨嘉那辆。安排好其他人等，杨嘉跳上车坐在副驾驶座上。硝烟弥漫中车队缓缓开动。

杨嘉回过头：“宋小姐，你这次来沪也为采访？”

“对呀，我和江主编商量了，想采访姚营长，也要继续跟踪你。”

“逸怀兄定有无数精彩故事。”赵凡插话。

杨嘉只笑笑，又对灵漪说："去年你做了一期非常漂亮的专题报道。"

"看到我们寄的杂志了？"

杨嘉点头。

"不过呢，也惹了些故事……"灵漪坦言，"至于你呢，没给你添什么麻烦吧？"

杨嘉笑笑，不作声。

"怎能不惹麻烦？这年头，不惹麻烦的文章还是好文章吗？"赵凡感慨。

"现在一切都全过去了，我们只想着与日本人决一死战。"杨嘉道。

"现在日军攻势如何？"赵凡问。

"不断进犯，都被打回去了。海陆空大规模攻击还没来，不过迟早会来，姚子青营长命大家随时准备血战。"杨嘉话音刚落，一发炮弹便在前面不远处轰然下落。

杨嘉大声说："小心！现在已进入阵地了。"

好像为给他的警告做注脚，一阵刺耳的警报声迤俪传来。几架日本飞机像从地平线上冒出来的巨鸟，在远处徘徊，那鲜红的膏药旗十分刺目。

杨嘉大声道："又来了！"他回头招手，"后面的车马上跟我开到防空洞去！"

车队在隐蔽处慢慢停下。杨嘉跳下车："请大家马上进入防空洞！"在他指挥下，人们忙乱地走进防空洞。只有杨嘉和战士们还站在外面。

宋灵漪十分焦急道："杨先生，你们也快进来呀。"赵凡也不住呼唤。杨嘉等到每个人都进去了，才跑进来。与此同时，一阵震耳欲聋的爆炸声在他身后不远处响起。众人都惊呼起来。

杨嘉站直身子，抖抖头发上的土块碎屑，安慰大家："不用怕，这里很安全。"

宋灵漪和人们在闷热潮湿的洞里挤坐，凝望杨嘉立在洞口的身影。爆炸声此起彼伏，杨嘉微微低头，皱眉看腕上的手表，随即又抬头向外望着。

宋灵漪忍不住问："杨先生，中国守军为什么不还击？难道我们只能挨打？"

杨嘉还未回答，一名《中央日报》的记者已按捺不住，挤到洞口。这时，又有一发炸弹在离洞口不远处爆炸。杨嘉立刻推他倒地，同时伏在他身上掩护。直至烟雾散后才爬起来，拍拍身上的灰尘。

那记者胖胖的脸上浮起激动的笑容："参谋先生，谢谢你救了我！"

杨嘉微笑："这是我的职责。"猛然间，洞外枪炮同时爆发，震耳欲聋。杨嘉伏在洞口观察，突然激动跳起，招手叫道："大家快来看，我们打下了一架日本飞机！"

这下，人们再也顾不得害怕，争相挤到洞口，看得欢喜若狂。祖国被欺凌得太长久了，每一点胜利都足以使他们激动得难以自持，欢呼雀跃。在狂喜的人群中，宋灵漪拿起相机想调焦距，可泪水已模糊了双眼，只是不停地按着快门，一下，又一下……

又过了一会儿，烟消云散。杨嘉招呼大家鱼贯出洞。人们的激情仍旧没有消退，一个个议论说笑着，钻了出去。杨嘉和宋灵漪走在最后。

两人都没有说话。半晌，宋灵漪道："杨先生，这次的淞沪保卫战对国家真是非同寻常！"

杨嘉点点头，脸上的肌肉动了动："是的。我们全体将士，上至团长，下至每个士兵，都做好了与敌人血拼到底的决心。只是……"

"只是什么？"宋灵漪敏感追问。

"没什么。"杨嘉勉强笑笑。

宋灵漪沉思片刻："我听说，指挥部上层和下面的将士过往龃龉很深，甚至发展到摩擦、矛盾，是这样吗？"

杨嘉沉默一会儿，才说道："宋小姐，我信得过你，就对你把这些苦处倾吐一下吧。作为从东北沦陷区逃出的青年军人，'九一八'是我终身之耻。我唯一目标就是投身沙场，以生命换取战争胜利，和日本人拼到底。可是国难当头，为什么中国人和中国人还不能完全同心，为什么还有杂牌师和嫡系部队之分？为什么还有人在背后监视你的举动，在这种时候还不忘尔虞我诈？我们这个师处处受到排挤倾轧，最高统帅部的一些人不打鬼子，却以我们为迫害对象……有时，我心里真痛苦极了，可又不能对下级讲，稍稍一流露就有人说你赤化……唉，现在只盼望这腔热血，能尽早洒在战场上！"

宋灵漪紧咬下唇，悲哀点头。

这时，二人已走到吉普车边。坐在车上的赵凡询问地望着二人。杨嘉立刻又恢复了英姿勃发的状态，拉开车门，微笑道："请上车吧。"

宋灵漪默然上车。

几天后，宋灵漪坐在窄小的亭子间中。手中还飘发油墨清香的最新一期《民族魂》上，头版便是她连夜赶写的特别报道《战地热血》。正看着，王永勤和方超忽然推门进来。

王永勤扬起手中的杂志笑道："灵漪，写得真好！你这一支笔，抵得我们多少口舌！"

方超也说："这一期《民族魂》销得很快！大家都为你高兴。"

宋灵漪兴奋得满脸红晕："我自己也没想到，这篇文章会引起那么大反响。对了，你们的工作定下没有？"

王永勤说："定了，在抗日救亡演出一队，演街头剧。刚排了《放下你的鞭子》，我演香姐，他演老爹，拿鞭子抽我。"说完哈哈大笑。

方超瞥她一眼，点燃香烟。

"演出队？"宋灵漪一惊，想起了那个在深巷中坐着黄包车远去的决绝的背影。

"怎么，有认识的人吗？演出队人员很多很杂，一共有五六支队伍，分到不同地区宣传。甚至，还有去南洋的。"方超放下烟，注意观看她的表情。

"没有，没有。"

"过一段时间，老方要先随队赴武汉，我留下。"王永勤补充。

这时有人敲门，赵凡笑着走进，见状一愣："怎么，宋小姐有客人？"

宋灵漪说："我介绍一下，这是我的二位朋友，王女士和方先生。这是《民族魂》的名记者赵凡先生。"

赵凡忙笑道："记者不假，'名'可不符其实！"几人都笑了。赵凡忙过来和王、方热情握手。

大家挤坐在狭小闷热的斗室里扇着扇子。赵凡喝口茶，随手抹一把淋漓的汗水，对宋灵漪赞道："宋小姐，我在这行当虽浸淫过几个年头，可和你相比，真真自愧不如。文章淋漓尽致，悲壮感人，就连江主编读时都屡屡下泪呢！"

宋灵漪淡淡一笑："前方战士浴血奋战，我们这些后方的文化人，只有以此来报国人了。”

赵凡点头：“不过，这篇文章似乎有些偏激，话里话外抨击所谓嫡系受宠，杂牌军被挤上前线送死的情况。这……”

宋灵漪立刻反驳：“难道这不是铁的事实？”

赵凡忧心忡忡地抽出一根烟，敲着烟盒道：“唉，国事已然如此，我们内部还是倾轧争斗不息……社会的实质，人性的劣弱，只有在战火中才看得最清楚。宋小姐年轻，难免被当枪使。”

宋灵漪立刻说：“我有真凭实据！”

赵凡感兴趣地抬头。王永勤立刻站起来：“好了，不必争执。眼下国事动荡，《民族魂》也要南迁，估计这点风波很快就会平息的。”

赵凡看她一眼，把烟掐灭，点点头：“但愿如此。在这里做个文化人的日子我也干够了。”他起身走出去了。

王永勤把门关好，背靠在门上老练地问：“此人来历、背景如何？”

宋灵漪一愣：“什么背景？我不清楚。到底出什么事了？”

“灵漪，这篇文章的素材是向谁了解的？”

“是杨嘉先生。”

“噢。赵凡知道你和杨嘉关系较熟吗？”

“这……他们都清楚。”

王永勤微眯双眼，在屋里踱了几步：“是这样……唉，国事如此，国民党内部还是倾轧争斗，共产党想抗日，却处处受排挤，连一些正义的爱国军人也不能逃脱。这是什么社会！灵漪，你这两天先不要去找杨嘉，等事态缓和了些再找机会吧。”

“为什么？”宋灵漪不解反问。王永勤叹口气，觉得她很幼稚。方超则一直保持沉默。

宋灵漪似乎终于醒悟到什么，恨恨地从牙缝里挤出几个字：“原来如此！太可怕了！难道这就是中国？要斗，就冲我来好了，千万不要去碰那些浴血奋战的将士！”

老方始终沉吟无语，此时也扔掉烟头站起：“灵漪，上海并非春江，现在也已不是一二・九时代。虽说国共合作了，但个中情形千头万绪极其复杂。我就要去武汉了，永勤也不一定能常来指导你，你一人留在这里，千万要多动脑子。我知道灵漪是聪明的，但你婞直的禀气一定要改。”

因此地人来人往不便多谈，老方又说了几句权做先行告别，便与永勤匆匆离去了。灵漪直送他们到弄堂口，老方苦劝了几次，她才依依不舍地回到报社。

几日后，江主编忽告知灵漪，一位《泰唔士报》驻远东记者站记者在看到她写的报道后极感动，很想和她见一面，全面了解战地真实情状。

这记者是英国人，五年前就来到了上海。因热爱中国文化，遂从儒家典籍里挑了两个字，为自己起名张以敬，取“修诚以敬”之意。凇沪抗战爆发前不久他刚从日本采访归来。他还有个女友尼姆，也是英国人，国际红十字会成员，战事起后一直在伤兵医院奔劳。

以敬是瘦高个，一头黄发暗淡无光，阳光下几乎流为纯白。来中国五年，他早已学得一口流利中文，甚至还能扯几句上海话。但据他自己说，女人更有语言天赋，尼姆的中文水平已令他望尘莫及。灵漪和江主编未见到尼姆，以敬说她在伤兵医院忙得日以继夜。灵漪心中感谢。而这英国男子也很真诚，他身上并没有多少租界外国人常流露的优越感，她又想。

那日在周刊社见面后，江主编介绍灵漪是位“大家闺秀”，以敬说他一眼就看出来了。灵漪不知是否含嘲讽成分。其后灵漪对亲历战事的深情追忆令这英国人也含了热泪。“真正的英雄。”他说，“中国人是我见过的最向内自保的民族。但战争改变了这一切，涌现出无数如星斗般灿烂的英雄。”

偶尔以敬的中文水平还达不到完全理解灵漪叙述的程度，灵漪就以英文解释。她在教会女中的英文老师都来自美国，以敬调侃说她的口音带了“肯塔基味”。这次谈话后，以敬很满意；灵漪却突发其想，要反过来采访这个神秘的英国人。以敬立刻同意。遂约定在以敬寓所见面。

这是一幢石库门房子的二层朝南向的屋子，整洁干净，连台阶上也铺了紫红地毯，长颈花瓶里斗彩芬芳，看得出尼姆是极勤劳的女人。可玻璃酒柜里也堆满了各色洋酒，其中还杂着几瓶半空的茅台。

灵漪刚进门，就听见唱片机里斯梅塔那的《我的祖国》乐声悠悠。以敬道：“我常用这曲子来清醒头脑。我祖母是捷克人，所以我很爱涅尔塔瓦河。”接着长叹口气，“但那里也已非太平之地，我现在的祖国把它出卖给了纳粹，它竟成为大国间瓜分领土、均衡利益的阴谋牺牲品！瞧这个疯狂的世界！社会达尔文主义大行其道的冷酷人间！我是那么爱捷克，你听听他们的音乐！这个苦难的民族，身上流的是抗争、激情的血。”

灵漪感动之余却陷入沉思，以敬的话深深震撼了她。什么时候我们五千年的文明古国，也能诞生自己的黄河颂、长江颂呢？

以敬习惯地关上门，看看正襟危坐的灵漪，耸一耸肩，又把门打开一条缝，这才回身调皮地偷看看灵漪。灵漪神色自若，打开采访本。

以敬煮了咖啡端到灵漪面前，又殷勤地从多宝阁中取出两个精致的白彩定窑小碟："宋小姐，这是每个中国女孩子都爱吃的玫瑰小花生，半空的，紧而小的粉红色的甜味的仁；不过尼姆不爱吃，甚至说那古怪不能下咽——因为她不是中国女孩子。这个是从北平带回的艾窝窝，就是干硬了些。请随便尝尝吧。”

“谢谢。那么，你很喜爱中国小吃喽？”

“凡是有中国味儿的，我都喜欢。比如这两个瓷碟子，是我在景德镇旅游时买的。卖的人一口咬定这是古董。这是什么瓷？您是大家闺秀，一定清楚。这个‘味儿’，很难解释。”宋灵漪听他卷着大舌头困难地发这个词，险些笑出声。

“老实讲，我对中国、远东，甚至整个世界都绝望得透了顶，只能学着中国故老的样子，学着拿这些‘味儿’来麻醉自己。开战前，尼姆和我吵过好几架，她根本不想再留在中国。当然现在她必须完成红十字会的职责。她认为中国人普遍肮脏，不讲纪律，好小偷小摸。我们换了好几个用人，他们有时极忠诚甚至谦卑得让你不自在，可到头来我又常常发现其实有些只把我们当作傻子。也许在中国人眼里，只有你们自己才最富智慧。”见灵漪沉默无语，以敬小心翼翼道，“我这样坦白，没有冒犯吧？”

作为中国人，宋灵漪自然反感外人对民族性的这种负面评价，但直觉告诉她此人并无意冒犯。从前和赵余心闲聊的一些话题自然而然地涌上心头，于是斟酌而答："中国地域辽阔，人口众多，却能在大多数时间保持统一，这与它悠久的农耕历史密不可分。她强大的凝聚力是绝不可轻看的。但切莫忘记，在五千年的岁月里，中国人经历过多少残酷的杀戮，血液里怎会不积淀下保全生命，保全家族，忍辱负重甚至苟且偷生的利己本能？当然这也是一种人生智慧。而通常情况下，中国人是最善良最听话的。只求能让他们的家庭平安地活下去。你很坦白，比一味说中国好的虚伪外国人强。不过我觉得你内心并非这样讨厌中国。”

以敬紧着弄懂她的语言，半晌才道：“是的。我不喜欢中国的现状，还有中国历史悠久的极权官僚制度，但我可真爱中国的‘味儿’，那些个古意。山水画呀、古瓷器呀、各地的美食呀，对了，还有发黄的线装书。摸一摸闻一闻，都是美得不得了的。这是古国特有的韵味，是一种在侵略者的炮火中完全不需要了的韵味。可是不是过去的中国就比现在的中国好呢？我也不知道。我无权对一个已自给自足了几千年的文明大国妄下断语。”

灵漪拿起一个艾窝窝，她也是第一次看见这种食物，左右看看，还是放下了：“实际上从上世纪起，古老中国就遭受着多年的侵略耻辱，其中也包括来自您祖国的欺凌。”

“我很羞愧。”

“现在已到各方面矛盾全面集中爆发的最后关头。中国就要发生天翻地覆的革命了，我认为除了革命，再没有第二条路可走。这是中国几千年来最动人的阶段：平等和民主已透露曙光。”

“纯洁的小姐，你真如激情的诗人。不过，你是否认为中国的希望就在国民党军队，在于蒋先生对内对外政策的改变？”以敬紧盯灵漪发问。

灵漪犹豫一下：“我倒认为中国的希望在于民众的最终觉醒。”

“Ok，我的看法完全和你一致。中国最终获胜并复活的希望，在于一个能代表民众心声的Party。”

灵漪眼睛睁大，她探询地望着以敬。

“恕我冒昧，你是共产党吗，宋小姐？”以敬忽盯着灵漪的眼睛发问。

灵漪显得沉着，微笑回视他：“你觉得我像吗？”

“老实说，我觉得你还不大像。不过共产党里也有各种各样的人。”以敬也笑着回答。

“老实说，做共产党，我现在还不够格。”

“我认识很多神秘人物，你们好像都爱说这句话。不过，也许像你这样家庭背景的大家闺秀只有在今天的民族解放战争中才会爆发参与政治活动的渴望与决断。我倒认为激情爱国的你必会选择共产党。”

“为什么？你的理由？”

“一个政党能够获得众多农民的拥戴，这说明它必有好的政策与基础；一个政党能历经艰难险阻，几起几落而不灭，这说明它有铁的队伍与纪律；一个政党，能使许多年轻、精干、前途无量的将才心甘情愿地团结于一个人领导之下，为一个目的而献身…………这说明它有良好的内部机制与凝聚力量，是充满理想，前途无限，很有魅力的党派。”这次他索性全用英文，讲得酣畅淋漓头头是道，“请原谅宋小姐，我的中文还不足以表达这么复杂的内容。而作为一个受过良好教育的现代中国人，你是可以听懂英文的。”

“这就是不平等，国家、文化之间的不平等。”灵漪轻叹，“我听懂了。不过什么时候西方人学习中文的热情也能和我们中国乃至亚洲人当英语通的迫切相提并论，就说明我们的国家真正进步了。此外，我非常惊讶于你对CP的了解！”

“请不要忘记，”以敬却神秘地挤眼笑笑，“我——是您的同行。”

三

战火在继续无情蔓延。10月，上海大部地区已陷敌手，只有谢晋元团长率领的八百壮士还坚守四行仓库死拼，那面青天白日旗在一片红日头的旗帜包围中飘荡，弹痕累累，烟尘弥漫。

《民族魂》已经离开上海内迁。流离道途之厄，使得宋灵漪与王永勤和方超暂时失去了联系。在父亲一个老友的帮助下，她转移到法租界，在伤兵医院帮忙，整日不得休息。这些天来，她见惯太多的死亡、流血，听惯了太多的呻吟和怒骂……心，仿佛已被鲜血蒙上硬甲，麻木得可以随意触戳。惟一还敏感处，就是每天早晨看到租界对面那面弹痕累累却依旧飘扬的国旗时，所无法控制的热泪。

一天中午，宋灵漪斜依在护士公用行军床上休息。一个女人悄悄地走过来，轻轻推醒她：“宋灵漪！”

宋灵漪睁大困倦的双眼，顿时惊喜道：“王大姐，你可来了！”她和满身硝烟的王永勤紧紧相拥，二人都激动而泣。

灵漪叹道："你终于平安地逃出来了！老方呢？"

"他在半个月前就搭车去武汉了，还让我一定向你转告。听说《民族魂》内迁时，江先生和赵凡都劝你一起走，你却拒绝了？"

宋灵漪疲惫地坐下，摘下头上血痕沾染的护士帽："我毕竟不是他们周刊的正式人员，车少人多，还有家属，我是不会去争那个机会的。"

"你呀，真是清高。不过这样也好，要不然我们也难见面了。"

"再者，上海虽然大部分沦陷了，可四行仓库还属于中国的领土。我是记者，应该留下。"

王永勤叹道："幸好你没走，否则我倒要担心了！"

"怕不安全？"

"倒也不是……老方走后，我们抗日救亡队又去前线慰问演出了一次，听说宝山失守后，杨嘉先生身负多处枪伤，带着姚营长遗愿逃出来，转到四行仓库继续战斗。却独独不见他的影子。后来才探听到……"

宋灵漪嘴唇抖动："难道他已经……"

王永勤忙说："不，他是被关押起来了。"

"为什么？！"宋灵漪万没想到，杨嘉还会有这样的遭际。

"听说上面对你写的那篇揭露国民党内部倾轧腐败真相的文章很震怒。他们还通过一个报界特务了解到，事实真相是被杨嘉捅出去的。他们因此迁怒于杨嘉，要治他的罪。四行仓库的谢晋元团长是他的老上级，苦苦恳求，以性命相保，顶住压力，没有让杨嘉落入虎口，只是将他关押在团部。后来形势更吃紧，战士伤亡严重，前方急需用人，上面也管不了这许多了，而且要人纷纷逃离，师长才指示放出杨嘉，调到四行仓库谢团长手下。据我们的同志说，他已回部队了。"王大姐显然消息灵通，而且来源可靠。

宋灵漪愤怒万分："报界特务？是谁这么卑鄙！"

"你想想……谁了解你与杨先生的关系较熟？"

"难道是赵凡？"宋灵漪忽然叫道。

"很有可能。"

宋灵漪顿觉天旋地转，那个无辜军人仰天狂啸的身影紧压她的头脑，使她几乎无法呼吸。王永勤吓坏了，忙抚着她的肩："灵漪，别难过，这并不是你的错。你是没有政治斗争经验的。”

“为什么国难当头，还要为一点政治恩怨去迫害一个只想报国尽忠的军人？国共已经和谈、合作了，为什么有的人心中还不能产生一点点起码的同情？如果早知道这些，我要去找他们的司令，我要告诉他，要枪毙，枪毙我宋灵漪好了，至于杨先生，只要求他们给他一个在战场上站着死的机会！”

王永勤拉住她，命令道：“坐下，不要冲动，这些话毫无用处。明天，租界一部分知名人士和文艺界、报界团体准备向四行仓库守军送交市民募捐的食品和药物，你去不去？”

宋灵漪立刻站起：“当然！”

王永勤却很沉重地望着门口来来往往的担架和伤兵说：“眼下战火愈来愈烈，上海即将不保了！估计四行仓库的一个营，也坚持不了多久……可是，他们大长了我们中国人的志气！”

宋灵漪眼中含泪：“他们，是民族的栋梁！”猛然间泪如泉涌，忙用手拭去，仿佛在为自己的软弱羞愧。王永勤默默地望着窗外，那面在战火中飘扬的国旗。

次日上午，在四行仓库与租界交界处，人山人海，群情沸腾。租界里的中国人趁战火暂时停歇，举行了交接食品、药物的简单仪式。接着，一个军官率领各界市民慰问团进入阵地。宋灵漪忽然想到《桃花扇》来。“残军留废垒，瘦马卧空壕，直入宫门一路蒿！”她在心里吟咏着断肠诗句。而在断瓦残垣、弹坑血痕间，人们无不向坚守岗位的战士投以激动崇敬的注目礼——除了这无声的语言，他们真不知该怎样表达心底的崇敬与痛惜之感。这块即将失守的热土上，笼罩着激烈和悲愤的郁郁之情。

宋灵漪询问接待他们的军官：“先生，有个上尉参谋杨嘉先生在哪里？”

“你认识他？”军官诧异。宋灵漪点头。顿时围过不少好奇的记者同仁、市民，倾听他们的谈话。

那满面硝烟的连长沉重地叹一口气：“他一直领导部队与敌人作战，三天三夜不下火线。上午，他在前沿视察时，不幸中了敌人流弹，双腿负伤。经红十字会大夫抢救，已无生命危险。现他正在那边屋中。”

连长指指掩体后一幢被炸得已摇摇欲坠的小屋。隐隐的，一阵微弱的《满江红》歌声随风传来。走到门口，大家都不由自主地停住脚步，记者们默默放下相机。在悲壮的歌声里，失去故乡的人同时流下痛苦的泪水。歌声戛然而止，传来杨嘉的声音："谁？"

连长说："是慰问团的同胞们来看望你。"

一个穿白大褂的外国女子走出来说："请大家进来吧！"众人悄然走进。杨嘉平躺在地上的一副担架里，身边还放着作战地图，双腿缠满血迹斑斑的纱布。一个护士端着一盆血水走了出去。杨嘉苍白如雪的脸上露出一个淡然的笑："请随便坐吧！"

一个记者不由哽咽："杨先生，你们真是国家的栋梁！你，可有什么最后的话，要对上海市民说吗？"

几个人立刻反眼瞪他。虽然人人知道杨嘉的归宿必是壮烈的牺牲，但这名记者的问话还是个催人心碎的谶语。在这个时候，除了无声的抗议，人们真不知该怎样发泄心间的悲郁。

杨嘉立刻回答："养兵千日，用兵一时。请转告上海民众，我们一定会战斗到最后一息的！中国，绝对不会亡！"随着他的话音，天空响起了阵阵隆隆的飞机声。宋灵漪拼命忍住热泪，握紧拳头。

远处似乎又响起零星的枪声。杨嘉警觉地抬起上身："不好，敌人又要进攻了。刘连长，请你马上护送大家安全回去！"

许多人异口同声地回答："不，我们留下来，和你们一起跟日本人拼！"

杨嘉默默地摇头："不，恢复中华的任务还需要你们来最后完成。同胞们，我们都有各自职责，请不要再争了。你们赶快走！"他苍白失血的脸上泛起红晕，"同胞们，快走！"

人们流泪，叹息，依依不舍地向这个军人投以永别的一瞥，默默外挪脚步。宋灵漪忽然泪流满面地扑了过去："杨嘉！"

杨嘉一惊："宋小姐！你也来了！"

"我要留下来，陪着你，到最后的时刻……"宋灵漪半跪在担架前，握住他缠着绷带的手。

王永勤完全愣住了。这是她第一次看见，宋灵漪向一位男子表达出内心的炽热情感。原来，她也是个有血有肉，会动情的女人啊！

杨嘉感动摇头："擐甲执兵，固即死也。而你是真正的人才，国家正需要你。快走吧，为了祖国！”他慢慢合上眼皮，不再睬她。

王永勤劝道：“杨先生，你还是和我们一起撤回租界吧，你伤得太重了……”

那个记者也说：“我可以背你回去。”

杨嘉只是在担架上摇头。宋灵漪哽咽一下，举手阻止道：“不要说了，他是绝不会离开战场的。”

杨嘉睁开双眼，布满血丝的眸中闪过感激的光：“谢谢你，宋小姐。”

这时枪声又在远处响起。杨嘉急道：“你们快走！”

人们依依不舍地离开。宋灵漪忽然大声叫道：“杨嘉，我等着你！你一定要活着，活着回来！”生离死别在一瞬间压缩在一起，她再也说不下去，哽咽不能自已。

杨嘉紧咬双唇，尽力抑制自己的感情。过了一会儿，他拿过血迹斑斑的上衣，掏出一支钢笔，脸上露出淡淡的微笑：“宋小姐，我的愿望就要实现了，我很快乐。你是个好姑娘，我祝你幸福！这支笔送给你，愿你用它写出更好的文章来！”宋灵漪接过钢笔，哽咽得说不出话。

这时枪声更激烈了。杨嘉扭过头，厉声说：“快走吧！”

王永勤上前拉起宋灵漪。宋灵漪用手捂脸走了几步，又回过头，叫道：“杨嘉，我等着你！”

杨嘉痛苦地低下头。宋灵漪却被众人硬拉至门口，她用手死抓门框，泪眼朦胧地望着那个低着头的，怅惘的军人容颜，想把这军人，这丢满染血绷带的摇摇欲坠小屋的每一处角落都深深刻在心底。然而，她终于还是被拉出了门。

杨嘉慢慢抬起头，两颗泪珠凝结在他流血的眼角上。

四

契诃夫说过：“长久在心头拖着伤痛的人类，常常是只吹着口哨的”。赵余心的嘴并不会吹出口哨，但她的心，确是常常只吹着口哨。

当她终于摆脱山一样重的惰性与留恋，决定从孤岛出走，投奔炮火连绵的天边外时，那是晨光熹微的深秋。父亲和大娘当然有能力阻挡，但在她徐徐拉开笨重铁门时，他们却都躺在二楼床上，靠着窗口，共同默许着她的离壳而去。一众仆佣也无影无踪。

她有种古怪脾气，故意把门拉得吱钮作响。她有些残忍，生活的弃儿怎会不残忍呢。她一定要让他们知晓她的决心和行动。如果，他们真的跑出来阻挡，哭天喊地恳求她，也许她的心又会软下来，继续靠惰性打发一成不变的剩下的光阴。毕竟——她没有坚定的信仰。

她既非基督徒（虽然是在教会学校长大的），也不是共产党。她有种本能，对一切都不抱信任。是生活赋予她的生存之道。

“雷娅，来武汉吧，这儿聚着你真正的朋友。”几天前，她忽然收到一封沾染硝烟痕迹的信。一看信封上的字，她的心就跳动得厉害。终于有人想到自己了。

上海沦陷后，春江很快也落入敌手。赵余心的父亲带家人逃到上海美租界，做了寓公。春江的赵氏银行已经关闭，但留了几个心腹打理后续事宜。这封信就是由他们转到上海的。

孤岛为一种绝望和堕落的气氛所笼罩。租界蜗居着各色人等，像赵家这样的失势生意人也不少。好在那当年和父亲一起从宁波乡下出来闯世界的大娘的长兄，过得还很滋润。他做着美国公司的买办，在这畸形的社会里，得到畸形的繁荣。他不忘时刻照应妹夫一家，当然战争期间，一切都在压缩，无论是时间，还是空间。

赵余心的几个姐妹，在这半年里都以非凡的速度相继嫁了人。婚礼的排场当然不可和战前相比，但能在乱世找到归宿，是幸运。最后，赵家只剩下一个孤零零的赵余心。父亲和大娘忽然对她产生某种关心，毕竟，在这个孤岛，只留他们三个相依为命。这是一种奇怪的，不牢固的温暖。

已习惯于象只蜗牛般缩在壳中的赵余心，逃避是唯一的出路，好像披着一层黑色的头纱。在人们心中的天平上，她太轻了，太小了，连大舅也对她的前途奈莫能助。

离开舒适安全的家，穿过纷飞的战火，到一个全凭勇气和想象构建的，几乎是自欺欺人的乌托邦去，也只是全凭一股傻劲才做得到的。她知道，他们其实也知道，如果真这样的话，他们之间已不断爆发的对立与叛逆会越来越深，最后沦到不可收拾的地步。

他们终于放掉了她，这倒让跨出雕花铁门门槛的她立刻犹疑彷徨起来。鼻孔也发了酸。她看着身后徐徐合拢的铁门，研究那上面的花纹，虽然精致剔透，却已有破败之气。林荫路两旁的栗子树，在晨光里闪着灰色的丝光。透过晨雾，她仿佛看到那一脸稚气，兴高采烈的少年，坐了乡下的乌篷船，是怎么样赤手空拳、血雨腥风地一路闯进险恶莫测的花花世界来。而这一切兴兴头头的努力却终成为短暂的肥皂泡，什么也没能留下。对那克勤克俭又俗气精明的父亲，她心生痛惜。

命运的残酷令父亲与女儿最终沦为路人。她既悔愧，不能像扬帆留学的大表哥和与哈佛毕业生结婚的妹妹那样，给父亲脸上贴金，反倒为他带来几无穷尽的隐性屈辱，又暗恨多年前年轻的他没能照顾好自己。但那天早晨他这忍辱负重撕肝断肠的默许与合谋又使她顿悟，在这世界上再不会有人这样无条件地爱自己了。虽然他想不到，日后女儿竟然会身处危险肮脏的地方，比他们的老家还肮脏落后的地方。

所以，软弱的赵余心是拒绝长大的，在种种希望一个接一个以迅雷不及掩耳之势破灭后，她的稻草竟然只剩下他人随机的怜悯并将这怜悯过滤为不可靠的友谊。她需要宋灵漪和王大姐，就像残疾人需要一根拐棍。虽然，多年的孤独与自我封闭，早把她塑成了一个只有憧憬，疏于行动的怯懦、自卑的人；然而，她毕竟还是一个青年，当清风一次次吹入她封闭的心之荒漠时，那并非寸草不生的沙田难道不会荡起轻微的皱漪吗?

也许在武汉，我还会做出什么事业来，让我的姐妹们刮目相看！她又一回不切实际地激动了。

她还记得，曾经有一个春天，大舅全家上门做客。下午，表兄弟姐妹们在花园打网球，她默默站在浓荫里，扶着秋千索，呆看那球忽高忽低的路线。有人攥住了她纤细的手。她惊恐抬头，却看见即将赴美深造的大表哥不知何时已来到身边，正心醉神迷、如获至宝地抚揉自己那葱白似的手指和粉红的小指甲。她几乎窒息，惶惑看着这青年男子如面对精美绝伦的艺术品样迷醉的神气，却流不出一滴泪来。忽然表哥抬起头，像要重新鉴定什么似的望了她一眼，可只一眼，那迷醉就统统飞到了九重天外，赵余心又一次看到了司空见惯的，鄙厌惊恐的眼光。只不过，在跌宕起伏间，大表哥那其实十分单纯的眉宇里，还是添加了一丝令她感激终生的痛心。

她望着大表哥疾行而去的白色身影消失在灿烂的春日阳光尽头，衬着反而一望无际的浓绿草坪。

她对大表哥的感情，和对其他那些根本没注意到她也有心的年轻男子，还是有着细微的两样的，只因为他几乎是湿润的黑眼睛中，那一丝叹息似的心痛。

赵余心的父亲，虽然成天和金条汇票打交道，但凭心而论，他有灵性。触类旁通、兴趣广博，这种灵性，更具体而言，是创造性。虽可遇不可求，但若拥有者遇到基本的天时地利人和，便大都可在各自领域取得不可复制的，具有想象力的成功。同不少白手起家自我奋斗的人相类，赵余心的父亲闲暇时有点手不释卷以史为鉴的意味。而且他那一部《古文观止》定天下的气概里，还带些书生天真的思维，虽然作为成功的商人，他不屑文墨，百无一用是书生嘛。但赵余心仍然直觉到父亲的孜孜不倦里除了农民商人功利性的探求，竟也带了纯粹审美的文学享受。虽然他自己难以意识到这点，即使意识到了，也不一定或者不好意思承认。毕竟赵余心是他的女儿。于是她多少有点与父亲共守一个秘密的感觉。

春江大学早在城市沦陷前就内迁了，赵余心和宋灵漪便都放弃了学业。和忙于采访抗日军队的宋灵漪不同，赵余心很游荡了一些时光。反之家里有的是钱，养得起她。姐妹们陆续出嫁后，他们也没有其他可用钱的地方和人事。但赵余心讨厌上海租界的社交圈子，她不愿到另一个同质的圈子再受一茬隐性的屈辱。

“这心理类同于夏天山野干粗活的牲畜，蚊子小咬落满牲畜的全身，可吸饱血后它们也不再动弹。如果粗心的农人将它们赶走，那么可怜的畜生将遭受新一轮蚊虫的叮咬。那也许会是致命的。”她常常在这个夏天酷热的夜晚，躺在珠罗帐里一遍遍地想。于是，赵余心天真地决定了，要彻底脱离那缀满蚊虫的环境，寻觅一个全新的圈子。

她，是多么天真呵。

拿着宋灵漪的那封信，她毅然决然踏上了开往武汉的轮船。

1937年10月25日，四行仓库失守。上海沦陷。

就在这一天，宋灵漪和王永勤千辛万苦，逃到了抗日形势如日中天的武汉去。

在八路军办事处，二人一放下行装就参加了抗战宣传。组织集会、出版报刊、参加救亡义演……忙得没有时间休息。

台儿庄战役的胜利，大大鼓舞了全国民众的爱国热情，但紧接着徐州失守，华中门户洞开，敌军直逼武汉三镇，又使善良的人们对抗战的前途，产生深深的忧虑。

八路军办事处工作人员在周恩来、李克农等领导指示下，与郭沫若、夏衍、田汉等云集武汉三镇的文艺界人士共同组织演出、募捐、时事报告会，分析抗战形势，鼓动全民抗日。在这里，还集中了各所南迁高等学府的教师与学生。朋友们在武汉有了短暂的会合。一些人继续读书，一些人则直接参加了抗战工作。

这一年，张博平恰好从燕京大学毕业，遂留在三厅，配合日本友人绿川英子等搞对日宣传。他告诉王永勤，江寒已去了河北根据地，自己不久后也要前往。大家都在祖国的各个地方为抗日奋勇战斗着，这很使宋灵漪激动。

在这纷忙的岁月里，只有一件事一直让大家焦心：老方失踪了。

方超自去年离开上海奔赴武汉后，就再没了音信。几经派人寻找，都头绪渺茫。消息传来，宋灵漪心疼地劝导王永勤："大姐，别着急，老方不会出事的。"

王永勤平静点头道："我知道。我只是担心，怕他路上遇了难，或是……现在周副主席正调查寻找，我也出不上力，等候消息吧。"她关切地看着宋灵漪的脸，"这几个月来，你也瘦多了。"

"旅途辛劳，到武汉后又为抗日奔忙，谁能胖得起来呢？"

"我知道，杨嘉的牺牲对你是个很大打击。"这句话如刀子无情地直扎入宋灵漪心底。杨嘉！杨嘉！

10月25日那天，他们刚离开四行仓库，敌人的一个团就前来袭击由这个营驻守的仓库东南角。杨嘉下了死命令，让弟兄们不要再管他，保存实力，立刻转移；自己则将全身绑满手榴弹，独自留在黑暗的屋里。待一队荷枪实弹的日本兵走进后，他猛然奋力拖动几乎无法动弹的双腿，直扑到带队军官身上，狠狠掐住他的脖子。周围的日本兵一涌而上，用刺刀向他猛戳。他用尽最后的力量，骤然拉响了身上的导火索。在轰隆隆的巨响中，整座屋子夷为平地。缓缓升腾的烟尘，飘散在祖国阴云密布的天空里。当时，在对面租界，就围满了翘首相望，热泪流淌的中国民众，他们共同望着从酣战之地飘散来的青烟，仿佛听见了这个年轻军人牺牲前最后的呐喊："中国是不会亡的！永别了，祖国！"在人群中，就有悲痛欲绝的宋灵漪和王永勤。

经历了战火与见惯死亡的人们，在心灵上又受到深深的震撼。

……

在那个最后的血色清晨，她终于决定将自己的心，以及终生的情感，都献给这个英勇无畏的爱国军人。但这个人最终拒绝了她，而是含笑完成了宏伟的心愿，壮烈捐躯——"逝者已矣！"宋灵漪不愿再揭这血淋淋的伤口，只简短道，"我们活着，只有更拼命地与鬼子干到底！大姐，不要提这个了，我想向组织上请示，怎样处理一件事。"

"什么事？"

"前些天，我在路上偶然碰到江漓先生。他说《民族魂》还没复刊，当局卡得很紧。他们准备承印一些报刊，以维持生计。他希望复刊后，我能成为他们的正式记者。说实话，我也很喜欢这个刊物，也愿意在党的指导下作一些工作。但一想起赵凡，心里就冷了半截。"

"赵凡？他也在武汉？"

宋灵漪点点头。

"我想，你先不要答应，等我和同志们研究一下再说。眼下武汉的情况太复杂，比上海还要复杂一倍。"

两人正在说话，门忽然被推开，一位穿灰色阴丹士林布大褂，扎两条小辫的姑娘探进头来："王大姐！呀，宋灵漪也在？"

两人顿时惊喜万分："刘红！"

又黑又瘦的刘红一跳便跳进门来，王永勤上去拉住她的胳膊："千等你万等你，可来了！"宋灵漪也迎过去，拉住刘红的手。

刘红爽朗大笑："刚刚从李克农同志那里得知你们在武汉的消息。历经千难万险，我们又相见了。"

"我说过，我们一定会重逢的吗！"王永勤欢喜地拉她到窗口坐下，"现在你做什么？怎么一直不在武汉？”

“我刚带领孩子剧团从湖南演出回来。”刘红一口气喝干桌上茶杯里的水，又“嘟嘟”地倒满一杯。

“你这个闯将，怎么做起孩子王来了？”王永勤哈哈大笑。

刘红放下茶杯，却严肃起来：“王大姐你不知道，他们都是孤儿，在战乱中失去亲人……对日本鬼子有深仇大恨，为报仇不惜牺牲一切。他们的演出真切极了，每次都让观众感动流泪，很好地宣传了抗战。这些可爱的孩子，只要需要，我会永远照顾他们。”

“战争中无家可归的孩子是最可怜的了。”王永勤叹息着。

“不，大姐，他们绝不认为自己是弱者，也不需要怜悯。自从有了自己的团体后，他们就不再是孤立的个人了。在这个共同生活的团体中，他们互相关心，互相照顾，为着共同的抗战大业，甚至比大人还能吃苦。在他们的身上，闪烁着那样美好、向上的光辉，他们就是祖国未来的希望，就是新中国的儿童。”刘红严肃而热切地说，“和他们在一起，是多么幸福的事呀！我感到自己也年轻了。”

“你本来就不老嘛。”王永勤被刘红的话感动了，亲昵地抚着她的肩膀，“你也成了做诗的人！”

刘红左右看看：“咦，老方呢？他在哪儿？”

王永勤平静回答：“他在来武汉的路上失踪了。组织上正在寻找。”

刘红痛苦地沉默。

王永勤扳住她的双肩：“刘红，抬起头来！怎么不说话了？告诉我们，你还遇到了哪些熟人？”

“熟人很多，新朋友也不少！”刘红握紧王永勤的手。

“有萧川的消息么？”

刘红摇摇头：“没有。听人说，抗联战斗得异常艰苦，伤亡很重……”

三人都沉默了。

五

这一晚，宋灵漪很难入睡。

她躺在床上，回想这三年多来，自己的巨大改变。毁家纾难，在从小就接受爱国主义教育的她，倒是顺理成章，而最令父亲，甚至连自己也恍然的，是她竟那样坚决地在国难中背叛了自己的阶级，成为脱胎换骨的人。

她好像是不知不觉的，一步步走到了今天。走得这样艰难，又是这样自然。现在她已经读了很多唯物主义书籍了，甚至把马克思的《资本论》都通读了。她想，自己的变化是符合历史唯物主义发展的，所以也是正确的。这顺应了当年做一名单纯爱国者时的渴望。是啊，过去是多么幼稚，她想，若永远逃离政治，在这个大时代，又怎能挽救祖国命运！你不找政治，政治也会来找你。虽然，她还不是一名共产党员。

街上隐隐传来“抓到汉奸了”的喊声，她在月光里翻一个身，不可避免地想起了杨嘉。一晃杨嘉牺牲几近半年了。在这半年中，悲痛与怀念像蚕织的茧，包裹住她的内心。那震人心魄的轰炸声，夜夜在梦中重现，她每次醒来，望着发白的西窗，都以泪洗面。只有强迫自己，将这个爱国军人的身影埋葬在心底深处！此夜月色，倍明于常时。她忽然想起了春江的月，还有上海的月——那一轮带着血色的月亮！

她跳下床，走到敞开的窗前。明月流素，静谧如洗。她郑重地将一枝插在水中的桅子花供在窗台上，仰望月华，双手合拢。尽管她是无神论者，但一腔哀思无从寄托，只有对着一轮圆月喃喃：“杨嘉，你已经做了自己所能做的一切，安息吧……”

第二天天一亮，她就从床上爬起来，稍稍梳洗，骑车奔往八路军办事处。

刘红正站在院子里，从水缸里舀水洗脸。

宋灵漪叫道：“刘红！”

刘红向她点点头。

“老方有消息了吗？”

“昨晚，周副主席派去调查的人回来了。他说，据当时与老方同路赴武汉的几个难民讲，在一天深夜，老方突然被几个来历不明的人从客栈绑走了，从此杳无音讯。”

“这怎么可能……”宋灵漪惊呆了，“那，王大姐怎么样？”

“她很坚强，不过我看得出，她非常痛苦。”

这时，身披一件外衣的王永勤从外面走了进来。

宋灵漪迎过去：“大姐。”

王永勤微微笑道：“宋灵漪来了？进去吧。”

宋灵漪眼圈一红，拉住她的手：“大姐，你别难过。老方会……会平安归来的。”

王永勤沉吟半晌，微微点头：“我知道。同志们还在调查，我也相信，他一定还活在人间。”

刘红走过来：“大姐，我们进屋谈谈今天的工作吧。”

三人正要进屋，身后传来欣喜的呼喊：“大姐，刘红，宋灵漪，你们好啊！”

三个人回过头，同时愣住了。

在院子正中，盛夏的朝阳映照下，一位身穿长衫，头戴礼帽，满脸胡须的男人向她们微笑着，摘下帽子：“怎么，认不出了？我的变化就这么大？！”

“萧川！”刘红忽然大叫一声，热泪盈眶。

王永勤也一下扑过去，紧紧抓住萧川的手：“老天爷，是你呀！”她激动地拍拍萧川的手。

萧川笑着握紧她的手：“大姐，我们有两年未见了！”

“是啊！哎，刘红呢，你怎么了……这姑娘！”王永勤嗔怪地拉过刘红。刘红悄悄抹一下泪水，大方地走上前，握住萧川的手：“萧川，你变样了。”

萧川也握住她的手：“你也变多了。”

王永勤在旁边欢喜地笑着。宋灵漪则站在台阶上，默默凝视萧川。

萧川抬头向她打着招呼：“宋灵漪，你也来武汉了？这太好了！”宋灵漪走下台阶，和他握握手，低声说：“我们又见面了。”

王永勤不由分说地拉起萧川的胳膊：“来，进屋！”

四人走进屋子，王永勤一边倒水一边说："来！萧川，给我们讲讲自己这两年的经历吧！"

刘红抢着补充："讲讲东北抗日的生活。你们一定非常艰苦！"

萧川笑着看看她："以后再说吧！大姐，我有一件重要的事要向组织汇报。"

"什么事？走，我们立即带你去找负责同志。"王永勤迅速地站了起来。

萧川是昨天到达武汉的。当时天色已晚，人地生疏，他预备先找旅馆住宿下来，第二天再赴办事处报到。虽然刚到十点钟，但因为宵禁，路上已空无一人。他匆匆走着，在一个小巷的入口，忽然看见一个手臂流血的姑娘踉踉跄跄地跑来，后面似乎还传来追喊声。姑娘奔过他身边时，不慎跌倒。萧川急忙去扶，她只说了一声："后面有坏人……"就晕了过去。萧川略一沉思，背起她匆匆钻进小巷。后面的追赶声越来越近了。情急之中，他见一家人家的门户没完全关上，就推开闪了进去。伏在门缝上，借着昏暗的灯光，萧川发现几个穿军服的男子跑过去，渐渐远了。

萧川放下姑娘，刚刚喘口气，正房的屋门突然开了，一个七八岁左右，眉目清秀的小女孩提着灯走出来，似乎要来关院门。萧川急忙道："小妹妹，你别害怕，我们只是避一下，马上就走。"借着灯光，小姑娘看见满身是血的受伤者，吓得低叫一声。一个中年男人闻声从屋里走出来，看看门口的二人，急忙拉过小女孩："小妹，别害怕。"他在黑暗中上下打量一下萧川，声音有些颤抖："先生，您是干什么的？"

萧川微笑一下："我和这位小姐并不相识，只不过由于有人追她，我才救了她。她伤势严重，您能让她在这里歇一歇吗？"男人有些犹豫。萧川说："既然如此，那就算了。"他俯身去背伤者。那个男人忽然叫道："不，你等等！请进来吧！"萧川感激点头，背着姑娘进了屋。

男人紧关屋门，招呼女儿打一盆热水来，又点上灯。在灯光下，他忽然盯着萧川道："先生，我怎么看你有些面熟……"萧川微笑道："我也觉得似乎和您见过面呢。"这时，那受伤的姑娘开始呻吟。男人急忙解开她的外衣，惊呼道："是子弹打的！"萧川严肃地看着，没有说话。小姑娘端来热水，男人从抽屉中取出纱布、剪刀，很麻利地为姑娘包扎着伤口。萧川默默观察他的动作，忽然抬头望着他的脸："如果我没猜错的话，您是春江大学生物系的梁先生吧？"男人放下纱布，惊喜地盯着萧川："你……你是那个学潮领袖萧川！是你揭露了许眉庭他们的阴谋，保护了宋小姐！对吗？"

萧川微微点头。

梁先生显得很兴奋："没想到在这儿见到了你！你可能会诧异我为什么会认识宋小姐，因为我有个得意门生鲁过，曾经追求过她。你也来武汉，是工作还是……"他停顿一下收住话头，推推眼镜，怯怯打量一下萧川，"哦，对不起，也许我不该问。"

萧川说："我是来继续上学的。听说春江大学在武汉建立了流亡分校。"

梁先生叹息道："早解散了。我只是讲师，未获南渡资格，领了笔遣散费，就耽搁在武汉，自谋出路了。唉！"萧川默然。梁先生忽然又问："宋小姐现在哪里？"萧川一愣，反问道："您不知道吗？"梁先生摇摇头："听说她没跟学校一起走，春江还没沦陷时就到上海去了。我那个学生鲁过也曾想留在中研院，为国出力，但后来还是回美国了。"

正说着，那姑娘慢慢醒来。萧川俯身问："小姐，你好点儿吗？"姑娘瞪大因流血过多而失神的圆眼睛，喃喃说："先生……谢谢你救了我。"萧川指着梁先生说："你应该感谢的是这位先生。"姑娘又向梁先生感激地点头，梁先生急忙摇着手，脸立刻红了。

姑娘又着急地向萧川说："先生，你们快去……去救人啊！"

萧川忙问："到底出了什么事？"

姑娘微弱地喘息着："我叫李秋兰，是从东北沦陷区逃出来的。华北失守了，又和几个中学同学逃到了武汉。在武汉，我在街头报名参加了第五战区的一个战地服务团，本想为父母报仇，却没想到这是一个圈套！我们都上了当……"

"战区服务团？"萧川沉吟，第五战区是李宗仁管辖的。李宗仁对共产党相对友善，许多左翼文化人都去了桂林。他想了很久，忽然追问道："你怎么知道是个圈套？"

"和我在一起报考的一名从南方来的女生认出来的，这个团长是她认识的一个流氓坏人，没想到她立刻就被关起来了。夜晚，我怎么也睡不着，偷偷溜出屋子，忽然看见马团长和一个中年男人走出他们居住的小屋。我躲在树后，听见他们的谈话。我听见马团长说，说：'本来事情很顺利，这帮单纯的学生也听信了我们的话，将来再把他们带到重庆，进行训练不迟。没想到，事情都坏在那个丑女人手中！’那个男人冷笑着，声音低下去：‘不要气馁嘛！现在，那帮学生不是还半信半疑吗？只要你先下手为强，干得利落，哼哼……’马团长好像敬佩得五体投地，说什么：‘许兄，到底智高一筹啊！’那个男人也哈哈大笑说：‘明早你到我家去，咱们商量一下。’马团长笑着说：‘我好久没见到嫂子了！理应拜访！’听到这里，我实在忍不住了。好不容易等到他们进了屋，就立刻向门口跑去，想尽快跑出这可怕的阴险莫测的地方。谁知门口还有警卫，他粗暴地拦住了我。我趁他不备，猛然挣脱，冲出去拼命奔逃。他向我开了枪。我听得背后人声鼎沸，好像是马团长在大声喊：‘开什么枪！’……我胳膊上受了伤，没命地向前跑……你们快去救我的那些同学呀！”

萧川安慰她：“小姐！你先歇一下，天一亮我立刻就去想办法！”

李秋兰望着他，终于点点头。

萧川转向梁先生：“梁先生，天一亮我马上就走，麻烦你照看她一下。”

梁先生看着他，深深点头：“放心吧。”

这时，那个一直在旁边不声不响收拾血污的小姑娘走了过来，梁先生立刻爱抚地摸着她的头。萧川微笑着夸赞：“好懂事的小姑娘呀！小妹妹，你也辛苦了！”

小姑娘看看他，又看看李秋兰，摇摇头：“不，不辛苦！”

依在床上的李秋兰感动地直起上身，叫道：“小妹妹！”伸手把她搂过来，小姑娘懂事地依偎在她身边，轻轻抚摸她缠着纱布的胳膊：“阿姨，疼吗？”

李秋兰倔强摇头：“不疼，一点儿不疼！”她环视一下屋子，问：“小妹，你的妈妈呢？”

小妹默默地低下头：“阿姨，我没有妈妈。”

梁先生也低着头，叹一口气。

李秋兰急忙摇手：“对，对不起……”

梁先生扶一下眼镜，长叹一声：“这不怪你……”

在从办事处通往梁先生住所的路上，王永勤、宋灵漪、刘红和两位负责同志老赵、老华一边走，一边听萧川讲述自己昨晚的不平常经历。除了几位女士，其他人都荷枪实弹，预备应付不虞之变。

王永勤说：“既然这个战地服务团是为抗战服务的，为什么要加害青年？其中定有阴谋。老赵，你看呢？”

老赵点头道：“眼下，国民党内一些顽固派仍在搞特务活动，破坏统战关系。萧川同志讲的情况很重要，这反映出国民党内部一部分人不但不抗日，反而还在酝酿不可告人的阴谋。这个事件很有代表性。我们要借着武汉大好的抗日形势，揭穿这个阴谋，推动抗日活动开展。”

刘红一边迅速地走着，一边问道：“萧川，你怎么又从东北被派回了南方？”

萧川说：“是这样的。在抗联的一次战斗中，我负了重伤。当时冰天雪地，环境艰苦，又面临断粮的危险，只能靠刺刀挑些榆树皮，在火上烤了充饥。后面还有日本大部队的拉网式搜寻，我们的处境极为险恶。游击队的同志为了我的生命安全，冒着巨大的危险，在屯子里老乡的帮助下，由朝鲜同志帮助，送我出了山，在一个小县城的医院中治疗。但敌人搜察太紧，我的伤口又不断恶化，当地党组织值得派人将我秘密送到长春一家私立医院，那里有我们的同志。过了几个月，我的伤好了，要求回部队。但考虑到过封锁线很困难，当地党组织又比较薄弱，市委领导就将我留下来做地下工作了。”

王永勤叹道：“真是九死一生啊。”

“‘七七’事变后，抗战形势有了很大变化。全国人民希望了解抗联战士与敌人斗争的事迹，根据中央指示，组织上决定派我来武汉。因为我对抗联比较熟悉，又曾在南方工作过。党给我的指示是，尽快冲破封锁，把抗联战士无畏的爱国主义精神传达给国统区的民众。没想到，一回武汉就遇到了这件事。”

刘红沉思着，问：“那个李秋兰还讲了什么情况没有？”

萧川摇摇头：“她负了伤，身体还未恢复，因此只讲了这么多。其余的时间，我们都在听梁先生讲自己的经历。对了，宋灵漪，他还一再询问你的消息呢！”

宋灵漪“嗯”了一声。

萧川看她一眼，继续说：“梁先生的妻子刚刚去世，孩子才七岁，倒很懂事。”

王永勤叹道：“这世上的可怜人真多！”

萧川忽然指着前方：“到了！就在前面那条巷子中。”

几人飞奔过去，晨光里，梁先生已站在门口，扶着李秋兰守候。一见萧川，他显得如释重负："你们可来了！她等不及，非要出来不可。"他一眼看见宋灵漪，兴奋地招呼："宋小姐，你也在武汉？太好了！"

宋灵漪向他笑笑致意。老赵热情地说："梁先生，谢谢你的帮助啊！"

李秋兰迫不及待地说："快走吧！晚了，人就救不出了！"

众人向梁先生打个招呼，纷纷随李秋兰奔出许巷。

小妹揉着眼睛从屋里奔出，跑到爸爸身边："李阿姨走了？爸爸！"梁先生默默地抱住她，轻轻点头。

这个战地服务团就驻扎在一所已南迁的中学留下的校舍里。从四面八方招募的热血青年们刚刚起床，正在洗漱。身穿军装的马方平和许眉庭坐在屋中，抽着烟。勤务兵送上早饭，二人挥手让他出去，看着院中的人影，悄声商量。

许眉庭扔掉烟头："那个女生的逃走，使事态对我们不利。你的手下又没把她抓回来，偌大的武汉，这下从何寻觅！真是饭桶一堆！眼下，这帮学生暗里议论纷纷，时间长了，怕节外生枝。"

马方平正在啃油条，一听慌了，求助地望着他："那，怎么办？"

"先下手为强！我看，马上把姓赵的秘密干掉，然后转移！"马方平又活跃起来，掏出手枪，把一块布包住枪口，起身欲走。一个士兵慌慌张张跑了进来："不，不好了！那个女学生带着一群人来了！他们有枪，我们没有挡住！"

二人一惊。许眉庭沉思一下："不好！马兄，你先去办这件事，我来纠缠他们！"

马方平从后门出去了。这时，萧川、李秋兰等一行人已经走进屋来。许眉庭站起身，刚想应酬，待看清他们的脸，转身就走，萧川已经冲过去，一把抓住他的后衣领："许眉庭！原来是你！"

许眉庭努力保持平静："有话好说！现在可是统战时期！"

李秋兰急忙说："就是他们，把赵余心抓了起来！"

众人同时叫出声："赵余心？"

萧川怒声道："快说，赵余心在哪儿？"

许眉庭斜起眼睛，冷冷地："什么赵余心李余心，你们不要乱讲！这里可是武汉……"

宋灵漪怒不可遏："许眉庭！你老实点！快讲，赵余心在哪里！"

许眉庭轻松笑道："宋小姐，你怎么也和他们混在了一起……"宋灵漪怒目而视。萧川皱起眉，忽然松开许眉庭，对老赵说："你们在这儿看着他，我去院子里找找，这家伙不要在拖延时间！"一句话顿时提醒了大家，除老赵、老华留在屋里看管许眉庭外，其余人等均跑到后院奔找搜寻。正在院里晨练的青年们看见这一群不速之客，脸上露出惊诧神色。有人看见李秋兰，惊喜地向她望着，李秋兰却顾不得招呼同学，只是急火火地到处寻找。

萧川寻到院子东北角，一个放杂物的小屋旁，忽然听到里面传来女子的怒斥声和一个男人冷冷的说话声。他透过窗口看了看，一脚踹开门，大喝道："不许动！"

屋子里，马方平背对着门，正举枪对准面前被捆绑在桌子上的赵余心。可他拿枪的手在不听话地上下颤抖，赵余心更是抖得如一只可怜的兔子。

听到声音，他本能地欲回头。萧川立刻又吼道："不许回头，我要开枪了！"马方平一激灵，像个木人一样定在了那儿。赵余心惊喜地望着萧川。

萧川命令道："扔下你的枪！"马方平犹豫着，终于恨恨地放下枪。

萧川又吼道："不许回头，用脚把枪踢过来，不然我立刻要了你的命！"

马方平低声哀求着："求求你，别在背后开枪……"

"还不快踢过来！"

马方平用脚拨拉着枪，背对着他踢过去。

萧川迅速拾起地上的枪："现在转过身来！"

这时，其他人也赶到了。马方平回过身，呆住了。宋灵漪恨得欲上前，被萧川用手臂拦住。

萧川对宋灵漪说："我押他去见老赵，这里就交给你们了。"他关切地看一眼仍被绑在那里的赵余心，押着马方平，和王永勤一起出了屋。

宋灵漪一下扑过去，和李秋兰急急忙忙给赵余心解开绳索，抱住赵余心："余心！"李秋兰也在一边流泪。

赵余心也紧紧抱住她们，激动的热泪流淌下来。

傍晚，彩霞满天。在八路军办事处的小院里，大难不死的赵余心和宋灵漪坐在板凳上，细谈别后情景。

宋灵漪问：“余心，白天大家忙着向办事处和国民政府汇报，以及遣散受骗学生，没有顾得上细问你。你是怎么到这个服务团去的？”

脸上还留着伤痕的赵余心喝一口水：“春江沦陷后不久，我随家里内迁到上海。恰在这时，我收到你的信，便按照地址，来武汉找《民族魂》周刊社的江主编。谁知道，看门的老人告诉我，江主编已经失踪了！”

“有这样的事？”宋灵漪一惊，前几天她还去过周刊社，见到了赵凡。

“是呀，老人说，现在他们这里已是群龙无首。我找不到江主编，就不知你在何方，只得在街上徘徊。我看见一群青年学生相招呼着去一个地方报名，问询其中的一个姑娘，就是李秋兰。她告诉我，是某战地服务团在招考，上前线搞抗战宣传。我虽不太了解，但看到有这么多人报名，又找不到你们，不愿流落街头，就也填了报名表，想直接上前线抗日去。谁知在服务团成立大会上，我看见讲话的团长竟然就是穿了军装的马方平，旁边还有许眉庭！我立刻明白自己是入了特务组织的虎口。幸好你们及时赶到救了我。”

宋灵漪感叹地握住她的手：“余心，你吃苦了！我在信上没有告诉你我们在八路军办事处，是要遵守纪律。”

“我明白。”赵余心急忙说，“这种事怎好随随便便写在信里？”她低下头，微笑道，“我，没什么的。”

宋灵漪激愤道：“只恨马方平、许眉庭这些民族败类！不知江主编的失踪是否也和他们有关？”

赵余心观看她的举动，不觉说道：“灵漪，你可变得多了。”宋灵漪稍稍平静下来，一笑。这时，刘红跑进来叫道：“原来你们都在这里！我刚才在门口看见李秋兰了，她让我们转告一声，她去梁先生家看小妹了。”

宋灵漪笑道：“秋兰和小妹的关系倒是很好。”刘红笑着搂住赵余心的肩。赵余心忙握住她搁在自己肩头的手，感到前所未有的温暖。

这时，王永勤和萧川推着车，边走边议论着也进了院门。王永勤气愤道：“许眉庭这家伙真是顽固狡猾！”

萧川一边放车，一边说：“马方平也依仗国共合作而不肯承认企图杀人罪，咱们也不好拿他们治罪。据老赵说，办事处已经受到了压力。”

王永勤道：“是啊，必须拿到他们犯罪的证据！”

萧川在院里踱了几步："赵余心和李秋兰的证词还不能给他们定罪。现在，当务之急就是找到他们迫害进步人士的新证据！"

正在这时，梁先生和李秋兰匆匆跑了进来。

梁先生奔向萧川："萧先生！"又看看李秋兰。李秋兰正勉励地望着他。

萧川问："出了什么事？"

"今天上午，我到医院去工作。听当班护士讲，停尸房有一个人似乎并没完全咽气，而且来历不明。我随她去看了看，那人竟是……"他看一眼众人，似乎有些犹豫。

"是谁？"

"好像，好像是从前春江的学生领袖方超先生。"

众人都极震动。王永勤一把抓住他的手："老方！梁先生，你没看错？"

梁先生肯定道："没有……他当时还在昏迷中，我嘱咐护士看好他，就出来了。"

萧川急忙站起："事不宜迟！咱们马上去医院！"

在一所简易的小医院里，挤满了伤兵和各地逃难而来的难民。梁先生带着他们进入一间病房，可屋里只有一名护士。

梁先生急忙问："刚才那个病人呢？"|

"刚才来了一位省党部的人，说有重要任务，把病人弄走了，好像向江边去了！"

这下，充满希望的心又一下落空了。

王永勤急忙问："那个省党部的人什么样子？叫什么名字？"

护士摇摇头："天色晚了，只看见他戴了一副墨镜，个子很高。名字……我没看清。"

萧川立刻冲出门："咱们马上分头去追！"

在茫茫长江边，天色越来越暗了。王永勤和宋灵漪狂奔在难民和渔民搭建的小窝棚中，穿梭着，寻找着。忽然，宋灵漪看见一个人影在前面隐隐一闪，急忙叫道："大姐，那人身上好像背着什么东西！"

两人急忙追赶，在江湾一处废弃的避风窝棚外，他们刚站住脚，就听见一声打开匕首弹簧的清脆声音从棚里传来。两人一惊，急忙抢进。只见奄奄一息的方超躺在地上，一个戴墨镜的人正手持匕首向他的心窝扎去。王永勤大喊一声，一个箭步上前，也不知哪来的力气，竟托起那人的手，将匕首打了出去。宋灵漪也扑过去，紧紧抓住那人的衣服。三个人搏斗在一起。搏斗中，那人的墨镜被打掉，宋灵漪一下惊呆了："赵凡！"

赵凡趁机一拳向她打去，挣脱开来。王永勤紧紧拉住他的裤腿不放，赵凡低头掏枪。宋灵漪从地上抱起一块石头，向赵凡砸去。赵凡一闪躲开。这时，棚外终于响起了脚步声，萧川等人及时赶到了。经过一番搏斗，他们制服了赵凡。

宋灵漪指着赵凡的鼻子，恨道："赵凡！你这个特务，你害了杨嘉，又要来害老方！我当时怎么没认清你！"赵凡冷冷地低下头。

这边，王永勤急忙扶起地上的老方，轻轻呼唤着，长期积聚的泪水终于掉了下来。

两天后，在晚霞映照下的梁家小院里，李秋兰陪着小妹玩耍，宋灵漪和赵余心敲门走了进来。

李秋兰急忙问："方先生怎么样了？"

赵余心回答："已经脱离危险了。这次多亏了梁先生的帮助。"

宋灵漪沉重地说："原来赵凡是军统安插在文化界的秘密特务。他早就对老方和王大姐产生了怀疑。这都怨我……"

李秋兰一挥手，粗声说："算了，不要自责了，谁也不是故意的。"

赵余心补充道："周先生和郭沫若先生已经向当局提出了抗议。他们也很关心老方。"

"那，《民族魂》周刊社呢？"

"形同解散。有个小校对小廖，是个孤儿，在武汉入社的，只有他无处可去。"

"让他到孩子剧团好不好？"李秋兰提议。

"啊，这真是个好主意。"

正说着，刘红风风火火走了进来："啊，你们都在这里？"她俯下身，逗着小妹道，"小妹，明天跟阿姨去广场演出，好不好？"

小妹拍手欢喜："好！"

宋灵漪问："什么演出啊？"

"是这样。我们孩子剧团就要撤到重庆去了，准备与各文艺团体联合在武汉再举行一场宣传演出。这也是领导的意思。"

赵余心喃喃道："这么快……"

刘红轻声说："周副主席他们关心孩子的安全啊。反正武汉也守不了太久了，与其等到最后，不如让孩子先走。对了，萧川也要在明天的会上作关于抗联事迹的演讲呢！"

李秋兰嘻嘻一笑："刘红姐，你咋比我们知道得都早？"

刘红爽朗地笑笑："小秋兰，没正经！"

这时，两天来一直在医院看护方超的王永勤推着车走进来，舒心地笑着："小秋兰，刘红又给了你什么甜头了？"

李秋兰认真地说："王大姐，刘红姐对萧川大哥可真好！本来嘛，萧大哥是个顶好的人，他应该得到别人的关心。"

小妹忽然问："李阿姨，我爸爸好不好呀？"

李秋兰笑着抱住她："当然，也好啦！"

小妹诚实地问："那，你怎么不关心他？"见秋兰脸色绯红，众人发出一阵大笑。秋兰抱起小妹，轻轻打她一下，把窘迫绯红的圆脸藏在她的身后。这时，梁先生提着包回家，见状惊愣了。

小妹从李秋兰怀里跳出来，奔向他："爸爸！"

秋兰羞红了脸，奔回屋里。梁先生看看微笑的众人，抱紧女儿，依旧有些糊涂。

第二天，人山人海的广场上，武汉各文艺团体联合举行的抗日宣传演出进行得如火如荼。台上，萧川在作关于抗联事迹的演讲，刘红和孩子剧团的孩子们则在简陋的后台化妆，准备上台。宋灵漪领着小廖，一个十四五岁，长着一双招风耳的沉默男孩过来，刘红没说话，一把将他抱在怀里。

讲着讲着，萧川忽然大声唱起了《露营之歌》，只听他唱道："铁岭绝岩，林木丛生/暴雨狂风，荒原水畔战马鸣/围火齐团结，普照满天红/同志们！锐志哪怕松江晚浪生/起来呀！果敢冲锋/逐日寇，复东北，天破晓/光华万丈涌。

"浓荫蔽天，野花弥漫/湿云低暗，足溃汗滴气喘难/烟火冲空起，蚊吮血透衫/兄弟们！镜泊瀑泉唤醒午梦酣/携手吧！共赴国难/振长缨，缚强奴，山河变/万里熄烽烟。

“荒田遍野，白露横天/野火晶莹，敌垒频惊马不前/草枯金风疾，霜晨火不燃/战士们！热忱踏破兴安万重山/奋斗啊！重任在肩/突封锁，破重围，曙光至/黑暗一扫光

“朔风怒吼，大雪飞扬/征马踟蹰，冷气侵入夜难眠/火烤胸前暖，风吹背后寒/壮士们！精诚奋斗横扫嫩江原/伟志兮！何能消灭/团结起，赴国难，破难关/夺回我河山！”

刘红和宋灵漪靠在一起，只听得泪流满面。孩子们生怕泪水冲花了妆容，个个哽咽。在台下，王永勤叹道：“这歌可真悲壮！”梁先生轻轻说：“许调来自古许《落花》。”“哦？倒要向您请教。”“可那词，简直无法形容！我于抗日，脱离得太远了！”旁边传来低低啜泣，只见李秋兰伏在腿上，压抑着自己。

王永勤忙问：“秋兰，你怎么啦？”

“我想起了长白山，想起了老家富锦，想起了亲人……大姐，我真想立刻就回去，和义勇军的兄弟们一起打日本鬼子啊。”李秋兰抬起哭红的眼睛，喃喃道。梁先生沉重叹气，真想把这个可爱的女孩子揽进怀中，拍拍她的头。

这时，一阵如潮的掌声经久不息地响起，萧川已经结束演讲，跳下台来。神情严肃的报幕员走上台：“下一个节目，由孩子剧团演唱歌曲《五月的鲜花》。指挥：刘红。”

众人热烈鼓掌。身穿背带裤的刘红带着精神饱满的孩子们走上台，集体向大家深深鞠躬，掌声又响起来了。刘红回过身，面对站成两排，高矮不一的孩子们，沉了一下，待掌声停息后，才缓缓举起了手。沉郁的童声立刻回响在这宽阔的广场、回响在茫茫武汉三镇，回响在滚滚长江的上空：“五月的鲜花，开遍了原野。鲜花掩盖着志士的鲜血，为了挽救这垂危的民族，他们曾顽强地抗战不歇……”

台下的人们，全身心沉浸在这稔熟的，优美而悲愤的旋律中。就在这时，一阵刺耳的警报声忽然尖利地响起来，天空中隐隐出现了两架日本飞机！

“有汉奸！”“日本飞机来了！”人们顿时慌乱呼喊，如潮水般四散奔逃。一时间，场上完全乱了阵脚。刘红忙带着孩子们跳下台，宋灵漪等人想过去接应，却挤不过拥挤的人群，转身就被冲散了。这时，刚刚演讲完毕的萧川从后台匆匆挤到刘红的身边，大声呼唤：“刘红！”

刘红拢着孩子们被人群裹携着，艰难移动。看见萧川，她立刻叫道："萧川！"

两人在茫乱的人群中，终于挤到了一起，相互对视片刻。萧川大声说："你我各带一部分孩子，马上到防空洞去！"

刘红奋力回答："好！"于是，两人各领了十几个孩子，艰难地挤着，跑着，不觉渐渐地散了。这时，一架飞机俯冲下来。萧川忙招呼孩子们伏在地上。只听得接二连三、震耳欲聋的爆炸声和机关枪"哒哒"声在耳边掠过，震得他们身下滚烫的地皮也在微微颤动着。

硝烟过后，飞机渐渐远去，刚才还是秩序井然、响彻歌声的广场上此时哭声喊声连成一片，死伤无数。萧川从地上爬起，又忙将孩子们拢在一起。饱经战火的孩子们愤怒地咒骂着日本鬼子，情绪十分激愤。

萧川到处寻找着，呼喊着："刘红！你在哪里？"

这时，耳旁传来王永勤惊喜的呼唤："萧川！"原来王永勤、宋灵漪和赵余心挤了过来。旁边，李秋兰扶着伤了脚的梁先生。

王永勤忙问："萧川，孩子们没事吧？"

"没事。可，不知刘红怎么样了！"萧川焦急回答。

远远的，小廖哭着跑了过来，哽咽地叫道："萧叔叔，刘妈妈她……她为了掩护我……"

"怎么？！"

"她不行了！"

在简陋的平台一角，孩子们哭声震天。拨开孩子们，是一幕惨不忍睹的场景：刘红静静地躺在地上，两手还像老母鸡翅膀般展开着，保持牺牲前最后一刻护卫小廖的姿态。两只圆圆的眼睛依旧大睁着，失神地凝望硝烟弥漫的天空。弹片从她的后背一直穿过前胸，胸前还在突突地冒血。额头上，汩汩的鲜血渗过头发，不断地向外涌流。几个女孩子正在哭着，用从自己衣襟上撕下的碎片，拭着这不断流淌在脸上的鲜血。

几个幼小的孩子们一边哭着，一边不停地推着她的身体，呼叫着："刘妈妈，刘妈妈！"

萧川身边的十几个孩子也立刻叫喊着扑了过去，大哭起来。

众人见状，悲痛万分。萧川默默过去，轻轻抱起刘红还未冷却的尸体，一步步地向前方走去。人们跟在他后面，哭泣不止……

第二天，长江边山坡上的累累坟头中，立起了一块新的墓碑。丝雨朦胧，众人沉默地站在墓前。

孩子们哭泣着围成一圈，久久不能停顿。一个年纪较大的女孩子站起来，哽咽着说："咱们再给刘妈妈唱一首歌吧。"

孩子们肃穆地站成两排，在细雨中用颤抖的嗓音唱起那支昨天未唱完的歌："再也忍不住，这满腔的怨恨，我们期待着这一声怒吼！吼声惊起这不幸的一群，被压迫者一起挥动拳头……"

这一群坚强的，在辗转流离中受尽苦难都没掉过一滴泪的孩子，此时把无穷的热泪，洒在他们母亲一样的刘红墓前。

王永勤走向萧川，低声说："劝劝孩子们，不必太难过了。刘红若地下有知，也不希望咱们这样。"萧川默默点头，用拳头拭去眼角的泪。

小廖一直守在墓前，既不说话，也不流泪。

王永勤忽然指着山坡下两个人影激动地叫起来："看，这不是周副主席吗？"

身材高大的周副主席在警卫员的陪同下，健步走上山坡。大家都迎过去。周副主席淋着细雨，走向刘红的墓碑，深深地鞠了三躬，又俯下身，仔细察看了墓碑上面的字，这才慢慢回过身来："刘红是个好同志，她是为保护祖国的下一代而牺牲的。她死得很有价值！我明白，每个人这里都有一座碑，"他有些激动地拍拍胸口，"让那些死去的战友，依然活在我们的心灵里。"

大家激动地望着他。

周副主席走过去，和孩子们一一握手，并准确地叫出了他们每个人的名字："小同志们，不要太难过了。要记住，你们的刘妈妈是怎样死的！"

孩子们点着头，逐渐不再哭泣。

"你是谁呀？"周副主席对孤零零的小廖道，"是新来的吧？"

小廖点点头，不说话。孩子们沉默地闭住嘴，望着他。

王永勤轻声道："他叫廖永生，是个孤儿，今天刚刚加入剧团。刘红就是为了保护他，才……所以孩子们都在责怪他。"

“为什么要怪他！”周副主席激动起来，把小廖揽在怀中，“孩子们，要恨，就去恨把你们刘妈妈生命夺走的日本帝国主义，他有什么罪？”

小廖忽然大哭失声。孩子们也都哭了。宋灵漪上前，辛酸地把他拉过来，抚慰着他。

周副主席又对王永勤和萧川严肃地说：“刘红牺牲了，孩子剧团的工作要迅速恢复。”他又转向萧川，“萧川同志，你在武汉的工作很出色啊。你们为党赢得了大量民意。”

萧川急忙说：“周副主席，我想问一下关于赵凡、马方平和许眉庭的处理情况。”

周副主席一边和大家慢慢下山，一边说：“这件事在武汉引起了强烈反响，对贯彻我们反对破坏统一战线的精神非常及时。据赵凡交代，《民族魂》周刊的主编江漓先生也是被赵凡告密，由军统抓起来的，现已被秘密杀害。由此看来，方超同志还是很幸运的呢。”大家都很激愤。

周副主席又说：“不过，从统战大业考虑，我们已释放了马方平和许眉庭。当然，那个服务团也已彻底解散了。”

宋灵漪问：“那，赵凡呢？”

周副主席说：“他作恶太多，不能再让他出去害人。我们一直要求对他进行惩治。”

李秋兰立刻说：“就是不能放了这种人！”

周副主席微笑着看她：“这位小同志是……”

李秋兰急忙站直身子：“报告周副主席，我叫李秋兰。”

王永勤补充说：“就是这次揭发了赵凡他们阴谋的那位流亡学生。”

周副主席微笑一下：“我知道了。”他上下打量一下李秋兰，微笑说，“好啊，如果让你接替刘红来带领孩子剧团，你愿不愿意？”

李秋兰一愣：“我？我怕干不好。”

周副主席一挥手：“没关系，慢慢来嘛。我们都是在实践中学会斗争的。”他转向王永勤，“这件事，你们再好好商量一下，给我详细的汇报。”王永勤点点头。

周副主席又走到一直站在旁边悄悄观察自己的梁先生面前：“如果我没猜错

的话，您就是春江大学生物系的梁先生吧？”

梁先生看着周副主席亲切的目光，一下子语无伦次：“是，是。”

周副主席微笑道：“我听小王、萧川他们说过你。你是一位正义、爱国的知识分子，我们欢迎你。”

梁先生激动地握着周副主席伸过来的大手，瘦瘦的脸上浮动着感动的笑容。

周副主席看看手表：“我还要赶到昙华林参加一个会议。我先走了！”他又同众人一一握手告别，这才与警卫员一起坐上山脚边停靠的汽车，远去了。

梁先生依旧久久凝望着他远去的方向，好像发现了一个真理般激动万分：“这样一位伟大的人物，却如此平易近人。有了这样的领导人，有了你们这样的民族精英，我相信一定会打败日本帝国主义的！”

六

1938年10月，继续着上海、南京血淋淋的沦陷，抗战中心大武汉即将失守。人们走向不同的道路：方超随八路军办事处迁到重庆去；李秋兰果然担任了孩子剧团的新团长，带孩子们同时撤离，只有小廖坚决不走，别人也拿他没有办法；梁老师也随之南下，赴昆明一所中学教书。

王永勤、萧川、赵余心则暂定到边区与河北交界的山区去搞武装斗争。宋灵漪虽一再要求与这三人同行，但考虑到她特殊的身份和国统区宣传，党组织命令这位新党员接受了《民族魂》周刊社的邀请，担任该社副主编，马上将随周刊社成员南下广西。就这样，这支小小的战斗队伍经过短暂的重聚，又将各奔东西……

滚滚长江边，遥遥响着保卫大武汉最后的枪炮声，王永勤提着只旧箱子，和病愈出院的方超一起走过江岸，坐在岸边，脚踏着离离野草，呼吸着雨后青草的芬芳气味，望着流淌了几千万年的江水，都说不出话来。

半晌，王永勤忍不住打破寂寥：“老方，你在想什么？”

老方望着江水说：“我在想，这一去，不知何时我们才能再重逢。”

王永勤眼圈一红。这时，远远的，李秋兰带领孩子剧团下了卡车，与几个办事处工作人员一起走来，梁先生提着大箱子，领着小妹紧随其后。

几人互相握手寒暄。方超忽然回头：“瞧，宋灵漪来了。”

一身淡蓝旗袍，围白色围巾的宋灵漪默然走来微笑：“你们都到了？”

方超问：“周刊社的船泊在哪里？”

宋灵漪一指东边：“就在那里。”

梁先生犹豫着，终于走上去叫道：“宋小姐。”

宋灵漪说：“梁先生，望你多多保重。”

梁先生百感交集，欲言又止。这时，萧川、赵余心也提着简单的行李，坐人力车赶了过来。宋灵漪紧拉住赵余心的手，两人都有些依依不舍。

李秋兰和梁先生过来向他们道别，梁先生显得有些激动，李秋兰难过地道：“前线危险，你们可要当心！”

“你们难道不危险吗？对咱们每个人来说，新生活都要开始了！”

“可没一种是简单的。”老方意味深长。

王永勤笑道：“赵余心，当时你那么坚决地要求去河北，甚至找到周副主席‘求情’，真让我们吃惊。看你平时不显山不露水的，连话都不多说一句，可在关键时刻却如此坚决，真让人惊异。”

赵余心平静地望着江面：“我只希望能到真正的抗日前线去，为国效力，这是我唯一的心愿。哪怕牺牲了生命，我也决不后悔。”

众人都被她不多见的坚决之态和朴素话语感动了。这时候，她看上去如此美丽而动人。

萧川看着王永勤和赵余心说：“咱们要去的地方很穷困，山高水寒，而且历来是兵家必争之地。越往北，物产越贫瘠。你们南方人要做好思想准备。”

赵余心忙说：“这二十多年来膏梁厚味的日子，已让我很不安。再说，生活得朴素些，倒更健康。”老方对她的话感到好笑，嘴角微翘。

这时，江面上摇来了一只小船，船工向他们远远招手。

王永勤忙说：“啊，我们的船来了。”

赵余心兴奋又有点紧张地提起行李，跟在她后面。萧川与众人一一握手，又向宋灵漪伸出手：“再见，宋灵漪。”

宋灵漪握住他的手：“再见。”

萧川转身跳上船板。王永勤、赵余心与宋灵漪深情告别。王永勤又看看老方，也转身上了小船。萧川接应着她们。

船渐渐远去，三人站在船头，向岸上的人们挥手。

"他们走了。"老方迷茫地说。

小船渐渐消失在江面的迷雾中，远处似乎又有日本飞机盘旋。在长江里航行，随时可能遭遇危险，不仅有那江底的漩涡，还有这人为制造的灾难。

宋灵漪默默地站在岸边。又有几艘船驶来了，船上是办事处工作人员，招呼着老方、李秋兰等人快快上船。

众人纷纷收拾着，老方握住宋灵漪的手："灵漪，我们也要出发了。"

宋灵漪深情地说："你们要多加保重。"

孩子们在李秋兰带领下陆续登船。梁先生和小妹提着箱子经过宋灵漪身边，宋灵漪平静地向他微笑点头。

梁先生忽然停下说："不有居者，谁守社稷？不有行者，谁捍牧圉？真希望我的学生鲁过此时能回来，报效国家。哪怕像我这样在后方教教书，培养祖国的下一代，也是好的。"

宋灵漪想想，说："现政府是否能很好地利用他的才华？他是科学奇才，天地局限在计算尺和实验室中。人生的路终究是不同的。"

李秋兰不断催促梁先生赶快上船。梁先生顾不上回答，黯然走了。

这边，方超也提起箱子："灵漪，愿我们早日相会！"

几只船在微风中，于泛起涟漪的江面上飘动平移着，也远远地去了。宋灵漪独自一人站在岸上，不停挥舞围巾。船队终于如几片荷叶般，消失在水天交界之处，极目远眺，杳无踪影，只有宽阔的江水，还在不停地奔流。

一个《民族魂》周刊社的工友从东边走来，悄声说："宋小姐，要开船了！"

宋灵漪围上围巾，转身向自己的船队走去。

第四章 / 各在天一涯

一

总有这样一些地方，你头一次来到这里，却立刻感觉亲切无比。仿佛在你的童年，甚至是前世，就已与之熟识了。

“北上太行山，艰哉何巍巍！”这是东汉末年大纷争、大动荡的时代曹操心底雄浑的感慨。千百年来，每逢动乱征战，这感发就必定会在中国人心底产生强烈的共鸣。赵余心直想得千头万绪。此时正是1938年寒冬，她独自站在霜雪覆盖的山巅上，悲风逼着她将棉袄裹得更紧些：我，岂非已成花木兰了吗！她又带上了知识分子要命的浪漫的诗意。那万里赴戎机，关山度若飞的叱咤风云。

赵余心打开日记本，思绪万千——

这是一个明亮的月夜。

终于进入了太行山区。我和王大姐宿于一个僻静村庄。山岩上下依稀坐落了三四户人家。夜深沉，我依然无法入眠，身上也痒，好像被无数小针刺着，不知是臭虫还是虱子。我对它们均毫无辨别经验。辗转多时，遂披衣起床。“干什么去？”鼾声微微的王大姐被惊醒，呢喃着。“睡不着，出去走走。”“你这人真不是干革命的！”她不满地嘟囔一句，“记着小心点。”

北方的山！峭壁峻劈，寒气扑面。万籁俱寂，繁星万点，似乎伸臂可触。远处，流水声清晰可闻。“但闻黄河流水鸣溅溅。”《木兰辞》再一次跳入我脑海；同时活跃起来的，还有那“田于首山，舍于翳桑”的赵宣子，他身后辉煌又质朴的春秋时代；接着走来的，是五胡十六国、魏晋南北朝。在那些政权更迭民族融合的宏大历史背后，袒露着“白骨露于野，千里无鸡鸣”的黎民苦痛。上下五千年，纵横数万里。在我们世代生活的华夏热土上，丰富的自然风光与深厚的人文景观从来都宛若血肉，密不可分。生活在这片土地上的人们明白，往昔尽管已成史迹，但它并未消亡，依旧或隐或显，在寒暄阴晴、水石草木间闪现幽色。

此时此地，一种似乎潜藏于血液，多少世代前祖先遥远的吟叹被强烈地唤醒了。又临兵凶战危，在黄河边古老的土地上，我终于融入到中华民族浩漫的历史川流中去。读万卷书，终须行万里路！我激动得浑身抖颤。此时我已深信，终有一天，当战事平息、大地回春，在擐甲执兵投身这场伟大艰苦民族解放战争的“中国人的脊梁”里，定会涌现出构筑时代和民族史诗的人！

半年前，当灵漪到达武汉时，逃难辍学的余心还蜗居在上海的漂亮小别墅中打发迷茫时日呢。逗留上海期间，灵漪也曾读着《战地热血千秋魂》凄然下泪，却从不向杂志社打探老友行踪。直到有一日——“雷娅，来武汉吧，这儿聚着你真正的朋友。”一个烟雨迷蒙之晨，她忽收到一封沾染硝烟的信。一看信封上熟悉的字体，她的心就跳动得厉害。终于有人想到自己了。

酷暑里，经过那极惨烈的淞沪抗战，上海终落敌手。春江也很快沦陷了。她的银行家父亲仓皇收拾起细软，带家人挤上最后一班轮船，逃至上海英租界做了寓公。春江那边的银行已关闭，只留几个心腹打理后续事宜。这封信就是由他们转到上海的。

战争来了。孤岛日益弥漫着绝望与堕落的氛围。这里仍充斥着大大小小灯红酒绿的交际场所，浮华圈子里的人忘不了继续享受种种上流社会高雅时髦的玩乐。漂亮活络的人依然是圈子的明星。余心对这个圈子的深恶痛绝，往往缘于纯属她自身的悲剧。她在无法融入身属群体的惶恐、愤怒和不甘中徘徊低咏，进而才察出了这鲜花着锦的环境只是个海市蜃楼。在阳光消散的海平面上，它已变为漠漠荒原。

拥挤的租界蜗居着各色人等，失势生意人更多如牛毛。好在那当年与父亲一道从乡下跑出来闯码头的大娘的长兄，过得还很滋润。他依旧担任着英国一公司的买办，在这畸形的社会，反获取畸形的繁荣。

而生来就不幸由人宰割的昨日的农民，今天的战士，他们在并不太遥远的北方，甚至就在吴淞口，在四行，在难民汹涌的华界，以血肉之躯与日本人的精兵利刃苦斗搏击。正是这些收音机里每天播出的我军冷冰的伤亡数字，一条条活生生又转瞬消亡的生命，阻击了侵略者无所忌惮的铁蹄，那前仆后继下堆砌成的数字爆炸样的强烈，使收音机前的人惊呼连连，长吁短叹。之后，经过略微不忍的犹疑，收音机又调到了轻柔的古典乐曲波段上。为什么人们总是不能真正动心呢?

属于各政治派别的，积极要求抗战的人士，或着长袍马褂，或穿西服革履，常在离这条租界，甚至这所洋房不远的地方举行集会，摇头叹气，慷慨陈辞，厉声痛骂，失声号哭。但这一切，其实仍不能使小圈子中的大多数，那群并不世故的年轻心灵真正为之所动。只要炮弹还没有扔到租界，没有扔到他们的头顶，没有使家族产业化为灰烟，他们中的大多数，因着“生在这样特定的群体里，受着社会百般的优宠”，真正念念在兹切切于心的，还是自己的留洋前途，以及这圈子中，某个风头特健的教会学校男生或女生。

但战争终是来了。一切都在压缩，无论是时间，还是空间。

余心的大妹，以非凡的速度嫁给大表哥，即将随夫赴美了。懦夫！在婚礼上余心想，在祖国最危难的时刻，却要逃离。可如果那婚礼的主角是她，她又是否有勇气放弃荣誉、舒适与安全呢？另两个妹妹还小，于是赵家待字闺中者只剩余心。父亲和大娘对被长久遗忘的她产生了某种关切。这是一种奇怪的，不牢固的温暖。

余心虽身为庶出，却系赵家长女。在她出世前，生母和大娘皆无育儿经验。母亲怀她的头三个月，妊娠反应极重，连喝水都会吐。孩子生下后，一只眼睛便出现问题，且体弱多病，模样也不讨喜。大娘立刻吸取教训。无独有偶，日后她的妊娠反应亦极强烈，但她坚持吃喝，吐了再吃。她生的三个女儿，容貌都美丽，体魄也健康，性格更是活跃。尽管她自己长着一张威严的高颧骨方脸，说实话是很不好看的。

而1937年的重阳节，是推动余心人生巨大转折的决定性一天。那一天，秋阴已至，菊黄蟹肥。虽然对战时金融格局走向忧心忡忡，一向殷勤守礼的舅父依然循着惯例，派人送来大盆金桂，以求平安吉祥。也就在福熙路那所狭窄的洋房里，娇滴滴的二表姐在余心父亲的几番恳请下，也终于前来拯救她了。二表姐兴奋地告诉余心，上海总会将举行盛大party，与会者均为世家子弟。男孩子中不少是从美国名校学成的翩翩博士，再不济的，也是圣约翰、沪江出来的风流公子。余心那早如枯井的心竟被表姐如簧的巧舌掀起丝丝涟漪。到底，她还是个容易亢奋的女孩子。

无论如何，1937年重阳的她还是又一次坚强地，充满希望地打扮起来了，在父亲殷切的目光注视下。她快活得如同一个货真价实的公主。

虽有用人服侍，表姐还是尽心尽力地蹲在余心身后，为她拉平长裙皱褶。

在这当儿，她故意不去回头，看落地长窗外那个不久前的自己。

……

尽管已有无数不美好的前车之鉴作底，但那天晚上的她仍然料想不到，类似的场面，在自己刚走下停在上海总会前的汽车后，就猝不及防又合情合理地发生了。

宏伟而华丽的上海总会，门口两扇巨型玻璃门特别引人注目。当然，无须少爷小姐亲自动手，自有两个无比殷勤，目光敏捷又逢迎的Boy提供服务。

二表姐刚提裙迈上台阶，两个服务生就极得体地微弯下柔软的腰，那精明的，无所不知的专注笑容完美无缺。这目光使余心的心窝一阵莫名其妙地发软，就像在永安公司见到包装极精美的商品。那反射是本能的。

二表姐司空见惯地走过去，冷冷地。服务生立刻一边一个拉开光彩熠熠的玻璃门。余心紧跟表姐上前。表姐轻盈地踱进大门。乳白长裙的裙摆俏皮地在门边旋转，随后消失在合拢的门里。

那一刻，余心怀疑自己可是眼花了。但那两扇门确确实实合拢在一起，变换旗帜，横亘在她与表姐中间。余心迷惑地抬头望去，后来她回忆起来，在这一瞬间自己的眼神定如丧家之犬。

那两个服务生并不接她的眼神。像要为悖职寻找生硬借口，他们只垂下两手，扭着头，机械而空洞地朝向表姐的背影。但敏感的余心还是捕捉到空气中一丝促不及防的惊愕和本能的轻蔑。

那两扇五光十色，刚才还如此亲切的玻璃门，它们是如此骄傲地横亘在余心面前，辉映着她身后的后车水马龙。霓虹灯下，余心恐怖地看到自己扭曲了的灰暗的脸。还有这张骤然干瘪了的脸后，正源源不断涌来的，笑语嫣然的金枝玉叶们。

这真是个无论显性还是隐性都无比森严的等级社会——终于她醍醐灌顶。

这是最后的抉择。

待表姐回头来找寻，才发现表妹还不知所措地站在台阶上。隔着五光十色，透明得仿佛并不存在的玻璃门。

她吃惊地走回来。似被催眠的服务生一下子复苏了。他们对看一眼，微微鞠躬，拉开门。

余心却好似被催了眠。她茫然地快步走进，不敢作半步停留。在即将跨入门里时，不知怎的，她又向这二位望过去。

他们漠然地昂着头，视线不知落于何方。瞳人深处是满满的冰，冬日肮脏的黄浦江深处，结了几千几万年的冰。

忽然间，冰雪消融，鸟语花香。他们重新热情微笑，眼神殷勤又专注。原来正有一对青年男女跟在余心后面走上台阶。

余心怔忪地在大厅里走，看到她的人都交头接耳。她已毫无所觉。还好，表姐倒是不离不弃，始终耐心地站在那里等待。表姐没有询问，甚至不再说话，一等她过来，便领她入座。

原来所谓智商决不仅体现在成绩单上。学习不好的表姐，永远活得多姿多彩，充满原始的，未被诗书和数学公式改变的小聪明，那是女人在这世上生存的本领。作为一个在任何时候都生活得很舒服快乐的女孩子，对这个出身相同却命运多舛的可怜表妹，她定怀着些无法言说的怜悯与同情。她甚至有些后悔，会答应余心的爸爸，带余心出来经历苦难。

只有女人，是余心永远的同盟军。

当晚必有一段日记倾吐心中块垒，放于显微镜下细细分析，甚至自虐地重新玩弄回味。她有种脆弱气质，这气质能让她注意到别人所忽略的，几乎是发自本能的细枝末节。有这种禀赋的人绝难幸福。

赵余心打开日记，继续写——

我迅速将自己从头到脚披挂上厚厚的盔甲。我行走在刚刚拆掉，又不得不重新搭起来的套子里。我看着前方表姐矮小的身躯，盘得精美的微黄头发。极高跟的皮鞋笃笃地在光滑的地板上自信地行走。我忽然担心，待舞会结束，表姐那双鞋里大概是会流淌下丝丝血水的。女性对美的追求是如此不惜代价！美，决定命运。

因有了这段促不及防的经历作底，这一晚无人邀舞的尴尬，对我而言便是小菜一碟了。我极镇定地坐在套子里，将常生的局促不安都丢进了爪哇国。我望着那模糊的灯光下，末世的喧嚣里狂欢着的上层社会的风流儿女，看他们那套彼此打量眉目传情欲拒还迎的固定路数。我陡然间脱胎换骨，已明了一切虚无人生的本质，像一个一无所有的流氓无产者那般无所畏惧：这种相识过程，和狗场马圈的配种过程又有何两样！我真想一把搅散这欢天喜地的终局。

那一刻，我想我是疯了。

但没人有兴致看我一眼，关心这个一声不响闷坐在灯光外阴暗角落的女子到底在思考些什么。当然，我从小所受的教养也不允许我这样疯狂，破釜沉舟。

而我最痛心的，依然只是门口那一幕，那自取其辱的一幕。从头到尾，他们没有骂我一个字，也没有碰我一下。

因为我不是饭店门口的乞丐，我是具备上等人身份的小姐。可我也只拥有这一样。许多外面的人，他们如此狂热地向往这个身份，他们如此珍惜这个身份，他们会像榨汁机一般把这个身份榨得油尽灯枯。矛盾的是，有这种泼辣精进气概的，又往往缺少这个身份。

他们什么都有了，只缺这个。这是“原罪”。如果拥有这个，他们将怎样大展鸿图呵！所以，社会上才会有那么多绞尽脑汁者使出浑身解数，以上帝赋予的才干、美貌、毅力做交换，削尖脑袋钻入豪门吧。

我不是他们。可我也不是里面的人。——我是四不像。

那封信自然出自灵漪手笔。她没有别的朋友。终于余心下了天真的决心，要彻底脱离那缀满蚊虫的尸衣，寻一个全新，粗犷，却也清新的理想圈子。

不可否认，她很天真。毕竟，她是青年。当清风吹入心之荒漠时，那并非寸草不生的沙田，难道不会荡起轻微的皱漪吗？况且还是在这样天翻地覆的大时代！她多少带着叛逆的心理，想换一个圈中人提起就感陌生，更觉可怕的恶劣环境，来大胆地证实自身。对多数小姐来说，左翼色彩是根本碰不得的，。但她怕什么呢？她的心情就像马克思为无产者做的代言：挣脱的是锁链，得到了全世界。或竟是完全的虚无？——她是极特殊的一无所有。

她更不知道，自她转身的那刻，父亲就开始为她攒钱。他梦寐以求。祈祷上苍让大女儿在外面找到归宿。是的，如若最终她竟又孤零零地回来，这儿还有条后路。这是只属于她的，谁也不知道。但她也许竟是知道的，正因为身后有这无形的永不求回报的支撑，她才敢迈出这一步。她走是为了不回来，却也正因能够回来而不至彻底绝望。

其实一踏上去武汉的路，艰难就超越了她的心理承受力。硝烟弥漫，四处是支离破碎的尸体，熊熊火光煎熬着人们的心。一颗呼啸的炸弹猛地在她通过关系搭乘的军车后轰隆作响。满车惊叫。为了不显得太过离奇与特殊，余心只得随着大家，带着恐怖的神色，慌慌张张地转头瞥去。

尽管努力拒绝与身后人众进行视线接触，但她还是绝望地感到，刚才那一大片像钉子样灼热地将自己肩膀、腰肢、大腿、乌发、纤手钉得支离破碎，几乎把骨骼都钉透拆散了的目光，立马如锋利镰刀下的麦田，纷纷委靡地倒伏下去。即便车上那些长年行伍的大老爷们，也马上失望地调转方向，垂下眼帘。

只有个别实在不死心的，还在继续瞄她露在旗袍外冻青了的腿。那目光没有敬畏，也消失了猥亵，只是某种不甘心。是的，就连这些昔日扛锄今天拿枪的粗人，他们对造物的如此弄人也惋惜谔然呵。余心做诗似的想。

在这个时分，他们便是她的同盟军。但是，大多数人脸上浓浓的失望，霎时间撞了鬼般无法掩藏的惊恐之色，还是如掼下的炸弹般，四处轰然作响。

空际滚滚的炮声，心田咣咣的炸雷声，哗然地在她耳旁、心房此起彼伏，远无停歇之意。于是，为着缓解目下必然会升起在心底的，钝刀子割肉样的阵痛，还有他人复杂目光下无处躲避的尴尬和窘迫，余心只得祭起了一件饮鸩止渴的法宝——武汉。在那里，她会脱胎换骨，成为真正的人才……

二

刚到晋察冀根据地，余心就生了场大病，延医近一载，几致油尽灯枯。王大姐自然不会扔下孤弱的同行者置之不理，却也渐露后悔与烦躁。这场灾难严重影响了余心后半生的健康和人生筹划，自此她只是带病延年。而正因了这重病及病中所感，她真正放下了所有从前一直想放而不得真正解脱的，苦苦缠绕她心灵的俗世向往与追求。

风起云涌间，花开花落。至1941年春深时分，宋灵漪也从重庆来到了华北前线。

小小的队伍悄然来至一条大河边，一阵阵繁密的水声让大家精神大振。这河已不知流淌了多少岁月，它的生命力是如此顽强，竟生生劈开山峦，滚滚奔涌而出。薄雾笼着一弯斜挂于枣树枝头的淡月，是上弦月。脚下银链子般的水流散发着清新的气息。

村干部却悄声吩咐："别出声！鬼子岗楼就在不远处。"

于是一行人紧张地聚拢，谁也不说话。对岸的探照灯"唰"地亮起来，刺眼的灯光呈扇面状向这里横扫。"快卧倒！"村干部一声令下。

众人迅即伏于苇丛中。一个戴眼镜的男子慢了一步，旁边一年轻女子忙帮他卧好。男子轻声说："宋灵漪，谢谢你。"

灵漪微笑一下，并不说话。灯光陡熄。众人纷纷爬起。却有人顺着岸边弯着身子向他们悄悄跑来，小声问："来啦？"

"是啊。"

"俺这就去告诉萧连长他们。"那人立刻顺原路跑走了。

年轻的村干部低声告诉大家："岗楼就在对面，过河很困难。所以要由八路军部队来引开敌人火力，护送你们。"

听到"八路军"，来自国统区的一行人激动起来，都压低嗓子悄声议论。过了会儿，借着淡淡星光，二十多名灰军服迅即无声地跑来。村干部迎上："萧连长！”

“同志们到了？”领头的军人立刻问。

“到了！同志们，这是萧连长！”

众人围过去，抢着和他握手。

此时月亮高高升起来了。这是深春特有的那种明亮温柔的月色，仿佛梨花饱绽出的芬芳。灵漪心下激动，脱口而出：“萧川！”众人纷纷回头。那连长走过来，眼中也露出无限喜悦：“你来了！”

这时，一名战士跑来报告船已备好。

萧川立刻转身：“好，上船！”

村干部率众人登上泊于苇丛的小舟。

戴眼镜的男子吴林，是来自上海的医生。他悄悄问：“怎么还不开船？”

村干部答：“别急，等萧连长他们吸引了敌人火力，我们再过河。”

随着他的话音，几颗手榴弹从战士们埋伏的苇丛中向对岸岗楼抛去，排枪声随即震耳欲聋地响起来。岗楼的探照灯骤然亮起，向萧川们那边照去，接着又从岗楼里伸出一挺歪把子机枪，“哒哒”射出成片的子弹。两岸立刻激烈地交了火。

这里，人们还在焦急而肃静地等待。有人忍不住问：“什么时候走？”

村干部似乎在倾听，他有把握地说：“再等一下。”

枪炮声更烈了，探照灯的光芒完全笼罩在战士们避身的苇丛上。村干部忽然挥手：“走！”老乡迅速摇桨，黑暗的河面上，小船静静驶向对岸。人们伏于舱里，透过缝隙，望东面的炮火。

划船的老乡忽然“啊”一声倒在船板上。人们焦急地把头探出舱面。村干部立即跳上船板，厉声命令：“不要出来！”随即拣起桨继续划。还是有几个人爬出去，把受伤的老乡拖进舱中，吴林立即打开药箱进行救治。

终于小船到达对岸。村干部指挥大家迅速把船拖进苇丛。他自己划亮火柴，点燃一捆苇子，向对岸摇晃。

人们担心着那正与敌人进行激烈抗衡的战士的安危。过了一会儿，对岸枪声渐稀，这边敌人岗楼上的机关枪声却仍在响个不停。

“早晚把你们都端了。”村干部狠骂着一挥手：“同志们，快走！”

抬着受伤的船夫，人们向远处奔去。村干部跑在最后，不时回身察看动静。

一踏上根据地的土地就经历了这样猛烈的战火，众人心间都波浪翻涌，却只向前方猛跑。

对岸渐静了。有人悄声问："他们会不会有危险？"

"莫担心，部队经常护送干部咧。"

"总会有伤亡吧？这么激烈的炮火。"

村干部没有回答，加快了脚步。

灵漪回头，借着朦胧月色，试图寻觅那个逐渐消失的灰色身影。可对岸静悄悄的，只有枣树的枝桠在风中摇曳。她怅然若失。万想不到，自己踏上根据地，遇到的第一个故人，竟是——他。

默默地穿行在茂密的高粱地里，月色是更见浓醇了。她边疾走边回想和他的第一次见面。那竟已是六年前了，在春江，在故乡。故乡如今已沦于侵略者铁蹄，他们却重聚于这中华民族的发源地，还要并肩奋战，执戈卫国。

灵漪被分配至《战斗报》。她本就是读新闻的，抗战初始还采访过淞沪战事，这几年又一直在大后方当主编，干这个真是再合适不过了。

一切都安顿好后，她立刻了解到自己参加革命的引路人王大姐现在是这个区的领导，常在不远的李家庄办公。而她最好的朋友余心也在这地区工作，搞教育普及。于是一个周末，她迫不及待地请了假，一路问询着来到李家庄。

阔绝多载，乍然重逢，王大姐自然激动得大呼小叫着，余心却神态沉静，仿佛分手竟在昨日。只有灵漪懂得，这就是余心。但她竟淡定如此，依然令灵漪暗自惊诧，又有些难过，进而却感到彻底的放松。

"让我想想，自民国26年咱们在武汉分手，我与萧川带余心来太行山，你和老方们去了大后方，一晃整四年了！日子过得真快啊，像在开机关枪！"三人坐定后，王大姐仍唏嘘不已，"老方——他还好吗？"

灵漪忙说："他很好。《民族魂》被国民党查封了，我向组织上要求来华北，临行前去八路军办事处还见到他。他说他很快也要去延安了。他很惦念你。"

王大姐不自然地扯扯嘴角："他真好，还能去延安！可我们这几年在这儿开辟根据地有多艰苦！不信你问余心，我们刚来那会这儿是什么样子。现在总算打下了基础，建立了政权，一帮赖鬼二流子也基本肃清了，还应付过多少回扫荡。”

余心只沉静地听，默默点头。这时一青年妇人捧着一笸箩枣子进来，先向余心亲切地笑笑，又向王大姐和灵漪点头。余心忙站起接过，放在炕桌上。

“这是李三嫂，军属！她男人就在萧川队伍上。”王大姐介绍。

李三嫂麻利地擦擦手，笑问：“那，俺就做饭了？俺知道你们南方人好吃个老母鸡。王同志？”

“好的，麻烦你了三嫂！”王大姐对灵漪和余心道，“都别争！今日由大姐请客。”

话音刚落，就见一军人风尘仆仆而进，正和三嫂撞个满怀。他似乎与她很熟，在门口交谈几句方才进来。

“萧川！”

王大姐成功地抖了个包袱，得意地笑道：“他们连正好驻扎在附近，灵漪你这人总是有点运气。”

向余心和大姐打招呼后，萧川特地走到灵漪跟前，郑重地和她握手，笑着问：“你在哪儿工作？”

“《战斗报》。”

“太好了!”

四人聊着旧事新情，吃完不觉天色已晚。萧川戴上军帽：“我先走了，连队上还有事。”

余心对灵漪道：“你现在赶回去是不是迟了？不如到我那里住一宿。”

“可不是！”王大姐一拍手，“你们老同学好朋友长年不见，哪能不多聊聊？余心教妇女儿童认字，就住在不远的村子里。灵漪你快去吧。”

灵漪喜道：“好！”于是三人向王大姐告别，走出院子。

这个村建在陡峭的山峦上，山道边用石块垒起，用泥土包住，在边沿见缝插针地种着些梨树，此时正开放纯净的花。圆月高挂在中天，溶溶月色照着满地的梨花瓣，他们沿蜿蜒的羊肠小道慢走，谁也不做声。萧川忽道：“别瞧俺这地势的梨子不打眼，却能直甜到你心坎里去。”

余心微笑着拉住灵漪的手说：“很快你就能尝到它的滋味了。”

不知不觉，已到山脚。灵漪脚下传来繁密的水声，雄壮地拍击着两岸。原来就是那条大河，月色下更显银光粼粼。这时萧川指向前面岔路说：“我要从那儿回部队了。你们小心，日后再见！”

“再见。”余心向他招手，灵漪却只默望那轮月华。

灵漪随余心来到一寂静村庄，房东家早睡了。二人走进一个小跨院，这里也种着几棵梨树，梨花雪白的清芬把空气都染得透明了。借了月光，余心推开屋门，摸索着点亮油灯：“你坐。”

灵漪有些不好意思地问：“厕所在哪里？”

余心忙道：“猪圈边。我这就带你去。”

余心举油灯带路，来到猪圈边的简陋厕所，其实就是一个大坑，横着两条颤巍巍的木板。灵漪战战兢兢地解了手，回到屋里，余心体贴地舀来一瓢水给她洗手。

灵漪揩揩满头的汗，有些惭愧地笑笑：“吃山药蛋睡土炕我都不怕，就是这厕所……要习惯还得过上一段时间。”

“我刚来也是这样子的，做梦都梦见掉到坑里去了。习惯就好了。”

“习惯了，就是真正的革命者了。”两人都笑了。

灵漪又问：“你具体做什么？”

“负责这几个村的扫盲。”

“你参加革命都这么多年了，王大姐理应让你担当些更重要的。”灵漪有些不服气。

“这就很好了。”余心笑着说，“我很满足。我的性情不是做大事的，况且身体也不行。大姐是体贴我的。”

看到老同学这样从容的精神状态，灵漪比谁都欣慰。她深切感到，在现实的民族解放的斗争中，这姑娘终于找到了值得托付终生的归宿。“你宽广的心胸真比在春江时更胜了几分。”

余心却答：“日本侵略者的三光政策惨无人道。国家人民受难如此，我若还沉浸于个人的得失里，那还算人吗？”

直至深夜，二人仍不废攀谈。孤灯如豆，余心蜡黄的脸上激动的眼睛比灯光更明亮，老同学竟成了思想家。矛盾的性情加之多思的气质，她在这个寂静的小村庄酝酿出可贵的真知灼见。灵漪又感到难过，可见她竟没有一个倾吐的对象和场合。

“余心，要知道现在是战时，你如此耽于思索，不知是不是好事，该更谨慎。”她踌躇片时，还是决定把心底顾虑告知好友。

“老同学，你的好意我全明白。这是战时，更是大时代的转捩点。这些思想，它们就如泉水样不自觉地涌出来，一个接一个，一股接一股，不解决十分难受，如鲠在喉。”

“你真幸福。”

余心敛住话锋，转而羞赧一笑：“也许只是个多余的思想者。而且，思想远大于行动。”

沉吟半晌，余心又迫不及待道：“你看，学习了《论持久战》后，我坚信终有将日寇逐出中华的一天，我们绝不会亡国灭种了。可当年他们为何能如此嚣张长驱直入？日本人走后又会出现怎样局面？这里有又什么该好好总结的教训？”

灵漪疑惑地望着老同学，这些年来她一直过得忙忙碌碌，从未反思过这样长远的问题，于是半晌才说：“抗战前国力有所增长，如家父那样的知识界人士都觉那正是做学问干事业的黄金时代。可没想到，日本人一来还是势如山倒。”

“我们这个历史悠久的农业大国，除非真被逼得过不下去了，否则永远会按照惯性一成不变地生活——包括知识分子。”

“现在想想，在那所谓的黄金时代，如你我者真是富足无忧的，农民却依旧挣扎在苦难线上，一遇天灾人祸生活就完全无以维继。还记得王大姐和老方借给咱们的《春蚕》吗？”

“那还是描写江南水乡，富庶之地呢。”

“但同情归同情，这一切好像还是离我们很远，如隔高墙。直到真正参加抗战，和人民心贴心地生活在一起，这堵墙才自然而然地消失了。我想这真是在大后方永难体会的情感。”灵漪说得连自己都兴奋起来，“根据地找到了解决农民问题的根本方法，那就是减租减息！虽然困难重重，却是一柄攻坚利矛。余心，毛主席不是说过农民问题是中国社会的根本问题吗？那么解决了农民问题，我们的国家也将繁荣复兴了！”

余心点头："是。可我还在想，中国拥有四万万人口，日本才多少？怎么就打不过它？中国参战的几乎都是农民。中国拥有最广大的农民。那么，知识分子、中产阶级甚至小资产阶级呢？他们大都去了哪儿？记得春江大学撤退时，伯父在校务会上那句血泪之言'常思奋不顾身，以殉国家之急。最后却还是要逃！'真是振聋发聩。"

灵漪自己都把父亲的话忘掉了，没想到余心倒牢记着。她想了半天，才缓缓道："听说英国倒是全民皆兵，炮火一起，绅士们第一个上前线。当然不能忘记这些列强正是社会达尔文主义的始作俑者，但就事论事，对比确很悬殊。"

"对，无论你是大学生还是教授，甚至不计年龄——男子汉临阵退缩在那里是奇耻大辱，可在我们这儿却不奇怪且有圣人遗训，用老百姓的话就叫'留得青山在，不怕没柴烧'。中国文化对士人的评判标准往往是多重的。但掩耳盗铃者在于：第一，你要青山，难道农民就不要？第二，大家都这么想，谁还肯为保卫国土流血牺牲？这也就是战事一败涂地的原因之一罢。当然，这些欧美国家的知识分子肯定也有留在后方的，但像咱们这儿这样，但凡有点社会地位经济基础的，包括小市民，每当战事一起就拼命后撤，多让农民子弟上阵挡枪子的，还真少见。"

灵漪难堪地沉默。

"'诚既勇兮又以武，终刚强兮不可凌。'——春秋战国时期，贵族子弟无不亲临战事，冲锋在前。这是一种十分庄严的人生态度，上至重臣下迄兵士普遍具备的精神面貌。即：对上不苟且，对国负责任，本人更会舍生忘死。"余心又迫不及待地开口，看来这些思考在她心底憋得实在太久了，"那时代不会比现在更进步，但至少此点令人怀想。"

"为什么就会发展成今日这样呢？难道要归因于后来一统天下的儒家思想？"灵漪像个小学生，求助地等待答案。

"我也不知。我只明白求生乃人之本能，但必须平等，人人都应尽对国家民族的那份义务。平日里也知扼腕叹息，但到头来还是要逃！那么由谁去抵挡？我们这气象森严的社会，无论在物质还是精神上，都有那么多的三六九等呵。多数时候是物质的不平等决定了精神的不平等。也有复杂的例外……总之，农民永远最苦，却永处于最底层，所以战事一起，只能被拉丁上阵。"

“可我们哪个的祖上不是从田野来的呢？”

“矛盾就在此。一旦挣脱了土地，就会立刻产生新形式的不平等。大家都好像得了健忘症。农民只是逃不过而已。我们这个民族失去的是血性，又未经历过民主运动的洗礼。当然，还有部分青年尚未失落这种热情。听说王之芳和她那个男友……”

“小郭。”

“……七七事变后他们就北上了。王大姐说那时人们都在南下，可他们却要去参加平津游击队。不论和平时代他们的言行是否无懈可击，但至少在此事上很可敬。”

“也许等革命最终取得胜利，这一切就会完全改变了。”灵漪眼睛发亮。

余心却笑了笑。“难道，从猴子变人是一蹴而就的吗？”

“你……”灵漪听出自始至终她话音并无讥讽，只是痛心，不由说，“余心你不能太悲观了！自七七事变以来，我们亲眼见到多少热血儿女共赴国难、流血牺牲啊？中国不会亡，就在于有这样伟大的人民。”

“当然，留有留的勇气，走有走的道理。这些年我总算学会了一样基本品质，是我们这些生于富足的人不易做到的：一定要贴着别人的心去看问题。说到底，无论在前方的还是后方，最要紧还是把自己分内的事做好。”余心沉重地叹气：“而这正是我最汗颜之处。我也很愧悔——这样的性情！……睡吧睡吧。”她忽然一口吹灭油灯，“明天你还要早起呢！”

“和你交谈，真如清泉洗脑。”

次日，二人再无暇深谈，灵漪就匆匆赶回报社了。

三

根据地最艰苦的时刻到来了。此次春季大扫荡是抗战爆发以来晋察冀边区遭遇的最凶猛残酷的一次，这当然与国际国内变化万千的政治形势密切相联。各机关都在部队与游击队掩护下向大山深处转移。报社行至中途，忽接消息，附近村庄藏着一套珍贵的《大藏经》，而村人都跑光了，若不抢救，这部中华民族文化瑰宝必落敌手。来自北平的队长黎鸿飞立刻带队前去。这下耽误了时间，敌人追上来了。

一阵猛烈的枪声震耳欲聋，瞬间就将他们围了个密不透风。打头的骡子中了枪，前蹄跪倒，侧翻在山路上，高驮子滚落在黄土里。骡队受了惊，个个拖长声嗷嗷悲叫，甩脱缰绳团团打转。几个老乡和报社同志瞬间就挂了花。黎鸿飞强拉住前面一匹骡子的缰绳，急得大喊："快走！"一梭子弹从他耳边飞过，在山岩上撞出刺眼的火花。人们心如焚火，望见对面山冈上集合了一群敌人，正向这里射击。而这边漫坡下也蠕动着密密麻麻的黄色！掩护报社转移的几个战士立刻伏身向对面放排枪，但寡不敌众，一个战士头部中弹，当场牺牲。

黎鸿飞匍匐而去，捡起血染的步枪加入还击，同时回身高喊："快走啊！"忽然东边山峦倾泻下狂烈的机关枪子弹和手榴弹炮火，对面的敌人一下子给压住了。向东一望，隔着滚滚烟尘，只隐隐看到密布的灰军装。人们惊魂甫定，忙着分头背伤员，拉骡子。这时一个指挥员带了几十个战士弯腰从东边山冈上冒着弹雨飞速冲来。黎鸿飞迎上去："萧连长，是你们！"

原来三连刚执行完掩护直属机关撤退的任务，正要撤离，却忽然发现西边的险况，立即跑步赶来支援。满面硝烟的萧川顾不上多说，伏身挥手道："快走，向东斜插过去，翻过山和机关会合。这里有三连掩护，敌人大部队马上就要上来了！"说完便命战士分散埋伏，架开机枪步枪，配合东边同时向对面射击。黎鸿飞招呼大家收拾好快走。

刚才那股敌人只是小部队，现在大批火力逐渐被这里吸引。下面的黄色也近在咫尺，却被东面山冈上的战士打得落花流水，一时伏在地上不能动弹。宋灵漪拉着骡子猛力向前，经过正伏在机关枪后聚精会神射击的萧川，忽然眼中蒙满泪水，一下子什么都看不清了。她用力挤挤眼，沿斜坡攀爬。

对面山梁上，敌人很快增强了火力，这边东面和正面的机枪步枪也一齐开火，呼啸着压制敌人的射击。但子弹在迅速消减，伤亡也越来越多。眼看着骡队渐渐转入头顶斜插的漫坡，可这时山下的敌人已漫天遍野。萧川知道他们是走不脱了。

灵漪牵的那头骡子突然前蹄打滑，摔在沟边。几本大藏经随捆扎好的铅字滚出，眼看就要掉下沟沿。灵漪立刻扑过去俯身拾捡，自己却一个趔趄，扑辘辘滚下陡峭山路。前后的人惊叫着去拉她，都已来不及了。

灵漪直跌在下面沟上，一时失去知觉，等悠悠醒转，遥见黎鸿飞正向这里飞奔。她拼命挥手让他回去，自己挣扎着站起，脚腕一阵针扎般的疼。她咬牙伏下，掏出小手枪向对面敌人射出一梭子弹，心想，留下那最后一颗，给自己！

忽有一人跑来，将她拉住，不由分说一咕噜背起，攀上沟沿。她俯在那人背上，狂捶他穿灰军装的肩膀，叫嚷着让他放下自己。那人毫不理睬，只冒着弹雨奔上斜坡。这时黎鸿飞也赶到，叫道："萧连长！"萧川半直起身，放下灵漪，黎鸿飞立刻背起她。"快走！"萧川短促地吐出二字，转身沿沟边向下飞奔而去。黎鸿飞费力攀爬，灵漪伏在他背上，回过身，模糊的视线直看着那灰色的身影在尘烟里消逝了。

其他同志过来接应，把黎鸿飞和宋灵漪强拉上沟。灵漪急促地说："你们走吧，不要管我！"黎鸿飞跺脚道："难道萧连长冒着生命危险救了你，就为了让你死在这儿？"灵漪泪流满面，连连摇头。黎鸿飞立刻请一个老乡背上灵漪，自己在前面指挥队伍，一路向东奔去。

这边敌人已越来越近了，许多战士在对攻中倒下。萧川见报社人员已无踪影，挥手命令："撤！"剩余战士随他飞奔上山，继续与敌周旋。

敌人大部队兵分几路紧随而至，叫喊着密集开火。寡不敌众，战士纷纷负伤牺牲，余者仍边打边向山上爬，最后终于上到峭壁。这时萧川身边只剩了三人。

通讯员小张叫道："连长，没子弹了！"

"扔石头！"萧川吼。几人争相抱起磊磊石块向下猛砸。却又有两个战士倒下了，敌人越爬越近，却也不再开枪，显然准备抓活的。

小张看着萧川，稚气的眼睛在沾满硝烟的脸上闪闪发光："连长！"

萧川立刻将枪扔下悬崖。小张也随之做了。

崖上一片寂静。萧川注视小张："怕吗，小兄弟？"

小张瞪大十五岁少年的眼睛："怕，就是老鼠养的。"

萧川含泪一笑："来吧！"他走到崖边，环视无尽的崇山峻岭。

敌人似乎被他们的行动惊呆了。

高高的山崖上，远远地，随着东风传来两声长长的呼喊："同志们，抗战到底！”

一高一矮两个身形先后跳下绝壁。

对面山上，焦急观望的同志们含泪摘帽。

宋灵漪泪水奔流。透过极模糊的眼帘，她似乎望见那些土黄军服也撑着枪在山崖边跪下，齐齐地低下了他们的头。山谷间只有激烈战斗的余音在袅袅回响。

扫荡过后，人烟荒芜，尸横遍野。山川河流肃杀萧瑟。山峦间堆起零乱的新坟，招魂幡于狂风中飘荡。多数抱悲怨的无名骨殖则散落于田野山间，无人收拾。

山路口，灵漪交过路条，站岗的儿童团员指点她走向一营营部驻扎的宅院。

这些天，她一直很奇怪地迫使自己不断回想来根据地后与余心不多的两三次谈话，仿佛只有这些理智的声音才能脆弱地抵御那海样的悲痛与焦虑。自扫荡以来，萧川牺牲了，王大姐和余心们是在坚持斗争，还是也……她还得不到任何消息。

余心的思维、爱好，当真是不让须眉。她不但酷嗜史书，而且把历史给读活了。尤其在行万里路之后。即使几次交谈时间短暂，她仍饶有兴味地提及，这一带历史上就乃战乱频仍之地，宗族乡党不得不依山筑堡，据险自守。可不是么，如今又遭了乱世。历史与现实就在千古不变的自然风光中被余心天马行空的想象力悲壮地结合于一道。这些天来灵漪的头脑始终如爆炸后般紊乱，悲痛得完全不能思考，倒是想想历史，心思还清明些。就这样灵漪胡乱想着，不觉已到阶下。

她立刻又被大自然的宏伟壮阔与人类的鬼斧神工所震撼，不由发出一个赞叹的叫声。原来这正是所坐落在半山坡的松林前，连着层层堡墙的古宅，台阶高达二三百级。走进大门，上百年的树阴遮天蔽日；绕过影壁，又见甬道两侧竟全是青砖大房，层层叠叠地铺展开来，不知究竟套着多少进院落。

千百年来，就是这道高墙护卫了乱世里北方各族黎民的生命与亲情。若在几年前，血气方刚的她恐怕很轻易就会给这种躲在坞堡后的人生栽上一个称号：偷生。如今呢，广阔动荡的血的经历倒使她变得柔和与通情达理了。残酷的历史地图上最少不了的就是脆弱如麦秆，一割一大片的“人”！她悲悯着，感同身受。——原来须经历种种磨难，方能成就一个真正意义上的“人”！

警卫员领着她左绕右转，最后来到一青砖漫地的院落。正房门敞着，一位三十岁左右，面容清瘦身材适中的军人应声而出，立在高阶上平静发问：“哪个找我楚天？”

“报告楚营长，我是《战斗报》记者宋灵漪。”

“噢！”楚营长满脸乱糟糟的胡兹全展开了。他睁大血丝斑斑的眼，仔细打量着面前憔悴但气质不凡的女人，“那么请进吧！小鬼，弄点水来。”

警卫员转身跑了。面对一个美丽的异性，楚营长的神态殷勤又兼冷淡，矛盾得活像在跟自己打架。他就这样将灵漪让进屋来，二人在八仙桌前坐定。灵漪见桌上的青花大碗里盛着半个没吃完的糠窝头，旁边是一小碟醋浸黑豆芽。碗边放着半截红铅笔，却还有一本半旧的这地区的县志。对面墙上挂着作战地图。

小鬼送上开水，好奇地看看灵漪，出去了。

“营长，请问有什么事？”

那军人将笔挺的腰板靠住硬邦邦的雕花太师椅，直截了当地问道：“宋同志，这期报上那《气壮山河，血洒太行》的文章，是你写的？”

灵漪心痛如扎，半晌才微微抬头：“是的。这是为纪念萧川等烈士而写的。”

楚营长猛地立起，一捶桌面，那青花大碗火暴地跳起三丈，窝头骨碌碌滚落地上。灵漪吓了一跳，端着开水进来的小警卫却司空见惯，先把水放在灵漪面前，又去捡窝头。

“让它去，让它去，有个屁用！我请教你们这些拈酸弄醋的大知识分子啊，啥经书就这么重要？”接下去竟是狼吼般的痛哭，“难道它就真抵得过百余号活生生的性命吗？！霎时间，就一顿饭的工夫啊，整整一个连，整整一个连啊，就这么赔进去了，灰飞烟灭！没了，从此天底下再没我的三连了！”

灵漪也泪如雨下，却不知该说什么才好。

“这误事的报社，误事的经书！”楚营长一把抓起刚被放回碗里的窝头，如扔手榴弹向墙角狠狠砸去，倒霉的窝头立时散成一团碎末，“这个萧川，他还我一个连来！他倒是大方啊，生把整个连队往那虎口里送！我知道他也是没法……但他永远当不了一个好指挥员！”

灵漪突然意识到楚营长已近乎歇斯底里了，这些年她已敛了许多锋芒，此时却不由血气翻涌，腾地站起直视对方，如竹筒倒豆般对喊道：“报社是拖累了三连，难道我们就不伤心不痛苦吗？这些天来有哪个吃得下睡得着？当然也有那不动感情的，但不是大多数！《大藏经》是国之瑰宝，无论出自理智还是情感，难道你就能眼睁睁地看着敌人把它抢去？而且，再不要这样不负责任地攻击逝者了！我请求你，首长！”

小鬼惊得呆了，楚天却如被兜头浇了盆冷水，张大嘴盯着墙角，呆楞良久。灵漪头晕目眩，挣扎着转身便走，刚到门口，忽听身后传来这样的声音：

“文章，发表得早了点儿。三连还有一个人活着——萧川。”

灵漪倚着门框，软软地坐下来。

“他跳下崖后，被松树挡了一下，滚落在半山腰。后来，几个老乡冒死救下他，将他送到军区医院。我们也一直以为他死了，直到昨日才得到确切消息。但那个连其他同志……已牺牲光了。”楚天背着双手，站在窗前，不让灵漪看见自己的表情，“这次大扫荡，我们实在是损失惨重。”

灵漪凝如雕像，眼泪如泉水流满面颊。

“他刚脱离危险。我请你来，并不是为了冲你没风度地发脾气，其实我全理解……只是控制不住。我了解经书的价值，也敬佩你们奋不顾身的精神。参加革命前，我是师范生。虽无高深学问，却也酷爱研读地方志。这些年弄到过不少珍稀的方志，和你们陈队长是同好。真不易……甚至我还想着，胜利后能在这上面搞出些名堂来！是吗？军人不像军人，文人不像文人！”他揉揉鼻子转过身，“只望报社能在下期作个更正，就这样。”

“请放心！”灵漪缓缓道，“我，想去看看他。”

“不可能！医院在几十里外的邙阪村，要穿越好几条封锁线。”

“那，又怎样呢？“

镇定自若的反驳立时驳倒了身经百战的将领。他的脸色阴沉了，眸子深处尽力掩饰着灰色的自嘲。于是他又一次仔细打量对面这女子，最终嘴角紧绷的线条和缓了，一抹憨厚的笑中是善意的狡黠：“那，实在太危险了……“

“在枪林弹雨中，他救过我的命。”

“难道就不能等他归队时再见吗？”他还是很为难，却竟微妙地带着鼓励。

“到那时——怕就更难了。”

“答得妙！好，开！”

楚天从怀里取出一支麦秸杆，上面绑着些旧棉花。这就是根据地的“笔”了。他蘸蘸紫药水瓶，又唤小鬼拿纸，灵漪忙从上衣兜取下杨嘉送给自己的那钢笔递过去：“请你用这个！”

楚天眯眼打量，皱眉一笑：“太高级啦！还是用我的土造吧。”灵漪不由分说硬递到他手里。这美丽女同志的爽快无嫌隙，令他由衷咧嘴而笑，刷刷几下便龙飞凤舞写就，盖上图章，这才小心地拧上笔帽，连同介绍信一起交到灵漪手上：“同志，你和老萧认识多久了？”

“八九年了。”灵漪低头看那字迹，暗想楚营长幼年必苦临过《张猛龙碑》。

“年头不短了嘛！咋从没听他提过？”

“是吗？”

正聊着，通信员又匆匆跑进：“营长，团长请你和教导员一同去团部开会！”

“走！”楚天立刻站起，灵漪突然发觉了一种雷厉风行的军人气度。

“谢谢你，楚营长！再见吧！”灵漪忙道别。

“再见！”他回头沉吟片时，方回道，“祝你——幸福！”

“跨越几条封锁线”，这与上刀山下火海具有同样危险系数的壮举，灵漪以她战士的坚毅和女人的柔韧做到了。一种似乎是莫名其妙的澎湃的情感始终激励着她。这情感是无法也无须掩盖的，在她奔赴邙阪村的艰辛过程中如奔腾的大河尽情流露在意外相逢的王永勤面前。

原来王永勤一直带领区委几个同志在离邙阪村不太远的一处山庄坚持斗争。赵余心也很安全，在另一地区。“啊，你的爱人竟是他！”永勤眼中含泪惊喜不已，“那么多同志都牺牲了，能听到这种热乎乎的消息，我就像地狱里的人听见了人间的呼唤。”

在她的热切注目下灵漪缓缓回答：“大姐，抗战伊始我就立过誓言，不全面收复国土绝不谈婚论嫁。当然，这种情感是不以个人意志为转移的。的确，我对萧川有爱，但绝非在这艰难时日就会侈谈结合。”

“好，都好。”王大姐不住点头，欲言又止。

正值初夏，那条大河泛出了温存的丝光。两岸梨林连绵，果实累累，却无人收采。伤痕遍布的树干衬着阴阴碧色。

院中挂满白布绷带，远望有如薄云，却因几经使用而血痕隐隐。农妇打扮的灵漪一进门，就听见几只幸存的母鸡在“咯咯”乱叫，一位慈眉善目的大娘正高兴地从窠里掏出热乎的鸡蛋。台阶上却站着个四五岁的男孩，手指含在嘴里，一声不吭地望着奶奶把鸡蛋送到伤员灶上去。

医生正是吴林。见到灵漪他惊喜万分，在得知灵漪是来看望萧川时则微笑点头。“萧连长是真英雄。”他说。二人简单交谈，吴林深叹根据地医生极缺，更缺乏的是药品。因大城市全被日伪军占领，敌人盘查红伤药极严，全赖一条穿越众多城市、乡村，由无数生命保卫的运输线维系军区医院用药。“在白区战斗的同志太令人敬佩了。”灵漪忽然想到薛磊，“所以很多伤员刚有好转就拒绝服药，把它留给伤势更重的同志。萧连长就是这样的。去吧。他就在东屋。”

灵漪静了片时，方轻推门扉。萧川正坐在炕沿聚精会神地看书，身边放了个小藤篮，里面搁着不少做好的烟卷，还有些烟丝和裁成一条条的废纸，摊在炕桌上。

“来啦？”萧川抬起头来看见她，无比柔和地说。

灵漪眼中酸楚，只胡乱点头。

“坐吧。”

灵漪忙坐了：“看什么呢？”

萧川把书合起，向她亮亮。

“《联共（布）党史》？”灵漪凝望那破旧的封面，暗生疑惑。

“是吴医生从上海带来的。”见她面露惊讶，萧川解释。

灵漪隔着炕桌拿过书来翻阅，见扉页印有“上海，火星印刷所”几个小字。

于是她微笑道：“看来你是全好了，不过还应多休息。”

这时斜阳射进纸窗，照出萧川额上一道显著的伤疤，从左太阳穴直劈右眼。伤口极深，显然并未全长好，翻出红嫩的新肉。从心底直涌上的一股泪泉迫使她赶快低头，摩着书皮，像在抚摩孩子的头发。

“没啥。我看会儿头就发疼，”他指指那伤疤，“就搁下书卷些烟，所以没啥。”

“卷那么多烟干什么？”

"给别的伤员卷的。"

萧川从藤篮里拿出一根抽起来。

"大娘说你还帮她们洗纱布。"

"我好了嘛，不干活儿心里慌得很。"

炕上暖洋洋的。透过窗户可见大娘在晾晒绷带，不时有端着药盘的护士从其他屋子走出。鸡在院子里蹒跚踱步，"咯咯"轻鸣。有人在轻轻敲门。是老吴。他歉意满面道："对不起，要换药了。"

灵漪起身："啊，好。"一时竟不知所措。

萧川忙道："宋灵漪，真谢谢你来看我。快回去吧，路上实在难走。"

"那么你就安心养伤吧。再见！"灵漪向他点头，走出去。

惊人的体力使萧川恢复迅速。在他出院的前一天，王大姐也前来看望。

"这已是你第二次救她了。"大姐意味深长直切主题。

"这又有啥。"萧川继续卷那粗质莫合烟。

"不是每个人都能禁得起生死考验的……她喜欢你。不，是爱。"王大姐兴奋而迫不及待地开口。萧川突然神情凝滞。

"没想到吧？就连我这大姐也毫无思想准备。你，中六合彩了！"王大姐打趣地推他一把，"这么个古诗词样的人儿倒瞧上你啦！据她自己说，在春江那会子就对你有好感啦！瞧，这姑娘文绉绉的藏得真深！倒不光因你救过她，最主要的是你对不同外表、年龄的女子一视同仁的精神——譬如，对赵余心。这才是她最看重的！哎呀，我就从没留意过这点，或者注意了也没在意，总觉得你就是这样的人嘛，本来你和老方他们就不大一样！不过，自刘红来春江后，她误解你俩在谈恋爱，就把这情感压在心底了。说起来这全怪我乱敲边鼓瞎起哄！其实你和刘红并没什么嘛。如果真会有什么，也永远不可能发生了……"见萧川紧咬嘴唇，王大姐的声音也逐渐低沉，最后长长叹口气，"倒是说话啊，你到底怎么想？"

"如果我说我从未留意过灵漪，那是矫情。"

"既如此，"王大姐笑笑，"美事临头还犹豫？"

萧川抬头凝视王大姐，半天无言。

“这么看着我做么子？”王大姐被他看得心中发毛，生了气，“说话！”

萧川重又埋头卷烟：“可……我们还是完全不一样。她读过的书，我没读过；我走过的路，她也没走过。”

“笑话！你们现在不是走到同一条路上来了嘛！”

萧川笑笑，依旧没开口。

“况且在这里她的出身可远不及你。”

“我不是指这些。我们——完全不一样。”萧川简单地说。这在他大概也是不无惆怅的，所以语气极硬。

“你不全了解她。”大姐却喜滋滋地笑着，“我理解你的偏激，但你总不会傻到拒绝送上门来的爱吧？”

“的确不够了解。我能了解的只是赵余心。”

“赵余心？”大姐愣在当地，“这是哪儿跟哪儿啊。”

“我觉得自己和她是般配的。”

“胡说！”

“不是胡说。赵余心为人善良，而且让我心静。”

“你够心静的啦！”大姐叹口气，沮丧得很，“随你吧。这也不能勉强。”

“其实赵余心从前的性情也不是这个样子的。她来北方后，变多了。”

“是有变化，只能说是更沉静了，也更易接触了。当年在春江，她虽穿着朴素，也挺随和，可隔二十米都能感到那股子贵族气，竟比宋灵漪更降尊纡贵。”

“现在她们都变了。这是好事。”

王永勤忐忑地回到区委会去。小屋静悄悄的，阳光灿烂。灵漪来了，正在炕上写稿件。永勤久久望着她的背影，不知该如何开口。

她突然发现窗台上的空酒瓶中插了枝嫩荷。“一转眼初夏又来了。灵漪，有句话，我真不知当讲不当讲。”灵漪望向她，骤然失落的神色里透出倔强，“我有万般能耐，也想不到你会爱上萧川，萧川大概也如是想。所以……”灵漪始终不语，目光渐转向窗外。

“你，是什么人？教会大学的高才生，风姿绰约的女记者，世代书香满腹经纶人家的长女……”

“王大姐，你明白吗？这种说法不但贬低了他，更和你们引导我走近的这个理想背道而驰。”

“你误解了。不错，我们是坚定的无产阶级革命者，可个人问题往往是最微妙的，远非喊两句口号，学几篇理论就能够克服解决的，那毕竟是两个人一辈子的事。”

“难道连你也不信我对萧川的感情是实打实的，王大姐？”

“当然，我信——萧川是个真正的人，真正的革命者；铁骨铮铮，完全值得去爱。问题是正如他自己所言，他是不折不扣的‘土包子’：生在穷乡僻壤，没上过什么学，很早就当了兵……”

“王大姐，你知道吗？这些年里，在革命队伍中，常有人把我和你们，和那些放下锄头拿起枪杆闹革命的同志区别对待。对像我这种阶级出身的人，有很微妙的不信任……”

“其实我和老方的遭遇又何尝不是？我们是来自白区的知识分子地下党，和‘土八路’间被人为地拉开距离。”王大姐急着辩解。

“可如今在个人问题上，这个等级又被倒过来了。”

王大姐愕然，半晌才苦笑道：“你呀，一辈子吃亏就在做人太认真，太书卷气，也太理想主义。况且，怎么说呢，这社会也从不是知识越多越有用的，而且还得看是什么样的知识。即令那有世用之才的平津来的搞炸弹的理科生，又怎样呢？这世界完全不需要赵余心之类的书蠹。”

灵漪被她冷酷的坦白所震惊：“我的书卷气也很浓，你说的。那，我又有何世用呢？”

大姐笑道：“希望你听了不要生气。你最大的世用就是——美。”

灵漪再不想谈下去了，起身道：“论吃苦，论为抗战献身，我确实配不上他。我也知道他很可能厌恶我有小布尔乔亚思想。如果他只是因为我身上的某种情调而感到格格不入，我倒觉得舒服些。”

“你能这么宽宏大量，我就放心了。毕竟，这是一次沉重的打击。”

“大姐，何必这么说呢？”灵漪冷冷道，“爱情毕竟是在革命事业之下的，何况他也有权找自己的爱人……我这人有不少缺点，既然配不上他，也决不强求。”

永勤忙笑道：“这就好，我还深怕你会背精神包袱呢。其实呀，这人倒是极忠厚的，他爱的不是别人，就是赵余心。”

灵漪震动了，双手颤抖。

“没想到吧？我也实在想不到。”

“他真是……好人……”灵漪呆呆的，自己也不知在说什么。

永勤仔细地观察她：“你，不会怪赵余心吧？”

“难道我竟如此狭隘？直到今天我才真正了解了他。萧川爱上余心，终于让我看到了革命者真正的至爱大爱。这是个难得的人，纯正的人，无私的人！我为他们祝福，更为余心感到高兴！”

永勤笑着点头。

“还有……大姐，你也知道，我常跑新闻，我和萧川在一个地区，接触实在频繁。如果是从前，倒也罢了，可现在……我想调到更边远的山区去。”

永勤沉吟：“吃得消？”

“我早就下了决心，要一层层蜕掉身上这小资产阶级的外皮了……哪儿艰苦，哪儿就更适合。”灵漪诚恳地自我剖析，“我比不上他，也比不了余心。我衷心为他们祝福！至于到更艰苦的山区去锻炼意志，是早已有之的想法，决非因个人情感受挫而使性弄气。”

“好，好。”大姐有些迷茫地连连点头，忽然哭了。

四

扫荡过后，各村增设了由伪军把守的岗楼。但随着冰河的解冻，青纱帐的弥漫，特别是日本帝国主义在中国大陆及亚洲各地战线不断的扩张拉长，物资和兵力的日渐匮乏，战争形势开始逐步向持久战发展。反抗侵略的烽火在各地熊熊蔓延。

已值初夏了。大河里从早到晚都弥漫着野菱的清凉香气。傍晚和清晨，淡淡的雾云在河面飘动。

夜总是极静的，不闻狗吠。为便于游击队夜晚行动，大河两岸的狗都被打死了。此水中只生一色婀娜白莲，故如银练子样的大河上，远近皆是刚出头的亭亭荷影。小舟在白雾间轻轻流动着，划出盈盈的涟漪。圆圆的月影随涟漪变幻出无数分身来，又被桨尖依次戳破，合拢于微皱的河面。

月光使一切都变得朦胧甚至美丽了。远远的，一个农民钻出挑着帐幔的芳香的田地，拍拍满头高粱花子，直向岸边而来。月色下，余心停了桨，竟是萧川。

“萧连长！”桨儿不听使唤，在错枝纠结的荷梗中团团打转。

“能送我一段吗？”萧川笑着说。

“行！”

萧川一跃而上，小船立刻剞斜欲翻。余心手脚忙乱，挥舞着桨，这里划一划，那里又撑一撑。萧川见势忙夺过来，轻轻一拨，转瞬便恢复平衡。

“我很笨。”余心满面通红，“……比起农民，真是天差地别。”

“再习惯习惯，就好了。”萧川把桨还给余心，想想又说，“我来吧。”

“不，你伤刚好，我来。”

萧川也不坚持，在船头坐了下来。他抬起脸，任那明净的月华流淌在自己身上。

越紧张，越出错。这下余心竟连船头也调转不开了。萧川没帮她，直等她自己缓缓平静。渐渐的，小船在水中荡开了朵朵涟漪。

“萧连长，你去哪里？”余心舒口气，轻声问。

“营部。”萧川回过身笑笑。

“怎么一个人？还这身打扮？”

“刚从前面那个碉堡谈判回来。”

余心也很关切：“结果如何？”

“妥了。日后我们的队伍路过时，伪军只打空枪。还有，征粮时也会有商量。”

“那真太好了！”

“妇救会，可做了不少鼓动工作。”萧川笑道。

“是的。”余心微笑点头。

“你又是去哪儿？这么晚了，没有同志陪你？”

“从一个保长家回来，王大姐都安排好了，只让我去搞些动员工作。”余心深划一桨答。

“咱俩——可好久不见了。”萧川坐在船头，拨开阻碍船行的芦苇。素月有时在天上，有时又在水中。

“是。”

“除了春天那次聚会，再上次还是腊月里，在县委举行的联欢会上吧？”

“是。”余心笑了，“你记得真清楚。”

“我还记得当时大伙儿都表演了节目，只有你站在看热闹的老乡中不做声。咋还是这样子啊？”

余心笑得有些窘迫：“革命并不能改变所有的东西。你知道的，况且我已尽力了。”

萧川忽指向岸边道：“闻闻，多香！”

“是啊。美极了。”

“……王大姐说过，你有三个妹妹，各有她们的属花，都是牡丹、芍药一类的。那你自己呢？”

余心目光黯淡，仍微笑道：“我？我情愿做棵草。”

“停停。”萧川忽然要求，余心疑惑地搁下桨。萧川一指那比月色更皎洁的莲花，“它——可不就是你。你那么纯洁。”

余心脸红如染。从无人知道她的生日其实就是荷花的生日。所以她拼命摆手，仿佛那些美丽的花是炸弹：“不，不！用它来比灵漪还差不多。”

“为啥总要看不起自己？你别担心，一切都会好起来的。”

“不是妄自菲薄，我是有自知之明的。”

“我知道，这些年来，有很多人——他们根本就不了解你的内心。”

“没关系，我自己在乎我自己就行。”她似乎并不经意。

“为啥这样说？像是在赌气。”

“……”

“王大姐说你自小就是养尊处优的。当然了，这本不是你的错。但你错就错在直到今天还是这样子单纯胆小。将来革命胜利了都还得努力呢，何况现在？”

“我现在的状况是：进德智所拙，退耕力不任。”

“我不懂。你说话总像出家人。”

"就是说，一旦脱离了熟悉的环境，我就是个软骨病人。我们这些生长于城市的，都是软骨病。"

"别这样说。"

"你放心，现在我已长出了自己的骨头。"她又笑道。

"怪不得王大姐在一次会上总结，你是个自尊又自卑，敏感而多疑，善良却懦弱，外边冷内里热的人。"

"我想她说得对。"余心还想说什么，又咽下了。

"我也觉得对。你看，你那么爱国，可如果没有宋灵漪拉扯你，你现在肯定还在大后方窝着；你也爱农民，我亲眼见过，你一到这里就为他们的苦难流下过眼泪。你是多善良的姑娘啊，赵余心！连你自己都不知道你到底有多善良！"

"你把我说得实在太好了，况且这种情感也不一定坚固，如果没有化为实际行动，永远只是空谈。"

"不，我自己就是个农民，你不知道我当时是多么感谢你的泪水！……可你好像又有些怕他们，常躲着他们。这到底是什么回事，我也糊涂了……农民，并不可怕啊！"

"一开始确实有隔阂。但现在这些都已不是问题了。"

"……我至今还记得在春江见到你们的那一晚。你被马方平这流氓打伤了，竟没有哭。我只给你灌了个热水袋，你却笑得那么感激。那天夜里我睡不着，眼前一直浮动着这个笑，就像又看到了多年前家乡拉车的老辕马……我从小流浪，一看就明白你是个啥样人。姑娘家并不都像你一样的。"

赵余心热泪盈眶。原来他都看在了眼里，而且至今记着。她抓起桨却又放下，如是几次，终于鼓足勇气，望着他的背影急切道："我也记得，这辈子，只有你，第一个主动来给我灌个热水袋！你以为当时我没有哭，其实不然……你们还没来时，我躺在冰冷的地上，就已流泪了；在接到你的热水袋时，也流泪了。只不过……很快就憋了回去……当然，对这些，你不可能留意到。

"我记得你主动帮我挂剧社招牌；还有从武汉撤退那天，你跑到旅社来找我，和我一起坐黄包车赶到江边。那是我平生第一次和男人出行。你跳上船，转身先拉我，而不是王大姐……那时，我的心真暖和……在那些个时候，一见到你，心里就莫名其妙地暖起来了。"

萧川显然也很感动："我都忘了，你还记在心里头。可这又有啥呢，不是再普通不过吗？"

"不普通。对我来说实在是太稀少的记忆，所以永铭于心。"

"你真善良啊。"萧川又一次深深感喟，"真想不到，你能善良到这个地步……可你不能，千万再不能再这样小布尔乔亚下去了。要知道，你现在是在根据地，在残酷的斗争环境里！你看，直到今天你都没能入成党。我真为你着急。"

"你不懂。但你是个西西弗斯。"她拣起桨，笑道。

"啥斯？"

"古希腊神话里的人物。他明知巨石终将滚下来，却不停地推着它向山上爬，永不停息。"

"……"

谁也不说话了。余心困惑地望着船头雕塑般凝重的背影。你为什么不回身看着我呢？哪怕只一眼也好呵。强烈的卑微刺得她又一次满心悲哀，但瞬间即消逝得无影无踪。

"我原没啥文化，不比你们。"背影俯身撩起一串水花，"我还想，还想谈谈你的个人问题……"

"萧连长，别说了。"赵余心立刻截断，"这，不是你该管的事了。"

萧川诧异地回过头，很认真地注视她发红的、目光截然的脸，好像是第一次见到这个人。

"宋灵漪是个人灯儿，到哪里都是人灯儿。"余心忍住鼻子里汹涌的酸楚，简短地吐出这句话。

"干吗提她？"萧川更加诧异。

"至于我，早惯了。"余心也不想再提，匆匆转开话题，"到底现在是在干着为国为民的事。当然苦，可我并不想再回大城市去。我特别反感嘈杂虚荣，更讨厌纸醉金迷。"

"我也是！"萧川高兴地接上，"那些资产阶级的玩艺儿，我厌恶它们。尤其厌恶那种只重金钱、地位、才貌的爱情观。难道有了这些就一定会幸福吗？赵余心，我总觉得我们俩过去的道路是很相似的——虽然出身完全不一样。你呢，根本不像个小姐，我是指外表，当然也不排除部分思想。而且，我们都倔，不愿让人看到自己软弱。"

赵余心有些感动，见萧川突然目光灼灼地望着自己，忙下意识地避开。我太丑了，她痛苦地想，刚才因为激动的红晕，还有这骗人的月光，使这张脸耐看了些……这只是一瞬即逝的假象。再过片刻，实际就会把假象轻易戳破——是假象吗？为什么他的眼睛突然如此火热？

"为啥要让世俗压在我们已奉献给真理的心上？"

余心清晰地听见自己的心怦怦跳。她有些慌张，生怕萧川也会听见。

"是的。在春江那些日子，就数你对我最好……"她的柔情回忆被他突然打断了，"不要老提过去了。到底我们生活在今天。环境很残酷，见一面多不易。真希望再见到你时，能看到一个快乐的姑娘，同别人一样的姑娘！你一定要站起来，向前走！要知道，绑着你的不是别人，正是你自己！有私心的自己！"

一片寂静，周围只有蛙声虫声。

船已到岸，谈话该了结了。萧川站起，迅疾跳上岸。余心的目光惆怅得无以复加。

"我想总该有人好好待你，你是该得到爱的。"萧川望着她身后的荷塘，轻声道。

残障的眼睛立时湿润了。但她随即敏感地注意到他目光的焦点。

这个机会被萧川自己错过了。他的视线渐渐拉回，却又投向平静的水面，看着晃动的木桨无目的地打破一轮明月，似乎那里有无限趣味。甚至他的眉头还下意识地微微打结。这绝非恋爱中人的表情。

打开日记，赵余心表情凝重——

曾有很长时期，我困惑、痛苦，为什么上天一直要用这种种不露相的手法惩罚我？难道就因为我小时候对神的畏惧？甚至，连镜子也在合伙欺骗我，镜中的我，还不那么丑陋……

我第一个看出了灵漪对萧川之爱慕，自小封闭的环境和内向的性情使我敏感到细微的境地。我为灵漪终于恋爱了而高兴。作为女人，我不愿看到她始终在包围圈中高昂头颅吝啬地无动于衷——我更欢喜灵漪爱上了萧川。

回到那寂静的家，我耐心地织补被磨得千疮百孔的布袜。

受过高等教育的女性自然不乏洞察力。我感激萧川，却保持着一份理智。即使王大姐不点破，我也自然能明白——萧川也是爱灵漪的。这种爱就像流水总要从高处落入涧底那样自然。

只不过在我的生活中，这样被异性真切细致地关心着，是个空白。而这异性又被那样出色的女子所倾慕着。我当然不能免俗，会感到骄傲。

如若父亲无钱，我绝读不成书。运气够好的了。最大的进步就是终于学会了善意而宽容地看待人生。生活里有了这样的感恩之心，就永远垮不掉。我远比自己想象的坚强，今天的我为己自豪。

第二个扭转我生命乾坤的恩人是灵漪。靠她相助，一向疏于行动的我终于戏剧性地参与了抗日。接下去的路却须自己来跋涉了。萧川会是另一个“恩人”吗？不。况且在这事上绝不可靠“恩情”来维系。桶底子已脱，心里的种种负担在刹那间都掉出去了。昨日之问题，今天都已不成气候。

谢谢你，灵漪。也谢谢你，萧川，我会永记着你那句温暖的话。

萧川，我木讷、不美，甚至很古板，但作为女人，我依旧能从你眼中读出一切。有些东西可能连你自己都没意识到。你是优秀的，也是少见的，但不知你身上那种苦行僧的绝对精神是否也影响了你的婚姻观。请不要怀疑我也曾是个充满青春活力的姑娘，但这么多年来，坚强自重已成为我骄傲的唯一资本，有如那天生的聪明和美丽是许多女孩子骄傲的资本一样。因为我毕竟也要活下去。

是的，尽管我清楚别人不会留意我，但仍要表现得不软弱，我也决不愿接受各种形式的施舍。这和我自小的经历有关。这是不是我的劣根性？可现实又残酷地剥开了自尊的外皮：我竟一直在倚赖少数情感的施舍维生。虽然我会在病得很重时自己从白雪皑皑的大街走回家，为的是不在中途倒下。因为我知道，倒下了，无人来扶我。我也会在遭到妹妹或他人白眼及背地议论时旁若无人地走过去，尽管每一个白眼，每一声议论都是扎在我心口的一根针。我已成了针灸人。但是！在这特殊的烽火年代，因着种种特殊的经历，一切都使我最终下了决心：就把一切都献给多灾多难的祖国吧！在民族解放的道路上，病弱的我只愿做一粒微小的石头。能为苦难的，正在燃烧的国土尽一分力，吾愿便已足矣。

今天，我更认为我和你们同样幸运，正因有了自己胸中这颗丰富的心。

与报社同志及房东一家道别后，灵漪独自默然收拾简单的行李。窗上大娘精心剪修的采莲图照亮了整间简陋的农舍，让她停下看了又看。桌上也放着个空酒瓶，蓄了清水，插着新荷。灵漪拿起瓶子，又轻轻放了。

忽然门扉响动，是永勤。她拭着汗，刚闯进院就兴奋地喊："灵漪！我和黎鸿飞商量了——你太幸运了！你总是有运气。上级正准备派一批同志到延安学习。知道吗？你也成为了其中一员！"

灵漪顿时呆住。延安自是她参加抗日起就向往的圣地。仿佛虔诚的教徒得到了朝圣的机会，她兴奋得直颤抖，抓住冲进屋的永勤问："我够格吗？大姐？"

王永勤笑着点头。灵漪一下抱住她，两人不由得在屋里旋转起来，不知转了多少圈，才哈哈大笑着接连倒在炕上。房东家的小孩趴在窗口贪婪地观望："跳舞喽，城里女子跳洋舞喽……"

半晌灵漪才完全平静了："大姐，学习完毕我一定还回这里来……"

"去吧，天下的路长着呢。"永勤答得意味深长。

不知是离别之际心境复杂还是对即将达到的那个目标憧憬得分外美好，灵漪忽然热泪盈眶。对这片质朴、坚强、浑厚沉静的土地，她的眷恋是无比深沉的。

几日后，在王永勤单独陪伴下，她背着布包来到那大河边，等待交通员接自己过河，秋风微凉，似乎又传来那个春夜，一片激烈的枪声……短短几个月过去，枪林弹雨中那群满面稚气、冲锋在前的热血健儿，还有多少幸存于人世？他们才是真正的民族英雄。

见永勤依依不舍的样子，灵漪反复催促道："大姐，回去吧。"

"你们要通过封锁线，一定小心。如果能见到老方……"永勤眼圈红了。灵漪握住她的手。这时烟雾四起，马啼声渐近，竟是楚营长与警卫员飞驰而来。楚天老远就扯着脖子爽朗地喊："宋同志！慢点走咧！"

"楚营长！"

楚天跳下马，将绳子扔给警卫员，走到灵漪面前，递给她一个炮弹皮做的水壶。

"部队有任务，马上就要出发。这小礼物是全营战士送给你这位记者同志的！"

灵漪珍重地接过。

楚天凝视她半晌，长长叹口气："唉！珍重吧！"他紧握灵漪的手摇了又摇，这才转身上马，挥鞭远去。灵漪默默抚摸水壶。

那边又传来热切的呼喊："灵漪！"灵漪惊喜回头，见赵余心气喘吁吁而来，怀里一方土布兜了几个小而绿的果实："梨子熟了。不好看，可是很甜。路上吃吧。"

永勤在一旁微笑着，以全新的感到不可思议的目光打量余心。

灵漪一怔，这就是余心，她总能留意到生活里最细微的东西。最好朋友的体贴让她眼中含泪。她拉余心坐在河边，抬头轻声道："大姐，我想和余心单独谈谈。"余心略感不安，看看永勤。

"啊？那好，我先回去。"王大姐带了不悦，又显得理解。

"余心，我祝福你！"大姐走后，灵漪真诚地微笑。

"别……我不信这辈子还能被爱……"余心只看水面，脸突然红了。

一瞬间灵漪的脸却变得苍白，但立刻又恢复本色："这是好事。你从前没尝过这滋味，毕竟是人生的欠缺。你理应高兴才对。"她也不清楚为什么要说这些话。

余心的脸色又黯淡了。二人也再不说话。幸而这时接灵漪的交通员划着小船远远地来了。

灵漪上了船。余心站在岸边，向远逝的小舟久久挥手，怅然若失。

萧萧凉风中，她们都没有流泪。

五

经过几日艰难跋涉，穿越重重关卡，一行人终经内蒙古河套地区到达延安。

众人心情振奋，挽起裤腿，欢笑着争先恐后跳下延河，立于缓缓东逝水流中仰望那高高的宝塔山。岸上不时来往着匆忙的青年，更听见随风依稀传来优美的歌声："黄河之滨，聚集着一群中华民族的优秀子孙……"

"延安，我的圣地！"灵漪在心底强烈地呼唤着，向那光晕中雄伟的宝塔伸出双手。

一个穿军装的匆匆走过，无意间向这群外来者看了一眼，突然惊喜万状，顾不得卷起裤腿就一路浪花飞溅地狂奔过来，挥手高喊："灵漪！"

灵漪便也高声叫起来："老方！"老方一直冲到她面前才勉强刹住脚，激动得胸脯起伏。二人热烈握手，万语千言都不知该从何说起。

直到别人都上岸了，他们才淌着水流挪动步子，老方体贴地搀扶灵漪。

"大家都好吧？"上岸后，方超边倒鞋里的水边急切发问。灵漪点头。

"永勤呢？"

"也很好。老方，你什么时候来延安的？"

"皖南事变后。现我在一三八旅五团作秘书。看，那排窑洞是我们自己动手挖的，我就住在最左边那间！进去歇歇！"

见同行者都三五散坐，等待办理手续，灵漪有些犹豫，大家却都热情地鼓动她去。于是她随老方走进那幢小土窑。洞里陈设简洁，只一桌一床一土凳而已，只墙上一幅木版画分外生动。灵漪过去细细端详，那边老方已倒了碗水："喝吧！我去拿点枣子。"

"不用忙了！"

老方这才坐定，久久注视灵漪，刚要说话，却又有一位三十岁左右，个头不高但极健猛的军人大步而进，伸手作索要状："老方，讲稿！"突然发现灵漪，他一愣，下意识地收住脚。

方超立刻站起敬礼："程团长！刚写好。"遂拿起桌上一纸递给对方，又向灵漪介绍，"这是我们团长，老红军！"

灵漪忙立起，尊敬地向对方微鞠一躬。

"唉，来这套洋礼干啥？老方，"程团长不好意思地笑着挠头，借着外面透进的光线打量灵漪片刻，忽问："这就是你那位？嗯，很像个知识分子的样儿！也漂亮！"

灵漪的脸立刻红了，看看方超。

老方的脸也红了半边："啊……不，误会了……她是我的老友，才从根据地来延安学习的。"

程团长也马上窘迫了，他天真地笑着："啊，这……对不起了，同志！"

灵漪忙笑笑："没关系的。"

"同志你贵姓？"

"姓宋。"

团长还想问话，洞外一小鬼喊声"报告"闯将进来："旅长请你马上去开会！"

"好吧，改日再来！"程团长把那张纸塞进口袋，大步流星而去。

方超和灵漪忙着相送。他回过头爽朗地挥手："老方，甭送了！再见，宋同志！"随即翻身跨上大青马。警卫员骑上一匹黄马紧随其后。

老方在洞口目送马匹绝尘而去，叉腰笑道："这位同志治军严明，待战士也没得说，打起仗来更不含糊，是生死线上滚过来的英雄。他参加过五次反'围剿'、过草地、爬雪山，来延安后又率部队东征……身上至少有二十处伤疤呢。上上下下没有不服他的。"

灵漪听得神往，良久方敬佩地一叹："比起人家，我真是差远了。"

"难道你就很容易吗？"

……

转眼间严冬已逝，这已是薛磊在八路军根据地与平里之间的交通线上奔波的第五个年头了。整整五年间，不知有多少珍贵的红伤药通过他的手秘密传递到根据地甚至延安。但敌人的盘查也越发严密了，许多昨天还在并肩作战的同志，今日就英勇牺牲于宪兵队。无论在敌人重兵把守的城市还是罕无人迹的乡村，五年间他从未睡过一个安稳觉。不知有多少回，凭着勇敢、智慧，更依靠那顽强的信念，在刀尖下他化险为夷。

天津附近一小城名唤羽野，两年前开了家鑫旺药店，卖些普通药品。老板即当年春江的小郭，老板娘是王之芳。他们变化很大，但谁也比不上薛磊脱胎换骨。时间改变了一切几乎不可能改变的东西。

羽野城只一条大路，空荡荡的街道上，各间铺子无不像冬日般清冷萧条。见一个满脸胡子，眼光精明深沉的小商人随意推开鑫旺药店的门，正抱着孩子在柜台后溜达的老板娘热情迎上："薛老板！您老可来了！想采买些什么？"

“仁丹。”

“哎，您老里边请。孩子他爹，薛老板来了！”

薛磊不在意地点头，眼光向四周一扫，掀开棉帘就进了里屋。

他立刻愣了。银晃晃的灯烛下，一个憔悴沉静的女子站在他面前。一瞬时那世故冷漠甚至忧郁的外皮全冰消雪融了。

“江寒！”热泪涌满那双血丝遍布的眼睛。

“薛磊！”

二人紧紧相拥，全忘了天地间的一切。小郭抹一把眼，走出去。他看见妻子在哄刚半岁的儿子，眼角却也红了。

四年前，江寒逃出南京，去往故乡苏北，新四军根据地。

南京沦陷时她来不及撤退，通过父执关系在安全区安身。这却让她痛感耻辱。当时安全区还相对安全，而就在安全区外，日本人在惨无人道地杀害、奸淫她的兄弟姐妹，血泪在南京的大街小巷流成了河，中华民族在忍受奇耻大辱和空前灾难；她，一个中国人，一个共产党员、民先队员，却靠着其他国家的庇护苟且偷生！愤怒、屈辱、仇恨、悔痛……像烈火烧炙她的心，她没有一刻得到过安宁。最后她下了决心：必须走，到战场去！哪怕在途中就丢了性命，也强似做一个敢恨不敢言的亡国奴！她狂热地寻找各种离开南京的方法，有几次已被急切冲昏了素来冷静的头脑，几乎就要硬闯，冲出日军子弹枪炮肆虐着的牢笼。如果那时她手中有枪，真会拿着它冲上街头去杀侵略者的。

在这时，英国记者张以敬帮助了她。他理解她的心情，因为他本人就坚决支持中国抗战。在发出了南京屠杀的真实报道，遭到日本军界忌恨，自身难保的情形下，他毅然决定带着江寒一起走。他们化装成夫妻，克服了种种几乎不可想象的艰难险阻，终于搭乘一条小货船逃出南京，来到上海。

一路风险重重。在冲过日本人、土匪、败兵以及地痞流氓的种种关卡后，他们之间结下比生命更宝贵的友情。他们共同经历了深切的爱，痛齿的恨，以及无限深沉的悲恸和耻辱。以敬深深敬爱这个姑娘。抵沪后二人暂居英租界青年基督教会，江寒要等待另外几个在上海找到的同志去苏北。以敬则马上动身去他向往的地方——延安采访。他们很快就要分手了。

分手前的那个冬夜，他们从飞白、小廖的火星秘密印刷所出来，久久徘徊在黄浦江边。

“江寒，回去吧。天很冷，要落雪了。”

“明天我就不去送你了，多保重。”

“谢谢，你什么时候走？”

“等待通知，也很快了。”

两人静坐在潜藏旋流的污浊江水边，远处酒楼传来隐隐歌声。

“这是商女……”以敬转动着舌头说。

“民族在遭难，可还有这么多人歌舞升平。如果这样的人能够少一点儿，国家也不致沦落到这地步。”江寒悲愤地说。

“我最感幸运的就是认识了你们这一群代表中国希望的青年，你们定会取得成功。所以要好好活着。”

“是否能活下去对我已经不重要了，重要的是我能消灭几个敌人。”

“不，要珍惜生命。尼姆回国前说你们都是很可爱可敬的青年。她说得对。这一年来，我在中国这块土地上不知遇见过多少像你们这样的青年！记得八·一三时我也在上海，那时候全中国全上海的爱国情都凝聚在四行仓库那面飘扬着的国旗上了！许多人在共同经历那激动人心的时刻时会舍弃一切，但平静下来后，面临实际的无奈又不得不习惯于忘记和麻木……”以敬的中国话已说得极地道了，“而那些能激起全中国人心底深处情感的忘我的英雄，他们才是中国永远的灵魂吧。”以敬面色惆怅，“战争啊，这就是残酷的战争！大家聚少离多，天各一方。”显然他想到了远在大洋彼岸，也笼罩在战争阴云中的英伦三岛，神色更为怅然，“江寒，我时时祈祷你能活到正义最终取得胜利的那一天，更愿那时你能与你那同样英勇战斗着的男友团聚，从此再不分离！”

“开饭了，二位！”还未及摘下围裙，小郭就像唱戏似的报起菜名来，“诸君请享用：干烧黄鱼、清炒虾仁、符离集烧鸡，当然喽，更少不得一壶烫得滚热的好绍酒！我们南方人就爱这口！对吧，老婆？江寒呢，是北平长大的不假，郡望却在南省，又刚从南边来此与我们并肩战斗，也得干一杯！”

“好了好了！”药铺门早就关了，窗帘更拉得严密。灯不够亮堂，细心的之芳找出几根红烛插在桌子周围。她正点烛，孩子却哭了，她斥打丈夫道：“贫完没有！赶快哄你儿子去！”

“遵旨！”小郭舒心地扮个鬼脸，似乎又回到在春江当学生时的光景。见薛磊和江寒笑着并肩挑帘而出，他笑嘻嘻地迎上去道：“我们南方男人就是体贴老婆。江寒你怕是没这福气了！”不知是被烛光照的还是怎么，江寒满面红晕。之芳顺手在小郭脖子上狠狠来了一下：“讨厌！”

“哈！弄这么多菜，还过不过日子了？”薛磊笑道。

“这用不着老兄操心，大不了我们娘儿仨吃半个月咸菜。你们两位的团圆才是天大的喜事！”

“那是真话。江寒，你不知道薛磊这些年跑运输，过的都是些什么刀口悬命的日子！”之芳的眼圈又红了。

“你们不也是提着头在苦干吗？”薛磊把正哭闹的孩子抱起狠亲一口，“这小子元气真足。”江寒则抚摩孩子的小脸，凑在薛磊耳边道，“和你小时候一样淘。”“你还记得？”

“别说了，二位请入座！”

四人团团坐下，烛光映着晶莹的眼睛。小郭为每人都斟满了琥珀色的酒，“干！”

碰杯后薛磊一饮而尽。小郭欲给他加酒。薛磊将手挡在杯口摇摇头，缓缓道：“老舒下命令了，我明天一早就要去5号交通站，试着取那批药。”

“什么！”小郭和之芳同时惊叫，“交通站周围不是已出现了可疑人等？”

“老舒说前方急等用药，顾不了那许多了，我必须得去试试。”

“这姓舒的是个什么东西！”小郭乒地把杯子砸得粉碎，“他这是借刀杀人！”孩子立刻大哭起来，狂揪母亲的头发。

见江寒万分惊诧，在哭声中之芳简短解释道：“姓舒的原不管这一摊，上一任领导牺牲后才把他调来。此人阴沉、城府深，且生活作风极坏，还去天津逛过窑子！将来不当叛徒才有鬼哩！为什么在革命队伍里这种人竟也能顺风顺水吃得开？着实可怕！薛磊与他进行了斗争，并向上级如实反映过种种情况，但迟迟未得回复。这家伙自此恨上了薛磊，但我怎么也想不到他竟会丧失人性到把自己的同志送入虎口！”

“杀人者远不止一刀砧也。”江寒凝视着杯中亮冽的酒，黯然道。

“前方急需药品也是实情。虽说要冒很大风险，但有千分之一的希望也得试试。况且这是命令。”薛磊平静地说，显然他已经想通了。但他无论如何也难料到竟会在离别前夜与心上人乍然重逢。

“那他自己怎么不去？”

薛磊无言，江寒痛苦地望着他。满桌菜早凉了。小郭忽然站起，一捶桌角：“自古直烈遭危！咱中国多的就是这样的人，真硬碰硬地打起仗来，那口若悬河的劲儿都不知跑哪儿去了！稀松二五眼，上阵就拉稀。可整起自己人来却一套功夫接一番手段，毫不含糊！”

之芳把怀里的孩子放到床上，回头说：“不要去。去了岂不正中他下怀。”

薛磊看一眼江寒，缓缓道：“事已如此，就是上刀山下火海也得走一遭了。”

江寒掩面奔进里屋。薛磊跟在后面，呼吸沉重。江寒一进门就跌坐炉边，茫然地用铁条去捅煤块。

“火熄了。”薛磊拿过铁条，翻开江寒无意识地压在火苗上的煤，俯身嘘嘘吹。

江寒紧拉他的手。

薛磊一颤：“真凉。”吹旺炉火，他拉江寒坐定，搂她的肩，直搂到她和自己都喘不上气来为止。江寒紧抿双唇偎依住他，却定定看那跳跃的红焰。

“看，春天就快来了。这春节前的一些日子，空气总是特别清新。”

“薛磊……命运是不是在捉弄我们？”

“你真是天生的悲剧气质。”薛磊强笑笑，把江寒额前的头发拂开，心疼地看那额头已刻上了皱纹，“谈点别的吧。”

“薛磊，有一件事请你千万要原谅我！从七七后你离开北平，我就一直没给你写过信。不是我狠心——也许，我是太狠心。总之我是想，咱们应该彼此忘记对方才好，这样才能更充满仇恨地投入抗战中去。我以为再也不会见到你了。你恨不恨我？”

“当然不恨。可我悄悄地在心里给你写了很多信，昨天还写了呢——不过也没有投寄过一封。”

“其实，我也是。”

他们是真正的青梅竹马。薛家为北平著名中医，江父则在城里几所大学教钟点课。两家四合院原是一体，门口有半人高的石阶，百年间佳木阴森。民国十年主人将其拆成咫尺相邻、静院深庭的两户，把跨院连同十几缸荷花一股脑折卖与江家，薛父则将那种了紫藤萝、枣树和石榴的院落买下来。盛夏咧嘴的石榴直从薛家探进江家石墙，秋日脆枣红彤彤的打眼，冬来江家的大柿子随着雪片落满薛宅地面。自然，这些水果最后都由两家分而食之，其乐融融。

薛磊幼时性极顽劣，是不折不扣的调皮鬼，大人见之无不摇头叹息。唯有江寒能制住他。她既不叫嚷，也不发号施令，只默默一瞥，就如施展魔法，把他牢牢镇伏。可到二人将上小学时，江家却搬走了，自此断了音信。十几年间他渐长成英俊青年，偶尔眺望长空归鸿，思及童年玩伴极瘦小的身影，也会生出些许惆怅，想着很可能他们这辈子都再见不着对方了。然而民国23年深秋，刚考取北平医学院的他却在为东北义勇军的筹款义演上与之意外相逢。十年不见，她竟只长高了一点点，还是那样瘦筋筋的，目光依旧温润如玉不可侵犯——她刚考取清华经济系。

真诚的爱恋很快就在这对个性相异，高矮悬殊，专业不同的童年友伴之间萌发了。双方家长都很满意这种交往。江寒自小就深得薛母喜爱，慈爱的老人家早就在心底把这姑娘当成准儿媳了。可再接下去，就是狂飙般的救亡！

薛磊轻抚江寒的乌发。

“当听到南京大屠杀的消息时，我真急坏了。我怕，怕你会出不来了。要不是我已经不再属于我自己，就是爬也要爬到南京去，救你出来！”薛磊悄声说。

她不愿回想那撕心裂肺的一幕，掩住脸：“生命真可贵，但这生命也已不再属于我自己。薛磊，这些年来我越发觉得生命实在太珍贵！它是一去就再也不会回来了！”

“是再也不会回来了。”薛磊低声重复着，望那熊熊的炉火。

尽管窗帘阖得分外紧密，一抹残酷的鱼肚白还是不饶人地渗透进来；仿佛是命令，是号召，无情催促着远行者迈上长途。

“薛磊，为我写句话吧。”江寒掏出一个小本和一支旧钢笔。

“这是干什么呢？真怕我回不来了？”

“不，我从绝境回来了，你也一定会回来！我只是想……保留一点你的东西。好吗？”

薛磊什么也没说。他拿过本子，写了几笔，忽然停下，深深注视江寒的眼睛：“你带着它，很危险……”

“放心，我会藏在安全地方的。”江寒催促，“写吧写吧。”

薛磊哈哈笔尖，继续写下去。江寒的眼睛在炉火的照映下光彩闪耀。

薛磊递过来。微黄的纸面上，是一首战前流行在青年中的诗歌：生命诚可贵，爱情价更高。若为自由故，两者皆可抛。

她抬起眼，两双明亮的眸子对视。“让我们共勉吧。”江寒低下眼睑，努力使自己不要哭出来。

面容憔悴的小郭轻轻推开门：“薛磊，该走了。”

薛磊站起身来。

江寒忽然抱紧薛磊的胸膛。薛磊一惊，随即也紧搂她。门打开了，一种极清新的空气顽强地传进。这旧历新年前几天的气息总是特别温馨深沉，春天就要来了。

薛磊起伏不停的胸膛比空气更温暖。她娇嫩的肌肤清晰地感受到长袍的质感，那有些粗糙的毛料。透过淡灰色的袍面，她清楚地听到薛磊温暖的心在剧烈地跳动。

“别担心。我会回来的！”她听见那起伏的胸腔里发出这样洪亮的声音。

在早年间狂的飙般岁月，这个激进而早熟的女学生从来没有甚至也不愿意识到自己有多爱这单纯勇毅，永远宽容地呵护着自己的青年。小郭在旁边焦急地踱着步子。她毅然推开温暖的薛磊，低声说：“千万小心！”

终未逃脱罗网，薛磊被捕。消息传来，小郭和之芳全傻了。之芳热泪满面，小郭硬撑着不让泪落下。里屋的门忽然打开，一夜间骤然老去的江寒站在门口，眼圈微红却镇定依然：“按地下工作原则烧毁文件，马上转移；同时尽一切力量营救——能使多大力，就出多大力吧！”

小郭嘴一张。春江共事一年，他深知薛磊对江寒的情感有多深沉，可在这时刻江寒依然理智得像点不着火的冰。还有最后那句，怎么听怎么萦绕着莫名的绝望。虽说人人皆知薛磊凶多吉少，可话出自江寒之口，还是不顺耳。——薛磊确实已没多大希望了。他抱着头，慢慢坐下来。

之芳抹把泪，赶快去烧文件。江寒在小郭身边坐下，轻声说："你把脑子静一静，想想有什么途径救人。组织上一定也正在想法子。"

小郭嗡声嗡气地"嗯"了一声，忽然抱头嚎啕。不知过了多久，忽觉之芳使劲摇晃自己的肩膀："别哭了，你看江寒！"他揩揩眼睛，见江寒怔怔立于窗边，乌发一夜间已成花白。

日本宪兵队，这杀害了多少抗日志士与平民百姓的血淋淋魔窟，却设于一座高敞圣洁的文庙中。薛磊在这里受尽拷打，被生生折断了左腿，短短几日已完全不成人样。但在受刑之初他就咬碎了舌头，坚决不让自己吐露半个字。筋疲力尽的敌人对这意志比钢铁更坚强的中国人无计可施，最终将其拖回监牢。

在生命最后的霞光里，他终于放纵了自己坚强的灵魂。幸而有那朦胧芬芳的梦翼，在温暖他悲愤的心。在血腥的魔窟，薛磊心中感慨——

梦啊，你竟如此芬芳美丽，有如一位微笑的仙女，徐徐引领我魂归故里：一九三七年七月七日下午，我轻掀开斑竹堂帘，绕廊下阶，来至庭前，推上放在墙角的蓝钢牌自行车。记得路过枣荫下的金鱼缸时，还不忘向那些游动自如的瑰丽的小生命投放些饵料。

这是北京传统的四合院，藤萝满架，浓荫蔽日，我不经意地望着自己清冷的高大身影在满地淡紫色落蕊间跳跃、延伸。里院，南房后窗刚糊上碧绿的冷布，新卷窗雪白得耀人眼目。午睡方起的母亲坐于窗下，艳红的芍药花后，影绰绰的。我隐约看见母亲放下了正精心刺绣的枕套，从白铜镜架上边投来一个慈祥又深远的笑，母亲似乎很明白儿子将去找谁，做什么。母亲绣的是什么图案？只一瞥就让我终生难忘，美极了！可我已无暇细看，只向慈母报以深情微笑，挥手而别。就这样母亲直望着我转过影壁，走出垂花门，不见了。

西直门通西郊的长路静谧干热，垂柳也无精打采地纷垂下来。一路无人，蝉噪盈耳，柏油路被骄阳晒得快化了，紧粘住车轮。我直骑得大汗淋漓，总算按时抵达清华大学女生宿舍静斋。卢沟桥一天天吃紧了，比酷暑更煎熬国人心魂。下一步该往何处去？晚上北平学联就将在这里开紧急会议。静斋是幢朴素无华的小楼，坐落于一僻远山坡后。我赶到时天际已余霞如绮，微云四合。江寒面带微笑步出炮台（据说男生都这样称呼这遗世独立的女生楼）——她总是这样平静的！执一卷散发油墨清香的传单……

如果那时我就知晓这将是自己最后一次看到母亲，看到北平，看到四合院，看到静斋的话，定会再深深地望上两眼的。我要把它们在心底印得更鲜明些。直到生命的终了。

……

自抗战爆发以来，薛磊就时刻着准备取义成仁。最艰险的任务总须有人完成，牺牲他一个而留存更多民族解放的宝贵种子，本是在所不辞，甚至无上光荣。只是，任何再进步的时代，任何再先进的组织，都依然免不了宵小魍魉的破坏。即令已处于亡国灭种的危急关头，这些人仍罔顾国家命运，只顾加紧施行那肮脏不齿的私人报复，最终使党付出了多少惨烈无谓的牺牲。这种不可避免的丑恶人性，才是最令热血儿郎不甘甚至绝望的现实！内心极端的遗憾，交织着愤懑，逼他仰天长叹：我死无足惜，但愁河山未复，向自由民主前进的道路依旧密布荆棘！渐渐的，钻心的伤痛使他又陷入了昏迷。

他想再一次梦回北平，却不得。恍惚里他清楚地明白，那黑暗的永恒即将到来了。

刺耳的喧哗强烈地逼迫着囚人睁开血糊的双目。那日本军官正带领手下哗啦啦走入牢房，且立于他面前凝视片刻，才向翻译说了句什么。“起来，到庭院里去！”翻译忙不迭传话。军官缓缓摆手，几个宪兵立即上来强行拖他。他一把挣脱，自己扶着血痕累累的石墙，紧咬嘴唇，使尽全力，慢慢站立。

拖着沉重的脚镣，薛磊踉跄步入薄暮笼罩的院落。他先贪婪地深吸一口醇熟的空气。显然，这是他23年人生中在祖国大地度过的最后一个黄昏。群鸦在这地方惨淡的上空顽强地盘旋，发出阵阵不祥的召唤。返照的斜阳抚慰着血淋淋的伤痕。头一次也是最后一次，他终于看清楚这所文庙的巍峨气象。夹道皆百年乔木，如被泪水洇透的枝条在天空交刻出甲骨文的图案。冷风吹来苍凉的清气。——“很像太庙。”他嘴角突然绽开孩子似的微笑。

天色转入苍黑，凶恶的狼犬吐出血淋淋的舌头狂吠起来；宪兵呼喝着用刺刀猛推死囚的脊梁。薛磊回头怒视，那样子真如绝境中的雄狮！在雪一样的目光下刺刀暂时退却了，他也不再注目其他，而是使尽全力，拖着断腿踉跄、沉重地向前疾行，直融入那无垠的苍松翠柏中去。

六

自灵漪进入抗大学习后，老方便常来探望她。他们之间有着不可分割的共同的过去，天长日久，彼此间渐生微醺的亲情。这日午后，二人顺着延河在阳光里散步，老方表情神秘地递给灵漪一本破旧不堪的薄书，满口盛赞："这作者很了不起，他前年以《泰晤士报》特派记者的身份来到延安，毛主席都接见过他！现在走了。听说战前此人就和左翼人士、进步学生有来往，不但去过北京、上海、成都等大城市，也曾跋涉于新疆、塞北，领略过最美丽自然的风景，也见过最愚昧贫穷的山民。他还兼挑报道日本及东南亚情况的担子，并在日本生活过……抗战爆发，他留下了，留在中国。"

"杰姆斯？不就是张以敬么！"宋灵漪翻开扉页，惊叫一声。真是人生何处不相逢！

"怎么你也认识他？"老方更万分惊奇。

"淞沪抗战那年，我们在上海结识，深谈过一次。"

"噢？这可是位进步的国际友人。听说七七事变发生时他人在日本，写过不少反映日本国民被军方'苏联威胁论'欺骗，日本国内陷入战争泥沼的报道，遭到宪兵队监视与传唤，险些儿回不了中国。1939年他在左翼朋友帮助下到晋西北与八路军战士共同生活了近一年，后又来延安访问，这部《红色中国》是他两年前在重庆写的，寄给已回国的前女友，由她联系在伦敦出版。他说他对重庆已失望透顶了。"

"他曾经说他对中国也失望透顶。现在会满意些了吗？"灵漪想了想，读着内容介绍，"在遥远的中国，在极端艰苦的环境中人民从事着反法西斯的正义事业；在穷乡僻壤，有一支顽强的抗日队伍……最后的胜利必定属于中国，而中国共产党人以及他们与人民完全融为一体的军队，也终因抗战进程而逐步扩大，取代令人失望窒息的国民党现政府，成立清新的民主政权。”

灵漪把书一合，心中灵光一现："火星印刷所？老方，这印刷所可在上海英租界里？”

“几位文化人搞的，其中还有当年孩子剧团那因刘红的牺牲而被其他少年排挤的小廖呢。他没去重庆，却孤身到了上海。小廖、飞白几位同志翻译了杰姆斯这部书稿后，多方筹集资金，秘密印刷，将它们发散到全国各地。”

“这几位可敬的文化人现在哪里呢？珍珠港事变后撤出上海了吗？”

“有的还留在上海，暴露的则去了苏北和大后方。飞白在重庆，小廖去了新四军。听说皖南事变时这个文艺兵抱着一挺机枪开道，可掩护了不少同志撤离，自己却负伤被捕，关在上饶集中营，至今生死未卜。唉！”

灵漪想起那孩子瘦瘦的身体，圆圆的脸，招风的兔子耳，倔强的眼神，孤苦的身世，在刘红墓前的誓言……不由得叹口气。他确为刘红报了仇，用手中那只笔。然而，他并没有死于与侵略者作战的沙场，却在“相煎何急”的悲剧中成为牺牲者。

“如果你早来延安半年就好了，就可以见到以敬喽。”

“怎么，以敬后来又到延安了？”

“岂止，他还娶了位中国太太。”老方顿时显得很有兴趣，“这事轰动得很哩！我从重庆来延安时，就与以敬同行——这是他二来延安了，而且下了再不回大后方的决心——就在旅途中，他居然爱上了一位叫姚玉琴的同行女人。是个寡妇，丈夫是新闻记者，在重庆大轰炸中牺牲了。这女人瘦小、沉默，到延安后不久，他们的结婚启事就登在了延安日报上。有些让人难以相信……”

“那，以敬夫妇现在哪里？”宋灵漪赶快打断他。

“同到山东根据地了。”

灵漪有些遗憾道："真希望再见他一面。”

“迟早会的。他是笃定把自己的根扎在中国了。不过也不一定，这些年的经历让我学会了一点：不要过早地下结论。”

“今晚，鲁艺师生给上前线的同志送行，演出《黄河大合唱》！”老方兴致极高，过会儿又道，“这本书可以送给你，大合唱你也一定要去听！”

由光未然作词，冼星海作曲的《黄河大合唱》，是一部开阔雄壮的交响乐，可由于乐器奇缺，不得已，人们用二胡、笛子代替了大提琴、黑管等“洋”乐器；这还不够，就连吃饭的土碗筷子都被动员上阵充当伴奏。然而，这在世界上最简陋的舞台举行的最简陋的演出仍然获得了伟大的成功。昏黄的马灯照耀着台上的鲁艺师生，也照着台下前两排中央首长专注的脸。当作曲兼指挥冼星海缓缓举起双手，那万马奔腾的雄浑乐章在诗一般的流水中拉开帷幕时，中国音乐史一个伟大的时刻就此诞生。

宋灵漪和老方刚吃完晚饭就赶去会场，却只抢到后排的板凳。还有许多人连位子也没有，密密麻麻地挤在广场各个角落。所有人皆凝神静听。灵漪心中激动万分。“五千年的民族，苦难真不少；五千年的民族，苦痛受不了”——清越悲婉的男女轮唱，在浊浪排空的黄河畔此起彼伏。此时此刻她无法自已……有种极悲壮的感受在她心田如浪涛涌动。这才是真正的，服务于人民的艺术，伟大坚强的艺术！她越发激动，几乎脱口而出：“这，正是毛主席《在延安文艺座谈会上的讲话》为这个大时代的进步知识分子指出的道路。”

瞬时她的思想飞出了这还洋溢着春寒的礼堂，中华民族五千年来的苦难历史，在她的头脑里如过电影般激荡。史书上一行行文字如在目前。那苦难的程度，那遭殃的频率，都是世所罕见的。又为什么呢？她想。

就以她脚下的这片黄土地为例，自秦汉至魏晋、隋唐、元明清，几千年间，多少生灵涂炭啊！然而中华民族却以她独有的耐力和勇气坚持到今天。无数的战乱，繁重的租税，江河的决口，灾祸的频仍，还有思想禁锢重重复重重……从饱读诗书的士人，到耕垦于田的农夫；从戍边守关的征人，到望断长亭的思妇，民族和个人的苦难史，都令人不忍卒读。便是进入了本世纪，中华民族仍逃脱不了苦难的魔影。军阀混战，饿殍遍野，内战不熄，洋人欺凌……终于在外族入侵的炮火下，这一群群同根而生的兄弟姐妹惊起、奋战，组成共同抵御加在他们头上灾难的团体。多少人死去了，又有多少人在默默无闻地为中华民族一贯的崇高目标继续奋斗……当大合唱在万马奔腾的《保卫黄河》中结束最后一个顽强的音符，礼堂里掌声雷动欢呼不绝于耳时，激动的老方忽然发现身边的座位空了。他赶快跑出去，却见一个身影翩然地徘徊于弥弥延河边。缺月从萧萧白杨林间露出头，将皎洁的光温柔地洒遍这个穿军装的流泪女子身上。

“怎么了？”老方走过去，轻声问。

她没有答话。

“我能理解。从前方来的同志，听到《黄河大合唱》，没有不流泪的。”

“多年前，在上海，我曾听到捷克伟大作曲家斯梅塔那的《涅尔塔瓦河》。那时我就在想，什么时候我们也能有自己的黄河颂、长江颂？”

“现在终于有了。”

“这就是伟大的黄河，伟大的中华民族！老方，一切都会消逝，唯民族魂永存。”

二人久久对望。

一转眼，春天又来了。1942年的春风为这黄土高坡上庄严的古城传来了湿润的播种信息。延安正开展轰轰烈烈的“生产自救”活动，故抗大同学边紧张学习理论知识边开荒、纺线，田野山间处处可闻杭育之音。

这日向晚，在大灶吃完小米饭后，这个班的同学顺着夕阳烁金的土道行进，一路说笑歌唱。灵漪在中间，身穿土布军装，半挽袖子，肩扛锄头，显得抢眼。

对面一位精悍的军人与这队伍擦身而过，停下笑着招呼：“宋同志！”

灵漪停止歌唱：“程团长！”她请同伴先行，径直走到对方面前，热情回道：“你好！”

程团长反有些拘谨了，脸红红的像个大孩子：“听老方说你在抗大？”

“是的。”

“来抗大前，在边区？”

“在边区，一个让我难忘的地方。”

不知不觉二人并肩而行，山坡上飘来野花淡淡的香气。程团长不住侧脸打量灵漪，忽然脱口而出：“你，原来就是大学生吧？”

“我在教会大学读过书。”灵漪笑笑。

“你们这些个文化人能扔掉舒服的日子参加革命，也真不易。”程团长顺势做个拉伸动作，感慨。

这句再普通不过的话却逗引灵漪认真思索，半晌方答：“可这并非能一蹴而就的。我是说，这过程漫长更艰苦，我们只能在这过程中逐步改造思想。”

于是程团长停下脚，更详细地打量她，突然挤挤眼，笑得很是顽皮：“莫有压力，同志，有些思想要改造，有的就没必要改嘛！不过你能上大学，家里一定不穷，是地主还是……"

"这该怎么说呢？"确实不好说，"我父亲是学者，社会名流。不过他为人正直。当然，我们用的也是剥削得来的钱，而且祖上出过封建官僚。"

"原来也是地主老财！"

"参加革命后，我决心与这一切一刀两断了。现在我完全不知道家里的消息。当然如果能等到解放那一天，我还是想去看望父亲。"灵漪真诚地袒露内心情感。

程团长憨憨一笑，露出洁白整齐的牙齿。

这时同学在招呼灵漪。她忙与程团长告别，匆匆向前奔去。

这日自清晓起天空就湿漉漉的，不久下起了迷蒙的细雨。灵漪抱着一盆衣裳来到延水边。岸边水中都静悄悄的。她很爱这样的天气，这让她想到家乡。

她找了个水流舒缓的拐弯处坐下，熟练地搓洗了一会儿，却见水中老方的影子悄然凑将过来，在自己身边拣块石头坐了，长久无言。

这不像他平日的作风。灵漪侧脸看看，见老方眼圈下一层淡墨般的黑影，头发也有些零乱。平日里镇定自如、顾盼雄飞的眼中不时掠过慌乱和矛盾。老方却只定定看她漂洗，怎么也看不够似的，忽然摘下军帽轻轻搓揉，又解开领口纽扣，长长地吁了一口气，老方徐徐道："灵漪，这些年来，其实你一直把我看做长辈，是不是？"

"你比我成熟多了。"灵漪随口答，"况且还是我的引路人。"

"这不好。其实，我只不过比你们年长个八九岁而已。"老方抱臂站起，遥望宝塔，"记得么，我曾说过日后若有机缘，定会向你讲讲我的经历。"

"记得。"

"那今天我就要向你讲讲我从前的事了。"

"我的家庭和你的有相似之处，所以我一见你就感到特别亲切。当然，咳，你也是有吸引力的。我是湖南人，父亲也是老同盟会员，不同者他没留过学，且一直跋涉在政治道路上，不像令尊，最后退隐了，埋首书斋。我父亲一度跟从过袁世凯，可不久被解职了。于是他又转投云南蔡锷，参加护国运动。袁世凯死后军阀混战，国家乱极了，他还先后投靠过唐继尧、段祺瑞，最后不如意，回到家乡当了个县长。我对父亲这人一直看不透，他是很多同胞的极端缩影：有很强的名利心，甚至早年不惜违背良知做过许多坏事，但在勾心斗角、军阀混战的局面里，再怎样坏也只能做小巫而已。而且他一天也没有真正超脱过。

“我既不是正房所生，也非独子，在家中的地位有点像《红楼梦》中的贾环，不上不下，可有可无。在这个家中长大的我，从小性格古怪，很不讨人喜欢。我父亲对儿子的要求是传统单一的：如果你能成名或者发财，那你就是我的儿子。我一心想脱离这可怕环境和内地保守封闭的生活，去呼吸点新鲜空气，闯出名堂，为自己，也为生母挣得荣耀。我十六岁就去汉口读书了，北伐军攻下汉口时，我还是学生。我身不由己地卷入这股冲毁旧世界的强大洪流，一时间为之大喜特喜。这时期我如饥似渴地读过很多书籍，马克思的、克鲁泡特金的、圣西门的，种种流派，也结交了很多来自五湖四海的朋友。最终我选择了共产主义。我想你一定也体验过那种将终生全部托付给一项伟大事业时的极端幸福感。那时武汉三镇的革命形势真可用热火朝天形容，几千年的旧泥塘，一瞬间就被翻了个底朝天。我们这些小青年无不天真地以为很快就能打到北京去，活捉张作霖，铲平军阀，实现天下大同。青年幼稚病就是这种表现，把无限希望托付于一种短暂、单一的力量，自诩势如破竹。

“后来局势急转直下，蒋介石叛变了革命，武汉三镇血流成河，天天都听到朋友的死讯。我对国民党的那点好感早消失殆尽了。一个朋友邀我到上海去，说那里环境宽松些；还有人让我留下。我考虑了很久。我知道自己已走上政治这条不归路，就再无能安心于书本或田园。但我不做父亲那样的投机分子。我想，我死也不重蹈他可耻的覆辙。

“这时候武汉已如一盘散沙，青年们都在找自己的道路。我也中心徘徊，可我已经找不到那些共产党朋友了。他们或是已被杀害，或是躲藏了起来……

“就在这时，我收到了母亲的信。她生了重病，想见我一面。于是我就回到了家乡。在大革命的洪流中，父亲也曾被农会罢官，仓皇逃到城里，财产没了，家也散了。‘马日事变’后父亲官复原职。对共产党他恨入骨髓。不知是谁得知了我在武汉的作为，一下火车我就被捕了。我很怕，你知道这些人已杀红了眼。既然一个农民因系了条红腰带就得掉脑袋，那么我这从革命大本营回来的读书人能有什么好下场？可我想活。权衡再三，我不得不托人向父亲求助，韩信甘受胯下之辱的故事给我留下的印象太深了，年轻如我第一次强烈地意识到不管情愿与否，我身上到底流着父亲的血。他和何键有点故交，但不愿开口求情。反正他有的是儿子，他不救这个脑后有反骨的我，他要大义灭亲。在狱中我成日看到农民、学生被成百论千地拉出去随随便便就砍了头，于是我又一次问自己：你为什么还要选择这条道路？你不是自小就厌恶政治的吗？如果能出去，一定要珍惜这只有一次的生命，远离政治漩涡……我就这样胡思乱想着，在狱中病倒，几乎死去。

“忽然间我被释放了。马车载着不省人事的我回到家。后来才知是病危的生母跪地哀求父亲，把这些年她苦攒的棺材本及娘家田产地契都上交了，才终令父亲向何键开了口。回家后很长时间我都在伤寒病的折磨中与死神搏斗，奄奄一息的母亲拖着病体，榨出最后一丝精力照顾我。待我终于战胜病魔，母亲却已油尽灯枯，永远地闭上了哀怨痛苦的眼睛。

“经过这番生死考验和痛彻心骨的悲剧，我已成为不会动感情也不会思索的行尸走肉。羸弱的我被弃置于柴房，只有好心的老仆送点剩饭使我不至饿死。我像石头一样坚硬和冰冷，一心想的就是：毁了记忆，毁掉自己这孝子和不孝子，毁了这残酷世界！一个极偶然的机会，我从老仆那里得知洪湖一带成立了赤卫队，心底立刻重燃起热火，我终于知道，既然我已选择了政治或者说政治已选择了我，既然我生于这乱世衰世，既然我目睹了如此众多的丑恶和死亡，就已身不由己别无长路！当晚我便纵火烧毁了方家大院，和仆人的儿子一路直奔洪湖。躲在草堆中，我写下这样的诗：‘一肩行囊飘泊客，从此天涯不回头。’几经周折，终于找到了赤卫队，在受过重重审查后，得到基本信任。

“从此，我这读书人脱下长衫，拿起枪杆，辗转于山头湖泊，也进驻像我家那样的富豪大院和水乡船屋，打土豪分田地。我成了政委。但这还不意味着真正成熟……

“1933年，因为种种党内的清洗——怎么，你吃惊吗？当然，还有国民党的大规模‘围剿’，我被迫逃离洪湖到南京搞地下工作。对秘密工作原则我知之甚少，但必须改变自己以适应新的严酷环境。在南京我像流浪者似的漂泊，有时三天也吃不上一顿饭，一个月要搬四次家。组织上安排我和一位贤惠能干的女同志扮假夫妻，她有正式工作，因此辞去了党内职务。我搞交通、互济会……生活是艰辛、单调，更危险密布的，但我们相濡以沫。不久，一连串的叛徒出卖了组织。当时我不在家，她却被捕，关在模范监狱。幸而好心的房东大娘等候在大路上通知了我，我才幸免于难。她的案情本不重，但当敌人弄清了她的身份后，便将她杀害于雨花台……

“后来，我又被排调到春江负责学运，这才与永勤、萧川，还有你，与你们认识了。”

方超点着香烟，慢慢吐出一长串纷繁的烟雾。在交织的雨雾、烟雾中他的脸模糊不清。

“长久以来，我一直想向你敞开心扉，也许能予你什么启示。因为你太年轻，最主要是太书生气了！这些年我如哪吒般脱过多少次胎，换过多少回骨，数也数不清。在特别安静美丽的小城春江，颠沛流离九死一生后我突然安定了，尽管很短暂。那极奇特极美好的情愫，连我自己都不知该如何形容。似乎我变得年轻了，从心灵深处涌出泉水来。我会一辈子记住它。当然在这国破家亡的年代，个人愿望是微不足道的。”方超专注地看着宋灵漪，“每个人参加革命的起点和经历都是不同的，尤其像我们这种出身的。我太清楚要经过多少痛苦思索和决绝才能脱胎换骨。抗战爆发了，我看得出你终于下定了最后的决心。我好像看到了当年的自己……”

灵漪久久静听，目不转睛地望着老方有些憔悴的脸庞。

“看我，一口气说了这么多……”老方忽然自嘲地一笑，把烟灰抖入河中。

“老方，你为什么不早点告诉我这一切？在春江时我是个高傲的蠢丫头，自恃能轻易看透每颗人心，现在方知每部心灵史都如此深藏不露！”灵漪抓住老方的手，“你平时的表现不像这样的人……这十几年的坎坷真是我万难想象的！”

“别这样。”方超似乎松了口气，舒心地微笑着连连摇头，“因为你毕竟还年轻。”

灵漪拭一下脸，不回答，只将衣服沉重地放进水里。

七

方超静立于她身后，过了很久才突然扔掉烧到手指的烟蒂：“真是小布尔乔亚，为这么点子破事就说了半天，别人知道会有看法的。”他意态决然道，“还有点时间，谈正事。灵漪，有件大事——首先请你诚实地告诉我，你，有对象了没有？”

灵漪的脸有些发白，老方此时严肃冷峻如是，跌宕起伏间又俨然是组织的化身。她低头胡乱荡荡衣服：“老方，你突然问这干吗？”

“我想你肯定还没有……程团长……想在通过组织之前先托我向你说说，他……想和你结婚！”

衣服掉在水中，飘开了。

幸而方超一把捞起。他注意地观察她，放轻声问：“你……能同意吗？”

“不……这，不可能。”

老方不自觉地松口气，却又羞愧迷茫道：“就不能再考虑考虑？征战沙场的他是生龙活虎的猛将，在爱情前却竟退避三舍……当他托付我的那一刻，你没看见，他简直像个大孩子，满脸通红，连耳朵后面都是红的……”

灵漪辛酸地低下头，百感交集。

“他出身很苦，从小就当了兵。这点倒和萧川有几分相似。这些年来他出生入死，快三十了还没解决个人问题。唉，怎么办呢？这在红军指战员中很普遍。你也知道，延安女子与男子的比例是一比八啊。呃，尽管现在是战争时期，可人们总得恋爱、结婚啊。自见到你以后，他，他有一种十分强烈的愿望……”

“老方，别说了。”

“不，你一定要让我替他说完。下礼拜程团长就要开赴边区前线了。他说，拿枪杆子的不会搞婆婆妈妈那套玩意儿。如果你同意，那就是他前世修来的福分，他一辈子都会疼你，爱你，敬重你；如若你不情愿，他也绝不勉强，只衷心祝愿你别挑三拣四，能早日找到个好爱人！这，是他托我给你的礼物，无论如何他都要你收下——”老方从衣兜掏出一只钢笔，递到灵漪手上，“是战利品。他说，你舞文弄墨，正需要这个。”

老方强笑着补充：“你看，连我这个当秘书的都没得钢笔用呢，这可真是好东西。灵漪，收下吧，”他正色道，“这是程团长的一颗心哪。”

“我收下。”灵漪满眼泪全盈在眼眶里，“也请你转告程团长，我祝他多打胜仗，更祝他平安凯旋！”

“也许你很执着，是抗战胜利派。在这种事上，我明白，你又一向是特别慎重的。”老方似乎放下了一块压在心上的大石头，喘口气突然说，“可你毕竟是女孩子，出身性情又摆在那里。头顶有把保护伞最好。”

“老方，请替我转告程团长，”灵漪避而不答，只说，“我很尊敬爱戴他，只是现在不想考虑这问题而已。至于什么保护伞，我只觉得那很庸俗，我们参加革命绝非为当官太太。明天我就要随整风小组下乡了，我真希望能在这次运动中把灵魂彻底洗刷干净。”她指指自己的头。

方超惭愧地沉默片刻：“可庸俗往往正通向坦途。况且这和庸俗也不搭界。你还是一点没变。”他转个话题问，“主席在文艺座谈会上的讲话你们都学习了？”

“讨论了很多遍，也想了很久，震动极大。我们从旧社会出来的文化人，确实存在那些弊病，容易脱离群众，孤芳自赏……在抗战中我终于认识到一条真理，就是无论何时何地都要想群众所想，急群众所急。这是革命带给我自己最深刻震撼，我理想中的革命本就该解决封建社会和资本主义世界解决不了的问题，改善社会的不公。”

“从前着力追求‘美’，现在却是‘善’了。”老方沉思。

“不不，任何片面割裂真善美的提法都是不科学的，它们可以在任何一种艺术形式上完整统一。”灵漪认真地说，“我希望能很好地实践理想。”

“那很好。”方超依依惜别之情溢于言表，“灵漪……于我个人而言，也许咱们也应分开一段时间。”

“……”

方超不敢抬头，只久久凝视冰层下清灵灵的河水：“说实话，在春江时我就对你有好感。我是永勤的人。毕竟我和她这么多年了，同甘共苦。只是有时……

又感到你的影子永在我心中，挥之不去。当然也没必要消除。但我知道这是不可能的，也是可耻的。只不过，我想总要诚实地对你倾吐一次才对得起我们的友情。我们永远是好同志，好朋友，我衷心地希望你终能得到幸福！”

良久，灵漪抬起头：“谢谢，老方。我也祝你们幸福。”

方超看看天色，勉强笑道：“天不早了，回去吧！”

灵漪抱起衣服，方超夺过盆：“我为你拿。”灵漪无言地随方超走，直来到岔路口。

“再见了，老方。”灵漪拿过衣盆，转身而去。

方超站在路口，默望那身影熔入夕阳的光芒。

月上三更之时，宋灵漪又悄悄来到了延河边。她把那盆衣服一件一件令出来，在水里仔细地重新洗了一遍。风儿也不吹，只有杨树梢边的上弦月陪伴着她。

显然，程团长属于那类雷厉风行、处事灵活又不失原则的领导者。来到晋西北后，他率部队接连粉碎了几次扫荡，战斗到激烈时节甚至带头冲入敌军肉搏厮杀，威名迅速远布四方。同时他又很注意抓征兵扩军，有效扩充了部队实力。

这个团原驻扎的白水村那处古老大院，在一次日军扫荡中已被烧毁。部队现长驻邙阪村，即原军区医院所在地。这是大山里一片高高下下的窑洞，团部占了高坡上一眼嵌玻璃窗的石砌大窑。这是乡绅康老先生的祖产，他主动让给八路军了。在血雨腥风中八路军保卫了人民和土地，他祈求这支英勇善战的部队能长驻下去；而程团长到来后适当调整了减租减息政策，更令老人感念。于是在端午节前夕，康老先生专程拜访部队，力邀八路军去他家做客。程团长和谭教导员推脱不得，商量后决定率连以上干部回拜。

老先生家离窑洞不远，也是一处佳木阴森、门楼恢弘的大院，幸未被敌人破坏。耽爱历史的楚天曾考证说那可能就是天下大乱的隋朝末年，秦叔宝卖去黄膘马的单雄信宅第。这日下午阳光灿烂，处理完军务，一行人便轻松说笑着向那片绿荫而去。

程团长提着盒子枪走在最前头，后面依次是正营、连级干部。见萧川似乎意态踌躇，楚天停住，拉拉他的袖子，小声道：“怎么啦？还不好意思哪？是他老先生自己要请客答谢八路军的嘛！”

“可人家要感谢的是八路军，而不光是我们几个八路军指挥员。”萧川疑惑又认真。

老谭扑哧一笑，还没开口，程团长已闻声回头：“你这同志咋搞的？总要闹闹平均主义！听人说你在连部死活不肯吃小灶，弄得连老楚一帮人也把小灶统统取消了？是不是？”

“是。”

“死脑壳！”

老谭忙调解：“团长，莫误会老萧。他从前搞过地下工作，在知识分子圈中混久了，自然沾了些书呆子气。”

“这和地下工作、知识分子有啥关连？”萧川不服气地反驳，楚天悄悄戳他一下。

“自己也是泥腿子出身，去学人家作张作致的有屁用？同志，你是丘八，不是书呆子！不看你打起仗来是个好样的，还不带你来哪！快跟上！”

楚天捅捅萧川，朗声应：“是！”只见康老先生已率一众家人站在阶前绿槐荫里，红灯笼下殷勤迎接了。谈笑声中，肉香扑鼻。

一直到月上柳梢，这顿饭才吃完。一行人告辞而出，踏着明亮的月色，沿盘许的山路三三两两散走，都感到难得的闲致。“好香！”突然楚天深吸一口长气，老谭一指山脚连绵的银子似的长河，烟岚般的月色柔媚地笼罩着满塘芦苇荷菱。楚天恍然：“对呀，我怎么把花时都忘得一干二净了！‘可奈光阴似水声，迢迢去未停’。你们知道吗？早在千年前，此地方志就对这条大河以及河中盛产的白莲做过详细记载。”“要是不打仗，你绝不会当武人！”程团长回头笑道，“是。要是不碰上打仗，格老子还在湖南老家种田养娃呢。”程团长又补充一句，众人轰然大笑。

程团长故意落在最后，与萧川并肩而行：“你怎么很少说话？”他眯起眼打量萧川。“我就是这样的。”“刚才吃得也不多。”“够饱了。”“你当连长有几年了？”程团长忽然发问。“六年。”萧川想了想答。“年头不短了！该提了！”萧川疑惑地望着他。“也许你已晓得了，楚营长的副手和他闹了矛盾，请病假到后方去了。”程团长望着前面的影子，“他推荐你做这个副营长。他很了解你。我看可以。”“我绝非将才。”萧川坦率道，“请领导和组织上再考虑。”

“我就看中你是条汉子！”程团长道，“什么也别说了，快来挑担！”

几个月后，伟大的抗日战争终于进入战略反攻阶段，中央军委向长江南北黄河内外辽阔大地上的所有战区下达了大反攻指令。

昏黄的雾气里，满身血污的萧川滚鞍下马，冲入简易战地医院。

这是一座坐落在山中，辽代建筑的院子，悬山调大脊，砖雕鸱吻，经历了千百年战火洗刷，仍奇迹般存留下来。木制殿宇巍峨雄浑，内饰彩绘壁画。萧川飞奔着穿越大殿，掠过千年槐柏，直冲上高阶，几乎摔倒。廊庑内一道屏风隔离了仙凡，隐隐可见大夫护士正在紧张抢救。挂了几处花的楚天默坐在屏风外，满脸泪花和着血水。一护士在给他包扎手臂。

见到萧川，楚天突然站起：“老萧！”

“团长怎样了？”

楚天无语。突然一阵注射器落盘的叮当声不祥地传来，随即一人绕屏而出，正是老吴。他摘下溅满血迹的眼镜：“送来时，就……不行了。子弹正打在左太阳穴上！”

二人冲到手术台前。程团长静躺在上面，如激战后陷入了酣畅的长眠。全身除熏染的硝烟外并无伤痕，脸上的血污已被擦拭干净，那粗宽的嘴角凝固着标志性的孩子气的微笑，亦是战壕中持望远镜观察战况的最后表情。静了片刻，教导员老谭也匆匆赶到，见状肃穆地摘下染血的军帽，忍泪命令身后的警卫员：“快，找件干净军装来！快！”

吴医生疲惫地摘下鲜红的手术帽，跟在大哭的警卫员身后蹒跚而行，喝醉了似的。路过残破空寂的大殿时，他居然停下，向那久已模糊的狩猎饮宴图凝视了片刻。本该是喜洋洋的壁画，却不知究系墙皮剥落、色彩陈败竟或因绘画者内心真实思想、气质使然，回荡着深沉宏阔的悲意。继而他才跨过高高的门槛，步入明亮的余晖，蹲下来，静若泥塑。良久，他又走向那系在大殿下，烟岚中默立的老驴，从药驮中摸出支短笛来。

断瓦颓垣、残山剩水，笛声崩裂。众皆肃立。楚天听得出，吴医生吹的是古曲《江河水》。乐音凄烈，直冲云霄。

在这场历时十四年，席卷全世界的伟大的国际反法西斯战争中，中国人民的抗战始终构成东方的主要战场。从白山黑水到琼岛椰林，中国战场始终牵制着日本陆军的兵力，歼灭了大量侵略者，消耗了敌人大量资财。在整整十四年的血泪斗争中，有二千一百八十万炎黄子孙的生命永远留在了这片热土上。与此同时，中国的持久抗战也有力支援了苏联和英美盟军的作战。

1942年，就在中国人民处于最艰苦的持久战中时，美国总统罗斯福曾对他的儿子说："假如没有中国，假如中国被打垮，你想一想有多少师的日本兵可以因此调到其他方面来作战？他们可以马上打下澳洲，打下印度——并且可以一直冲向中东……和德国配合起来……"

中国人民以自己艰苦卓绝的英勇抗击，在世界反法西斯战争中作出了重大贡献，以血肉筑就了一道万里不倒的长城！历史，将永远铭记这血染的一页！

八

一个月过去了。大河两岸芦苇丛生，草木已略转萎黄，滩上清苍透人肺腑。

侵晨，几声鸡鸣穿透浓厚的雾气。王永勤悄然出村。程团长牺牲后的第三天，日本就投降了。公祭大会后，所有烈士均归葬于那条大河边，群山怀抱里。百姓不顾劝阻，自发在程团长坟茔前立了石坊、石马。这时透过流漾的青纱帐，永勤见萧川默坐在累累群坟前，一动不动。

王永勤站在他背后，良久方叹口气："你的头发被都露水打湿了。难道你就在这儿一直坐到了天明？"

萧川并不回头："部队就要开拔了，不放心，再来看看。"

"走吧！"王永勤轻拍他的肩，"瞧你，嗓子都哑了。回去吃过早饭，你们还要动身呢！"两人在山间羊肠小道上走着，谁也不想说话。

"抗战胜利了，赵余心却也突然走了。她非要回南方探视老父不可，我们也不好阻拦。毕竟，她还不是党员。"

“我知道了。

“可我还是想不通啊，三年前她到底为什么不接受你？”过了会儿，永勤停住，困惑地望着下面奔腾的大河，“她一定会爱你的，你对她那么好。”

“……”

“我记起来了，在春江时她好像对我讲过这么一个家乡传说：从前有条鲤鱼精，为了修炼成人被刮下了满身鱼鳞。她说，能熬过那一刻，那最痛苦一刻的，必能成就自己。宋灵漪行，我们也行，所以我们是强者。她却不行。她永远跳不过那道龙门。或许，这就是她不接受你的真正因由。”

“她并非那么怯懦。”

二人走到村口。人声鼎沸，部队正在集结，雾气中分外壮观。永勤问：“你们也要到东北去？”

“是。你呢？”

“去张家口，过些天说不定也会北上。”

又是长久的沉默。抗战一胜利，中央就速命根据地所有与东北有关联的干部均星夜兼程开赴白山黑水。前不久，边区上党地区又爆发国共军队的摩擦战斗。所有人都心知肚明，内战已如火山，势将一触即发。

“也不知老方、灵漪他们在延安到底怎样了……”永勤忧心忡忡。

萧川又点着一根烟，抽了几口。

王永勤忽然紧握住他的手，萧川感到手背上落下清凉的水珠：“这一别，又将是天涯海角了，不知何时才能再相逢！”

萧川也握紧她的双手。

1946年初冬，老方突然从延安来了。

王永勤欢喜地接待了他，迫不及待发问：“宋灵漪呢，还在延安吗？”

老方的手忽然一抖，一碗水全泼在地上：“她……”

“怎么了？”

“我也不知道，她现在，到底在哪里……”

于是老方向王大姐讲述了宋灵漪在延安的情况：1943年延安展开“抢救运动”，许多人被打成特务，一时间关押“犯人”的窑洞人满为患，审问、外调成了主旋律，人人自危。更有甚者，“特务”还被逼迫提交所谓“上下线”名单。为求自保或逃脱地狱般的审查，很多人胡乱编造出荒谬的地下网络来。这期间，夫妻反目者有之，含冤自尽者亦有人在。

老方也受到了审查，罪名是“托派分子”，最终失去人身自由。待大批被关押者平反昭雪后，重见天日的方超才知在中央机关报工作的宋灵漪因受诬陷及方超案牵累，已被驱逐出延安。她的下落成了一个谜。

二人相对叹息落泪。半晌王永勤道：“抢救运动也波及到了根据地，不过规模要小得多。我想灵漪不会回来的，也回不来。多半是到大后方去了，如果……”她想说“如果还活着”，话没出口又咽回了。老方急道：“为什么竟得不到半点消息？”“她定是很难找到党，也就不会知晓以后种种。”“若是她能回到她父亲身边，我也就心安了。”王永勤却思忖以灵漪之性情必不会走回头路的。“灵漪，以至萧川、赵余心，无论身在哪类社会都须经历过多磨难。”她总结道。“悲剧！这是悲剧。”老方痛心疾首。

几日后方超赴团部参加紧急会议，永勤为他收拾箱奁，无意间发觉箱底藏着个发黄的笔记本。她打开翻翻，却有一张纸掉将出来，上面几行粗犷遒劲的行书正是她再熟悉不过的笔迹：

长相思，在长安。

络纬秋啼金井阑，微霜凄凄簟色寒。

孤灯不明思欲绝，卷帷望月空长叹。

美人如花隔云端，

上有青冥之长天，下有渌水之波澜。

天长地远魂飞苦，梦魂不到关山难。

长相思，摧心肝。

末尾小注：右录李白《长相思》于延河畔。时秋风初起。

永勤长叹数声，喃喃自语：“何苦竟至于此？！”仍将纸片塞回原处，把笔记本放于箱内。

方超开会回来，神色凝重。永勤问：“出了什么事？”方超盘坐炕上，半晌低声道：“我们要从张家口撤退了。”永勤一惊，不觉含泪：“这么快？”方超抓住她的手久久抚摩：“这是中央的战略性部署。不出几日，你必将随大部队撤离。至于我，则要去广州重拾秘密工作那一滩。没想到我们又将天各一方了！”永勤心下黯然，半晌方道：“这么多年都坚持下来了！只要我们的心都没散，总有胜利再会的一天。”方超轻吻她的脸，那脸已明显粗糙了。他喃喃道：“可我们的婚礼……也将在炮火中画上休止符了。我对不住你，永勤！”忽然窗外人声隐隐，永勤忙站起，不让他看见自己眼中的泪：“别说了！时间急迫，还是帮你打点行李吧。”“不，我必须轻车简行，以商贾身份穿越敌占区。这些东西都由你处理罢。”他看一眼那箱子，“永别了——老伙计！”

“部队行进也须轻装上阵，就把不必要的东西都留给老乡吧，好吗？”

“好，身外之物而已。”方超微笑。这时有人在外面叫他，他忙出去了。

第五章 / 万里风烟接素秋

一

开往春江郊外的长途汽车到了最后一站。灵漪下车，好不容易找到一辆黄包车，车夫拉到中途又恳求着去药店给寄居在家里的一个肺痨病人买中药，药包直接挂在车把上。转来转去，直到黄昏才行至梅花观。

柳荫间夕阳弥弥闪烁，清风习来，鸦声盈耳。一名身着旧阴丹士林旗袍的苗条少女坐在门槛上补缀衣裳，垂头披发。

“请问这里是华光小学吗？”

那女子慢慢抬头，不开口却先痴痴而笑。灵漪见其齿贝粲然，眉目更是青春姣好，说不出怎么有些面熟，头发却一片刺目的花白。

见灵漪掩不住惊讶之色，女子这才笑问：“你找谁？”

“赵余心。”

“啊，我姐姐。”

“你是……”

女子不答，起身便行。灵漪只得紧跟其后。大殿后佳木森严，隐约传来风琴与歌声。

“姐姐在上课。”女子将食指按于嘴上，神色肃穆，“千万莫响，就在这儿等她。我不能陪你了，天色不早，要去烧饭了。那些小鬼头的肚皮，个个像大斗磬。可是，米又快没啦。”

她忽止声，转身向天井而去，想必那里有厨房。灵漪深觉其言行古怪，又忽听喧声四起，原来前面已下课了。

她心情激动，健步向前。

“进来吧。”抱着堆作业本的余心推开房门，向灵漪微笑。

她竟一点儿没变，静逸如此，平静下却压着一波波类似幸福的情绪。灵漪惊异羡慕，外界何等风云变幻，炮火连天，局势诡谲，几乎所有人都不由自主地起伏颠簸。只余心，在这被世人遗忘的角落，如此从容自在地活着，倒有些道家意味。

屋内只一床一桌而已。院中童声阵阵，音如天籁。那都是住宿生，战争孤儿。

“我就要去香港了，余心。”

“定是重要任务。”

“我想是的。组织上突然通知我从昆明直接去广州。”

“怎么你不在延安了？“

“一言难尽。在轮船上，我巧遇到琼。就是她告诉我，你又回春江了，办了这所义学。”

“是。抗战胜利后，我回南方省视老父。没想到这些年家里出了那么多事。”

“那么你不回队伍了？”

“这所学校能办起来，也是机缘。”余心不答，“你既见到了琼，当知这些年她也很不易？”

“是的。她的丈夫，就是我们当年嘲讽的公子哥沈宏达在抗战初期就加入了空军，牺牲在杭州笕桥。琼那时已有身孕。去年她又和春江中文系一名老同学结婚了，那人对遗孤很好。过去，我们对她们实在是持论过刻。她们有什么呢，她们的大节是好的。”

“琼还是春江基督教会的工作人员。这学校的大部分资金，就是她为我向教会募捐的。还有部分出自我和三妹的养老钱。”

“怎么那———果真是你妹妹？”灵漪忍不住心底的疑惑。

她自己有三个异母弟，而余心则有三个异母妹。所不同者，余心为偏房所出，而妹妹们都为嫡女。余心不大谈论这三位与自己天差地别的妹妹，只说她们都漂亮、活泼，是父母的宠儿，社交场的名媛，自她参加抗战后更是音信断绝。

如今这个妹妹怎甘于到荒村作灶下妇?

余心无意识地翻弄着桌上一摞作业本："造化弄人无所不至。去年冬我回沪奔丧，总算与先父见了最后一面。原来珍珠港事变后租界就被日本人占领了。而之前几年，坐吃山空，家境也早沦落了，这下更俱成煨烬。而更大的祸果还在后头……"

"怎么……"灵漪直觉一种冷森森的阴影袭向自己。

"房子被征，家产被洗掠一空，到底还是身外之物。三个妹妹，大妹嫁给大表哥，抗战初起就去了美国，算是最有福的；二妹在租界只上了一年大学，父亲便已供不起学费，就辍学嫁了个小商人；只三妹……"

"……"

"她，是父亲和大娘的掌中宝，最最心高气傲的。那几年爸爸深怕她出事，连中学都未让她读完就把她深锁闺中。珍珠港事变那年她只十六岁，正是鲜花盛开的年纪，却被日本兵……轮番糟蹋了。大娘一气之下暴亡，三妹自己也得了失心疯。"

灵漪唏嘘不已："一饮一啄，莫非前定。这是老祖宗的话。若按马克思唯物史观，又是偶然性与必然性的共同作用。"

"是。"余心向她点头，"然而在身披各色外衣，遍布各阶层各人群，形形色色的社会达尔文主义者看来，既然精神被毁掉了，肉体也无必要存留下去。"余心一笑，那笑是如此惨然，"即使她能干的母亲，我那最讨厌弱者的大妈，也万万料不到最终这可怕的命运竟会降临掌上明珠头上。"

"混蛋！有这样思想的都是混蛋！难道我们还是猩猩猿猴，而非心存仁慈的'人'？"

余心感激地拉住灵漪，灵漪手背上似有水珠清凉。她黯然道："你谢我仗义执言？可我，也曾是这样的混蛋。尽管并不严重。几乎每人的血液里都流淌过混蛋的因子。只有你，余心，你不一样！"

"不。如果现在好些，也得益于我自身特殊的痛苦经历与后来对人民苦难的所见所闻。"

这时三妹已提壶抱碗而进，娇倚门框，望灵漪痴笑。

余心挤挤眼，忙道："紫薇，今晚的饭多烧点好伐？"

紫薇为难地蹙眉，末了还是顺从地点头，笑笑出去了。

“老父拉扯疯妹寄人篱下。二妹受制于夫，不能接济他们分毫。可爸爸临终前，还是将一小包票子交到我手里，他说，他说：‘大女儿，这笔钱是我专门为你攒的，从你出走的第一天就开始攒，但现在都贬了值。我本想，如果我可怜的大女儿能在外面找到归宿，那将是我梦寐以求的。但如若你竟又孤零零地回来，这里还有条后路，多少能养你的老。这是只属于你的，谁也不知道。’他为每个子女都存了一份，但留给我和三妹的最多。而他辛苦终生，最后的日子竟艰难备尝！他流泪嘱托我一定要照顾三妹，到她老，到她死！我当然会这样做。我把钱全拿出来了，加上教会的捐助，办了这所学校。这里，就是我们姐妹永远的家。时至今日，我方明白自己最对不起的是父母。他们的爱最无需报答，也最易被忽视。可悲——活了半辈子方彻悟，却已太迟了。”

夜色渐深，星辉湛然。二人灯下夜话，谈及五年前根据地分手后各自的遭际，都不胜唏嘘。

“你也是命定坎坷。”余心叹道，“好在你是强者。当年蜚声春江的铁骨红梅，到底不负此名。”

“我们当初走向的是一个极灿烂的理想，现在发觉，那亦为政治。当然，和腐败的现政权相比，它无疑是进步、开明的。”灵漪微叹，随即一甩头发道，“既以身许，就不应后退。九年前那民族沦亡，烽火遍地的动荡年代，我们在紧要关头找到了救国救民，也能拯救自己的路。我意已决，再不会转向别路了。还是归队吧，余心！”

余心柔和地微笑：“是的，我始终敬佩你们，你，萧川……革命是伟大的。但革命不适合我，我也不适合革命。我是比较棘手的个案。时代于我像可随时更换的外衣。即使换了另一件，命运也不一定会发生根本改变，各行其志吧。”

“莫非你真要在这里干一辈子？”

“我不如你们勇敢、坚毅、开朗，但也以自己的方式做着一件最有意义最有人性的事。这些乱世中的流浪儿不仅应获取知识自食其力，还能得到些美育熏陶。我自己是不健全的，但我想尽力培养出些健全的‘人’。只不知这是不是反会误了他们。社会真需要这样的人吗？他们将来能适应社会吗？但这出自我的血泪之得，也正是主的教诲。”

“你想培养出愿意跟田野中的小鸟谈话的人。”

“此中湛湛，我心自知。只希望他们长大后不会怪我。毕竟那将会是一个清明的社会。”

灵漪忍不住道：“读书时你不是不信教的吗？”

“千回百转，方知只有宗教最适合我，而我也最适合宗教。况且，我还是在继续为人民做着事情。”

灵漪默然，半晌方道：“那么我们是不得不分道扬镳了？”

“谁说的？等解放了，天下太平，你还可以来看我，我也可以去看你啊。”余心的笑容极纯净。灵漪蓦然明了，自己再不可能拥有这样的笑容了。

“我还收了个义女，灵漪！”余心忽道。

她走到门口，柔声唤隔壁自习教室一八九岁的小姑娘进来。

灵漪持灯细细打量这孩子，立刻被一双怯生生的，敏感的，如浸油蜡纸般透出忧郁的黑目吸引。

“她叫欣宁，是春江大学图书馆管理员林女士的独生女。你看，像不像？”

“哪个林女士？”

“啊，你不记得了，是阅览室那瘦瘦的妇人。她一向对我极亲切的。”

灵漪搜索枯肠，只模糊捡起一个若隐若现的影子，她表示抱歉地摇头。

那孩子竟一直用钻子似的眼睛盯着她们。

“林女士孀居多年。春江大学内迁，她因资格不够未获遣散费，淹留于此，日本人轰炸春江时不幸遇难。可怜的欣宁，竟辗转流浪，最终来到我的学校。你说，这是否上帝的安排？”

“冥冥中果真有这样的巧合！”灵漪见那可怜女孩自始至终抓紧余心衣襟不放，似乎一松手就会重落地狱。而余心望向她的目光也极蔼然和泰，不由得发自肺腑道：“你，会是一个好母亲！”

“我们正该有这么大的孩子啦。”余心微笑，眉目传出极淡的怅然。灵漪心尖陡然一揪。她自己对孩子一直没什么兴趣，但深知余心极爱孩子。在如此漫长的青春里，余心究竟是怎样一次次生生兜头浇灭对生育一个健康聪颖后代的极度渴望啊？这是她最后一个完全属于自己的，执着而终于不能熄灭的愿望了。

“你涅磐了。”灵漪喉头哽咽，“愿上帝保佑你！”

赵余心转过身去，凝望星光下的田埂。

“上帝已赋予我一切。”

次日绝早，灵漪便提囊动身。余心送她出了梅花观，来至河边。天色已白，清气如雪。灵漪放下行囊，握住余心双手，轻声道：“就要离开梅花观这理想国，重归万丈尘嚣了！”“绝大多数人都离不开红尘，可见红尘到底还是有意思的，只是彼此不适合了时须要懂得及早抽身。”

余心微笑着继续柔声问：“萧川怎样了？”

灵漪一怔，躲避着她的湛湛目光，缓缓道：“我不知他的消息，他也不知我的消息。今生怕是再难相见了。”

“我已和解了。你和解了吗？”

灵漪一震，抬头望天。

余心说：“我深恨过，问天道为何如此不公——明里，暗处。偏偏我又生了一颗别样敏感的心！我恨过人类，包括我深切同情着的被世俗歧视漠视的农民，觉得他们对我同样怀着本能的蔑视的逃离。而最不可忍受的，还是这轻蔑里土生土长根深蒂固的漠视。但时光流逝，渐渐的，在寂寞里我倒在成长。该如何看待这世界？十年前根本不可忍受的心理苦难，现在也甘之如饴。记得多年前被马方平们打后，我病了几日，轻飘飘的，完全失去了重量。在这奇异状态下头脑反接近清明的顶峰。那是类似宗教的境界，我第一次清楚地意识到人性永不可变，除非世界化为乌有。可奇怪的是我并未绝望，倒最终与世界和解了，甚至重新爱上了这世界，只不过比无忧患的幼年深刻百倍。这就是马克思哲学所说的否定之否定吧。

“不瞒你说，老同学，我们将来见面的机会不多了。我曾做过很多很多梦，多得不可计数，都有丰富的情节和曲折的起伏——直到创办这所义学后，这些梦才渐渐离我远去了。在梦里，有一些人对我产生了一些很微妙的感情，不是眉送目成，只是一种温怜的暖意，就已够奢侈了——其中竟有老方，甚至那小郭。奇怪的是，从没有过萧川。自然，我想他也是不会在意的。

“而你呢，灵漪？你比我幸运何止千万倍，怎么就始终无法与生命里必得与之结合的另一半真正和解呢？为什么还依然苦苦执著于将对方从灵长类祖先那儿继承的爱异性美的本能剔除掉？这和完全消除人性恶一样，难道有可能吗？难道你真要像我，只能在对爱人的想象里度过漫漫长生？”

“余心！我最好的朋友！你能明白吗——也只有你能明白——我宋灵漪深恋的那个人，更具体说——那种情思，如一段缠绵亦刚健的碧波，这些年来始终没变过。我毛病多多，而他是一面镜子，让我学会宽容悲悯——你就是那另一面镜子。夜深人静时我总告诉自己，你爱的不错，那正是中华民族最美好也最深沉的那分世泽，如黄河浪、长江水，绵延了万年千载。那已不光是一个人对另一个人的情愫了，而如杜鹃啼血、精卫填海，是提取自民族诗魂的一朵浪花。”

“有些理想化了。不过，他到底是值得你爱的。”

船来了。江南秋深，橘红竹绿。岸边垂柳百株，河中蒹葭苍苍。余心笑道：“我全放心了。灵漪，两岸风光极美，不要错过。到了香港，怕再难见故园景色了！”愉快坚强的情绪感染了灵漪。灵漪也笑说：“终是要走了。”余心却取出一纸递过：“上船再看。”

船儿缓缓划动，一声欸乃，水光柔媚。依依飘拂的柳荫亲切地拂着余心肩头，她遥遥挥手，瘦弱的身影随岸际线渐隐渐去，终消于无形。灵漪在船头坐了，郑重地打开那张纸。

“‘君子之交，其淡如水，执象而求，咫尺千里。问余何适？廓尔亡言，花枝春满，天心月圆。’右录弘一法师绝笔，我最好的朋友灵漪惠存。请放心。”

她合上纸，泪水滴落在河里。小船拂着芦苇，渐行渐远。

在广州，接待灵漪的同志竟是老方，二人既高兴又感慨万端。老方很体贴地没有问询她离开延安后在大后方那段颠沛流离的日子，或是已从其他渠道了解了。简短交谈后他切入重点，告诉灵漪此次千里调她而来，是因党刚在香港创办了一份英文杂志，拟借这扇窗口向国外民主人士介绍解放区真实状况和国统区反独裁，求民主的运动。主编姓钟，是党内重要干部，曾随周副主席在重庆斗争多年。任务交代完毕，老方似还有心事，沉吟半晌又说：“香港是各方势力盘踞之地，又连接东南亚，更是重要情报的集散与中转站，地位略同于一战前的日内瓦。抗战时期南方局廖承志、潘汉年、李少石等同志在那儿展开过大量工作，它也布满中统、军统严密的情报网。‘珍珠港事变’后，不少同志，包括国民党情报人员都不幸遭到日本宪兵毒手，折损沉重。”他从皮夹里掏出一张纸，“这，是人们偶然找到的一张宪兵队未来得及销毁的档案。”灵漪不解：“为什么给我看？”“你先读读吧。”

灵漪接过这一小方纸，见上面模糊印着一个囚徒的正面照及一具血肉模糊的人体，据日文判断似乎是此人被处决后的照片。这是一切宪兵组织的例行规则。正面照上的人头皮铁青，脸孔瘦得只剩下凸起的颧骨，两只大眼睛神经质地向外瞪着，紧抿的嘴角搭拉下来。但这毕竟还是一个生命。到那具尸体照的时候，他已摆脱折磨，魂归九天。

灵漪忽然双手颤抖。这张脸虽历经风霜雨打，那清晰的轮廓还在。绝望的神情下竟藏着圣洁的，即将解脱的喜悦。她又看看那张宣告这生命已结束的灰色照片，手抖得更厉害了。

老方轻点一下那串模糊不清的日文：“看出来了？——这是付翔。从档案查明，他在1942年9月与日军一内线秘密接头时不幸被出卖，12月9日就被执行了死刑。我请我们的同志做了调查，原来付翔在抗战爆发后就参加了抗敌演剧队，赴港宣传。他大概是在这之前就加入军统了。因其父一直在南洋行医，很有点名气，他便留在了香港，利用这条件，先以演员后以商人身份活动，寻找一切机会与当地日本人接触，获取情报。不幸……据说，他死前被折磨得很惨。”

灵漪将那片纸紧贴胸口，捂住眼。

“灵漪…………”

“不要管我，老方。”

方超默默走出去。

次日，老方接到灵漪口信，匆匆赶到红球坝她的住处。

灵漪已收拾好行装，下午就要渡海赴港了。老方敏感地发现她换了一袭白裙，似有志哀之意。“老方，陪我到小花园走走吧。”

南方的春季长，花气早，满园摇动着雪白的云朵。二人漫步在花丛中，谁也不说话。

半晌，灵漪终于开口道：“老方，那张档案给我保存，可以吗？”

“实际上我就是要把它给你的。你理应知道这个消息。”老方立刻说。

灵漪感激地握一下他的手，又迅速松开了。

“八年抗战，身如转蓬，我们这一代变化真大。只是没想到付翔竟是个英雄。”

“九年前在上海街头我与他见过最后一面。临走时他念了两句义山诗：‘初生欲缺虚惆怅，未必圆时即有情。’我真不知他也爱义山诗。那时我们都过于简单更太矛盾了，真没料到他的话竟成谶语。如果当时我能耐心倾听一会儿，或许心中的歉疚就不会这么深了，它压得我的心在滴血！”

老方侧望灵漪消瘦而苍白的脸，长长叹息：“不必，不必……那时的你，还是过于年轻了。”

他忽有所动，看着眼前一汪静湖，低声问：“可还记得春江吗？”

灵漪笑一下，眼泪却喷涌如泉：“怎能忘得了呢！”

老方从裤兜里摸出一只旧口琴，熟练地吹起《梅娘曲》来…………

灵漪双唇抖动，热泪如注。

一许终了，飞花如雪。灵漪捧起一抱落花，庄重地洒在湖面。花瓣在湖水中打了几个转，终于飘远了。

“一路平安！”老方转身，大踏步而去。

“等等！”灵漪叫道，“他——有家属吗？”

老方站住，不回头：“听说，付翔的父亲带着付翔唯一的骨肉逃离了香港，至今没有任何消息。——也许，你终会找到他们的。”

二

1950年春，宋灵漪离港北上，目的地是新中国的首都。

这是她第一次来北京，但她明白今后将长期在这个古都工作和生活，也许会是一辈子。喷着白烟的内燃机车在正阳门火车站徐徐停靠下来。早春的京城是寒冷的，把鸽灰色薄呢大衣紧了紧，灵漪提箱走下车梯，忽听有人在不停地高唤自己。她惊喜地遥望着两个穿蓝灰列宁服的身影沿着月台奔来，边跑边挥手。等方超、王永勤上气不接下气地冲来，三人立刻拥抱在一起，像这蓬勃时代里的人们那样又蹦又叫。

半晌王永勤方松开手，笑着上下打量她："到底是从资本主义地盘回来的，洋气得很嘛！"特意摸摸她颈间滑溜的白绸围巾。

"我倒很喜欢你这装束！"

"那不用急，你很快就会和她一模一样了。"方超点燃香烟，笑道。

方超的轿车就停在站外。还没等灵漪欣赏够宏伟巍峨的正阳门牌楼，汽车就向空荡荡的长安街急驶而去。

灵漪与大姐并排坐于后座，她迫不及待地拉开窗帘一路欣赏残霞中的殿影波光。"灵漪，去年十月我和老方结婚了。"永勤羞涩地低语。"太好了！"灵漪大喜，转过头握住她的手，"祝贺祝贺！"窗外一片无边的红云映入车窗。"快到天安门了，看这片红墙。"老方回过头向她解释，"很有帝王气派呢。现在，都是人民的了！开慢点儿。"他嘱咐司机。

人们尚未脱去冬装，街头零星略显臃肿的行影依稀闪逝。永勤半摇下窗户道："说起来，这也是我俩在北京过的头一个春天呢。"微洌的清风吹透窗上的白纱帘，送来轻扬的笑语和隐约的歌声。灵漪充满喜悦地说："下车走走吧？"

于是车子停在宁静的金水桥边。灵漪双手插兜，举头凝望猎猎飘扬的五星红旗，默立了良久。

"你们猜，我离开香港前遇到了谁？"她忽然问。老方紧张而激动地看着她，永勤一头雾水的样子。灵漪摇头说："是你们再猜不到的，许眉庭和赵凡。""怎么，这两个特务也在香港？那你们岂不是很危险？""表面上还好，但这也是组织上命我们结束使命的原因之一。"

灵漪回忆起许眉庭坐在报社的会客室中说的话："不错，你们是胜利了。但天地运作自有常态，好比你搅动了一盆水，让有些物质浮上来，有些飘在上面的沉下去。试问历朝历代的泥腿子坐了天下后，其后辈哪一个不为贵胄，世居高位呢？"然后他寥落地冷笑片刻，又道，"拜蠢蛋马方平之托，多年前，在春江，我曾调阅过你的家庭材料，对令尊的出身、背景下了番工夫。我是蓝衣社嘛。令尊有书香世家的背景，但其父，即令祖父，似乎，呃，是不大正常的。他竟然敢于打破门阀世家陈陈相因的习则。多亏了令尊聪明有毅力，又得娶令慈，留学日本，入同盟会，才又政界学界两发达了。这也使得你，你们一家，又都移到了上面。共党得天下几十年后的等级状况必与昨日之党国无异。宋小姐，我始终弄不懂的是，你又为什么要参加革命？你根本无须翻身！请问，若无抗战，你到底还会不会跟他们走？”

当时灵漪沉默一下，回答：“如无救亡，我确无机会与他们相交。但恐怕最终仍会走上这条路。”

“难道你是天生的叛逆者？”

“你——你们，是永远不会理解的。”

……

“去年萧川随部队又打回春江去了。”忽然老方开口。

“现在人在湘西，是吧老方？”

“行军速度太快了，还须打听。灵漪，我总在想，光阴如箭，这些年国家、个人，都发生了多少翻天覆地的事！我们这几个幸存的春江老友，总应永葆灵犀相通才是。”

“小心说你搞宗派主义。”永勤眼含嗔意，“心里都明白就是了，何必笨笨地全说出来。”

这时一个可爱的小孩扯着翩跹的蝴蝶风筝从他们面前奔过，打断了谈话。他们共同倾听着风铃般的笑声在明朗高阔的天空飘荡，很有兴致的样子。

“他的路也坎坷得很，解放前夕受了个记大过处分，现在还只是副营级，比同年参加革命的多数人差远了。”老方突然说起了萧川。

灵漪愕然，继而一阵心痛，她想不出萧川会犯出什么严重的错误以致留下如此的污点。

“具体原因我们也不大清楚。也许将来他会详细告知你。”

“灵漪……”永勤拉住灵漪冰凉的手，“你们——也该开始新的生活了。”

“看着日新月异的祖国，我想……还是应一心投身于建设中去才好！”

“唉！难道你们还要这样下去？”方超一叹。

灵漪感到为难，再说就矫情了。那边小男孩突然一声惊叫，把她的心也激得打个冷战。原来是那风筝竟自行摆脱了羁绊，摇摇摆摆向云罗深处飘去。

“其他朋友呢？小薛，小郭，之芳，他们又在何处？”半晌她又问。

“说来就让人难过，解放后我们才了解到薛磊早在八年前就牺牲了，药店遭搜捕，小郭和之芳也死在了日本宪兵队里。只有江寒侥幸逃脱，解放后她费尽千辛万苦，找到了小郭夫妇唯一的儿子。”灵漪顿如万箭穿心，跌坐路边双手捂面，泪水滴答答透过指缝淌在衣襟上。老方、永勤也很难过，沉默无语。过了很久灵漪才拭净泪抬头问：“那江寒现在哪里？”王大姐道：“没想到你还真记得她，你们本没什么交情的。况且过去了这么多年。她也在北京，财政部，至今还是单身呢。”老方踱了几步，问道：“你什么时候动身回春江去？”

“就在这两天吧。”

宋灵漪一路南下，在春意如酒之际返回故乡。

解放近一年了，社会秩序已基本恢复。车厢很干净，乘客谈笑晏然，窗外风景如画，丝丝春雨中渐现竹林疏影、白墙青瓦，人们欢腾地指点着葱绿的田野和紫色的苜蓿地。

报社庶务科的同志给她订了软卧票。灵漪拿到手时哑然失笑：“是不是搞错了？我还很年轻，身体又不坏。”“同志，按级别您就是该坐软卧的。”年轻的庶务员满眼热情地向她解释。灵漪刚上车就找到硬座车厢，一眼看到一位风尘仆仆，拿着大包裹的老大娘正挤在窗口边。“大娘，咱们换换吧，到底是一天一夜的路程呢！”灵漪把软卧车票展示出来。满车乘客都震惊了，那大娘更是老泪纵横，拉着这位穿列宁服的干部不停地说：“闺女，还是共产党得人心啊！”

“如果一个共产党员还做不到这点，那他岂不是白革命了一场了？”她这样想，却没有说出来。

车轮滚滚，窗外余霞散绮，不久暮色渐渐升起。车厢变得静默了，仿佛在一瞬间，黑雾便迅速笼罩在广阔的原野上，封闭的空间里充斥起鼾声和不大好闻的气味。灵漪出了厕所，艰难地跨过无数横七竖八的腿，回到座位上。“长途颠簸的滋味确是不大好受呢！”她想。这和从香港回北京时旅程的舒适是不可同日而语的。那厕所也有点让人作呕。“不过比起根据地的茅坑来已不知好了几许！”她想，脸上带着奇怪的苦笑，“一切都会好起来的——因为——因为什么呢？因为我们追求社会平等的理想正在一步步实现，不是吗？”她想着那位满脸皱褶的老大娘一定正躺在柔软的床铺上酣眠。这想象令她欣慰。老人家也许在淮海战役的战场上推过小粮车，也许为人民子弟兵纳过军鞋，说不定她的儿子就牺牲在前线……又瞎想了。灵漪自嘲地笑笑，仿佛看见王大姐摇着头站在面前：“同志，你是个党员，而非小说家！”是的，即使这一切并非现实又怎么样呢？她是个人——一位老人。所以正应该是她而不是灵漪享受这必要的休整。多么简单的道理。

伴着枯燥的车轮声，鱼肚白在天边升起了。车厢里飘着很清淡却新鲜的水腥气。突然一声橹音欸乃，车窗外隐约传来牧童短笛。故乡近了！那温柔的水声在一波波召唤着游子。醒来的人们兴奋地比比划划，以饱满的精力迎接新的一天。他们都睡得好吗？也许只有自己是太娇气了。要向他们学习，这就是中国的老百姓，什么苦难都承受得起！沿途下车的越来越多，车厢渐空了。她靠着窗，打开包，从衣物底下取出一个精致的小盒子，手微抖着打开来，里面是一枚抗日烈士勋章。

八年前，她离开延安，流落至大后方，几经辗转，最后去了昆明，在一所女子中学教书。半年后学校新来了一位年轻的庶务，却是武汉时期的战友李秋兰！灵漪极受震动，不敢相认。她明白秋兰定是带着任务来的。而自己已入另册，只有远避一途。

秋兰此时已是少妇模样，她自然也认出了灵漪。几次她们在路上相逢，在秋兰疑惑探询的目光注视下，灵漪只能默默避开。再没有比这更痛苦的了。

此时抗战形势越发严峻，人民的生活越来越困苦，却不断传来官员贪污腐化的消息。昆明的民主运动如火如荼。灵漪班上一个叫简兮的十七岁少女就负责着一份壁报的出版工作。灵漪密切关注着这些年轻热情的孩子。一次简兮们组织时事报告会，旷了课，灵漪不动声色地帮助她们逃过学校的查问。第二天，简兮忽请她晚上到宿舍来。灵漪疑惑地踏进屋，却发现李秋兰正坐在那里。

原来正如灵漪所猜测的，秋兰是昆明学运的一个领导。她观察了灵漪整半年。简兮避出去了，关好屋门。在巨大的痛苦与困惑中灵漪终于决定敞开心扉，将一切合盘托出。比灵漪小几岁的秋兰踱了几步，惊异地问：“你难道还不知……”“什么？”“延安已纠正了抢救运动的错误。”灵漪似是傻了，半晌无言，继而失声痛哭，秋兰也流下了热泪。

虽然灵漪的问题还未得组织改正，但秋兰已提前接纳了她。秋兰请示上级，决定由灵漪协助自己开展女中学运工作。“其实我的资历比你要浅得多，灵漪姐。”“难道共产党人还要论资排辈吗？我永远感谢你在我最困难的关头没有把我推出去。”秋兰虽年轻，却已是十三岁女孩的母亲。原来她在带孩子剧团南下后不久就与梁先生结了婚，视梁先生的女儿小妹亲如己出，甚至放弃了自己做妈妈的机会。后来重庆情况紧张，梁先生应聘云南大学，她也在组织安排下一同来了昆明。

自此，中学生简兮就在灵漪领导之下了。她很有热情，虽不免单纯偏激。可谁不是从那年纪过来的呢。灵漪看见她就仿佛见到了1935年的那个自己。一日灵漪走在文林街上，与一位穿空军军服的青年擦身而过。这军人浑身洋溢浓郁的学生气息，也许是弃学从军的联大学子。那时美国飞虎队正在云南浴血奋战，有些中国学生也投笔从戎任翻译或机师，甚至与美军飞行员并肩战斗。他们与飞虎队都深得百姓敬重，于是人们都向他投来崇敬目光，他却自然如去上一堂数学课。真是个可敬爱的年轻人。灵漪想着，不经意地走入一小巷，突然觉得心跳在加快！她突然回头，那青年竟就立于她面前。

“大弟！”道宁已非常高了，他兴奋地流着泪，居高临下地拥抱姐姐，“这些年你到底在哪里呀！我们可把你想坏了。”

1943年道宁从成都考入西南联大物理系。一个偶然的机会，他和几个同学通过严格考试，来到陈纳德将军的飞虎队服役，飞加尔格答——昆明这条线。

“那可是死亡之线啊。气候恶劣，山间多雾，听说飞机天天都有坠落。”灵漪忧心忡忡，也许弟弟搞地面工作更好些。

“没关系，你看我不是还好好的嘛？”道宁无所谓的笑带着年轻人特有的纯净，“赖数以千万死国难者灵魂保佑，到现在我连毫毛也没掉过一根。放心吧，姐。”

“爸爸……他老人家，还有母亲，他们放心吗？”

道宁感谢地向她笑笑：“爸爸很支持我，妈妈，可能会提心吊胆。不过他们已疏散到成都乡下去了。”

“姐姐，你的脸色怎么这样苍白？”道宁掏出一大块巧克力硬塞到灵漪手里，“现在教授、同学都吃不饱肚子，最好的享受就是炒米糖开水。我呢，因为在美军服役，所以还比较正常。同学们都说我是‘特权阶级’。”

“你将来还回学校吗？”

“一定回去。等战争结束了，我还要继续读书的。”

"好。这条路永不能放弃。"灵漪放心地一叹。

这以后，道宁常来看望灵漪。灵漪向李秋兰汇报，秋兰请示上级，认为可交往，且灵漪还可引导道宁对共产党增加了解，并间接影响宋鲁直。这对统战有利。

一日，姐弟二人正喝茶谈天，简兮不敲门就径直闯进："姐姐！"不知从何时起她已不再叫灵漪老师。见屋中另有一年轻的陌生男子，她愣了一下，突然脸红了。

道宁诧异地笑道："姐姐？我什么时候添了个妹妹？"

简兮不解地瞪他一眼。灵漪笑说："我介绍你们认识。这是我大弟道宁，西南联大肄业，现在飞虎队效力。这位是简兮小妹妹，高三学生。我们平时就以姐妹相称。"

于是两个年轻人礼貌地握手，道宁先向简兮道歉，然后笑道："'简兮简兮，万人之舞'。你有个美丽的名字。"简兮也高兴地笑了："好多人都不知道我名字的来历。爸爸最爱诗经。我还没出生时他就对妈妈说，生个女孩多好，名字是现成的。"三人都笑了。"你有个好爸爸。"道宁说。"我也有个好妈妈。我想你们也有好爸爸，你们的名字也都很好听。"灵漪姐弟互望片刻。"是的，只是他不在昆明。"简兮显然对道宁的军服很感兴趣，人人都会对他的军服行注目礼。"可你还是像个学生。我将来也要考联大的，学化学。"她小声嘟囔。

"真了不起。"道宁笑了，露出洁白的牙齿。

"可不，简兮原要学文科的，她父亲就是历史教授。可战争开始后她一心想科学救国，服务前线。"

道宁肃然起敬。

简兮有点泄气："可我在这方面还没任何收获。"

"是该多学习。"道宁含混地说，"这也是国家的需要。不过倒不一定非学理科。"

"你自己不是也停学了吗？"简兮一见如故地反驳，灵漪笑着瞥她一眼。

"我不一样。"道宁朗朗笑道，"我在前线作战！等战事结束，我会回到课堂的。"

"我想我很快也会得到为抗战直接效力的机会的。"简兮立刻答。

“你？直接上战场？”道宁打量简兮娇小的身材。

“不要看不起人！”简兮大胆回敬。

灵漪笑着走过来：“好了，不要争了。我看你们是不打不相识。”

道宁也笑着伸出手：“希望今后有更多和简小姐开展讨论的机会，好吗？”

这以后，仿佛是巧合，简兮与道宁常在灵漪家相逢，彼此间话题越来越多，可也常争论不休。灵漪看得出弟弟对这可爱的姑娘很有好感，但简兮似乎时刻在想着更为重要的事情。

是的，道宁看简兮的眼神是直的，嘴角不自觉地上翘，微带羞涩的笑意那么纯洁又如炭火般炽烈。这是一个出身于良好家庭又接受了最优秀高等教育的青年人特有的笑容。灵漪心底呵，她竟有些妒忌了。简兮吸引了可爱的道宁，她也会如磁石样轻易地吸引住道宁所有的男同学——人们对异性的爱慕标准往往是一致的。可她对爱氛是那么的不在乎，不明白，她的优势恰全体现于也因由了这不在乎和不明白。灵漪突然意识到自己心底那湾深海原来并没有被多年来的烽烟燃净，甚至那涟漪反而更深更广了，尤其是遇到这样的场合。她的感觉被唤醒了，她仍然是多么想成为中国最优秀大学的一员。现在她再不可能有这样的机会了——她老了。

曾经貌不惊人，缠着自己讲故事的弟弟已经长成俊朗的西南联大物理系学生。而她心里的这个坑却总也填不平。也许这是她曾对鲁过离去感到惆怅的真正原因。既然成不了最优秀的一员，那么做他们的妻子——这是互补心理、附庸思想。而鲁过又没有道宁阳光大男孩的气质。她意识到种种的女人本性她都有，甚至更俗更深——她原是个耽于幻梦的激进主义者。于是她痛责这种种胡想，这时她如此渴望投身于紧张的工作中去，把一切都自然地化解干净。

1944年初春的一天，简兮突然来找灵漪。两人走在街上，简兮像脱缰野马般在阳光下奔跑，掠过一簇簇堆雪般的木香花。

“傻孩子，跑什么呀？”宋灵漪追得有些气喘。

“我就要走了。”简兮在她耳边说。

灵漪一惊。“真的？”半晌才问。

“秋兰姐昨天亲自通知我的。她不让我告诉任何人，连亲人也不行。可我还是想告诉你，有些时候有的话我只想和你一个说。姐姐，我就要离开这腐朽的大后方，去延安，去当战士了！多灾多难的祖国啊，我终于可以去为你直接打击敌人了！”

她们径直来到郊外。简兮神往地躺在栗子树下凝望天空，一双晶莹剔透的美目盛不下四溅的火花。过了会儿，她又坐起来，按着灵漪的肩膀：“姐姐，难道你竟不为我高兴？”

“当然。”灵漪掠着简兮额上的乱发，“我还——非常羡慕你。”

“姐姐！”简兮感动地攀住她的手，“你我要是能同去该多好！你就像十二月党人的妻子，不，你是个绝对的中国女性。姐姐，你不知道你对我的人生影响有多大！”

灵漪轻轻拿下她的手：“我有那么好吗？你应该学会不——崇拜。”

“如果没有崇拜，我该怎么活？”

“不，人生的路很漫长。什么是理想？如果到头来发现它远没有那么美好又该怎么办？到那个时候，就要学会，坚持。理性的力量是远远大于激情的……”

那双大眼睛仍然溢出无法抑制的兴奋：“好了，我记住了！”她一跃而起，抓起一把飞絮，大笑着将它扔回空中。那阴丹士林蓝旗袍的身影在白色围巾的飘动映衬下，像一只翩翩的飞向阳光的彩蝶。

宋灵漪也从地上一跃而起，投进阳光的怀抱。

“还有必要吗？”木香花障下，灵漪轻抚简兮的肩，“她就要奔赴心中的圣地了。不要让这颗心产生任何犹疑吧。”她微笑着在那乌黑的短发上拂了拂，“那么就走吧，好妹妹。”

“再见了，学校！再见了，朋友！再见了，讨厌的特务！再见了，大后方！”简兮激动低语，一声声如在吟诵，“真恨不得立刻就扯下这身行头，换上农民士兵的衣裳，去持枪骑马，去扛起锄镐！”

……

“栀子花来白兰花！”甜糯的卖花声打断了灵漪苦辛交加的回忆。喇叭里一遍遍播放着通知，喜洋洋的——就要到站了。人们相互说着告别的话，收拾行囊。那位老大娘正穿过车厢向灵漪蹒跚走来。灵漪揩去泪，收起勋章，微笑站起。

三

江南春日，花开如幄。连翘、栀子盛放。水面波光流虹，岸边柳绿桃红。在当地干部陪同下，艳暖春风鼓动着宋灵漪轻盈又沉重的脚步踏进了别离十三载的母校。

干部很热情道：“宋老在讲楚辞呢，我去请他！”

灵漪忙道：“不，还是等下课吧！”两人便在教室外的长椅上坐下了。

窗子开出来正对着湖面，灵漪清晰地听见熟悉的抑扬顿挫之声：“鸷鸟之不群兮，自前世而固然……”忽觉眼眶潮湿。那干部并未注意，只介绍说：“解放后，宋老以极大热情投入工作，主动申请了上古汉语的教学任务。他还是省政协委员。同学们对他是尊敬的，只是偶尔会反映，老先生一个学期只讲了一篇《离骚》。没办法啊，谁让我们处在一个火热的，飞速前进的时代！”

灵漪欣喜又迷茫地听着。她更多是在回忆，在那民族危亡的1937年，为采访淞沪守军，她只匆匆回家收拾了些衣物，就与这个城市长别离了。父亲那张清瘦、忧虑的脸，始终烙在心中。还有三个弟弟……回家时，大弟正在煞有介事地向二弟介绍相对论，幼弟坐在一边，也瞪着小眼睛听。她一进门，幼弟就扑了过来，大弟、二弟亲切地招呼她。看着弟弟们稚气的小脸，想到也许这就是永诀，她心乱如麻。虽非一母所生，血肉之情却是深挚的。当时，幼弟缠着她，让她给讲故事。于是，她就坐在方桌边，为他们讲苏武牧羊…… 忽然门开了，父亲站在那里，久久凝视着她……她喉咙发梗，强自镇定地站起来，说：“父亲，我回学校了。”父亲“嗯”一声，仍用那似已洞悉一切，却再也无能为力的目光定定地望着她。她眼一酸，忙强咽泪水，一如平常地夺门而去……第二天，她就踏上了火车。

宋灵漪再不是当年那个还不到二十岁，性气激烈的女孩子了。岁月在她的面容上刻下印记，更把她的心变得成熟。这个精干的女新闻工作者，她想着即将与亲爱的父亲重见的场面，抑制着激动，静静站在窗口前。

天哪，那所房子还在！多少次她曾与余心在树下讨论，与剧社在室中排练。老方、王大姐，薛磊、小郭、王之芳，甚至还有琼，以及她阵亡长空的夫君……一阵激烈的议论声，桃树下几个穿制服的青年捧书而过，不知为什么争了个脸红脖子粗，接着又轰然大笑起来。青春气息是能感染一切的。这时代的青年多么容易激动。

天真的热起来了。她脱去列宁装，只穿一件白衬衣，又掏出一块手帕拭着微微渗出的汗。

正午的下课铃终于响了。她紧咬嘴唇回过身，一位头发花白却梳得齐整，穿一袭长衫的老人手捧书本步出教室，略含惘然。

“宋老，您看谁来了？”

“爸爸！”

宋鲁直眯起深陷的眼睛，打量眼前这位站在洁净的走廊上，气度不凡的女干部。她的右臂上搭着灰衣装，一头乌发还留有烫过的痕迹，衬着红润的脸上含泪的眼睛……她是那样地微笑，眼中露出无限复杂的情感……

宋鲁直手中的书落下：“亭亭！”

灵漪直奔过来，扑在他张开的手臂中。

宋鲁直紧抱女儿，泪光闪闪：“今兮何兮！我的亭亭归来兮！”

学生们纷纷背着书包，拿着饭盆走出教室，见状都惊愣了。干部走过去悄悄把他们劝开，自己也笑着离去了。

灵漪抹干泪，欢愉地看着父亲：“您身体好吗？”

“很好！”

灵漪郑重地把那盒子取出，递给父亲。

“道宁的亲人里，只有我一个当时在昆明……爸爸，道宁是我们的骄傲！”

宋鲁直凝视那枚勋章，半晌轻轻捧起，像是怕惊醒熟睡中的英灵。“不哭！不哭！他是勇敢的孩子，是国家的骄傲！”

宋鲁直把勋章贴着胸口，头微微颤抖。灵漪含泪点头。

“听到这个消息后，她几乎疯掉了。她是很脆弱的。这两年才好转些。她从来就不同意道宁参军，但我想当她看到这个，虽会哭会骂，心里也会感到安慰！”

灵漪含泪道："她是母亲。"

"你二弟1948年就去美国读书了。"鲁直突然扭转话题，"幼弟去年刚考进春江大学经济系。你现在……"

"还是搞新闻。"

"好啊！我这几个孩子，就你最有出息，最进步。没想到一晃十几年，你竟变化这么大。你——"

"我也老了，爸爸。"

宋鲁直眼泪直涌，紧拉着女儿的手不放："到家里去吧，再好好聊聊。"

"……"

"你们姐弟不该见见面吗？唉，如果你二弟也能回来，就好了。"

"出国如百年前的科举，是我们这种阶层子弟大多必走甚至不得不行的道路。至少得有一个。"灵漪道。

"看来你还是我的女儿。"

他们在熟悉的梅林里走着。灵漪不断把脚从茂盛的花草地中拔出，笑道："踏花寻旧径，映竹掩空扉。爸爸，家门前的竹林砍了没有？"宋鲁直感慨地摇头，指着她脚下："我也想起了一句，'春华满芳径，王孙归不归？'"

"我这不是回来了吗？爸爸。"

二人转过梅花墅那带青瓦白墙。宋鲁直欣慰地看着女儿："还是变多喽！连声音都变了。对了，亭儿，结婚了吗？"

"还没有。"

"我就知道，你在这方面一向不热切。革命队伍里好同志很多，该考虑了。"

"嗯。"

两人走到房前。宋鲁直敲敲那碧绿的铁栏："亭儿你看，还是你十几年前离家时的老样子。日本飞机也没能将它炸掉。"他推开门，"进来吧。"一只大狼狗跑出迎接主人，宋鲁直说："它叫杰克，是幼弟的爱物，通灵性，很忠诚。它会对你很热情的。"果然，杰克呆了片刻，就和灵漪亲热起来。

"老董呢？"

"解放后回乡下了。奶妈还在。你继母大事小情也离不了她。"

一个五十多岁的老太太提着菜篮子从厨房出来，惊呆了。

灵漪激动地跑过去："奶妈！"

奶妈后退几步："大小姐！"

"奶妈！"二人拥抱，泪水横流。宋鲁直在一边拭泪。

"大小姐，你……"奶妈抚着灵漪的头发，不知该说什么好。

"叫我亭亭吧，现在是新社会了。"灵漪微笑。

奶妈乐得抿不住嘴："好好！你一定是当了共产党的大官了？十几年喽！"

灵漪笑笑："我只是普通一兵。现在是新社会了，奶妈。"

这时一个小伙子从屋里奔出，直下台阶："李妈，早点开饭，我要去开会！啊……"

宋鲁直忙招手："平儿，来见你大姐！"

道平直奔过来："大姐，你回来了！"

灵漪搂着弟弟的肩，左看右看："幼弟！"道平崇敬地望着她。杰克在一旁上蹿下跳。

"平儿可长成大人了！是青年团员吗？"

道平自豪地点头，依旧不眨眼地盯着姐姐。

宋鲁直拍拍幼子的肩："他是我们家最进步的人呢！现在你来了，他可轮不上了。"

道平抓住姐姐的手："大姐，给我讲讲你的革命经历好吗？你太了不起了！"

灵漪笑了："谈什么？"

"你从抗战开始就走上战场了！同学们要是知道你回来了，该多羡慕我！"

正说着，台阶上奔下了冯兰薇。她皱眉高喊："吵什么，闹什么！人喊狗叫，我的头又疼了！"道平指指姐姐，悄悄努嘴。妇人立时愣住。

鲁直过去："是亭儿回来了！"他回头看一眼女儿，"亭亭……"

灵漪停一下，走过去很有礼貌地开口："妈妈，你好。"

"是，是亭亭？"继母不自觉地张大了嘴，"哎呀呀，你……你出人头地衣锦还乡了！"

"妈！"道平不满。

“那就先进屋吧。”鲁直忙说。

花厅里，冯兰薇站在一边研究灵漪衣着。宋鲁直正襟危坐，接过奶妈递来的清茶，看着缥缈的白气在空中消散。

“姐姐！”道平意识到母亲向自己做的暗号，他有些反感，但长年的配合，加之自身实在也满怀好奇，便拉着灵漪撒娇地说，“到我屋里去，看看我写的宣传材料劲头足不足。”“去吧，他就爱做表面文章。”做父亲的一针见血，却又溺爱地望着身边唯一的儿子。

二人走了，兰薇这才坐下，问丈夫：“亭儿现在是什么干部？”

“不清楚，应该是很重要的位置。”宋鲁直眼角含笑。

“哟，茶凉了。”冯兰薇殷勤地亲自为丈夫倒水，又直递到他手上。

女儿意外的荣归竟为他在妻子面前增了气势——这种滑稽的对比使他生出喜剧的悲凉……

“她结婚了吗？”

“你少管。”

“共产党胜利了，但朝中有人好做官的道理永远是笃定不变的。看来咱家以后要依靠她了！如果她能嫁给个大人物，那咱们……”

“我看，新社会没有改变你旧的思想！”

“我看你倒是很欢喜有个当解放军的女婿！”女人立刻反唇相讥，幸而这时道平和灵漪回来了。

虽然父亲、弟弟及奶妈都强烈要求宋灵漪就在家里住下，但她拒绝了。拿着工作证和介绍信，她在附近找了个招待所。

四

招待所是由一所老式二层楼改建的，楼前天井很宽，楼后是个院落，水磨方砖，地缝间满缀着苔草的碧色。服务员都是来自附近村子的中年妇人，客人少，傍晚得了闲，她们就散坐在天井里洗衣说笑。很快阴沟便积满了脏水，陶绿色的大瓦盆里已装满干净衣裳。她们仍不知疲倦，在青石板上继续捶打着。

宋灵漪吃了一顿很好的家乡饭，却极实惠。她怀着感激在院中和这些朴实的妇人漫谈。直到上弦月升起来了，又下起了霏霏春雨，才上楼去。

生活刚刚平静下来，百废待兴，整个二楼都空荡荡的，只她一个旅客。“栀子花来，白兰花！”冬青树后的许巷里甜糯的叫卖声把她拉回往昔。

她用了点气力，“咯吱吱”推开因天气阴湿及长久不用而粘涩的木制和合窗——多想再听听那久违的歌唱般的调子。后院齐整地栽着两排冬青，被雨打得郁郁的湿了，遮住了她的视线。她倚窗而立，直听着那声音袅袅地沉寂了，前院也早静了，这才有些怊怅地关好窗，拿起面盆，预备洗脸就寝。

有人敲门。灵漪愣了。这么晚了，会是谁呢？打开门，竟是——他。

走廊的灯分外明亮，清晰地照出那风尘仆仆的黑瘦面庞上刀劈斧砍般的线条。她的心脏几乎停止了跳动。

“灵漪。”萧川伸出手，深望着她。

完全出自下意识，灵漪紧握住那双粗糙的手：“快——请进！”

趁萧川走向沙发的工夫，她匆匆泡了杯茶。热水哗拉拉直浇在她手背上，她竟毫不知痛，只忙着把杯子放在茶几上。这当儿，她忽然看见他放在沙发扶手上的黑瘦的右手缺了截无名指，不由呀地叫了一声，又对自己的惊讶感到羞愧，忙转身掩饰性地去拉窗帘。可明亮的月色还是清晰地照出了她不住颤动的睫毛。

“别忙了，好吗？”

灵漪尽量沉一沉，就在他对面坐下，表现出轻松的笑。她急速地搜索枯肠，她怕冷场，她不要安静的对视，那是她不知该如何应付的局面：“萧川，在不远处的梅花观……住着我们的一位故交。”

萧川沉默了半晌。

“几年前，我们在梅花观见过面。她很了不起，在这里办起了义学，还收养了一个女孩子。现在……不知这义学还在不在?”

“有个孩子陪着她，她老了也有依靠了。”萧川长长舒口气，“灵漪，谈谈我们吧。”

“黎明剧社和北平学联代表就在梅花观合过影。那时……”

“全记得。”萧川截住她的话，有些不耐地打开烟盒。

“……战斗，结束了？”

“刚剿清残匪。”萧川顿一顿。一直定在灵漪脸上的视线终于离开她，缓缓地投向地板。

“一定艰苦之极吧。”灵漪找着话题。

“又是很多人的牺牲。”

牺牲！她咬住嘴唇，见萧川良久无言，问：“那，你这是……”

“上级命我们旅开拔到京郊整编。组织上准了我三天假。我，想再来看看……春江。”

“怎么你也要去北京吗？”灵漪难掩兴奋。

“是。”

“……”

“灵漪，时间过得真快。一晃离我们在这儿照相……整十四年了。”

“是的，整整十四年了。”

灵漪自己激动的情绪渐渐起来了，见他也明显克制着怀思，便莞尔一笑，回过身又无意识地拉开窗帘，重推开和合窗。柔和的晚风送进柔润气息。不知何时萧川也走过来了。二人肃立窗前，像研究作战图般同时盯着那月影下的冬青树。

灵漪不觉眼中噙泪：“坚强的刘红，却没能看到新中国的成立。伏契克说过：为了将来的美好而牺牲的人，都是一尊石质的雕像。应该在这里为她树一座碑。”

“在我的心里，永远有一座碑。”

“我，也是。”

萧川忽地转身凝视她：“其实，是王大姐打电话辗转托湘西地委的同志告诉我，你人现在春江的。”

“是吗？”灵漪扶着旧窗台的手微抖，却依然站得笔直。她下意识地抿抿双唇，等待他继续说下去。

“开国大典后，王大姐和老方找我长谈过一次。”

织纹似的朦胧月光跳动在对方沉默的眸子里。

“我不知道，是不是已太晚了……”

灵漪的肩膀强烈地抖颤起来。

“千万不要为难，灵漪。”萧川见状忙低声道，“就当我什么都没说吧……”

“我愿意。”灵漪命令自己微微抬起沉重的头，那素洁的目光比月色更妩媚柔和。萧川心下强烈震撼，他分明看到了那眼角细细的鱼尾纹，还有滢滢的泪——“这么多年了，你终于接受了我！”

萧川心头翻江倒海，说不清是何滋味。一时间他不知所措，竟至热泪盈眶，最终跨过一步，慢慢揽住灵漪柔软的双肩。灵漪如打摆子似的抖颤，继而顺从地偎在他怀中，靠着那剧烈起伏的火热胸膛。二人皆泪下如注。突然，萧川胡茬丛生的嘴唇狂热地在灵漪的头发和脸颊上亲吻起来。

“再，再加点水吧。”灵漪拼命挣脱出来，回身奔向茶几，一失手却差点把暖瓶摔个粉碎。

萧川顿顿地望向地面。

“我只是，还不能习惯……”灵漪忙解释。不习惯什么？连她自己也说不清。

“这些年，我们都忘了什么是柔情。”萧川一笑，略带几分苍凉的自嘲。

难道说，这一辈子都无法走出童年可怕的阴影去？灵漪沮丧之极，自责不已。忽然，余心真诚的鼓励在她耳边回响。于是她像马上就要进行一场严峻的战斗，听取上级在队伍前下达的命令般，整肃精神走过去，主动投入他的怀抱。萧川一震，遂猛地抱住她，细细地吻着她的头发、耳朵……灵漪只闭着双眼，任由他吻下去。

细雨霖铃的窗外，草木清凉的芬芳一阵强烈一阵微弱地在青砖素瓦间飘荡。他们相依在一起，忘了时间也忘了身外一切。慢慢清醒过来的灵漪，在萧川的扶持下坐直了身子。她失去焦距的眼睛渐渐又有了意识，轻轻把手从萧川紧握着的茧子重重的手掌中抽出来，满面红晕地低下头，一遍遍抚摩萧川伤残的手，眼底露出无限怜惜：“怎么搞的？”“剿匪纪念。”萧川无所谓地一笑，随即歉疚地注视她湿润的黑目：“怕吗？它很难看的。”“不。”灵漪把那残缺的指根放进手心，温暖着它。

“明天，我想领你去见爸爸。”犹豫一下，她轻声道，忽然羞涩地笑了。革命蠲减了传统礼节，这是唯一必行的手续吧。

“我？”

“确实……”灵漪镇定下来，解释道，“在抗战前，他，我们全家，确实都过着一种类似于剥削者的生活。但他始终是比较正直的爱国者啊。现在，他是省政协委员，思想上，也产生了很大变化……”

萧川微笑道：“别说了，我去。”

两人更紧地偎在一起。

即使在最温柔的絮语中，也始终有个敏锐的意识刺激着灵漪。就在萧川如深海之下的心底，潜藏着另一种巨大隐秘的负担，这负担压迫着他，也逼痛她的心。一霎时她竟有些感谢可以把关注点引到这个负担上，以避免对双方来说都不理智的更亲密的接触，于是鼓励地望向他，直到他终于冷静下来，问她：“王大姐和老方向你讲过我受处分的事吗？”

灵漪平静回答：“说过，但不详细。如果这不伤害你的话，能谈谈吗？”她意识到萧川已准备敞开心扉。

萧川腾地站起，走到窗边，背对着她，推开另外半扇窗户：“就在去年，也是这样子的仲春，我所在的部队打到了这个地区。当时我是副团长，团长就是你认识的楚天同志，我的老首长。”

萧川告诉灵漪，去年五月，就在受命强攻一山区小城时，楚团长接到情报，他的未婚妻白菡不幸突然被捕，被关押于峭壁上的监狱。惶惶不可终日的守军从叛徒那里得悉了白菡和这支部队首长的特殊关系后，便立即将白菡当做生死攸关的谈判筹码，派重兵严守峭壁。很显然，当部队攻克城池之日，就是白菡同志牺牲之时。

“连续几日，他几乎崩溃了！但上级的命令也是刻不容缓的。我们曾设想出无数解救办法，都被一一推翻了。最后，他成了一头失去理智的狮子，跳着脚下了死令，在大部队攻城的同时分出一个连强攻峭壁监狱，务必要在县城被攻占前救出白菡和其他二十多名政治犯。”萧川停下，拿出一支烟点燃。

“从军事上，即使不懂打仗的人也知道这部署触犯的是兵家大忌。要在县城拿下前率先攻占易守难攻的悬崖，意味着必将付出重大牺牲，还不一定能成功。一个连战士和二十多位同志的生命孰轻孰重？我不想眼睁睁看着弟兄们牺牲生命，所以亲自赶去，阻止了这命令。”

灵漪大惊。萧川苦笑一下，把烟揉得粉碎，眼神重又变得严峻："是的，我不但没有服从指挥，还擅自更改了上级命令。但团长当时是不知详情的，因为他已带人血战，冲破了第一道关卡。那一个连随后跟我赶到，补充了战斗减员，使得部队能比较顺利地击败守军。进城后，我们急行军冲向监狱，一鼓作气从腹地捣毁了它。可是，就在部队冲进去的前几分钟，白菡同志已被走投无路的敌人用冲锋枪残忍地杀害了……"

灵漪捂住脸。萧川也泪流满面。他又拿出一支烟来，迅速点燃，却没有抽。烟头滋滋烤着他的手心，可他一无所觉。灵漪忙把烟打掉："所以，所以你就被降职，还受了处分？""是的，这个记大过是我完全该得的。作为军人，我没服从上级军令，甚至做得更过分。就是被降为普通士兵甚至送交军事法庭，在道理上也应该。随着大部队的胜利，战斗节奏渐渐缓下来了。一天我们宿营在山里，夜深人静时我怎么也睡不着，望着繁星发愣。就在那时我忽然想到这样一个问题，这问题后来天天像影子一样苦苦纠缠着我，我恨不得用机关枪一梭子把它打个粉碎！为了解救少数人，而使多数人无谓地牺牲掉生命，到底是不是犯罪？没人能去审判，因为它根本就不能被裁判，这就是战争，是我们正义行动的一个组成部分，出于正义之手。但那一个连的战士，他们难道就不是人生父母养的吗？他们也有妻儿老小！"

萧川热泪迸发，转过身不让灵漪看见，"在春江时，在老方帮助下，我坚持读完了《资本论》。后来在根据地又找机会看过《联共（布）党史》。我们提着脑袋干革命，目的不是很清楚吗？就是要获得一个无论在物质还是精神上都完全平等的美好社会！是吗？那么，谁也不该无谓地死，正如谁也不该被人轻看——只要他是站在正义一方的！"

"……"

"渐渐地我想通了，却没法说出。只有一点我永不能原谅自己：如果能早赶到几分钟，如果可以用自己的生命去换取白菡同志的生命，那我宁愿死上一百次，一千次！"

萧川激动得再不能继续。至此灵漪已全明白了，这处分必将成为萧川个人历史上永恒的污点。而他至今孜孜以求心心念念的理想国，在她看来也只是个乌托邦。即便真到了马克思所说的"历史的终结"那一天，即使当全人类走向一个共同的目标，复杂的人性是否就能升华到共同的高度？但现在她不愿商榷这个问题，只举着他残缺的手贴紧自己滚烫的脸，直到脸被压得生疼还不放："我没有看错。你是个真正的人，真正的共产党员！"

萧川倒有些措手不及："灵漪，你，完全理解我？"

"是的。当然，我也能体会楚天同志的大恸……可这就是残酷的战争啊！其实多年前在根据地，我也曾思考过类似问题：共产主义的内涵究竟是什么？记得雨果曾说过，在绝对正确的革命之上，还有一个绝对正确的人道主义——可在当时想到雨果的话，似乎本身就是不正确的。"

"可我还想到另一个绝对。在任何时候都做到绝对意义上的无私和理智，尤其在极端痛苦下还不忘理智，简直比跨越高山大海还难！"二人对视，久久无言。

"这已是哲学范畴的问题了。"灵漪微微蹙眉。

"我倒觉得没那么深奥，归根到底，这只是怎么做人的问题。"萧川简单地答。

"白菡烈士，她是怎样的人？"良久，灵漪泪光滢滢地问。

"楚团长给我看过照片，人如其名……原来是新四军文工团员，解放战争期间我们开到那一带，一个老上级为他们牵的线。后来她主动要求去地方上开展工作，才……"

"一个如花的生命……"灵漪想着"白菡"这极富诗情画意的名字。能拥有这名字，并让潇洒不拘的楚天如此念念难忘的姑娘，定是位小巧清丽、身穿兰色背带裤、用白花手帕将乌发挽起的佳人吧？虽说在地方上开展工作绝不可能有这般打扮，可她还是固执地想象着，并表达出这不胜的惋惜。

"即便这生命并不那么如花似玉，也是宝贝。不对吗？"萧川仿佛要从云罗深处抓出自己那颗羁动的心，"赵余心离开了革命队伍。我惋惜，但尊重她的选择。至于我和她的关系……如果换作是现在，会处理得好些……我终于明白了，她要的根本就不是怜悯，也不是什么理性的结合，她要的就是实实在在的爱啊。如得不到这个爱，她宁愿什么都不要。她的自尊受不了！为什么我当时就看不清这显而易见的事实？我还往她的伤口上又洒了一把盐！我这个混账王八蛋，终归还是没有平等地对待她呀！"

灵漪凄然含泪。在这时候，听见爱人谈到另一个女人，她并无妒意，只觉胸口堵得难堪，似乎马上就会撕裂。

“现在，楚团长结婚了吗？”她不自觉地岔开话题。进城后，英雄周围一定环绕着鲜花和歌声，更不乏真纯爱慕的目光。

“当时的一营长，现在已是华东军区的副团了。上个月他专门给我写了封信，说团长已不再怪我。但直到今天他仍一人孤零零地过日子，谁给他介绍对象他就和谁急……”

“太残酷了。”

“真的！就像你说的，十几年来，每天都有多少同志就这样为美好的未来牺牲了一切，可我们却一直活到今天。还能不好好干吗？”

二人不由执手，相望良久，才同时说道：“我们还要——一道去北京。”

五

鱼肚白悄然漾在天际，二人依然如在梦寐。这真是个幸福而温暖的春夜。——又不免淡然的遗憾和惆怅。他们已误了太多时光。萧川体贴地让灵漪躺一会儿。灵漪说太激动无法入眠，而萧川旅途劳顿，才应休息。萧川则说他早习惯了戎马生涯，这已是很好的休整了。于是二人都笑了，决定洗漱后就去看望父亲。

在路边吃了点东西，他们走上青葱迤俪的北山。雨过微凉，梅花墅比往日更显寂寥。灵漪熟练地推开花草环绕的铁门：“进来呀！”她向萧川微笑，略含羞涩。

见此园绮窗丝障、画栋雕栏，萧川不觉停住。灵漪忙做解释：“这园子在抗战时被日本宪兵司令部霸占，幸未被毁。后来又遭国民党大员‘劫收’，解放后才由政府发还我家。父亲非常感激，几次要将它捐给国家，都被政府婉拒了。以后还是要捐的，绝大部分都会捐。”

灵漪回身关门，唤道：“奶妈，奶妈！”

奶奶如风般绕过假山，还来不及摘下沾了面粉的围裙："小……亭亭你恁早就回来了！怎么不多睡一些伐？"见灵漪身后竟还跟着个穿军装的大男人，老奶奶立刻张大嘴："这，这位……"

"这是，是我的男友萧川同志。"

奶奶如在梦里。

灵漪又向萧川介绍："这是我的奶妈。"

萧川微笑招呼。

奶妈终于从呆滞中惊醒，双手忙不迭地摇摆："啊……萧，萧同志，实在不敢当啊！乖乖！这到底是怎么一回事哩！怪不得一早就听见喜鹊在花园里高唱着山歌！"

灵漪笑道："爸爸起来了吗？"

"乖乖，先生早就起床啦，喝过一杯牛奶，打完太极拳，就在书房里写他的东西。太太刚起来，昨晚看到你带回的勋章，咳，哭了半宿。倒是平少爷昨日里在学校参加了军民联欢，回来得晚了，还在呼呼大睡呢！老爷喏，命我把他叫起来。可太太嘱咐，年轻人心血足，要睡够，千万不要吵他。"奶妈絮絮叨叨。

"亭亭啊，你和萧同志用过早点没有？"奶妈还在打量萧川。但萧川一看她，她又忙把眼睛转开，不自在地摸摸梳得油光水滑的头。

"吃了点豆浆油条。"

"造孽，外面的东西好吃嘛！脏兮兮的！早饭才摆上，都是你自小就爱吃的，糯米稀饭呀，太仓肉松呀，皮蛋呀，腐乳呀，还有一碟油汆花生米！我老太婆这就去添两张椅子两只碗来！"

"不要忙了！奶妈。"

"要的，要的！"奶妈兴冲冲向楼里跑，"先生，先生啊！快出来！"

灵漪挽住萧川的胳膊："进去吧！"

听到外面有动静，身着松褐色熟罗长衫的宋鲁直放下只改了一页的讲稿，拄杖下楼，和灵漪、萧川撞个正着。

雨后清晨微现霁色，阳光将阶前人影耀得无比光华。他不由惊了，却沉着地闭住嘴，等待对方先开口。

灵漪上前，挽住他道："爸爸，这是萧川……他一直在湘西剿匪，刚完成任务，也将去北京。”

萧川上前：“伯父。”

这下宋鲁直才完全醒悟过来，也不免有些手足无措：“啊，原来是，是……咳，亭亭，为什么你昨天还在骗我瞒我！弄得现在这样子尴尬哩……噢，解放军同志，快，快请进！”他步履混乱地推开客厅的落地玻璃门，“请，请进来！”

在二人指引下萧川进入客厅，条件反射般观察这里的复杂布局，这是久经硝烟者的职业病。灵漪一等父亲在大沙发上落座，便拉着萧川在旁边小沙发坐了。“靠近些嘛。”宋鲁直有些不快。于是二人又分别在他身边坐定。

萧川忽然意识到，头次拜见准岳父，自己竟空着两手就闯上门来！在和平年代，这种对于基本人事礼节的漠视和生疏是多少有些尴尬和难以原谅的。灵漪却喜悦地拉紧他的手。这时奶妈也喜盈盈送上茶，适时提醒：“早饭摆好了！”

“走，边吃边谈！”宋鲁直似已完全镇定，只略带矜持，引领二人来到饭厅。透过四扇打开的玻璃窗，后花园清澈的流波和涧边盛开的桃木清晰如画。这当儿，杰克已闻声跑来，如对老友般亲热地舔舐灵漪的手表示欢迎，又从眼角悄悄打量一身戎装的陌生人。

狼狗的适时出现，多少缓和了紧张拘束的气氛。三人在圆桌边坐定，桌上四碗白米粥热气翻腾。桌子中央一个古朴的陶罐盛了半汪清水，几枝含苞的桃花微微摇曳。三人不约而同地望着那花影发愣，有如其中蕴涵了无限天机。

这里的一切，是灵漪久违的。在故乡的清风里，她十分安详地注目那娇嫩的花瓣，却怀念着多年前根据地的春月。

“平儿怎么还没起？”鲁直自言自语，转向二人，“先吃嘛。”他特别招呼着萧川，“来，亭亭，你给萧同志夹小菜。”

灵漪妩媚地微笑着，向萧川面前的盘里夹了些皮蛋，又拿着一个白瓷调羹去舀花生米。“够了。”萧川说，“你快招呼伯父吧。”宋鲁直却不动筷，只暗中观察。女儿平日里略显苍白的双颊上不断漾过朝霞般的红晕。“桃之夭夭，灼灼其华。”他想，忙端起粥，手一滑，碗差点落在地上。“爸爸你当心。”灵漪转向他，“你要吃什么？我给你拿。”

“不要。你招呼萧同志就好。”

“要不要等等母亲？”

“不理她，我们吃。粥要凉了。”

“好的。”

于是老人首先动箸，三人默默进餐。客厅里回荡碗筷轻微的碰撞声。杰克蜷缩着躺在地上，迷茫地望望这个，又望望那个。

“萧同志……”宋鲁直只吃了一小碗便放下筷子，微笑道，“你和亭儿是什么时候认识的啊？”

“十五年前，就在春江。”萧川也放下筷子。

“他曾救过我呢！爸爸，就是许眉庭他们那次……”

“哦！原来如此！好，好极了！你吃，吃！”鲁直笑得畅快，拿起砂壶饱呷口清茶，“那么当时你是哪个系的呀？”灵漪略感不快，爸爸为什么在听到萧川是春江大学出身后突然这样兴趣盎然，甚至带了些惊喜！

“历史系。不过是凭社会关系进去的插班生，只为给工作找个掩护而已。当时是根本没心思学习的。”

“国难当头，学业和救亡不可两全。”灵漪感慨。

“如果不是在那样动乱的年代，我可真想踏踏实实地学点科学。不过论功底，我也应付不了繁重的功课。”萧川坦率地说，“在边区老家，我很早就辍学了。”

“将来还是可以进修的。”灵漪忽然插进一句。

“如果有机会我一定去。国家多需要有知识的人。”

和饭厅相连的幽深过道此时不再宁静，脚步声拖拖沓沓此起彼伏。妇人严厉的训斥越来越清晰地传来：“你个小囝，就是把姆妈的话当耳旁风。好不好不要那么穷积极啊！现在，你姐姐是干部，你在学校的地位也提高了，倒成天忙得昏天黑地的，连家也不回！”

回答她的是略显稚嫩的声音：“你说什么呀，还扯上大姐！”

“怎么啦？你大姐那么早就跑掉，对这个家尽过义务没有？现在她成了革命干部，是该回报的时候了！”

客厅里的几人都不约而同地皱眉。宋鲁直看一眼萧川，拄着拐杖就要站起。但冯兰薇和道平已走了进来，道平轻捅妈妈的后背。杰克摇着毛茸茸的大尾巴殷勤地迎过去。

鲁直眉头紧锁，似要发火，又克制住了："你们过来，见见亭儿的男友，萧川同志。"

兰薇惊成塑像。灵漪抑制住不快，对萧川道："这是我母亲和弟弟。"

萧川冷淡地叫了冯兰薇一声。兰薇满脸的肌肉紧张地攒在一起，瞬间堆出极夸张的笑容。这边，道平已无限欣喜地冲了过来："你好！"

"你好！"

"这还是我第一次在家里看见穿军装的！"道平显然既感新鲜又欣羡，兴奋地拉住萧川，对那身黄旧军装打量不停，"萧大哥，请让我猜好吗？你一定是军长吧？——那，是师长？"

萧川笑了："不，我只是副营级。"

"哦。那么你还不是老革命？"

"算不上。"

"难道你不是抗战前参加革命的？连姐姐都是老革命，你，还不是？"

"我是抗战前参加革命的，但只是普通一兵。"

"那萧大哥，你参加过几次战役？"

萧川微皱眉，不好回答。他见冯兰薇神情紧张，就笑一下说："不多。"灵漪这时也一笑，递给他削好的苹果。

面对这两个人，冯兰薇显然十分困惑。她灵机一动，上去拉起宋鲁直："先生，到卧室去，有你的电话。"

"谁打来的？"

"出去就知道了。"

宋鲁直被拉得有些踉跄："你干什么？啊，对不起，平儿，你陪陪客人。"

"好！"

冯兰薇很起劲地走着，一直把丈夫拉进卧室。

"哪里有电话？"

"你糊涂了，老先生！你的宝贝女儿怎能嫁这么个等级哩！"兰薇急速用拖鞋后跟踢上门，身子也靠在门上，这才提高声调。

"啥意思？"

"才是副营啊！"冯兰薇翘起小拇指，"现在解放军的师长、军长遍地开花，怎么她倒故意找个老兵来气你！”

“现在是人人平等，共产党不讲高低贵贱。”

“可亭儿是重要干部，怎么也能嫁个更大的。讲实话，就是嫁个省长也不算啥稀奇！哼，这丫头年轻时挑花了眼，哪个也看不上。看不上资产阶级的少爷，既然又参加了革命，就找个解放军的大官吧！又这么糊涂，真真是使性弄气。说到底，她还是恨你，恨你没有把她那个丑妈放进眼里，所以总要和你的心思对着干！”

“滚！”鲁直一顿拐杖，“别说了，给我滚开，滚开！”

“我滚？我十八岁就嫁了你这个快四十的老头，为你生了三个儿子，我凭啥要滚！”冯兰薇没有哭闹，倒是振振有辞，声音尖利。

宋鲁直沉默下来，任凭妻子聒噪不休。一些话倒真刺中了他的心——其实他也想不通，有容貌有才学有大志有头脸的女儿怎么突然领来个土头土脑的“兵”！虽然是副营级，但这级别和此人的年龄，尤其和女儿的资历、品貌相较，实在不伦不类。看来女儿又在向顽固的传统示威。

自久别重逢后，他确曾经多次设想过女儿的“个人问题”。亭儿这辈子不结婚就罢了，如考虑婚姻问题，丈夫必是革命干部无疑，还很可能是名高级军官。他的家庭还从未出过这样的人，但他知道自己要逐渐适应这个新的社会这也是个清明的、越来越受到拥戴的社会。当父亲的将端正态度，以饱满热情欢迎女儿身后的那个“他”！这够开明、进步了吧？但任凭千般准备，老人仍未料到那只是个没受过多少正规教育，毫不惊人的“兵”！虽然他看上去很成熟，谈吐也不粗鲁。

不过，颠覆性思维才是这个女儿的标志。不是吗？漫长的十三年前，他郁郁地点上烟斗，看着冯兰薇站在窗口喷云吐雾的背影——她就一去不返，成为了危险的职业革命者。这种行为，在同阶层子弟里实属罕见。

这些年风云变幻，抗日、内战……亲友家的女孩子早都纷纷嫁做人妇，一个个当起高级知识型家庭妇女了。论其夫婿，自然个个身世相当，更不乏品学兼优者。与此同时，女儿却长期在与侵略者短兵相接的最前沿执戈卫国！这是再实在不过的爱国了。她的脸上刻着烽火硝烟的痕迹，这不能不让“徒有报国之心”的老父既感佩，又愧意暗生。直到今日他方真正意识到女儿当初所以如此，不仅来自她特殊的个性和与家庭长年的格格不入。其哲学基础原非那样简单。今天的这个普通军人，让他想了很多。

“在人格上，年轻一代做出了榜样。而八年抗战时期，我们在哪里？她和这位姓萧的普通军人又在哪里？在哪里？”想到这儿他几乎站不住了，顿喝住妻子的喋喋不休，“走，出去待客！”

六

“‘虽风力未成，且见专车之骨。’——人之风骨得自天然造化，一切努力只是锦上添花。我的亭儿天赋卓荦。”一谈到女儿，宋鲁直又满意地笑了。冯兰薇最终托病没出来吃饭，奶妈捡了几样好菜放在托盘上送进卧室，回到饭厅就被灵漪硬拉到自己身边。萧川则与道平分坐于鲁直左右。宋鲁直微笑道：“有这样的资质而被埋没或不被世人赏识，是痛苦的。那种境界，非过来人不可体会之。好在亭儿总能在社会上表现得恣肆淋漓！只是在旧时代，也常碰得头破血流。不过，流血也总比浑噩呆木强得多吧。嗯？”

“父亲！”宋灵漪不好意思地叫了一声对，对萧川说，“当父亲的总要高看女儿一眼。”

萧川静静听着，注视手中的青瓷杯。

“尝尝这道鲈鱼莼菜羹吧？来！现在正是吃莼菜的时候，虽然小小的春江总是留不住游子。”宋鲁直亲自为他布菜。

萧川忙接过，看看这滑溜溜的东西，不知该如何下嘴。

灵漪眼光游动，微笑着：“爸爸，你也吃呀！”她给奶妈也夹了块鱼肉，“奶妈，你这些年可辛苦了！”奶妈忙托着盘子接过去。

几人吃着，聊着。萧川面前的碟子里摆得满满的都是菜。

“……我参加革命，是为打日本。可要没那场战争，早晚也会上梁山。我总在想，为啥盖房子的永生住不进高楼，织锦缎的总穿粗布衫，挖人参的自己却舍不得吃一口……农民永远免不了被官家人欺负。而城市人呢，若享受好待遇就是天经地义。要是得不到这些，或早或晚，每个角落都会为他们鸣冤叫屈？为啥明里暗里总要考虑一个人来自啥家庭背景？我们马克思主义者就是为了改变这个千百年来的社会不平等才参加革命的，可我最想不通的就是，如今革命虽然胜利了，在有些地方这一切听上去还正常得很！”

鲁直听后不觉色变，重重呷口酒道：“解放军同志，请恕老朽直言——反正这是关在门里的话——你说的‘他们’，是否指包括老朽在内的知识分子？”

灵漪见情势不对，刚想插话，萧川已答：“包括所有在上头的人。”

“那你们呢？”

“也是——这正是我不希望看到的。”

“难道贵军不是一支廉洁的部队？”

“当然，但还不够。解放后有些苗头正在背离我们当初的理想。”

道平惊异地张大嘴。奶妈却摇头含混道：“心肠真好得来，过日子可千万不能带书生气的。哪个不愿活得比别人强啊？”萧川看着她不说话。

“爸爸！”灵漪急道，“我懂他……懂他的品格，懂他的理想，懂他的胸怀。他要探求真理，更要坚守信仰。对平等观的敏感，始终贯穿他的生命挥之不去。‘生常免租役，名不隶征伐，抚迹犹酸辛，平人固骚屑。’虽然他不一定读过爸爸你从小就教我的杜甫的这首诗，但这种传承千百年的对人民最原始纯洁，不可动摇的深厚同情，正是他的思想境界。这不也是你理想中的人格气质嘛！”

“但偌大个中国，真正能做到的又有几人！”老头忽然激动起来，从书架上拿下一本包了书皮的书，翻着读道，“‘中国长期遭受四种巨大的苦难：饥荒、水患、疫病，以及生命财产的毫无保障。前面三种在很大程度上都是可以预防的，对于苦难来说，它们只是次要的原因，中国所有的灾难只有一个根源，那就是普遍又有系统的贪污，造成了饥荒、水灾、盗匪长年猖獗……’这是中山先生1897年在《中国的现在和未来》里写下的。”他合上书，全室静寂。

“萧川同志，听君一席话，我由衷地敬重你，你是战士！从前我不了解共产主义，但已认定你就是绝对意义上的共产党人。你的视线永远是低平的！”他举杯而立，“就让我这遁迹丘山大半生的老同盟会员向你这共产党员致敬吧！”

灵漪热泪奔流，有一种绝对的精神让习以为常的应酬氛围一扫而空，花厅里回荡着纯粹的气息。几只酒杯刚碰出清脆的声响，鲁直便一气饮尽，迫不及待走到案边，从笔筒里挑出一支大号狼毫，饱蘸浓墨。灵漪忙跟过去铺展宣纸。鲁直不假思索，挥毫写下几个大字：“盖棺事则已，此志常觊豁。”遂将笔一扔，捧纸走到萧川面前，郑重道：“愿你直到生命最后一息都不忘人民的疾苦！你比我强百倍！”萧川默默接过，咬紧嘴唇。

道平一跃而起要拿相机，鲁直摇手命他退去，沉吟片时又道：“老朽还有一言，存废由你掌控：许行陈相之说亦不可取，这是我们世代生活的黄土地决定的。”见萧川不解，突然轻得听不见地叹气，“灵漪自会向你解释的。现在，让我们再干一杯，不醉无休！”

次日侵晨，灵漪和萧川就踏上了北去的列车。

抵京那天正值周日。萧川先送灵漪回报社去。一进古旧的宿舍楼，就遇到了前来探视的王永勤和方超。一见之下，什么都不用说了，四人成双成对走进宿舍。

永勤笑得极开心：“灵漪真是不虚此行啊！”

“你们总算要终成眷属喽！”方超也感叹。

萧川和灵漪对看着，不约而同地微笑。

“打算什么时候结婚？”永勤热情地问。

萧川看看灵漪说：“先不忙。”

“都三十大几的人了，还不忙？依我看就定在‘十一’，正好参加中直机关举行的集体婚礼！全包在大姐身上！”永勤立刻说。

萧川征求灵漪意见：“你看呢？”

灵漪羞涩一笑。

永勤立刻起身：“好嘛，就这么定了。工作太多，无法奉陪！再见！”

方超补充：“好好休息，这些天也够你们忙的了。”

灵漪这才顾上拉启窗帘，清扫地板，再给案上、窗台的文竹浇水、修枝、剪叶……

萧川则从包里捡点脏衣：“下午去报到，先把这几件洗了。”

灵漪忙放下剪子笑道：“还是我来吧！”她夺过衣服搁进墙角架子上的脸盆里，去水房接来水，又找出小板凳、搓板，坐下浸泡、打肥皂、搓揉。萧川蹲在一边帮忙：“没想到你这么利索！”

灵漪瞥他一眼："难道直到今天你还把我看成大小姐吗？"

萧川讪讪一笑，见灵漪拧好衣服站起，忙拿过盆。楼道尽头有个晒台，满撒的阳光被各家的衣服遮了不少。

于是灵漪晾，萧川递衣架。此时又有个男同志抱着满盆衣服匆匆闯进晒台，身后踢踢踏踏跟着个两三岁的男孩。"把裤衩递给爸爸。"男人嘱咐。

"黎队长！""萧川！"两个男人同时高喊，紧紧握手。"听灵漪说了，你是她的新上级。"黎鸿飞顿时恍然："啊！这真是个美好的春天！"一对新人默默望着他，三人同时间热泪盈眶。

"更是祖国的春天！"鸿飞晾好衣服，拉开晒台门，命令儿子，"原地后转，前进！"孩子虎头虎脑的背影逗得灵漪哈哈大笑。"这小子是块拿枪的料！"萧川称许。黎鸿飞看表沉吟："马上要去电厂采访，今天硬是挤不出空了。老萧，小宋，下周日我们两家再好好聚聚，我做东。"

"那我的任务呢？"灵漪问。

"你的任务就是今天好好休息。再见！"

晒台上又恢复了宁静。萧川揽住灵漪的肩，和她一同了望古都。

"真的，现在是多么美好啊！"灵漪喃喃，"饱受屈辱的祖国终于站起来了，我又找到了志同道合的人……和平、幸福……真不知十一那天的婚礼现场，又将是怎样壮观……"她的脸闪出蜜桃般的润泽光芒。

萧川望着远方："很快就会到了……"

他们站在晒台上，憧憬地望着新生的祖国那无限明朗的天空。

七

夏天里，他们很少有时间见面了。为着一场突然来临的风暴而忧心，而奔忙。

九月中，"联合国军"在朝鲜仁川登陆，战火烧向了中国的边境！

宋灵漪这些天忙得连喘气的工夫也没有。晚上，她匆匆结束了工作，奔往萧川的住所。萧川正坐在桌前，看着地图。

“萧川，美国人侵占了仁川，你知道了吗？”她一进门就问。

“是的。”萧川递给她一杯水。

萧川指着桌上的地图：“你看，朝鲜正处在日本——菲律宾——阿留申群岛这一条重要的军事战线上……灵漪，我有个预感。中国得派兵参战。”

宋灵漪点点头：“是的，我们报社的同志也都这么猜测。”

萧川表情复杂地望着地图。过了一会儿，他平静地说：“咱们‘十一’的婚礼，大概不会举行了……”

宋灵漪默默地望着他：“萧川……”

萧川站起来，走到窗前：“如果战争爆发，我当然要请缨参战了。”

宋灵漪坐在桌边，轻声叹息：“和平的日子还不到一年，又要燃起战火了。”

“可是这次不同。”萧川回过头来，望着她的眼睛。

宋灵漪说：“如果中国派兵援朝的话，我一定要向报社申请到朝鲜采访。”

“如果是这样，我们可能就要在战场上重逢了！”

宋灵漪百感交集：“我们这一代人，好像命中注定是要在战火与等待中生活的……”

萧川推开窗子，默默地抽着烟。金秋的北京，分外迷人，菊花香隐隐飘来，沁人心脾。街上，传来叫卖声、车铃响，还有儿童的欢闹。

宋灵漪轻轻走过来，依偎在他身边。

这年冬天的春江小城像全国其他地方一样掀起了热火朝天的援朝景象。春江大学隆重召开誓师大会，台上站着十几个参军的学生，个个身披红绸，胸佩红花。台下，人们在热烈地鼓掌。宋灵漪在一片掌声中悄悄在台下后边的座位上坐下，在采访本上记着什么。

会散后，负责宣传的道平一路跑过来，边拭汗边大声喊：“大姐！你怎么也来了？”人们纷纷向这里侧目。

灵漪笑道：“我是来采访的。你们学校的工作做得很不错啊！”

道平鼓鼓胳膊：“自从毛主席发出抗美援朝的号召来，谁不鼓着一股子劲啊！本来我也报了名，可学校没批！”道平生气地说，“学校主要考虑到爸爸身边只有我这一个孩子，可这是特殊照顾！其实，爸爸也同意我参军，主要是妈妈，到学校大哭大闹！”

“是这样？不过平弟，既然不能上战场，就在后方好好学习，建设祖国，这也是人民需要的。”宋灵漪抚着弟弟的肩头。

“大姐，我去叫爸爸！”道平看着她说。

“不要了。这次我很忙，下午就要回北京，然后……去朝鲜。”

“真的？”道平惊喜万分，“大姐，你——太幸福了！”

宋灵漪笑笑：“是啊，我总算盼到了这次机会。”

“萧大哥呢？他……”

宋灵漪平静地说：“他已在两个月前赴朝了。”

“啊？”

“他们是先头部队，主要任务是修理被炸毁的道路、桥梁。”

道平激动得眼里含泪：“萧大哥，他太了不起了！只是，你们的婚礼……”

宋灵漪有些激动。过一会儿，又平静下来：“等胜利后再说吧。好了小弟，我得马上回招待所了，关于我去朝鲜访问和萧川赴朝的事，先不要向父亲说。如果出了什么事的话……”

“大姐！”

宋灵漪笑笑：“好了，没时间了。再见了，弟弟！”她深情地握住弟弟的手，使劲摇了摇，转身快步向校门口走去。

半年前的那一幕又跳进了她心里，随着她越来越快的脚步，无数次地闪回……

“我走了。”终于，萧川有些刻板地开口。

灵漪扑进他怀里：“不……”

萧川搂住她的腰，吻她的双颊、眼睛。

灵漪紧紧回抱住他，顺势把脸埋在他胸前，“我们，生个孩子吧……”

萧川的手忽然松了。

灵漪扭过头，抑住一触即发的泪水。

“不能误了你。”萧川把她推开，拿起军帽。

他走了。灵漪小声地，无止息地啼哭起来。这时她所有的果决、自信、气度全部消失了，她哭得完全像个乡下女人。

1951年1月，宋灵漪和另外几位来自国内各大宣传机构的同行一起，从安冬坐火车，经过重重炮火，终于来到了烽烟弥漫的朝鲜战场上。他们戴着钢盔，在几名志愿军干部的带领下，步出用树枝搭建的掩护棚。

一位李参谋忽然一指天空："大家小心！"众人立刻熟练地伏在地上。一阵剧烈的爆炸声过后，才谨慎地拍着灰尘爬起来。宋灵漪摸摸采访包，松一口气："幸好没丢！"一位人民广播电台的记者望着天空盘旋的敌机，愤愤地说："什么时候我们的飞机也能上天就好了！"李参谋解释说："现在以地面作战为主，首先要修复桥梁、公路。我们的空军队伍正在抓紧建设中。记者同志们，你们是否愿意到大同江对岸的部队进行采访？"

李参谋一边组织记者们坐上卡车，一边介绍说："对岸的部队主要进行修复桥梁工作，为运送弹药和给养作准备。唉，他们的伤亡也是非常大的！"记者们微微地叹息。李参谋又激昂地说："不过有全国人民的支持，我们是一定会打开局面的！"

卡车缓缓在冰面上开动，车篷上插着掩护用的树枝。大家围坐在绿色的车篷下，紧张而又沉默地倾听着卡车在冰面上"咔咔"滑动的声音。远处，枪炮声依旧不断。

宋灵漪靠挡板坐着，手里还拿着采访本。她透过绿色帆篷的边缘，能看到卡车在冰面上碾下的一道道辙痕，以及其他车辆从旁经过时滚动的车轮。一辆辆庞大的卡车就这样在紧张无声的指挥下，秩序井然地来往于大同江两岸。她激动地感受着这严肃而火热的战斗气氛，终于轻声问李参谋："请问……一二零师是否也在对岸？"

李参谋沉思一下："对。他们的师长楚天同志是一位威震敌胆、经验丰富的首长。您和他认识？"

宋灵漪点点头，脸上不觉微微带笑。原来萧川又和楚天在一起战斗了。

"那太好了。他们见到从祖国来的亲人，一定会非常高兴的。"李参谋兴奋地说。宋灵漪没有说话，胸脯微微地起伏着。

卡车终于安全到达了对岸。记者们敏捷地在李参谋的指挥下跳下了卡车，向送他们过河的司机挥手表示感谢。李参谋一指前方："同志们你们看，我们的战士们正在紧张地修复桥梁！"

大家纷纷举起相机拍照。宋灵漪好像又回到了十几年前，在杨嘉带领下走入阵地的光景……

李参谋挥手："王连长，王连长！"一个正在高射机关枪边忙碌的军人急忙跑过来，向他敬礼："李参谋！啥事？"

李参谋指着记者们："这是从祖国来的记者同志们！"他又向记者们介绍，"这是阵地上英雄连连长王魁同志！"

王魁抢在前面与记者们热情握手："这几个月来，可见到祖国的亲人了！"记者们也崇敬地欢笑着向他问好。王魁偷偷抹一把眼泪，回头喊道："喂！同志们，祖国的亲人看望咱们来了！加油干啊！"正在忙碌的战士们顿时欢腾雀跃起来，纷纷热情地向这里投过激动的目光，同时更加奋勇地干着活。宋灵漪等人急忙过去抢着与他们一起工作。

王魁见宋灵漪捡起一把铁锹使劲铲土，跑过来笑着说："同志，你干这可不行！你是个女同志，来朝鲜就不易，你们歇歇吧！"宋灵漪微笑着说："我可不是新兵，同志！我参加革命也有十几年了，和日本鬼子都真刀真枪地干过，还怕这点磨炼？"

王魁挠挠头，憨厚地笑着："呀，看不出同志你文文静静的，原来是老革命了！"他挥起一锹土，兴奋地说，"啥时有空您能给我们讲讲战斗故事吗？"

宋灵漪一边麻利地干着，一边回答："好啊！我还想听听你们的事迹哪！祖国的人民多么想念你们啊！我们出访朝鲜前收到的读者来信简直多得数不过来，后方的祖国人民都托我们向子弟兵问好！"

王魁激动地说："我们也想念咱们的祖国啊。谢谢你们了！"

宋灵漪问："王魁同志，你是哪年入伍的？"

"四八年，家乡土改后参的军。"

宋灵漪笑问："来朝鲜后想家不？"

王魁低头铲着土："说不想是假的，可作为一个革命战士，能连这点觉悟都没有吗？要没有党，我早就完了，还谈啥翻身做主人！"

"娶媳妇了吗？"

王魁被战火熏黑的脸上透出羞涩的红光：“嗯。”他放下铁锹，从腰间掏出一条红手帕：“这还是她给俺的。她不扯俺后腿，当年还是支前模范呢！”

宋灵漪笑道：“这太好了！对了，一二零师也在附近吗？”

“一二零师？他们就在……”王魁话音未落，空中隐隐地传来了飞机引擎轰鸣的声音。王魁急忙对宋灵漪喊道：“快卧倒！”又扭头奔向高射机关枪，“机关枪准备！”

大家急忙卧在地上。一阵震耳欲聋的轰响声过后，传来了机关枪进行回击的清脆的“哒哒”声。一会儿，硝烟渐散，天空一架美军飞机竟然拖着长长的灰色尾巴，慢慢地落在了远方。我军靠着落后的武器装备，竟然打下了天空中的飞机！这在朝鲜战争初期我方军事力量落后于对方的情况下，是多么令人振奋啊！战士们、记者们都顾不得危险，跳起来欢呼雀跃。宋灵漪看着这似曾相识的场景，热泪涌流。她急忙掏出相机，飞速地照着，又回头招呼王魁：“王连长！这是多么感人的场面啊！”

没有回答，她惊讶地发现王魁已倒在了血泊中。远处，还有一些战士在刚才的敌军轰炸中伤亡，志愿军医护人员正在忙着组织抢救，朝鲜老乡抬着担架迅速赶来将伤员运走。

宋灵漪急忙扶起胸前流血的王魁：“王连长！王连长！”

几个救护队的同志匆匆赶来，一位军医翻一下王魁的眼皮，叹口气：“唉！抬走吧！”两个战士跑过来，流着泪抬走了牺牲的连长。

宋灵漪眼中含泪。一个活生生的生命转瞬间就消失在她的身边，这使曾经度过了短暂和平生活的她又一次感受到了战争异常的残酷可怕。她默默地跟在王连长的担架后，轻轻地呼唤：“王连长！”仿佛希望自己的呼唤还能发出奇迹，唤回这位憨厚、英雄的年轻军人的生命。

担架远去了，战士们立刻又投入了紧张的工作中。亲历了伤亡的记者们不再欢愉地与指战员们交谈，而是悲愤地默默协助他们完成艰苦的修复工作。宋灵漪回到原地，拿起年轻的王连长留下的铁锹，独自一人站在那里，心中突然涌起无限伤情。她一低头，才发现自己手中还握着那条未来得及归还给王连长的红手帕。

八

额角带着血痕的李参谋匆匆跑过来："宋同志，你不是要去采访一二零师吗？他们就在对面山头驻扎，走吧。"

宋灵漪把手帕紧紧攥在手中，抹了一把泪："走吧！"

在山头的一个掩护棚中，一位四十多岁的中年志愿军军官正在摇着话筒，大声叫喊着。他放下电话，看见远远向这里走来的李参谋一行人，笑着迎出来："李参谋，这是……"

李参谋敬礼道："报告陈副师长，这是从祖国来的采访团！"

陈副师长急忙与众人握手，热情寒暄。

李参谋看到微微四顾的宋灵漪，忽然想起了什么，赶忙问："副师长，楚师长在吗？"

林副师长叹口气："在昨天的血战中，他负了重伤，已经被送回国内治疗了。"

众人都一惊。

宋灵漪声音微颤："那，萧川……同志呢？"她紧紧地攥住那条红手帕。

林副师长慢慢摘下头上的棉帽："你是问萧团长？他……已经牺牲了。"

宋灵漪一下站立不稳，跌倒在地上。大家急忙将她扶起。李参谋惊奇焦急地呼唤："宋同志，你……"宋灵漪呆呆地望着前方。

林副师长猛然醒悟，急忙问："您是他的……"

宋灵漪的声音冷漠、平静："他的未婚妻。"

所有人都惊呆了。

李参谋急忙说："我……我送您回去休息吧。"

林副师长指指掩护棚："您要不要先躺一会儿？"他不为人注意地抹一下眼睛，"我和萧川也是多年的战友了，我也没有想到……"

宋灵漪平静地说："谢谢，不用了。我自己回去。"她一步步向山下走去。

大家默默地，不放心地跟在她的后面。

1951年的春节，在刚刚解放的中国人民心中，是一个特殊的节日。在后方的每个角落，从工厂、学校、农村，无数的糖果、罐头、饼干、红领巾……作为新春礼物源源不断地寄给在前线枪炮中度过节日的志愿军指战员们，还有一封封热情的书信，如雪片般飞向冰雪前线。无论是前方和后方，度过春节的最好方式都是：战斗、生产。人们没有休息日，不分昼夜地守卫在自己的岗位上，用辛勤的血汗灌注年轻贫瘠的人民共和国的土地。

这些天，王永勤所在的全国总工会的工作也像其他部门的工作一样，特别地忙碌。而老方呢，作为医药公司的经理，忙得简直忘记了吃饭睡觉。他们二人已经有好几天没见面了，就连大年三十的晚上，也是在办公室度过的。

初一的早晨，王永勤来到办公室，继续处理纷忙的组织各级工会保证生产，开展抗美援朝宣传活动的工作。一直忙到中午，她才有空坐下来吃一口自带的面包，同时打开《人民日报》，匆匆阅读着上面的内容。

一篇名为《热血，洒在朝鲜的土地上》的头版文章引起了她的注意。作者的姓名更令她惊喜：宋灵漪！这么说，宋灵漪已经回国了！她急急地阅读着：

这些天来，在朝鲜前线，我们时时都感受到志愿军指战员们那种忘我的革命英雄主义精神和伟大的爱国主义精神。正是由于他们热爱祖国，热爱党，热爱朝鲜人民，热爱我们来之不易的胜利果实，才用自己的血肉之躯筑成了祖国东北边防一道飞机攻不破，大炮打不破的钢铁长城。在这些普普通通的军人身上，蕴育着无限的精力与热情，他们可歌可泣的英雄事迹，令天地为之动容！

从冰天雪地的朝鲜战场上，我带回了一条染血的红帕。这是一位名叫王魁的连长留下的遗物。他所率领的某高射炮连英勇地与敌人的飞机队对抗，终于射下了一架敌机，保卫了朝鲜人民，保卫了运输线路的畅通，也显示出我英勇的人民解放军的雄风！然而，这位英雄的连长却在飞机的扫射中献出了自己年轻的生命。在临牺牲前，他还对记者谈起这条红手帕，这是他在参军前和支前模范——家乡的媳妇之间爱情的结晶……也许，这位年轻的女劳动者还没有得知丈夫英勇牺牲的消息，也许，她已经默默地承受了这一难以忍受的痛苦。但是，有一点是可以肯定的，她一定像千百万坚守在后方的全国人民一样，正继续拿起手中的锄头，为抗美援朝继续献出自己作为一名共产党员应尽的力量。有这样好的战士，有这样好的人民，我们的正义战争是一定会胜利的！

在朝鲜前线，我们时时感受到战士们的英勇，也时时地感受到战争的险峻。在这异常艰苦的环境下，英勇的志愿军指挥员们，与战士们同生死，共甘苦，前仆后继，共同谱写着壮烈的篇章。在战争最激烈的大同江畔，担任修复桥梁、道路工作的先头部队一二零师师长楚天同志在指挥中身受重伤，团长萧川同志光荣牺牲。但是，指挥工作一刻也没有停顿下来……

热泪蒙住了王永勤的眼睛。她放下报纸，颤抖地捂住脸。

傍晚，王永勤和方超赶到了人民日报社。

尽管已是华灯初上，但报社里仍有许多编辑、记者在加班赶写、编排着稿件。二人走进宋灵漪所在的办公室。堆着如山材料的办公桌旁，宋灵漪正在伏案工作。

方超站在门槛上，眼中含泪："灵漪……"

王永勤几步走过去："灵漪，你不要太难过了！萧川他……这已经是事实，可谁也不能把它挽回啊！"她一阵呜咽，忙用手捂住嘴。

宋灵漪没有说话，仍在被红笔画得密密麻麻的稿件上进行修改。

"你为什么这样平静？灵漪！"方超忍不住叫道，"你说话呀！"

宋灵漪慢慢抬起头："大姐，你说得对。这是不能改变的事实。你是知道的，在河北与日本人作战时，我就经历过一次他的死讯。只不过，那时是假的，可这次……"她再也无法平静地叙说下去，急忙掏出手帕捂住脸。

方超奔过来："灵漪，你要注意自己的身体啊！倘若他有灵，也不希望看到你这样悲痛……"

宋灵漪慢慢拿下手帕，看着桌上一帧萧川的遗照："这是他留下的唯一一张照片……从朝鲜战场回来后，我每天都无法入睡，一闭上眼睛，那些战斗的场面，还有那个流血的山头就在眼前重现……我和他今生注定无缘，只有更加努力地工作，才能回报他！也不枉是他的……"她伏在桌上，泪水打湿了纸张。

王永勤流着泪，把方超拉到一边："咱们怎么办？不能让她这样下去了！"

方超沉默一会儿，走过去："灵漪，听说报社领导和同志们都希望你回春江休息一段时间。我想，让永勤请几天假，陪你回去看看。"

宋灵漪立刻说："不用了。我怎么可以为了私事而耽误工作，耽误别人！何况春江满目旧人旧景，我也实在受不了。你们别担心，我宋灵漪自认还比较坚强，更何况十几年的革命生活，早把我磨炼出来了。我不会低头，更不会颓废的！"

王永勤走过去，抱住她的头："灵漪！我的好妹妹……"二人拥抱垂泪。

宋灵漪沉思良久："不过，最近报社有一个到边区老革命根据地采访的任务，我主动申请来了。"

"回边区？"

"一来，离开那里很多年了，我想念乡亲们，想念青纱帐、高粱地；二来，作为一个曾被父老乡亲的乳汁哺养的人，我有责任关注老百姓的真实生活……"

王永勤眼中含泪："是啊，我们已有很久没去过了……"

"我离开山西时，曾经说过，等我学习完了，一定还回到这里来。可是，因为种种原因，我没有实现自己的诺言。"

"你工作繁忙，自然抽不开身……"王永勤喃喃道。

"本来，我与萧川约定，等婚礼过后就专门请假，到边区去……如今，我只能带着他的心愿，一个人去了……"宋灵漪凝视着窗外肃杀的大地，慢慢说道。

王永勤抓住她的手："我陪你去！"

宋灵漪默默地摇摇头："不，这笔债，应该由我一个人来偿还！"

几天后，宋灵漪来到了边区。

在结束了采访任务后，她专程来到了岚漪河。

冰还未化冻，静静的河面下，微微发出酝酿着来年春水万马奔腾的声响。她站在那里，仿佛又听到了当年反"扫荡"时和同志们躺在冰面上，身下冰层微微破裂的咔咔声，同志们轻轻哼唱的《五月的鲜花》；仿佛又听到了夏日里，赵余心摇着小船穿行于荷花中，桨声打着水面愉快的欸乃依依……

她慢慢地走到程团长朴素的墓碑前，低头将一束白色的纸花插在僵硬的冻土中，流着泪抚摸着墓碑，猛然控制不住自己，跪倒在坟前。

天空微微飘起了雪花，慢慢地落满了冰面，落满了墓碑，也落满了这个一动不动跪在那里的人，使她看上去好像一座冰雪的雕塑。

良久，一位四十岁左右的中年医生提着药箱和几个农民从附近的村里走出来，从这条路上插到另一个村子去。忽然，一个农民指着淀边叫起来："那里好像有个人！"

大家急忙围过去，七手八脚地把倒在地上的宋灵漪身上厚厚的雪掸净。医生一震："是她？"

一位农民吃惊道："这不是宋同志？"他抬头望着医生，"吴医生，您快给瞧瞧！"

吴林已经把昏迷不醒的宋灵漪扶在怀中。他回头看看那被积雪覆盖的墓碑，沉重地叹口气。

宋灵漪被紧急送回了北京607医院。闻讯赶来的报社领导和王永勤、方超围站在宋灵漪的床前，看着吴林为她检查。

方超焦急地问："老吴，宋灵漪……不碍事吧？"

吴林摘下听筒："她的心脏不太好，可能跟过度悲伤有关。过度的悲痛，长期的紧张工作损害了她的健康，再加上这次……需要好好休养。"

报社领导立即说："我们马上联系疗养院！"

王永勤摇摇头："不，还是等我忙过这一阵，陪她回春江吧。那里有她的家人，也许……能慢慢抚平她心灵上的痛苦。"

吴林叹口气，拭拭泪："唉！没想到……"

这时，床上的宋灵漪忽然发出呻吟："萧川……"

方超看看王永勤："怎么，还是他！"

王永勤忙低下身："灵漪，你醒醒！"

宋灵漪慢慢睁开双眼，环视众人："我这是……在哪儿？"

王永勤欣喜道："在北京607医院。你在程团长墓前晕倒了，是下乡巡回医疗的老吴发现了你，把你送回了北京。老吴为抢救你，整整两天两夜没合眼啊。"

吴林忙摆手："不，不……"

宋灵漪疲惫地合上眼皮："我好像……做了一个长梦……我和萧川、程团长又相见面了！他们戴着红花，笑眯眯的。等我去追他们时，他们又远远地跑去了，去了……"

方超叹口气："他们永远不会再回来了！"

宋灵漪没有睁眼，几滴清泪缓缓渗出眼角："不会了，再也不会了……"

王永勤安慰着："灵漪，你安心治疗，等身体康复后，就由我陪你回春江。那里有你的家人，他们会好好照顾你的。"

宋灵漪睁开眼："不，我没病，我要继续工作……"

领导说："宋灵漪同志，别说了，你必须安心休养。"

吴林也开口："宋灵漪，不要争了，你身体很弱，无法胜任现在的工作。如果不休息，你的身体会全面崩溃的！"

大家都紧张地看着宋灵漪。良久，她叹口气："好吧，我就休息几天。"

王永勤急忙说："不，你要好好休息一段时期！我这几天太忙，等过了这一阵，我亲自陪你回春江！"

宋灵漪摇摇头："不！我不回春江！满目旧人旧景，我受不了。"

领导说："那么，就去其他地方吧！庐山的疗养院是专为中央机关干部设置的，报社也有名额。我看，那里对你再好不过了。"大家都点着头。

宋灵漪坚决地说："我也不想去庐山。不要占了其他同志的名额。如果你们实在要我休养的话，我想回到边区当年我们战斗的地方，住在老房东家中。"

众人对视一下。

"那里的条件可不好啊！你的身体……"

宋灵漪摇摇头："不碍事的。呼吸一下新鲜空气，我就会好起来的。"

王永勤向大家摆摆手，下了决心："那好，就这样吧！明天，就送你去边区。"

宋灵漪慢慢地点点头，闭上眼睛。吴林站在床边，沉思地望着她的面容。

九

一个月后，刚刚开春，吴林又一次随下乡巡回医疗队奔赴边区老区，顺便去看望在那里休养的宋灵漪。

宋灵漪披着棉袄，坐在当年《晋察冀日报》的老房东院子里，切着猪草。房东大娘背着柴从外面回来，站在栅栏边就喊："哎呀闺女，你咋又干上了？"她迈动小脚跑进院子，扔下柴就过来夺宋灵漪手中的刀。宋灵漪躲闪着，笑道："大娘，你还跟我生分？以前打日本鬼子时，我们可是什么都干的！"

大娘喘一口气："唉，不是这意思，你不是来养病的吗？"

"这不，我早好了。老这么憋着，倒会憋出病来呢！"

大娘这才坐下，和她一起干着："你呀，脾气一点儿没变！唉，真别说，你脸上也有点血色了。想当初你刚来时，脸儿惨白白的，真让人吓了一跳！"

"大娘，在这里的一个月，你们对我悉心照料，我的身体、心情都好多了。"

大娘叹道："这就好，这就好！唉，你也是个命苦的人呵。"她用粗糙的手掌拭着泪。

宋灵漪把脸贴在大娘皱纹深刻的脸上，紧紧抿着嘴唇。

这时，栅栏外传来一个男子的呼叫："宋灵漪在这儿住吗？"

大娘忙跑过去："你是……"

吴林兴奋地说："周大娘，我是老吴啊！你咋不认识了？"

大娘张大嘴看着这位穿白大褂的中年人："是吴医生啊！你咋也来了？唉，快十年没见喽！快进来快进来！"

吴林推开栅门，笑着问："宋灵漪在吗？"

"在，在！"

宋灵漪急忙走过来："老吴！你怎么来了？"

老吴兴奋地看着她："你的气色好多了！"

这时大娘搬出一个凳子，他忙接过去坐下。

大娘也坐下来，问："老吴呀，解放后，你在哪儿工作呀？"

"在北京607医院。这次我随巡回医疗队下乡，顺便来看看宋灵漪，为她检查一下身体。"

"噢，噢！好啊！"大娘热心地问："你成家了吗，吴医生？"

吴林像是被这突如其来的问题震住了。良久，他看一眼二人，低下头，慢慢说："1946年，我和医疗队的一位女医生结了婚。后来，在攻打天津的战役中，她……牺牲了。”宋灵漪一震，默默地看着吴林。

大娘抹着泪：“这……唉，你也是个命苦的人啊！你们这些人，为了俺们老百姓，真是把命都搭上了。”

吴林叹口气：“眼下工作很忙，我也习惯了，只是孩子受苦了……”

宋灵漪问：“你还有个孩子？”

“快五岁了，是个女孩。我把她寄在幼儿园里，老师对她很好。只是……每到周末，当我忙于工作无法接她回家时，她总是一个人抱着小被子，躲在空洞洞的墙角哭泣。唉，这孩子也怪可怜的了，缺少母爱……”

宋灵漪拭拭泪：“没想到，你也是这样……那现在怎么办？你到了这里，她怎么生活？”

“噢，我把她托给同事照顾了。”

宋灵漪沉思不语。

周大娘看着二人，笑道：“你们好好谈谈吧，俺做饭去。”

吴林掏出听诊器：“好，让我检查吧。”他为宋灵漪检查了心脏，又测量了脉搏，最后点点头，“嗯，基本正常了。”

宋灵漪笑笑：“本来就没事嘛。”

“你现在怎么安排自己的生活？”

“严格按照你们的要求，休息呗。”

两人正说着，大娘拎着一只杀好的鸭子走过来，边褪毛边说：“吴医生，你可得好好管管她。她不是忙着帮我干活，就是写东西，多费神啊！”

“你还在写作？”

“有时无事，随便写一写。”

吴林关切地说：“最好不要写太多。”宋灵漪笑笑，点点头。

老吴站起身，看着冬日下村中的小径，试探地问：“出去走走，好吗？”

宋灵漪点点头。两人与大娘打了招呼，踱出了门。

吴林伸展胳膊，深吸一口清凉的空气：“好多年没来过喽，这里真有了很大的变化。想当初，我们多艰苦……”

宋灵漪叹口气：“是的，我在这里生活了三年。”

“自从……自从那次医院相见后，我就再也没有见过你。后来我听说，你去了延安。”

“是的，在延安我生活了一段时间，又到了昆明。”

“你走得太突然了，事先一点儿音讯也没有。”

两人慢慢地走到一排破烂欲倒的农舍旧庙前，那就是以前军区医院所在地，如今已是人去院空了。

宋灵漪抚摸着那残破的墙壁上几茎干败的枝叶，微笑道：“说实话，那次在医院一见到你，我的心就踏实了。我想，你的医术那么高明，他……他一定不会有生命危险了。“她低下头：“谢谢你们救了他……”

老吴沉思半晌：“你们结婚了吗？”

宋灵漪摇摇头：“没有。那时，他爱的是赵余心。可我，竟一点儿也没看出来。”

“所以，你后来就去了延安？”

“嗯。我不想打扰他们，我决心换一个新的环境。”

“萧川不追求你，却爱赵余心？他确实是个好人。”

“我爱他，就爱这一点……”宋灵漪苦笑一下，“另外，他的毅力、他的才干也令我敬慕。不过，我们这一生都没有缘分……”

吴林沉默半晌：“回去吧，起风了。”

宋灵漪拭拭泪，慢慢地随他往回走。

第二天，老吴告别了宋灵漪，随队回京。宋灵漪在这回春的岚漪河边，继续像当地农民一样，过着日出而作、日没而息的生活。

几个星期后的一天，她披衣坐在窗前，正奋笔疾书，忽然有人捂住她的眼睛。

“谁？”她笑着问。

“我！”王永勤闪到她面前，老方也跟在后面，笑着把一书包食品放在桌上。

宋灵漪狂喜地叫道：“大姐，老方！原来是你们！快坐下！”

三个人坐下来，王永勤翻翻她桌上的纸：“在写什么？”

“我想写一些东西。我们生活在城里的人，与这片曾经同呼吸共命运的热土离得越来越远了。”

方超对王永勤点点头："看来，老吴说得一点儿不错。"

宋灵漪一边倒水一边笑问："老吴向你们告状了？"

王永勤也笑着："老吴下乡的这段时间，你们经常在一起谈天吧？"

宋灵漪点点头："嗯，他为人很好。噢，大姐，你要不要吃杏干？冬天没什么水果。"她从房梁上摘下一个篮子。

王永勤叫道："好啊！想当年我们打游击时，可没这么好的福气！真快啊，一晃全国都解放一年多了。"

方超也捡起一个放进嘴中："呀，好酸！"

王永勤却津津有味地又吃了一个："味道不错！"

宋灵漪笑道："大姐，你怎么也喜欢吃酸东西了？"

王永勤哈哈一笑，脸有点红："你问他去！"

方超挠挠头："这……"

宋灵漪恍然大悟："啊，太好了！恭喜你们！"

王永勤叹道："唉，说真的，我们年纪都已不小了。要不是参加革命，可能早就儿女绕膝了！"

方超逗她："你后悔了？"

"去你的！"王永勤生气地推他一下。

宋灵漪笑着回过身，整理着桌上的东西。

王永勤忽然像想起了什么，说："噢，对了，老方，你先出去一下。"方超愣了。

"快去呀！"

方超点点头，走出去了。宋灵漪疑惑地问："大姐，这是干吗？"

王永勤拉她坐下："灵漪，你觉得……老吴这个人怎么样？"

宋灵漪脸一红，站起身："我……我不知道。"

"萧川若地下有知，也一定不希望你为他独身……同志们都很关心你。前两天，我还收到了李秋兰和老梁的来信，希望我们多多照顾你，为你操操心呢。"

宋灵漪摇摇头："大姐，谢谢你们的好意，可这种事，是不能勉强的！"

"可是依我看，你们俩是很好的一对。老吴这个人，政治、业务都没得说，对你，也很尊敬。我探过他的口气，他说，他尊重你的选择。"

"我……这事，过一阵再说吧。"

"好吧。"王永勤无可奈何地点点头。

初春时节，宋灵漪恢复了健康，重新回到北京上班了。

周末的下午，天已经有点温热了，空气中飘动着清甜的花香。虽然还有些风沙，但人们仍脱下冬装，兴奋地涌入大街小巷，采购食品、逛公园，热闹非凡。当然，最引人注目的街景，还是那一幅幅抗美援朝的宣传画，以及在街头进行宣传活动的学生、工人。据说过两天还有从朝鲜前线归来的战斗英雄作报告，每个人的心都为此而兴奋着，就像这鼓沸的早春天气，就像那节节胜利的战地捷报。

宋灵漪身穿浅咖啡色涤卡上衣，系着白色纱巾，正要走出报社宿舍那宽大古旧的门，忽然停了一下，像是与自己做了什么斗争，回身进了自己的房间，从衣柜里取出一条绿色的裤子。

黎鸿飞抽着烟走进宿舍，正与散发着青春气息的宋灵漪碰了个正着。"老黎。"宋灵漪的脸有些发红。胡碴满脸的黎鸿飞上下打量她，发红的眼睛里带着一种淡淡的嘲讽与怜悯。宋灵漪赶快同他擦身而过走出去，听到身后一个轻轻的叹息。

宋灵漪走到机关幼儿园门口，笑着看看喧闹的孩子们，然后才走进中班教室。一位年轻朴素的女老师正在为一个小孩系鞋带。

宋灵漪微笑："请问，吴晶晶在吗？"

年轻的老师抬起头："你是……"

"我是她爸爸的朋友，今天来接她回家的。"

老师兴奋道："太好了！请等等！"她向屋里喊，"晶晶，晶晶！快出来！"

一个瘦弱的小女孩跑了出来，宋灵漪急忙迎过去："晶晶！"

"宋姨！"晶晶扑向宋灵漪。宋灵漪忙把她抱在怀里："好晶晶，今天阿姨接你回家！"

"爸爸呢？"

"爸爸做手术，没有空。来，咱们走吧！向阿姨再见！"

晶晶亲热而得意地向老师挥手再见。老师也笑着向她招手："晶晶再见！"

宋灵漪和老师告别，笑着抱晶晶走出幼儿园。

女教师站在门口，欣慰地笑着："这下就好了……"

大街上人来人往。宋灵漪抱着晶晶走着。这时，吴林从马路对面匆匆奔过来："宋灵漪！"

宋灵漪惊讶道："老吴？"

吴林数落晶晶："晶晶，快下来，别让阿姨累着了！"

宋灵漪摇头："没事的。你不是还要做手术吗？"

吴林轻声说："手术改期了。咱们一起走吧！"

宋灵漪点点头。两人并肩在路边初萌绿芽的柳树下走着，中间是活蹦乱跳、兴奋异常的晶晶。

傍晚，华灯初上。街上仍有聊天、下棋的人，柔柔的春风传来阵阵笑声、说话声。

王永勤刚刚回到家，感到腰酸背痛。她刚松口气，捶捶腰，电话铃就响了。

王永勤拿起话筒："喂？老方啊，你不回来了，公司有急事？为志愿军战士筹办药品？好的好的。孩子挺好的。再见。"她放下电话，顺手扭开收音机，一阵"雄赳赳，气昂昂，跨过鸭绿江"的雄壮歌声传来。

这时，门铃忽然响了。她打开门。门口，一个满脸胡须、穿着军装的人正站在那里。

在雄壮的乐曲声中，那个人向她伸出了手："你好，大姐。"

王永勤惊呆地后退两步："萧……萧川！"

萧川忙扶住她："你还好吧？老方呢？"

"天哪，快进来吧！"她定定神，忙拉萧川进屋，"我不是在做梦吧？"

萧川笑了一下："我不是鬼，我是实实在在的人。"

"快讲讲，这到底是怎么回事？"

萧川呷了一口水，沉吟片刻："一言难尽。在一次惨痛激烈的战役中，敌我双方伤亡都极大。楚师长负了重伤，被送下阵地。后来，一个高地坚守不住了，那是前沿，运输子弹、给养都要经过，是决不能丢掉的！我亲自带人去坚守敌人炮火非常猛烈，最后，阵地终于保住了。我们终于打退了敌人，保证了战斗和运输的胜利。可那是用鲜血换来的胜利。大家都以为阵地上无人生还了，因为炮火太激烈，死亡也太惨重。因此，我也成了‘烈士’……”

“那你……”

“我从死尸堆中醒来时，正是深夜。我艰难地爬着、爬着……不知过了多少时间，当我再次苏醒时，已躺在一户朝鲜人家里了。阿妈妮像对待亲生儿子那样对我，给我换药，把唯一的一点口粮挤给我吃。后来，她又冒着危险爬山越岭找到了自己的部队。这已是半年之后了。同志们把我送到了后方医院，我又回到了祖国。”

王永勤听得泪流满面：“你受苦了！”

“眼下，我已找到了自己的部队，我明天就回朝鲜去！”

“你还要回去？”

萧川笑着：“大姐，阎王是不要我的！你看我是不是大难不死？”

王永勤的泪水止不住地流淌：“萧川……这么多年来，你真是铁打的汉子，钢做的人啊！可是，你不知道，我们有多难过……尤其是宋灵漪……”

“我明白。”萧川掏出烟，慢慢地点燃。

王永勤猛然醒悟：“啊，我去叫宋灵漪！”

“不，大姐！我只是来看看你们，我马上就走。”

“你怎么了？你不知道她听到这个消息，会多高兴吗？”王永勤喊道。

“我知道。”萧川把烟掐灭，“她是个好姑娘，她为我受了不少苦。我不愿再搅乱她刚刚平静的心了。”

“这是什么话！她至今还在爱着你啊。”

“今天下午在电车上，我看见她和老吴在一起……还有一个小女孩，很幸福……我知道，老吴比我更需要宋灵漪。他们是很合适的。而且，我马上又要去朝鲜，生死未卜。我自己牺牲了不要紧，可又连累她为我再伤一次心，就太不好了。因此，我想了很久，决定来看看你们就走。请你不要把这件事告诉宋灵漪。”

“萧川！”

“大姐，”萧川深情地握住她的手，“我们又要分别了。”

王永勤不知该说些什么才好，只是机械地拍着他的手背：“那么，你，你……要珍重啊!”

“好，我走了，请你代问老方好。”

王永勤忍住泪：“嗯。”

萧川转身走出，轻轻关上门。

不知过了多久，王永勤猛然醒悟，扑到窗前。可是，楼下路灯孤寂地照着，早已没了他的身影。

“萧川……你又这么孤零零地走了，去投入战斗……”

几乎在同样的时刻，吴林家却还是灯火辉煌，欢笑不断。晶晶和老吴、宋灵漪吃完饭后，三个人一起听了会儿收音机，晶晶又迫不及待地为爸爸和杜姨表演从幼儿园学来的歌舞和小相声，逗得二人欢笑不止。

九点钟，宋灵漪为她洗了手脚，把她送上床，哄她入睡。晶晶乐得手舞足蹈，非要让宋灵漪也给她唱支歌。宋灵漪沉吟片刻，哼起了“小白菜呀，地里黄呀，三岁两岁，没了娘呀……”边哼边轻轻拍着晶晶的身子。晶晶喃喃说：“宋姨，你真好……”慢慢地闭上眼睛。宋灵漪的眼里闪着泪。晶晶渐渐入睡，苍白的小嘴角泛着一丝满足的甜笑。吴林轻轻地走进来，靠在门上，静静地看着宋灵漪，眼角也闪着泪花。

晶晶睡着了。宋灵漪为她盖好被子，又亲了她一下，才悄悄站起身。

吴林走过来：“晶晶很喜欢你。”

“我也很爱她。可怜的孩子……老吴，我该走了。”

“不，你再坐会儿……行吗？”老吴恳求地说。

“我……天太晚了，一会儿就赶不上电车了。”

老吴倔强地坚持：“为了晶晶，请你再待一会儿，好吗？”

宋灵漪沉默，坐在床边。

老吴走到她面前，激动地扶扶眼镜：“灵漪，你觉得……我这个人怎么样？”

不可避免的事情终于到来了！宋灵漪有点紧张：“你很好。”

“我知道，你并不喜欢我。”老吴怅惘地坚持。

宋灵漪低下头：“不，我很尊敬你。”

老吴苦笑一下：“是啊，当年我们一行人向根据地进发时，我就看得出，你并不喜欢我。”

"你别误会，老吴。当时我一心为了抗战，对别的……我没有在意。"

"有这个原因，可也有别的。那时，你心中就已有他了，是吗？"

宋灵漪站起身："老吴！不要再提这件事了。"

老吴摘下眼镜："我也很敬慕萧川同志，当我得知他是你的未婚夫时，我衷心为你们祝福。可现在不同了，萧川已牺牲，这是事实！你为什么……还是这样……"

宋灵漪沉默良久，才缓缓说："心灵上的痛苦，需要时间来医治。我现在只想用工作来冲淡思念。老吴，原谅我。"她提起包，快步走了出去。

老吴慢慢地低下头。

十

秋天里，王永勤生下了一个儿子。

消息传来，宋灵漪一下班就匆匆赶到医院，无意中在走廊上遇见了形容有些疲惫的吴林。

宋灵漪向他笑一下："老吴，晶晶好吗？"

老吴苦笑笑："谢谢你。你去哪儿？"

"王大姐生了一个儿子，我去产房看她。"

"我知道，一个胖小子。"

"是吗？"

"你还是快去吧。"老吴勉强笑笑，又匆匆走了。

宋灵漪叹口气，也匆匆向前走去。

病房里，王永勤正坐在床上，和丈夫方超逗着儿子。

方超依在王永勤身边，一边溺爱地拨弄着小孩的嫩脸，一边说："我的胖儿子！永勤，他像不像我？"

"哼，不像！谁像你那么丑？"王永勤哈哈大笑。

"你呀！"

“哎呀，他尿了！快去拿布！”

方超忙笨拙地换尿布。这时宋灵漪进来了：“大姐！”她跑过去：“呀，小家伙好可爱哟。”

王永勤笑道：“宋灵漪，快坐下！”孩子哇哇地哭闹着。

方超叫道：“啊，永勤，一定是该喂奶了。”

王永勤忙指挥：“你把奶瓶拿来，兑上温水！”

宋灵漪说：“我来吧。”她走过去，帮方超干着。

王永勤看着她的背影，忽然轻声问：“灵漪，你……和老吴到底怎么样了？”

宋灵漪苦恼地摇摇头。

“如果你还不能忘掉他的话，那……”

方超忽然把奶瓶塞给她：“永勤！给你奶瓶。”

王永勤“噢”了一声，忙给孩子喂奶。

宋灵漪疑惑地问：“大姐，你说什么？”

“没，没什么。”

这时，老吴忽然匆匆推门而进：“宋灵漪！啊，老方，小王，对不起。”他喘着气，擦着汗，看着宋灵漪。

王永勤急忙问：“老吴，出了什么事？”

吴林转向宋灵漪，第一次显得有些手足无措：“灵漪，晶晶病了！”

宋灵漪一下站起：“什么？”

“昨天我就把她接来医院治疗，她突发高烧，烧得神智不清，一个劲儿地要妈妈，怎么也不肯吃药。唉！”老吴颓然坐在椅子上，用手撑住头，“我本来不想告诉你们的，可……”

宋灵漪已冲了出去：“我去看看！”

王永勤急忙说：“老方，你也跟着去看看！”

在楼下的儿童病房里，晶晶躺在床上，不停地打着滚，说着含糊不清的胡话。大夫护士站在一边，为难地望着。宋灵漪一进门就流出了泪，一下扑过去抱住她滚烫的小身体：“晶晶！”

晶晶还在挣扎：“妈妈！妈妈！”

宋灵漪用自己的脸依偎着她的脸："晶晶，妈妈就在这儿……妈妈不会离开你的！"她泪流满面。在她温存的抚摸、拥抱下，晶晶渐渐安静下来。方超默默地看着。吴林用手擦着涌出的泪水。

晶晶那起满大泡的小嘴角露出一丝甜甜的笑："妈妈，昨天晶晶梦见你了，可是没等晶晶看清，你又不见了……"她紧紧抱住宋灵漪的脖子，肿肿的眼泡里，小眼睛眯成一条缝，努力地睁着，"妈妈，你别再走了！晶晶想你！"

宋灵漪抱紧她："妈妈不走，妈妈再也不走了……"

在宋灵漪温暖的怀抱里，晶晶终于安静下来。护士趁机上前为其进行静脉点滴的注射。

宋灵漪俯在床边，仍然深情地望着晶晶的脸。

吴林拭一下眼泪，慢慢走过来："灵漪，真对不起，让你受委屈了……"

宋灵漪看他一眼，又看着躺在床上昏睡的晶晶，缓缓摇头："不，我愿意做晶晶的妈妈，我愿意 ……"

1953年7月27日，朝鲜停战协定终于在板门店签订，历时3年多的抗美援朝斗争取得了决定性的胜利。王永勤和方超给他们的儿子取名"胜胜"，以纪念这一用鲜血和生命换取的胜利。

中秋节这一天，吴林、宋灵漪夫妻俩带着晶晶到王家拜年。

王永勤抱着孩子，笑着让他们吃月饼。明显活泼好动了的晶晶吵着要抱小弟弟。

吴林吓唬她说："晶晶，别乱动，摔坏了小弟弟可不是闹着玩的！"

晶晶瞪大眼睛望着宋灵漪。宋灵漪笑着搂住她："好晶晶，你还太小，抱不动小弟弟的。"

王永勤也说："是啊晶晶，等你长大了，一定让你和小弟弟玩，啊？"

方超正在厨房指导保姆烧菜。他探头看了看，赶过来抱过孩子："永勤，孩子要睡觉了。你歇歇吧，我把他抱到屋里去。"

吴林笑道："小王，老方对你可真好！"

"那，也比不上你对灵漪体贴啊！"王永勤立刻还击。吴林羞喜地低下头。宋灵漪埋怨地说："大姐……"王永勤哈哈大笑。这时，外面有人敲门。

方超急忙跑出卧室："我去看看。"

王永勤笑着问晶晶："晶晶，妈妈对你好不好？"

"好，好极了！"晶晶立即回答，众人大笑。宋灵漪抱着晶晶，笑道："晶晶也是个乖女儿！"

这时，方超激动地奔进客厅："你们看谁来了！"

几人站起身。只见老梁、李秋兰带着一位二十多岁，眉清目秀的姑娘走了进来。

王永勤和宋灵漪忙奔过去。几人相见，激动万分。

王永勤埋怨着："你们来北京怎么也不通知一声！"

宋灵漪也感慨着："你们总算来了！"昔日的战友，如今在北京相见，都备觉亲切。他们互相打量着对方，感慨、狂喜，千言万语简直不知从哪里讲起。

王永勤看看那位姑娘，犹豫着："这是……"

李秋兰急忙说："你认不出来了？是小妹呀！"小妹恭恭敬敬地向二人鞠了一躬，朗声叫道："王阿姨，杜阿姨！"

王永勤惊呼："呀，小妹完完全全长成大姑娘了！我简直又认不出了！"

宋灵漪抚摸着小妹的肩膀："时间过得真快啊！小妹，还记得当年我和你妈妈一起战斗的事吗？"

小妹笑道："怎么不记得！我还知道，是你救了爸爸呢。"

梁子真自豪地笑着："这孩子的记性挺好的。"

小妹接着说："连我七岁时，和你们、萧叔叔、刘红阿姨一起在武汉的情景，都历历在目呢。"

众人都黯然神伤。宋灵漪喃喃道："他们……都已不在了……"

王永勤急忙说："啊，你们快请坐！对了，灵漪，你还不把老吴向他们介绍一下？"

宋灵漪回过神来，微微笑笑："这是老吴，我的丈夫。"三人又忙与老吴握手。

梁子真感慨道："老吴，你有福气啊！"他那认真的神态使在场的人发出一阵欢笑。王永勤忙着倒茶、递水果。李秋兰坐下来，看着身边的晶晶："这是谁呀？"

宋灵漪忙说："这是老吴的女儿，也是我的女儿。"

李秋兰笑道："和小妹小时候多像啊！"大家都意味深长地点头。

晶晶抬头望着众人。小妹亲热地搂过她："你也和我一样，有个好妈妈！"

王永勤递给小妹一杯茶，高兴地上下打量她："好个懂事会说话的姑娘！小妹今年多大了？"

李秋兰说："二十三岁了。她刚从云南大学毕业，主动向组织上提出到东北建设基地去工作。"

方超兴奋地拍拍小妹的肩膀："好啊！如今，国家刚刚开始大规模的经济建设，百废待兴，正需要你们这些年轻人去为之奋斗啊！小妹精神可嘉！"小妹腼腆地笑笑，没有说话。

王永勤问："你们就这么一个女儿，让她走了，不感到寂寞吗？"

身穿中山装的梁子真看看笑着的妻子、女儿，认真地回答："我们支持她的选择！年轻人是该多闯闯！"

李秋兰接上说："是啊。想我们当年，比她还小呢，不也是在枪林弹雨中出生入死嘛。现在的年轻人，更应该严格要求自己。"

小妹依着妈妈，眉宇间流露出一股倔强的神情。

王永勤感叹道："你们是好父母，也有个好女儿啊。"

大家愉快地交谈着。王永勤又让方超抱出孩子，大家凑过去逗弄着小孩，十分亲热。正在这时，门铃又一次响了。

小妹抢着说："我去开吧！"

小妹打开大门。一个穿军装的中年男子正站在门口，脸上的胡须显然刚刚剃去，还留着青青的痕迹。

小妹有些犹豫："您找谁呀？"

"请问……王永勤和方超同志在吗？"

"你是……"

"我是他们的战友。"

小妹猛然惊呼："你是萧川叔叔！萧川叔叔！"她扑过去，抓住萧川的手，激动得满脸通红。

萧川一愣："你是……"他望着这个姑娘，沉思着。

“我是小妹呀！”

萧川一下抓住小妹的肩：“小妹！你是小妹！啊，你可长成大姑娘了！”

小妹拭去欢喜的泪花：“您刚从朝鲜回来？”

萧川点点头。小妹拼命向屋里跑：“爸爸，妈妈，王阿姨，宋阿姨，方叔叔，吴叔叔，萧川叔叔来了！”

屋里的人都一惊。王永勤与方超对看看，梁子真也和李秋兰愣愣地互望。惊呆的吴林下意识地抓住宋灵漪的胳膊。几人的目光最后都不约而同地射向宋灵漪。宋灵漪呆呆地站着，脸色惨白。

小妹奔过来：“他刚刚从朝鲜战场回来！你们……这是怎么了？”

李秋兰回过神来：“他在哪儿？”

“就在门口！萧叔叔，快进来呀！”小妹回身喊着。人们立刻向门口奔去。可到了门口，却发现已空无一人。

李秋兰惊奇道：“萧川大哥还活着？可是，他人呢？”

小妹瞪大眼睛：“刚才还在这儿呀！”

梁子真急切地问：“你没看错？”

小妹看看宋灵漪，抖了一下，摇摇头。屋里，无人理睬的胜胜忽然大哭起来。宋灵漪一下把脸伏在门框上，也痛哭失声。欢乐的气息一扫而光了，极沉重的氛围笼罩在空气中。在偌大的房间里，只有二人的哭声在响亮地回荡。良久，王永勤走上前去，试探地扳住宋灵漪的肩：“灵漪……”

宋灵漪忽然冷冷地回过头，说：“你一定知道他并没有死。”

“我……”

“你为什么要瞒着我？！”

“他……”

方超忙过来：“灵漪，这是萧川自己的要求。他说得有道理啊……而且，是他要求的永勤，永勤必须信守诺言啊。”

王永勤流下泪来：“灵漪，萧川他用心良苦，你应该明白。他做得对……”

宋灵漪忽然冷冷一笑：“对？你们就不考虑一下我的感情吗？”

“他是怕再给你一个突然打击，你受不了啊！”

宋灵漪沉默了，眼中涌出点点泪花：“我知道，我们俩这一辈子都没有缘分……”

李秋兰拭着泪：“你们都太苦了……”

“他一个人，又有伤，还要承担繁重的工作……他需要一个家啊！我真悔……”宋灵漪的头抵在门框上，手指紧紧抠住门缝，喃喃地说着，哭泣着。

王永勤叹口气：“我们，也没有想到……”

屋里的气氛更沉重了。方超尴尬地偏过头，看看坐在沙发上搂着晶晶沉默不语的老吴。

王永勤试探着说：“要不，我向军委了解一下，萧川回国后分在哪里工作。”

“不用了……”宋灵漪决然喊道。大家都震惊地抬头望着她。“我了解他。为了我们，他是不会留在北京的。”

“灵漪！你要冷静点，这事已无法挽回了。”方超冲到她面前，大声说道，“你要想想老吴，想想晶晶！”

宋灵漪鼻子又一酸：“你们真的以为我竟会这样没有道义吗？难道我会让晶晶像我，像小妹小时候那样，再一次失去母爱？”

晶晶坐在沙发上，呆呆地看着她。

宋灵漪忽然捋捋头发，十分镇定地说：“咱们回去，接着吃团圆饭！”她笑着唤过晶晶，“来，晶晶，妈妈和你一起吃饭！”

谁也没有动。几个人互望望，小妹痛苦地流泪。吴林坐在那儿，一点一点地斟着酒。

宋灵漪拿起酒杯：“来，让我们为今夜的团聚干杯吧！”她一口饮尽，“大姐，老方，秋兰，老梁，来，干啊！”她又倒满一杯，“怎么，没人喝吗？”

老吴夺过酒杯：“让我喝！我陪你喝！”

晶晶吓得不敢动。宋灵漪饮尽一杯，笑道：“老吴，干了它！”

方超上前夺过酒杯：“宋灵漪！你看看你这样子，还像个被党教育了多年的战士吗？像个做妻子、做母亲的样子吗？”

王永勤忙止住他。

宋灵漪怔怔地望着酒杯：“对，我不是个好干部、好妻子、好母亲……你指责得对……”

“灵漪，他不是这个意思……”

“可你们有谁，想过我的感情……想过我的……”宋灵漪突然晕倒在地上。

吴林一把抱起她。大家呆呆地看着。

王永勤醒悟过来，忙走上前：“快，到卧室去……”

吴林叹口气：“不用了。我们都走吧，让她在这儿睡一会儿，一个人安静地睡一会儿……”

吴林把宋灵漪放在沙发上，自己忽然抓起外衣，冲出门去。

“老吴！”方超追了出去。

小妹搂着哭泣的晶晶，半跪在沙发前，望着宋灵漪惨白的脸。一滴滴的泪慢慢地滚落在晶晶白胖的圆脸上……

萧川在马路上慢慢地走着，腿有些瘸。从路边的平房中，传来一阵阵的欢歌笑语。天上悬着一轮圆月，透过窗户，可隐隐看见人影幢幢，觥筹交错。几个小孩站在路边的树下放着烟花爆竹。“嘭”的一声，一个二踢脚呼啸着蹦上天空，孩子们顿时拍起手掌，又笑又叫。萧川站住，看了半晌。忽然，一个中年妇女从透出柔和灯光的小屋里跑出，一迭连声地叫着：“该吃饺子啦！快点儿回来！小三儿，二头儿，快回家！”几个小朋友一轰而散。妇女笑着拉着其中的两个孩子回家了。

一阵饺子汤淡淡的香气飘入了萧川的鼻中。那些正在吃饺子，正在听着收音机里传来的欢乐音乐，正在举杯庆贺抗美援朝胜利的家庭一定很热闹吧？幢幢屋里都是这样的热闹，可屋外却这样冷清。萧川站在空无一人的大街上，静静地聆听着那隐约传来的，因距离的久远而带上一层柔和色彩的欢快音乐，这欢快的音乐从许多人家亮着灯光的小屋里传出，飘荡在首都北京节日的上空。

和平的生活，是多么美好。

第六章 / 南鸿北雁了无因

一

1953年的冬天，东北与内蒙古交界处的伊噶尔盟已是极度寒冷。然而，就在这片风沙迷目的荒凉土地上，正在兴建中国北方的一个大型工业原料基地。这是国家开始实施的第一个“五年计划”的重要部分。省里决定在这里开辟新市区，建造大工厂、大学校、大机关以节省耕地。

虽然已是深夜，可工地上一幢幢大楼的脚手架仍然灯火通明，一群群解放军战士正在严寒中紧张地施工。

一辆破旧的吉普车冲过颠簸的土路，停在工地上。从车里走下穿着棉袄，满脸皱纹的楚天师长。他向工地上的脚手架自豪地看看，回头向车中叫道：“老伙计，到了！”

提着行李卷的萧川走下吉普车。楚天笑着说：“怎么样？够壮观的吧？”

“是啊！”萧川仰望着那高高的脚手架和架上紧张施工的工程兵战士。

“这和那温暖舒适的大城市是没法比，可我们来，就是为了吃苦嘛！我就要你来作工程副总指挥，派什么人来也不收！有了你，工作一定会取得更快的进展！”楚天兴奋地说。

萧川说：“中央已下了决心，学习苏联，制订五年计划。战争终于结束，大规模的经济建设开始了！照这个速度，用不了多久，这片蕴藏着丰富稀土资源的土地上就会出现工厂、学校，会出现一个崭新的工业城市……”

“不过老伙计，你可得改改战场上那种拼命三郎的劲头了！你也是小四十的人了，又浑身是伤，悠着点干！”

“你别说我，你自己呢？”萧川捅捅他。两人哈哈大笑。这时，一个二十多岁的年轻军人跑过来，激动地向他敬礼：“政委！”

萧川惊呼：“虎子！”

楚师长说：“他也跟着部队到东北来了！一听说老首长要来，他硬缠着我，非要回来接着给你当警卫员不可！”

萧川感动地叫道：“虎子！”两人紧紧地拥抱在一起。

楚师长笑着：“走吧，到营房歇歇去！”

萧川却向工地走去：“老楚，我不累。部队来这里多久了？各种设施都配套了吗？”

“来了俩月了。吃饭问题已基本解决，就是医生还没来。”

萧川沉思着：“是这样？我马上向省里打报告！”

虎子噘起嘴说：“人家大城市的医生，嫌咱这地方苦呗！”

楚师长叹口气：“是啊是啊，咱这儿是第一线，吃得差，天太冷，条件实在太差劲。那些医生自然有些犹豫……现在，卫生所只有一位护士。”

萧川不再询问，抬脚就向工地奔去：“走，咱们上工地！”

楚师长在后面追着：“老萧！”

萧川一边在沙土中深一脚浅一脚地跋涉，一边喊道：“我不累，我浑身是劲哪！走！”

楚师长摇头笑笑，三个人快步走向建设工地。

在这个奇寒的严冬里，呼啸的狂风越过大兴安岭山脉，肆无忌惮地吹向这片荒凉的，一毛不生的土地。往往是鹅毛大雪在一夜间就覆盖了脚手架和简易工棚，给施工带来了新的，更大的困难。然而，工程建设的速度却依然没有减退。

清晨，萧川在工棚里醒来，披上棉衣下床，忽然觉得腿有些伤痛。他卷起裤子，只见腿肚上的一处朝鲜战场上留下的伤口已经化脓了。他叹口气，从桌上拿起一块白布，紧紧包扎好伤口。这时，睡在旁边床上的楚师长打了个大呵欠，也醒了。

“唉，昨夜又盯到两点……真困哪！”楚师长坐在床上，伸个懒腰，腾地跳下床，“老萧，你咋了？”

萧川笑笑，放下裤腿："没事，关节炎又犯了。"

楚师长走到屋角拿水盆，才发现盆水已冻成了冰。萧川一跛一跛地走出工棚，捧起一堆雪在脸上搓着。这时，虎子推着一车沾雪的煤球从远处奔了过来，喜洋洋地叫道："政委！你们快生火吧！"

萧川直起身："眼下这么缺煤，这是打哪儿弄来的？"

"是供应处的同志特批的！"

"不行，你送回去！"萧川继续"洗"着脸。

"为什么？"

"战士们比我们更辛苦，他们应该优先用煤！快去吧。"

虎子不高兴地说："可你的腿……"

楚天也钻出工棚，向萧川说："老萧，虎子说得有道理，留下一点儿吧。"

萧川看他一眼，缓和了语气："好，留下一点儿，其余的赶快送回去！"

虎子噘着嘴点点头，跑进工棚生火。

萧川弯下腰，一阵剧烈的疼痛使他不由得捂住腿，一会儿又直起身来。

楚天关切地问："是不是老伤口又化脓了？"

萧川支起衣领："没事的，老首长。这是老毛病了。"

虎子拿着簸箕出来取煤，劝他："到卫生所看看吧！"

楚天说："是啊，今天你就别上工地了，看你这脸色，蜡黄蜡黄的！"

萧川挥挥手："唉，战场上出生入死地过来了，这点小伤算什么？今晚又要变天，一号工程必须抢修完毕，任务重着哪！快走吧！"他拉着楚天匆匆地向工地奔去。

虎子看着工棚里刚刚生起的炉火，急忙在后面喊："哎，首长！首长！唉！"

下午，北风欲刮欲烈了。奋战在工地上的人们马不停蹄地抢修、加固着工程，在几步远外就看不清对方的风沙中呼喊着，奔走着。天空密布着阴云，一场大风雪又要来临了。

在来来往往的车辆中，一辆装满木材的卡车驶进了工地，慢慢停在脚手架前。套着白大褂的梁小妹提着大药箱从驾驶楼里跳下来，向司机挥手："谢谢您了，同志！"

年轻的司机从车窗里探出头，指指划划道："医生同志，东边就是卫生所了！"

"谢谢！"车子继续向前开去。一阵狂风吹来，小妹忙转过身，紧紧护住手中的医药箱。一会儿，风渐渐小了，她这才深一脚浅一脚地走进卫生所的工棚。

满头灰土的小妹推开罩着厚厚棉布的门。生着炉火的棚里，一个四十多岁，瘦瘦小小的妇女正在给一位头上缠着纱布的战士打针。边上还坐着几个战士。

小妹走过去："您就是姚玉琴同志吧？"

妇女抬起头来，战士们也都好奇地盯着她。妇女点点头，带着浓重的四川口音："我就是。你是……"

小妹高兴地说："太好了！我是从军区医院下来巡回医疗的，我叫梁小妹。"

姚玉琴立刻狂喜地站起来，使劲握住小妹的手："欢迎欢迎！梁医生，你来得太及时了！"

几个战士也拥过来，纷纷问长问短。一个战士说："我们盼你们来，盼了几个月了！"

小妹被这些热情的人簇拥着，反而有些不好意思。她左右看看，吃惊地说："你们这里没有大夫吗？"

姚玉琴坐下来，叹口气："唉，来过两个，嫌太苦太冷，都走了。眼下，千把名战士基本上就由我一个人来管。不瞒你说，我没啥子医疗知识，小毛小病还好对付，可遇上重伤重病，就得赶快往医院送。唉，不便宜啊！"

小妹沉思着问："你们的领导也没有自己的大夫吗？"

一个战士抢着回答："我们的所有领导，上至师长师政委，下至各排排长，都和我们一起劳动，一起吃饭，他们的生活条件比我们还差哪！他们是真正地不讲特殊啊！"

小妹被深深触动了，她尊敬地望着这些默默辛劳的战士，又望一眼那高高的、沸腾着风声与人声嘶喊的脚手架，坐下来，打开医药箱，热情地说："来，同志们，我给你们看病！一会儿，我和你们一起到工地去！"

战士们都欢腾起来，纷纷围在这位军区医院女医生的身边。

傍晚，狂风大作，天空布满了沉沉欲坠的乌云。战士们忙着盖雨布，抢运石灰、水泥。楚天、萧川和虎子也在运输的人群中。车子不够，他们就和战士一样，两人一组抬着石灰向仓库走去。一阵大风吹来，石灰弥漫。

虎子咳嗽几声："政委！歇歇吧！"

萧川按住腿，又直起腰："等抬完这筐再说吧！"

"你已经干了一天了！"

"谁还不是和我一样？"

两人把筐抬进仓库。萧川喘口气，又忙叫住一位同志："老王，木材是否已基本入库？"

老王擦着脸上的黑汗，气喘吁吁地回答："是的！"

萧川对虎子说："走！接着干！"

这时，天空电闪雷鸣，雨雪夹着冰雹倾打下来，顿时，仓库外一片雨幕。

萧川吼道："跟我冲！"

虎子焦急地叫着："政委！"

萧川愤怒地看他一眼："别磨磨蹭蹭的，走！"他带头冲入雨幕。众人也随之跑出仓库，狂奔向脚手架。

在这风雨交加的夜晚，医务所冷清清的，战士们都冲上了第一线。小妹再也坐不住，她穿着雨衣，提着药箱从医务所里跑出来，跌跌撞撞地奔向工地。

站在倾盆而下的冰雹与雪雨中，她惊呆地凝望着灯光闪耀、人来人往、车流不息的沸腾的工地。这奇妙而壮观的场景使得刚刚走出校门的女大学生心潮起伏，激动万分。在震耳欲聋的雷声、哗哗的雨声以及工地上交相回响着的奔跑声、工具的敲打声、人们的吼喊声中，她好像听到了天地间回旋着的深沉雄壮的交响曲，好像在一瞬间捕捉到了人生最华美的乐章，禁不住喃喃自语："这，这才是真正的战斗生活！"

这时，一群运送物资的战士奔过她的身旁，冲向脚手架。她一愣，跟了上去。在划破天空的闪电的映照下，萧川带人迅速攀登到脚手架上，和战士们一起进行着最后的加固。小妹站在下面，不停地抹着眼睛上不断涌流的雨水，声音激动得颤抖起来："萧叔叔！"

一根钢筋从错综复杂的脚手架上掉下来，直砸向她的头顶。旁边一个正在搬运石料的人立刻冲过来，一把拉过小妹。钢筋擦着小妹的额角落在地上，小妹惊魂未定。那个人狂吼着："多危险哪！你是谁？到这儿来干吗？"

小妹在风雨中喊着："同志，我是医生，来巡回医疗的！"

"什么？！"那个人的喊声立刻被风雨撕碎了。这时，一道闪电在头顶劈过，照亮了这人满脸皱纹的脸，原来是楚天。

楚天挥着手："不要在这里添乱了，同志！"他朝上面喊着，"虎子！"

虎子从脚手架上跳下来："楚师长！"

小妹一愣。

"马上把这个小姑娘送到卫生所去！"楚天命令完，立刻又转身忙开了。

小妹急忙喊着："哎！哎！"

虎子大声说："同志，快走吧？"

小妹噘着嘴："我为什么不能留在这里？"

"这是男人干的事！"

"什么？"小妹立刻生气了，"封建思想！"

"我封建？！好，好，不跟你争了，快走快走，我还有事情呢！"虎子又好气又好笑，不耐烦地催促着。

"谁要你送了？我认得路！"小妹转身赌气地跑开。虎子愣了一下，对着她的背影笑了笑，忙又向脚手架跑去。

卫生所中，姚玉琴正在给一个头部受伤的战士细心地包扎着。小妹奋力推开门，一股狂风立刻夹卷着冰雹、雨雪扑进来。她用身体使劲把门撞上，气冲冲地说："太气人了！这个楚师长，坏老头！"

姚玉琴抬头笑着问："你说谁呀？"

"还不是那个老封建楚师长！"小妹余怒未息。姚玉琴和战士们莫名其妙地对视一眼，忽然爆发出一阵大笑。

"你们笑什么？"小妹惊奇地问。

姚玉琴笑着向战士们摇摇手，招呼小妹："小妹，你说得对头。来，不让你上工地，就留在卫生所吧，一会儿肯定会有许多伤员来的。"

小妹气消了，急忙过来帮助姚玉琴包扎。

深夜，雨终于渐渐地停了，风也慢慢地减小了势头。卫生所外，工地上的喧嚣化为了一片相对的宁静。姚玉琴和小妹送走几名战士，坐下来。

姚玉琴戴上老花眼镜，拿起一件衣服补着，眼睛从镜架上方不时扫向小妹："小妹，累了吧？"

小妹不以为然地摇摇头："不累！姚大姐，可战士们真辛苦啊！"

"是啊！"姚玉琴放下衣服，若有所思地看着炉火，"战士们正在修建的，是为国家大规模经济建设提供重要原材料的工业城市。这是多么伟大的事啊！可我们这里，至今连一名医生也没有……"

小妹沉思着。

"可能不会再有太多伤员来了，你去睡会儿吧，啊？"姚玉琴咬断线头说。

"你呢？你在给谁补衣裳？"

"这是我爱人的。"姚玉琴笑笑说。

"你爱人？他也在工地上？"

姚玉琴点点头，又拿起一件磨破的军装，仔细地缝补着。过了一会儿，她停下来说："要说我的命，真是奇妙。我是克夫命。第一个丈夫是大公报的记者，日本大轰炸中死在重庆了。他是左倾的，所以有人安排我跟着一支队伍去了延安。队伍里有个英国记者，不知为啥子他偏偏看上了我。我瘦瘦小小，没得文化，长得也不美。他却说，他漂泊了这么些年，疲惫透顶了，终于找到了心中真正的中国女人。我们就在延安结了婚。他为外国报纸写了很多关于延安的报道，毛主席也接见过他。后来，他想离开延安，去其他解放区看一看，我们一到山东，就遇到敌人大扫荡，他也牺牲了。"

小妹眼睛晶亮地看着她，完全被这个离奇的故事迷住了。

"后来呢？你怎么又到了这里？"

"我以为自己这辈子再也不会结婚了。可命运就是这么古怪。去年，有人介绍我认识了一位解放军军官。我说，我是克夫命。他却说，我是克妻命。我的未婚妻，在我即将攻打下那座城市时，牺牲在敌人监狱里了。咱们两个阴阳调和调和，或许就能把日子过下去。真奇怪，他有文化，也有地位，找个女大学生不成难事，却一心一意要和我组成家庭。后来组织上调他来这里开辟大工地，我也就跟来了。"

小妹望着煤油灯，沉思良久，忽然问："对了，姚大姐，你们这儿有没有一个叫萧川的？"

姚玉琴停下手中的活："你是说萧政委？"

小妹兴奋地点头："对，对！他……"话音未落，门忽然又被踢开了，随着风势，虎子背着一个人闯了进来，后面跟着战士和楚师长。

小妹吃惊地站起："你……"

姚玉琴叫道："老楚，怎么啦？"

楚师长向她们挥着手："快！萧川……"小妹一惊。

虎子大声说："快救救萧政委吧！"姚玉琴忙帮助他们把萧川放在床上，小妹呆呆地看着煤油灯下萧川沾满泥沙的脸。

姚玉琴向她招手："小妹，快来！"小妹猛然醒悟，忙奔过去解开萧川的衣衫，为他听诊。众人焦急地围在旁边。

虎子带着哭声说："他是腿上的旧伤复发，再加上雨浇劳累，才……"小妹急忙卷起萧川的裤腿，解下已经湿透的白布。油灯下，那处伤口已经化脓溃烂。大家都吃了一惊。

小妹颤抖地拿起纱布重新包扎着："不，必须马上送医院！伤口已经感染了！热度很高，再不及时治疗就有败血症的危险了！"

楚师长向门外大吼："老王！准备吉普车！"众人把萧川放在门板上，抬上老王迅速开来的车子。小妹也跟在后面钻了进去。车子在风雨中一溜烟开走了。

二

在军区医院洁白的病房里，萧川躺在床上，床边挂着输液瓶。小妹伏在他的脚头，睡熟了。一会儿，萧川微微动一下，慢慢睁开双眼。小妹条件反射般一下坐起，奔过去伏在他的头边，兴奋地大声叫："萧叔叔，萧叔叔！"

萧川尽力睁大双眼："这是哪儿？"

小妹急忙说："是医院。你已经昏迷两天两夜了！"她熟练地换着输液瓶。

萧川恍然认出："你是小妹！你怎么在这里？"

"嘘，别说话。我就在这个医院工作啊！"

这时，病房的门悄悄开了，一位老医生领着两三位医生和楚天、虎子走了进来。小妹急忙喊道："院长！"

院长问："萧政委醒了？"小妹点点头。

院长如释重负地走过去："政委，你可真是条铁打的汉子啊！"

楚天和虎子也急忙过去关照萧川。楚天握住院长的手说："也多亏了医院的全力抢救。"

院长对萧川点点头："小梁守护了你两天两夜！"

萧川感激地看着小妹。

小妹脸有点红，恳求地望着院长："院长！"

院长和蔼地笑了："好好，不说了。"

楚天俯身对萧川说："老伙计，以后可得改改这拼命三郎的脾气了，你已不是二十多岁的小伙子了！"

院长也说："何况，你还有旧伤……这样拼命干，谁也受不了啊。"

小妹敬重地望着萧川。

楚天看她一眼，调皮地笑笑："对了，小家伙，听说你对我还有点意见哩？"

小妹脸一红，着急地辩解："谁说的？"

虎子、楚天、院长都哈哈大笑起来。

小妹更着急了："楚师长，我……我不是故意的！"

虎子急忙安慰她："别怕别怕，师长是吓唬你呢！"

小妹问："师长，是谁告诉你的？"

楚天得意道："我有耳报神！"

萧川忽然笑起来："老楚，你这家伙，吓唬人家小姑娘！小妹，你大概还不知道吧，楚师长的爱人就是姚大姐！"

小妹愣住了："这是真的？"

楚天笑着拍拍她的肩："怎么，你还不信？"

小妹恍然大悟，急得脸都红了："哎呀，你们可真坏！"众人都被她逗笑了，小妹自己也忍不住笑起来。

几天后的清晨。萧川坐在床上，腿上摊开一张工程图纸，聚精会神地研究着。小妹端着药进来，不客气地说："萧叔叔，快吃药吧，别看了！"

萧川顺从地放下图纸："好，好。"

小妹为他检查了伤口，又向他要来夹在腋下的温度计，对着光看着。

萧川一边吃药一边问："怎么样，没事了吧？"

小妹放下温度计："伤口还没愈合呢，你必须休息。"

萧川恳求地说："小妹，你和院长通融通融，放我出院吧！"

小妹不容分说："我可不敢！院长和楚师长怪罪下来，我可担当不起！"

萧川无可奈何地一笑："你这个小家伙啊！"

小妹好奇地问："萧叔叔，你到底有多老了？"

萧川哈哈一笑："你看呢？"

小妹坐在椅子上，认真地说："在王阿姨家门口见到你时，你刚刮了胡子，显得满年轻的；可是，在卫生所里，你满脸是土，脸色苍白，像个五十多岁的老头儿！"

萧川哈哈大笑："我本来就是老头儿了嘛。"

"谁说的？你现在就显得挺年轻，只不过你的眉宇间有一种深沉之情，"小妹仔细地观察着，"使你显得很沉稳，很……忧郁。"

萧川放下杯子："忧郁？"

小妹搜索枯肠也找不出解释的话来，便回答说："反正，你显得很成熟，很稳重。"

"是吗？我是你的叔叔嘛。"

"我还记得七岁时，你背着妈妈闯进我家来……"

"我也记得，当时你是个多可爱的小女孩！"

"我还记得，你和刘红阿姨、宋阿姨、王妈妈、方叔叔，还有赵余心阿姨，都一直为抗战奔忙……"小妹轻声说。

萧川沉默，半晌才说："逝者已矣！我是个幸存的人。"

小妹同情地望着他。似乎为打破这沉闷的气氛，她又说："我还记得，妈妈曾经对爸爸讲过，宋阿姨是很爱你的。"

萧川抬起头看她。小妹又加上一句："宋阿姨很爱你，你知道吗？"

萧川低下头，把杯子放进药盘："小妹，这是大人的事，你不懂。"

小妹不服气地说：“我已经二十三岁了！我明白你们之间的事。那天，当宋阿姨得知你还活着的消息时，她又悲又喜。她与吴叔叔的结合，完全是为了晶晶！妈妈说，宋阿姨从小失去母爱，她懂得晶晶的感情。可她的心里，还是深深地爱着你。”

萧川紧皱眉头，望着窗外。像是要摆脱什么压在心头的重负，他掀开被子，走下床来：“既然这已是不可能的事了，就不要再提了。”

小妹噘着嘴：“哼，我看得出来，你爱宋阿姨不如她爱你那么深。”

萧川回过身，默默地注视小妹深思的眼睛，半晌缓缓摇头：“小妹，你不懂。我们只是不适合。”

小妹愣愣听着，忽然问：“你和赵阿姨呢？难道就适合吗？”

萧川如被雷击般哆嗦一下，小妹走过去，把手放在萧川手上，轻轻说：“萧叔叔，别难过了。”

萧川笑一下：“都已是过去的事了。”

小妹默默望着他沉思的脸。

初春的一天，宋灵漪在下班回家的路上遇到了王永勤，两人一起走进王家。

王永勤放下提包：“老方到广东出席一个会议去了。宋灵漪，坐啊。”

宋灵漪坐在沙发上：“胜胜呢？”

“阿姨带他出去玩了。”王永勤端着水过来，“有一件事……我考虑了很久，决定还是告诉你。”

宋灵漪敏感地抬起头。

“小妹从内蒙给我来了一封信，她在那里意外地见到了萧川。”

“他？”宋灵漪一惊。

“是啊。小妹说，萧川是一个大型工程的副总指挥，和楚师长并肩战斗。他们那里的条件太艰苦了，萧川又拼命地干，结果旧伤复发，住进了军区医院，由小妹照顾。”

宋灵漪眼中含泪：“他病了？……小妹的信呢？”

王永勤不知为何竟支吾起来：“嗯……大概就是这么个意思吧。”

宋灵漪猛然站起，冲动地说：“我，我要去看看他！”

王永勤拉住她的手："宋灵漪！你要现实点！"

宋灵漪跌坐在沙发上，用手捂住脸："他太苦了，又全然不照惜自己……他需要人照顾啊。"

王永勤安慰着："现在一切有小妹管，她让我们放心。"

"小妹……这个小姑娘真的长成大人了！"

"是啊，时光如流啊……"王永勤望着多年的战友，感叹着。宋灵漪不禁摸摸头发。

王永勤柔声说："你都有白发了，灵漪。让我给你拔掉。"

宋灵漪无所谓地摇摇头："拔它干什么？这是自然规律嘛。"

王永勤无声地叹口气。

宋灵漪站起来："大姐，我该回去了。老吴今天有手术，我必须赶回家做饭。"

王永勤急忙说："你快去吧。"

宋灵漪走到门口，又慢慢站住，回过身来，轻声说："大姐……你回信时，告诉小妹，让她一定要多多照顾萧川。"

"你放心吧！"

宋灵漪叹口气，走出门。

和煦的春风终于也吹到了伊噶尔盟，尽管这里还是寒凉如水，但已不像那漫长的冬天般刺骨难耐了。广阔的大草原上，开始生出了点点绿芽。

中午，萧川站在医院花园里，活动着身体。小妹笑着走过来，叫道："萧叔叔！"

萧川急切地问："小妹，院长怎么说？"

小妹坐下来，调皮地看他一眼："院长说，你必须得等到月底才能出院。"

萧川顿时失望："啊？可我已经全好了啊！"

小妹笑着做个鬼脸。

"你这小家伙，一定没替我说好话，是不是？"

"嘻嘻！我是如实反映嘛。况且，王阿姨还来信，千叮咛万嘱咐让我照顾你，我怎敢不答应呀？"

“王大姐怎么知道我住院了？”

小妹嘻嘻一笑，不作回答。

“又是你告的密！”萧川佯装气愤，“哎呀，你太不老实了！”

小妹严肃地说：“萧叔叔，不管你怎么说，反正这是大家的嘱托！”

萧川叹口气，无可奈何地坐下来。

小妹也坐在他身边，自由自在地晃着双脚。她抬头看着正午逐渐温暖的太阳，好奇地问：“萧叔叔，听说你十四岁就参加了革命，是吗？”

萧川笑一下：“你这小鬼，知道得蛮清楚啊。”

“咦，我就不能打听吗？你可真了不起！”

“我？我只是普通一兵罢了。”萧川淡淡说。

“谁说的？我从小就很尊敬你，喜欢你；后来又听爸爸妈妈说起你，说你为人正直、能干，在春江大学时就以拼命三郎著称呢。后来，你在武汉也表现得非常机警、出色，还受到过周副主席的表扬，是吗？”

“周副主席……”萧川回想着那些久远的战斗岁月，轻轻说，“他只是对我鼓励罢了。”

“怪不得刘红阿姨会爱你！”小妹感慨道。

“小妹！”

“你别骗我呀，还有宋阿姨……”

“你别再提了。”萧川尴尬地转过身。

小妹依旧说下去：“爸爸常说，宋阿姨是春江最美、最自尊的女性。妈妈也说，宋阿姨眼界可高呢，对谁也看不上。可她偏偏爱上了你……”

“小妹。”萧川打断她的话，“你有工夫多看看革命故事、回忆录不好吗？小小年纪，为什么这样世故？”

“我可不落后，我还是团委书记呢。可青年人也需要恋爱呀。”

萧川笑了：“好。你说得对。你知道马克思和燕妮的故事吗？”

“我当然知道。不过，我觉得你们那一代人的高尚的爱情观也值得敬佩。”小妹认真地说。

“是吗？”

“我现在有点明白，为什么宋阿姨那么爱你了。你有一种近乎完美的品格，你正直、善良、刚毅、能干，又有才华……”

萧川哈哈大笑着摆摆手：“我？小妹，你还不了解我的缺点吧？”

小妹严肃地走近他：“不！我觉得，你是个很好的人。你应该得到别人的爱。”

小妹默默地、热切地望着萧川的脸。

远处的沙枣林里，不知是哪个住院者用马头琴拉起了蒙古族民歌，沉静跌宕，柔婉中透着刚强、既忧郁又开阔豁朗的乐声随风隐隐地传过来，像寻找着家园的雄鹰，在他们头顶广阔的天空中久久地盘旋着，盘旋着。

萧川忽然一惊：“啊，我……我该回去了。”

小妹执着地问：“难道我错了吗？”

“不！小妹！你还太小，你比我差了整整一辈，你应该到同龄人中去寻找……”

小妹打断他的话：“你只比我大十六岁。再说，年龄的差别并不重要……”

“这太荒唐了！小妹，我先走了。”萧川忙乱地避开她，匆匆向外走。

小妹跳到他的面前，圆圆的脸上，一双热情如火的眸子闪着深沉的光：“萧……萧川！”她勇敢地向前一步，灼灼地望着萧川的眼睛。

萧川心乱如麻，转过脸：“不，小妹，你是一时心血来潮，你太幼稚了！我和宋灵漪都不可能，难道还会……你走吧！”他狠狠心，扭着脸挥挥手。小妹定定地站在那里，忽然一转身跑出了花园。

萧川扭过头，急忙呼唤：“小妹，小妹！唉，我干了什么！真是越忙越乱！”他狠狠地一捶腿。这时，虎子气喘吁吁地从住院大楼跑了过来，惊喜地招呼：“政委！可找到你了！”

萧川定定神，回过头来：“虎子！大家都好吗？”

“好！工程顺利进行，楚师长让我代表同志们来看看你。”

萧川下定决心：“好，虎子，咱们一起走吧！”

“去哪里？”

“回工地！”

“医院同意了吗？”

“我已经全好了，快走啊！”

“我……我不敢答应……”虎子嗫嚅着。

“我自己走！”萧川转身大步向出口走去。

虎子急忙追上：“哎，哎！政委，你慢点呀！至少，也得和小梁大夫说一声啊。”

“不用和她说了，走吧！”萧川大步走出花园。

萧川回到工地后，立刻投入了工作中。这天的中午，他正坐在地上，和一位技术员商讨着技术问题。

萧川指着图纸，上面是他这些天来苦苦思索、查阅大量资料意图解决的问题：“你看，这儿是否可以去掉一个支架？这样就可以节省大量开支，又能加快工程进度。我算过了，从理论上来说，是完全能够保持平衡的……”

楚天匆匆走过来：“老萧啊！”

萧川站起来：“老首长！”

楚天手里还拿着半个吃剩的馒头：“哈，你这家伙，又不注意休息！走，换药去！”

萧川犹豫着：“这……卫生所里人多吗？”

“中午没人！快去吧！走走！”楚天硬拉着萧川向卫生所走去。萧川只得回头向技术员打个招呼，跟着楚师长走到卫生所前。楚师长推开门，笑着推他进去：“你看看，谁来了？”

因为已是春天，卫生所厚厚的棉帘子被拉开了一角，正午的阳光宁静地射在简陋的桌子上。小妹站在桌边，正默默地看着他。

萧川吃惊地说：“你，你怎么来了？”

小妹平静回答：“我已向医院申请了，到这里来工作。”

“你……”

“你们这里不是缺少大夫吗？我应该来，为广大战士服务。”

楚师长偷偷对老伴笑着。姚玉琴微笑着过来拉萧川：“老萧，坐下呀！小妹，你来给他换药。”

萧川急忙站起：“哎……”楚师长和姚大姐已经笑着推开门，走了出去。

小妹拿着药过来，萧川赶快坐下。小妹把萧川的裤腿卷起，小心地拆着伤口上的线：“你为什么要走？”

“我，我已经好了。”

小妹把纱布扔在药盘中，拿过药，默默地涂抹着，不说一句话。

萧川有点慌张地问：“小妹……小妹，你怎么了？”

小妹抿着嘴扭过头。

“小妹！”

“好了，你起来吧。”小妹站起身。

窗外，一只喜鹊停上已化雪的矮树枝头，“叽叽喳喳”地叫着，把头大胆地伸进窗户，好奇地看着屋内沉默的人。

萧川严肃地说：“小妹，我比你大，又有伤，我们的工作就是四处迁徙，居无定所……你跟着我，不会幸福的！”

小妹不服气地反问：“那，姚大姐为什么不怕？”

“他们是老夫妻了。而你，我只是把你当晚辈来看待。我不能对不起你的父母啊。”萧川诚恳地望着这个姑娘。

小妹爽朗地说：“他们只会为之而高兴！楚师长和姚大姐就很支持我！”

“孩子话！这个老首长，真糊涂……”萧川不满地嘟哝着。

“你才糊涂呢！”小妹气呼呼地看他一眼。

盛夏的北京城，一片和平建设的景象。宋灵漪坐在屋中，一边看着采访建设工程的资料，一边写着文章。这时，晶晶领着王永勤跑进来：“妈妈，王阿姨来了！”

宋灵漪放下笔：“大姐！”

王永勤左右看看：“灵漪……老吴在吗？”

“他到上海出差去了。”

两人坐下，宋灵漪嘱咐晶晶几句，晶晶拿着皮球又到外面玩去了。

王永勤沉吟片刻，看着宋灵漪的眼睛：“我又收到了小妹的信。”

“萧川的病好了吗？”宋灵漪急切地问。

“嗯。灵漪，有一件事，我想……应该告诉你。小妹，她爱上了萧川。”

宋灵漪半晌才开口：“我没有想到……”

“起先，我也很吃惊。不过，细想想也不奇怪，小妹和萧川在医院里建立了感情嘛。”

宋灵漪慢慢问：“萧川的想法呢？”

“他一直在回避。小妹为此很苦恼。这姑娘可真长大了，她已经给李兰和老梁去了信，告诉他们，自己决定嫁给萧川，照顾他，并和他……一起生活。”

“萧川是个很有个性魅力的真正的好人。他的阳刚之气，他的沉稳忠毅，他的才干与深沉的责任感都让人爱慕。小妹能爱上他，正说明小妹很有主见和看法。小妹没有错。”宋灵漪压抑着自己内心激动的感情，慢慢地说。

“是啊。萧川也够苦的了，如果小妹愿意，秋兰他们又不反对的话，这确是万全之计。只是，萧川这头倔牛，死活不同意，真让人没办法。”王永勤摇着头，埋怨地说。

宋灵漪平静地说：“他一直习惯于为他人着想……却失掉了许多本应得到的东西。”她深深地低下头。王永勤看着她，叹一口气。

初秋的伊噶尔盟，有了很深的寒意。经过近一年的赶修，大型工程终于进入了尾声，在去年还是一毛不生的原野上，盖起了幢幢已见雏形的工厂、大楼……但脚手架还未拆去，战士们仍昼夜不息，在紧张地进行施工。

在中午工作的间歇，萧川和几个战士坐在木头上，一边谈笑一边大口吃饭。这时，楚天匆匆地跑过来：“老萧！宋灵漪从北京来了，现在卫生所，等着见你。”

站在萧萧的秋风中，萧川愣住了：“她？……”

楚天拉起他：“还犹豫什么？快走吧！”萧川急忙随着他奔向卫生所。

收拾得非常简洁的卫生所中，宋灵漪坐在挂着绿纱的窗户前，望着无际的湛蓝天空，天空中飘游的洁白浮云，听着工地上传来的劳动声，胸脯剧烈地起伏。

楚天推开门：“他来了！”

宋灵漪急切地站起身。萧川有些尴尬地走进来，望着宋灵漪。半晌，他才轻轻说：“灵漪，你来了。”

自从1950年结婚前夕，萧川突随部队紧急入朝后，整整四年的时间，这还是他们第一次相逢。四年间时光流转，物是人非。如今，在这广袤的，飘荡着雄浑牧歌的内蒙大草原上，他们终于以昔日战友的身份相见了……宋灵漪望着萧川黑瘦的脸，嘴唇颤抖着，眼中涌出泪："我……来了。"

楚天抹一下眼睛，悄悄地走出去，拉上门。

两人面对面地站着。终于，宋灵漪擦一下脸，强笑着说："我们……我们到外面走走好吗？"她指指里屋，小声说，"小妹在里面。"

萧川点点头。两人踱出屋，漫步着。秋日的劲风吹过茂密的野草，吹动着他们的头发。远处的人工湖，在阳光下闪着银色的晶光。

萧川问："你……你怎么有机会来了？"

"报社有一个到东北采访的机会，我就来了。"

"那太好了。"萧川急忙回过身，遥指着宽阔沸腾的工地，"希望你能把战士们那种一不怕苦，二不怕死的精神写出来！你看，这里几个月前还是一毛不生的荒野，可现在呢，已建起了座座高楼！"似乎被他那宏大的气魄所感染了，宋灵漪也神往地望着那雄伟的、奇迹般矗立在这恶劣气候中、荒凉土地上的楼房、工厂。半晌，她说："我要写创造了这一奇迹的战士们，写楚师长，我也要写你。"

"我？"

"你本人不就是一个最好的榜样吗？为了祖国，为了他人，为了建设，你把一切都舍弃了……"

"不，我算什么？"萧川不以为然地摇头，望着远方。

两人又默默地向工地走去。萧川问："你生活得一定很幸福吧？"

宋灵漪笑笑："我的生活、工作条件都很好。老吴是个大夫，处处对我体贴入微。晶晶也很可爱。"

萧川欣慰地笑了："那太好了！"

"可是，"宋灵漪转过头望着他，"越是这样，我就越放心不下远在千里之外的你。王大姐、老方、李秋兰、老梁 ……所有过去的战友也都在关心着你。"

"请你转告他们，我很好。"

"是吗？我不相信。"

萧川看看宋灵漪，在木头上坐下。

"当初，你如果不是那么狠心，明明生还却瞒着我的话，我们早就结合了。可你……"

“这样不是更好吗？”

“在你们看来，也许如此……阴差阳错，就不要再提了！可你得允许我得到一个弥补的机会。”

“什么？”

“我要为你和小妹作媒。”宋灵漪平静地望着他。

“你疯了！”

“我很正常。”宋灵漪从口袋里掏出两封信，“这是王大姐给你的信。这是秋兰、老梁给你的信。”

萧川一惊：“老梁和秋兰？”

“小妹已把一切都告诉了他们。他们很支持她。”

萧川把信团在手中：“不，这不可能！”

宋灵漪恳求地望着他：“你不要再牺牲自己的幸福，也同时使别人痛苦了！我不忍看到小妹伤心，也不愿看到你孤零零一个人没有家庭的温暖。”

“可你们考虑过小妹没有？她比我小十六岁，正是风华正茂、年轻有为之时，秋兰和老梁膝下又只有这一个女儿，她怎能跟着我到处飘泊受苦！”

宋灵漪没有回答，只是说：“好好看看他们的信吧！我走了。”她深深地看了萧川一眼，慢慢地向卫生所走去。

萧川忙回过身：“宋灵漪！”

宋灵漪站住，背对着他，肩膀在微微颤抖。

萧川从怀中拿出一个用老树根精心雕成的工艺品：“这个……给你做纪念吧。”

宋灵漪接过来：“荷花？”

“是的，荷花……”萧川欲言又止，转身大步奔向工地。宋灵漪捧着这朵木荷，泪水如泉般奔涌出来。

三

几个月后的春节，临近除夕，北京城里飘动着浓浓的欢天喜地的节日气氛。王永勤忙着收拾屋子，听到孩子在屋里哭。

“老方，胜胜哭了，你快去看看！”王永勤焦急地向厨房叫。

“我也忙着呢。老梁和秋兰就要来了，我得准备好啊！”老方在厨房里炒着菜，不抬头地回答。

“唉！”王永勤急急地跑进卧室。这时，门铃响了起来。

方超急忙喊着：“来了来了！”跑出去打开门。梁子真和李秋兰笑着站在门口。

方超急忙和他们握手：“哎呀，欢迎欢迎！永勤，他们来了！”

三个人走进客厅。王永勤扎撒着两手跑出来：“你们可来了，快坐快坐！”

寒暄几句，李秋兰笑着打量他们的屋子：“自从第一个‘五年计划’顺利实施后，首都的节日气氛可是越来越浓了！”

王永勤一边端过茶水和糖果，一边笑道：“要说呢，也真巧了。秋兰进京参加中学教育工作者会议，老梁呢，也来参加学术会议。明天，萧川和楚师长也进京参加周总理在怀仁堂举行的新春全国劳模表彰大会，一会儿就到。小妹呢，自然也跟着来喽，你们一家子可以在北京团聚了！”

老梁问：“小妹和萧川，到底怎样了？”

王永勤看看二人，声音宏亮：“我们已和灵漪、楚师长商量好了，趁着这个举国上下同庆佳节的日子，给他们把喜事办了！”

李秋兰问：“萧川同意吗？”

王永勤一挥手：“唉，他能反对吗？”

“这……最好听到他的允诺才好。否则，强扭的瓜不甜啊。”李秋兰微微皱起眉。

“我明白！你们还怕他将来会对小妹不好啊？”

老梁说："这倒不是。对萧川的为人，我们十分信任，只是……"

这时，又有门铃声响起。方超忙起身开门。一会儿，宋灵漪、吴林两口子带着晶晶走了进来。众人握手寒暄着，互致问候。

宋灵漪问王永勤："他们还没到？"

"早着呢，你们快坐下歇歇。"

吴林有些紧张地看看妻子。宋灵漪一边和老梁、李秋兰说话，一边为晶晶削着苹果。这时，门铃声又一次响起。

王永勤笑着跑出去："来了来了！"

众人都站了起来。王永勤领着身穿军装的楚天、萧川和穿着新棉袄的小妹喜盈盈地走了进来。王永勤笑道："小妹！你看看谁来了！"

小妹惊喜地叫："爸爸！妈妈！"她一下子扑到正迎过来的二人怀里，李秋兰和老梁欣慰地笑着，溺爱地抚摸她的脸。

李秋兰抚着小妹的肩，左右看着女儿："瘦了，也黑了！"

小妹立刻说："可也结实了，对不对？"大家都笑起来。李秋兰急忙拉她坐下。楚天和萧川也过来向众人问好，然后大家都坐下来了。

宋灵漪问："楚师长、萧川，你们的工程竣工了吗？"

楚师长点点头："竣工了，年前已交付乙方！"

"那太好了！"

小妹却转向她："宋阿姨，你写的报道我们都看了，好感人啊！"

"那，也反映不出你们十分之一的精神来啊！"宋灵漪摇头说。

李秋兰也发问："楚师长、萧川，下一步你们准备到哪里去？"

楚天爽朗地说："到大青山，再开辟一个新的天地！"

李秋兰看看女儿，眉宇间流露出隐隐的不忍。

王永勤感叹道："你们真是甘为人梯啊……哪里最苦，你们就去哪里。等到好不容易修好了新楼房，盖起了现代化的工厂，又要悄悄地转移到另一个艰苦的地区了……"

方超意味深长地问小妹："小妹呀，你觉得这么生活苦吗？"

小妹显得很平静："苦是苦，可我比起战士们来，还是轻松多了！"

李秋兰含泪抚着她的头："小妹，你变了……"

在喧闹的说话声中，王永勤站了起来："今天好不容易大家聚在一起，机会不易，咱们就打开天窗说亮话吧。今天是除夕，举国上下共同欢庆，我们也应该办件喜事了。"

大家沉默下来，所有的目光都投向了萧川和小妹。

王永勤转向萧川："萧川，你的意思怎么样？"

"我……"

"你不要再拖了。"王永勤怜惜地说，"萧川，你也是四十岁的中年人了，又有伤病，早一点结婚，也早一点多些照顾啊。"

萧川看看众人："当着大家的面，我也打开天窗说亮话吧。对小妹，我很喜欢，但我不能拖累了她。"

他默默坐下来。大家都沉寂地低着头。屋里出现了冷场。

吴林看着默不作声的众人，忽然开口："萧川！我想说两句。"

人们惊奇地看着他。

吴林掏出手帕，擦擦额上渗出的汗："萧川，当初，如果我知道你还活着的话，我是不会接近灵漪的。我清楚地知道，灵漪爱你，非常地爱。作为她的丈夫，我自然了解这一点，而她也并不隐瞒。如果当初你能从灵漪的角度去考虑，去找她的话，也不会有今天的事了。你们会很幸福，我也很欣慰。你觉得自己是为了我，为了晶晶和灵漪才逃避的，这是做了好事，可灵漪却失去了她最爱的人。如今小妹也是这样，你不要再重蹈覆辙了！"

他激动地坐下。众人都被他真诚的话所打动，深深地点着头。宋灵漪感激地抓住他的手。

王永勤抹一下泪："老吴说得太对了！萧川，请你再想想吧！"

梁子真也开口："萧川，小妹是我唯一的孩子。把她交给你，我也放心。我们请一次假很不容易，因此……"

"是啊，"李兰接过他的话，"我们希望能在新年把事办了，大家聚在一起庆贺，也高高兴兴的。"

众人都把恳切的目光投向一直沉默不语的萧川。萧川抬起头，看一眼众人："我谢谢大家。"他又看一眼低着头的小妹，"如果小妹已决定了的话，我……也决定了。"

大家高兴地松口气，兴奋地互望。小妹羞喜地抬起头，勇敢地凝视着萧川，脸际飞起两朵幸福的红云。

婚礼就定在了除夕的晚上。

直到除夕前夜，大家还一直忙于开会、工作。除夕这天上午，萧川、楚天还在军委汇报工作。梁子真和小妹到书店和药房购买医学书籍和药品，老吴则在医院值班。王永勤、方超也被各自的工作绊着脱不开身，忙于作婚礼准备的，只有刚刚开完中学教育工作者会议的李秋兰和宋灵漪。

萧川和小妹早就表示一切从简。但依着李秋兰和王大姐的意思，宋灵漪还是买来了红纸。下午，她就和李秋兰坐在窗下，细心地剪着喜字和窗花。保姆李妈在厨房杀鸡择鱼。晶晶和胜胜在隔壁的屋里睡觉。

宋灵漪和李秋兰一边剪着窗花，一边悄声聊着天。

两人谈着战争岁月里的往事，又谈起目前各自的工作、家庭情况。李秋兰忽然停下手里的活，深情地注视宋灵漪的眼睛，轻声说："灵漪，我和老梁要谢谢你。"

宋灵漪笑笑："不要谢我，秋兰。我真没做什么。"

"不，你在这个姻缘中所起的作用，我们永远不会忘记。"李秋兰拉住她的手，"谢谢你。"

宋灵漪微笑，拉紧秋兰的手："秋兰，你放心吧，他们将来一定会很幸福的。"

"我放心。"

院里传来阿姨和一个女人说话的声音。过了会儿，阿姨走回屋，关上门。

灵漪随意问："阿姨，刚才谁来过？"

"有位女同志来找方同志、王同志。"阿姨走过来，"留下一个条子。"她递给灵漪，"那女同志说她今晚就要上火车了。大过节的，可怜见的！"

犹豫一下，灵漪打开纸条，上面几行小字分外娟秀：

方超、永勤：

我即将赴河北工作，行前欲与你们晤面而不能。幸而再见的机会是很多的。祝身体健康，工作进步！

灵漪一惊，江寒！不就是遥远的“一二·九”时期那位北方学生代表，清华才女，烈士薛磊的心上人嘛！她忙问：“那女同志呢？”

“刚走，往那边去了。”阿姨指着朝北方向。

灵漪急忙追出去，远远的，寂静的胡同里一个瘦小精干的身影在快速移动。“江寒，江寒！”她忙喊。

那女子回过头。果然，就是江寒。竟是花白的头发，她不过三十多岁啊！灵漪突然泪下。江寒可微微眯眼，面带疑惑：“您是……”

“你已经不记得我了，可我还记得你。”灵漪抓住她的手，“二十年前，在春江……”

“你就是那位宋灵漪小姐？”江寒也脱口而出，两人都欣喜地笑了，“当然，现在应叫你宋灵漪同志了。你在哪儿工作啊？”她也高兴地握紧灵漪的手。

“报社。老方和王大姐家正要举行一场美好的婚礼。你来得真巧，回去喝杯喜酒吧！”灵漪热情邀约。她眼底有股泪就要出来。只有热闹的言语才能暂时驱散深沉的悲痛。

“是谁要结婚？”江寒问。

“你也认识的，萧川。”

“是萧川？”江寒笑起来，“我记得，当然记得！当年，在春江……”

两个人都笑着不再说话。

远处，几个小孩在一户老宅前点着了二踢脚，“乒”的一声，将她们从沉思中惊醒。

“请你来吧。”灵漪热切邀请，“共度良宵。”

江寒微笑：“我是很愿意的，可火车是晚上八点的。灵漪，请你代我向这对新人表示祝贺！对了……新娘子她是谁？”江寒明快地笑着凝望身着大红棉袄的灵漪，眼里带着说不出的调皮，又似唤起了久远的回忆。

“新娘子，她叫梁小妹。”

“噢。”江寒又笑了。

于是，江寒笑着和她紧紧握手，转身要走。

“江寒！”灵漪看着那孤独的身影，不觉又叫一声。

江寒回过头来。灵漪走过去，那风中飘荡的花白短发使她强烈的情感终于井喷了。“你现在有空吗？我们谈谈。毕竟二十年不见了。”

江寒犹豫一下，注目灵漪真诚的眼睛：“好吧。”

两人坐车来到附近的北海公园。在光秃秃的杨柳下她们找条长凳坐了，一时却相对无言。远处一个三口之家正在玩耍。年轻的父亲背着女儿顺着土坡上下奔跑，欢笑声随习习清风传来。

“北京就是这样的，新年前的一两天，总是特别暖和安静。一闻到这样的带着些烟火味道的空气，人们就知道春天要来了。”江寒微笑着闭闭眼。

灵漪却轻轻递过手帕：“我听王大姐讲，小郭和王之芳的儿子小勇现在由你在抚养。”

江寒接过手帕在膝盖上摊开，用力抹平，又慢慢叠起：“对。我是解放后才找到小勇的，那时他八岁，是难童，靠捡煤渣维生。”

灵漪忽然想到赵余心的欣宁。

“组织上送他进了保育小学。周末他就住在我家，我们情同母子。现在孩子已上了速成中学，我想他会完成小郭、之芳夫妇的遗愿。”

“薛磊、小郭、之芳……他们风华正茂、青春年少的音容笑貌就在眼前。”灵漪热泪盈眶。

江寒默默望着不断响来冰块化冻声的水面。她尘封的心绪从这渐渐解冻的北海边飘荡开来，慢慢进入十一年前那寒冷得不能再寒冷的冬天……

一群打着队旗的少先队员从她们面前路过，频频回头，悄悄又有些怕，这两位在欢乐的节日洒泪的阿姨！

宋灵漪直望着远处的白塔。无数已模糊了却永不遥远的往事也随着那一袭长衫、健壮高大的身影，专注的低头读报、单纯爽直的微笑全在微微解冻的冰面上飘荡开来，渐变得清晰，却又慢慢模糊，行远。如一支已永不会再响起的口哨曲……

良久，江寒掏出一个小本，递给宋灵漪。灵漪打开慢慢读，又注目江寒。

“是的。”江寒点头，“这就是他留给我的最后话语。”

“江寒，对不起。”灵漪擎住她的手，“我不该让你回忆痛苦……”

“不，讲出来，心里倒舒服些。他是那么热情、单纯，是我见过的最高尚的人。随着见识的增长，我才越来越明白这样的人是稀有的。我是幸运的。我活到了战争结束。解放后，我拼命工作，除了照顾小勇的学习和生活外，几乎没有过任何娱乐。”

“薛磊若在天有灵，也决不希望你这样……”

“不，我这样做是心甘情愿的，是我能选择的最好的生活方式。人民并没有忘记他们，在那宁静的郊野，年年都有少先队员、青年团员到陵园祭扫，献上春天里第一束鲜花……他们就像天空的星辰，永远照亮我们脚下的道路。”

“薛磊牺牲都这么多年了，你还抱着这样的态度，这很不好。”

“可这没影响到我的工作，反更激励了我。生命真可贵，但这生命已不属于我自己。”

“那么，你的个人生活呢？”

“去年，张博平找到了我。我们结婚了，很幸福。”

“薛磊地下有知，会高兴极了的！”灵漪这才破涕而笑。

“张博平刚去了河北，我也争取到这个机会。今天就要去薛磊战斗过的地方，他牺牲的那个城市工作了。”

“我这一半心已永留在战争年代了。”半晌，像是要对故都倾诉离情，白塔下，江寒在少先队员们的手风琴声与歌声中缓缓道。

“战争岁月是最令人难忘的，能为那里的乡亲直接做点事是多么幸福。江寒，一路顺风吧！”灵漪心血沸腾，握住江寒的手。

旁边，正在举行少先队员的入队仪式，孩子们稚嫩庄严的宣誓话语感动着所有在场的人。今天的场面，将影响他们一生。

“看到今天的孩子过着这么幸福的生活，所有为民族强盛付出过血汗的人都应感到自豪。”江寒的胸脯微微起伏。

灵漪深深点头。

“记得你过去是清华经济系的吧？”实在不想就这样和江寒分别，灵漪却一时无言，忽然扭转话题。

“是。到三年级，就退学参加抗战了。”

“现在正可以发挥你的所学了。”

“不，没用处。”江寒苦笑摇头，“我学的都是西方那一套，而我们的国家推行严格的苏式计划经济，所学毫无所用。”

“……”

“灵漪，我很羡慕你。听王大姐说过，你一直想当中国的邹韬奋。”

“不过……我也没有毕业。人生的路不是由自己左右的。”

“先父一直希望我能得到一张清华文凭，可我让他失望了，自己也感到惆怅。清华国学院导师王国维先生曾做过一首《点绛唇》：‘摒却相思，近来知道都无益。不成抛掷，梦里终相觅。醒后楼台，与梦俱明灭。西窗白，纷纷凉月，一院丁香雪。’可形容我这种心境。”

“纷纷凉月，一院丁香雪！”

“也许到了这岁数还做梦是可笑的。我的命运早在二十岁时就天翻地覆。我爱我的经济学，可我们却不能在一起了。当年许多清华同学现在都成了教授。当然我不后悔，有时却也想，若命运安排我走了另一条路会怎样？我的气质是适合做学者而非官员的。但我终于明白世上决无如果二字，正如薛磊永不会复生。这就是‘摒却相思，近来知道都无益’的意思吧。但我还常会做梦，梦见清华的二院，在春天里薜荔铺满了青砖墙，秋来枫栌红黄如锦绣。我在那里上过课。梦见图书馆，那半透明的玻璃地板，高阔得望不到边的借阅室，人手一盏的台灯永远在幽幽地亮着……它们都以一种很奇怪的形式进入了我的梦。偶尔，我似乎正在宿舍走道里取做饭用的大白菜，尽头的煤堆边却悬了块黑板，写着数学公式。走到过道深处，透过窗户，竟看见昔日的先生在教导昔日的同学读书……多好啊，我还留在过去……醒来时，却真真是西窗发白，纷纷凉月。甚至有几次，我还梦见自己重回课堂，和小青年们挤在一起听陈岱孙先生讲课呢。梦里我鼓励自己，老就老点吧，只要抓紧时间，重新学习，还会在有所造诣的。你看，我就是那么徒劳地去抓那些失去的东西，希望这一切只是个梦。到底，又是谁在梦里呢？怪不得从前薛磊说我身上有种悲剧气质，他说得太对了。我们应该摒却悲剧气质，虽然它很美丽。”

半晌，江寒看看表，站起来：“灵漪，我必须走了，好久没这么畅快地交谈过了。衷心谢谢你！”

“我送你。”

“不，绝不需要。我又不是不回来了，只不过是转移一个阵地嘛。你们不要为我浪费时间，愉快地生活，多多地工作吧！”江寒执拗地摇头。

“那么，再见了！到春暖花开，你和老张一定要回来，和我们一起庆祝五一节！”

“一言为定！”江寒把手伸向灵漪，忽然问：“灵漪，你现在幸福吗？”

灵漪微笑，点一下头。

“那太好了，真的要珍惜呵。当然，我们都该珍惜。”江寒使劲握住她的手，轻声说，“告诉你，我就要做妈妈了。”

“你会是一个好母亲！”

“这次我是真的要走了。”

灵漪站在白塔下，遥望着江寒裹着头巾的瘦小身影。她不断向江寒挥手。江寒也不时回头。风中传来她嘶哑的声音：“再见了——”

灵漪怔怔地望她远去，热泪淌在脸上。

四

回到方家已近黄昏。吴林正坐在沙发上焦急地打电话，见她进来，如释重负地搁下话筒，笑笑就转身进厨房了。

身上披着大红被面的李秋兰眯着一只眼认针，脚下风风火火地跑出卧室，急问：“你去哪儿了？老吴回来后可急坏了，冒着寒风找了半天都没找到你，正给你同事打电话呢。”

灵漪回过神来，勉强笑笑：“刚才来了个老战友，我们在北海谈了几句。”她扯下头巾，“他们还没回来？”

“还没有。老吴一来就进厨房帮忙。我说啊，这可真是个优秀丈夫。”

老吴端着杯热茶出来，笑道：“吹了半天风，瞧，眼睛都肿了，去去寒吧。”

灵漪低下眼帘，回避着他关切至极却理解错误的目光，可又无法解释，只得感激地笑笑：“谢谢你，老吴。对了，晶晶呢？”

“在隔壁和胜胜玩。晶晶，晶晶！”

晶晶抱着皮球跑出：“妈妈！”她迫不及待地冲向灵漪。

灵漪忙抱起她，在她的脸上亲个不停。

李秋兰放心地向老吴点点头。

他们都自认为很理解我——灵漪逗着晶晶，把一切看在眼里。当然是不能强求的，可有时隔得如此之远。最能理解我内心的，大概除了赵余心，竟就是今天刚倾心交谈过的江寒了……人海茫茫，有许多好人可以和你生活一辈子，却永远无法成为知己。

傍晚，王永勤和方超在厨房里亲自做最后的一道菜红烧狮子头，吴林和梁子真一边谈论医学问题，一边摆放碗筷。新房设在王家最好的一间卧室里。屋子收拾得整洁一新，床上摆着大红的被子。李秋兰和宋灵漪小心翼翼地在窗户和门上贴上双“喜”字。小妹坐在床边的椅子上，缝着东西。

李秋兰一边贴一边喊：“小妹，快做新娘子的人了，别忙了，歇歇！”

小妹笑着说：“妈妈，我为什么就不能干活呢？萧川的腿有伤，我给他缝一副护膝。”

李秋兰对宋灵漪夸耀地说：“看看，我们小妹有多懂事！”

小妹羞涩地跑过来：“妈！”顺势把头撒娇地靠在秋兰怀中。

秋兰慢慢地抚着小妹的头：“小妹大了，该离开妈了。”

“妈！”小妹紧紧地搂着母亲的腰，眼里涌出泪，“我不许你伤心。”

“傻孩子，我高兴还高兴不过来呢！今天是我闺女出阁的大好日子，想当初我和你爸爸结婚时，是在抗战炮火里，证婚人是一群孩子剧团的小朋友！当然，那也是很幸福的。现在，你们更幸福，在和平建设的新中国，在首都北京结婚！孩子，萧川是个大好人，你呀，有眼光！”李秋兰絮絮念叨着。

宋灵漪把“喜”字贴在门上，左右打量。这时，门口响起楚师长和萧川的声音。

李秋兰急忙站起来：“他们从怀仁堂回来了！”她匆匆赶出去，外面一片笑语喧哗。

屋子变得很静。宋灵漪走到小妹身边：“小妹。”

小妹抬起头：“宋阿姨。”

"要好好地过日子，啊？"宋灵漪深情地望着她。

小妹点点头，握住宋灵漪的手。

王永勤匆匆忙忙奔进来："哎呀，二位还聊呢！快出去吃喜酒吧！啊，小妹今天可真漂亮！"

小妹羞涩地低下头："王阿姨！"王永勤哈哈大笑，拉着她和宋灵漪走出屋。

客厅里的钟敲响了八下。宋灵漪情不自禁地抬头，望那永不停歇的钟摆。大家都站在那儿，所有的目光都投在她们身上。王永勤张罗着："来来，大家上席吧！萧川，你靠着小妹，你们别不好意思啦，快点吧！来来，快坐下！"

众人在她的安排下纷纷笑着入座。王永勤左右看看，站起来，爽朗地举起酒杯："首先，让我们为伟大祖国的欣欣向荣，干杯！"

众人起立，互相碰着杯。

"这第二杯……"

萧川站起来："大姐，我来说两句吧。这第二杯，让我们对那些牺牲了的战友表示哀悼。"他默默低下头，把酒慢慢地洒在地上。众人也肃穆地随之做了。宋灵漪微微颤抖地放下酒杯，默默望向窗外那在一瞬间被礼花和焰火照得无比耀眼的广阔天空。

王永勤不解地看她一眼，忙又倒满一杯酒："来，这第三杯酒，自然是庆祝萧川和小妹的新婚之喜了！"大家又欢腾了起来。

方超笑道："二位说两句吧！"众人鼓掌。

萧川看看小妹："小妹，你说吧。"

小妹笑笑，大方地站起来："今天坐在这里的，都是我的长辈。我从小和你们接触，学到了许多做人的道理。我尊敬你们，也感激你们。今后我的路还很长，我会像你们一样，走与工农兵结合的道路！"

大家热烈地鼓掌。晶晶已经坐不住了："妈妈，我要吃鸡！"

大家都笑起来。吴林拍拍晶晶的头："晶晶，别闹！"

萧川说："孩子饿了，我们的肚子也'咕咕'叫了。大家吃吧！"众人说笑着，纷纷夹菜。

小妹把一大块鸡使劲搛到晶晶的碗里："晶晶，多吃点！好孩子，你也和我一样，是个幸运儿！”

这时，窗外鞭炮、礼花齐鸣。大家忙涌到窗前，欣喜地指点着、交谈着。

王永勤激动得满脸通红：“同志们，1955年的春天就要到来了！”

遥望明天，壮志满怀。这是新生的人民共和国最繁荣昌盛的时代，也是这一群人工作与生活最顺利、舒心的年代。日后，每当他们回想起这个珍藏在记忆深处，无论在国家，还是在自己个人发展过程中都有着至关重要意义的美好节日时，都会感慨万千。

五

1966年冬天，宋灵漪和整整二十年没有通过音问的赵余心见了最后一面。

是赵余心带着一个姑娘来到北京，在嘈杂混乱、“怀疑一切、打倒一切”的狂飙中，找到宋灵漪的。灵漪先是大悸，继而大恸：余心竟羸瘠至此！而她身后那着半旧青花厚袄的长辫姑娘呢，偶一抬头，呆滞的目光中竟凝固了如许枯竭的绝望！

“余心，你的身体……”

“灵漪，不要流泪，是自然规律，自然规律。”赵余心淡淡笑着，握住灵漪的手。灵漪一惊，她的手是冰的。灵漪反过来拼命握紧这只苍老的手，徒劳地希望能把它捂得热一些。

两人在窗前坐下。没有点灯。窗外月色正浓，是上弦月。爬山虎枯败的叶子垂在窗棂上。她们仿佛又回到了三十年前，那时她们并肩坐在春江大学钢琴房的窗口，意气风发地深谈着即将迈上的人生道路。

“余心，这些年，你是怎么过来的？”

“解放后，基督教华光小学被收归国有。在梅花观深处，给我和妹妹，还有我的养女欣宁……”余心抬头看看那一直静静站着的姑娘，叹一口气，把她拉过来，让她坐下，“给我们留了一间屋子。我继续做了两年教师，他们就让我退休了。”

“那你和弱妹、幼女靠什么生活？”

“总有法子活下去的。”余心笑笑，“这些年来，我们什么没做过？糊火柴盒、替人写家信，也上街卖过香烟。”

“余心，你太苦了。为什么不来找我呢？”灵漪听得泪流满面。

“这不算什么，都过去了。前年，妹妹也去世了。我唯一的牵挂，就是她了。她一直与我相依为命。运动开始时，她已经读到师范学校二年级了。突然有一天，她被学校送回家来，已成了这个样子。没有任何人告诉我，到底发生了什么事？！”

“天哪……”灵漪又是一惊。

满头白发的余心平静了一下，慢慢说：“我活不了多久了。我的欣宁……”她把面如止水、仿佛什么都没听见的姑娘的手紧紧拉了一下，“她疯了。可她还要继续活下去。我知道你也是身不由己，但请你给她找个安身立命之处吧。”

“我的心也要碎了。老吴被下放，晶晶在学校也被打成黑五类。我的家也不是燕巢。不过请你放心，我会尽力为这个姑娘找一个隐僻之处静养的。如果北京不行的话，我想……送她去内蒙萧川那里。解放后他一直在那里搞工程兵基建，建大工厂、建学校。前几年他也被‘打倒’了，被流放到边境一个鸟雀不到的地方劳动改造。”

“萧川……”余心的手颤抖着，“他如今怎么样？你们为什么没有结婚？”

宋灵漪站起来，走到墙上她和老吴、晶晶的合家欢照片下。静了一刻，半晌没回答。月光里，她姣好的面部线条微微扭曲了，目光中一片晶莹。

“灵漪，你知道吗？在青年时代，我嫉妒过你。还记得春江大学那漂亮的女生楼吗？那里是不让男生上来的。男生要见心仪的女生，只能托女工传呼，到会客室见面。你一年到头就像走马灯似的到那会客室去，而我，却连它的门朝南还是朝北开都不知道。成天听着你对那些公子少爷不耐烦的抱怨，我的心，这颗多余的心，难道就不会泛起辛酸的波澜来吗？”

“余心，对女子，他们只看容貌，谁也不了解你这颗宝贵的心。只有萧川，他对你的敬重、爱护，让我看到了一个全新的男子。我对他的爱，最初的缘起，竟是看到他为被打受伤的你冲一个热水袋……”

“然而这究竟只是敬，没有爱。当年在我们打游击的岚漪河上，当他在月光下划着小船向我示明心迹时，却自始至终没有回头看过我一眼。当时我就顿悟了。这分明不是爱。”

“可我和萧川之间，也终是有缘无分的。解放后，在我们结婚前夕，朝鲜战争爆发了。他受命上了前线。那时我曾想为他生一个孩子。可他拒绝了我，说不能连累我。”

“以你的性情，竟能说出这样的话，也可见爱之深切了。”

“听到他牺牲的消息后，我大病一场。吴林对我的悉心照顾，使我感激。而他那没有娘的女儿晶晶，那可怜的状态，又让我想到自己的童年。世事就是这么弄人。在我和吴林、晶晶第一次出去游玩的那天，从前线暂时归来做报告的萧川就在去报社找我的电车上看到了这一幕。”

“灵漪！”赵余心站起来，走到掩面抽泣的灵漪身边，让她的头靠在自己肩上，“二十年前在梅花观分别时，你说，你爱的是中华民族最美好也最深沉的那分世泽，如黄河浪、长江水，绵延了万年千载。那已不仅是一个人对另一个人的情愫了，而如杜鹃啼血、精卫填海，是提取自民族诗魂的一朵浪花。这样的爱，就如天上的星星，在万丈红尘的世间，总是难以留存的。就让我们都把它深藏在心底吧。请你坚强地活下去，我最好的朋友！”

两天后，宋灵漪带着欣宁送赵余心回春江。好不容易挤上火车的余心坐在车窗边，定定地看着她们，突然恸哭，与此同时汽笛长鸣，车厢缓缓移动。一瞬间，车厢里、月台上同时暴发出惊天动地的哭声，如海浪奔涌将天与地淹没。火车越开越快了。遍地哭声中灵漪与余心默默对视，同时翕动着嘴唇。

“别了，雷娅！”

“别了，阿尔米达！”

我又一次唱起了久违的歌德的《梅娘歌》。尽管已发不出声音，但心，却还在静静跳动，伴着头脑中那片无尽的，温柔的像处在走廊里的黑暗。那是他脸上的煤灰吧？亦或是进入天国的通道？终于，我听见了！听见了宁静、纯洁、悠扬的歌声。我看见了！看见了春日的圣堂，林木扶苏，花草芬芳。多好啊，永远是春天，拥有青春的美好的春天，春天……

听，悠扬的乐声响起了，响起了……

你可知道，那柠檬花开的地方？

黯绿的密叶中映着柔橙金黄，

骀荡的和风起自蔚蓝的天上，

还有那长春幽静和月桂轩昂……

你可知道吗？

那方啊，就是那方……

心爱的人儿，我要与你同往，同往……

赵余心在日记上一字一句地写下来。

六

为了赵余心今生最后的重托，思来想去，宋灵漪只能去找昔日的学生简兮。

简兮从文件堆里抬起头，露出一个疲惫的笑："请坐，宋大姐。"

灵漪刚要说话，电话铃响了。简兮一把抓起话筒："喂？1960年摘帽'右派'的名单？呃，早整理好了。你派人来取！"刚要放话筒，又大声核实，"是1960年的吗？"对方大概给了肯定答复，她这才放下。可秘书又送进一摞文件，她一份份翻着，龙飞凤舞地签字。

"宋大姐，这些天工作很紧，我忙得四脚朝天……"简兮边向秘书挥手让他出去，边在如山的文件堆中查找着什么，"不瞒你说，我已经三天没回家了。小春生病住院也没去照看过一回。"她叹口气，匆匆在一张翻出来的纸上添着什么，按一下铃，把那张纸交给又推门进来的秘书，"交代打字员打印，下午三点开党委碰头会。"

"您的药……"秘书提醒。

"啊，我忘了。"她挥挥手，从抽屉里拿出个小药瓶，倒出两片，一仰头就着杯里的剩茶水咽下去。

“你有什么病？”灵漪问。

“动脉轻微硬化！”

“你？还不到四十，怎么就……”

“纯粹是累的！”秘书在旁忍不住说。

“也不全是，老祖宗的遗传。”简兮添一句，“活着干，死了算嘛，个人是无所谓的。”

宋灵漪和欣宁千里迢迢，来到了大青山下。

一场暴风雨刚刚止歇，沙砾在结满霜雪的地面上呼啸得肆无忌惮。月亮高挂于中天，远处神圣的鄂博清晰可见。即使在阳光下也笼罩着迷雾的群山，从不同角度看过去，山峦顶端变换着淡蓝、绛紫、暗绿等神秘莫名的色彩。它们忽而似在咆哮、狞笑，忽而又陷入无垠的死寂，显出异常冷峻的神态。

寒风将无名坟上的黄土吹得四处飞扬。宋灵漪站在坟前，萧川立于她身后。她看不清他的表情，也不想看。

“小妹是难产死的。孩子，在昆明由他的外祖父母抚养。我也没有见过他长大的样子。”

灵漪跪在坟前，一点点把坟头拍平，半晌才说：“她自己就是医生，若不是……”

半天没有声音。

灵漪回过头，惊异地看见萧川脸上的泪水。

……

时间倒回到那个春寒料峭的一天。萧川从下面视察回来，走进基地大院。楚天正在收拾东西，脸色阴沉。

萧川有些吃惊地问：“发生了什么事？”

楚天极力按捺住情绪，痛苦地说：“啊，你回来了？先歇歇，我去倒点茶。”

萧川抓他的手：“别再瞒我了！出了什么事？”

楚天看着他，慢慢坐下："你走的这半个月，这儿闹翻了天，贴了你我的大字报，说我们不执行中央规定，包庇下放右派，犯了严重错误，等等；接着，上面就来了调查组，进驻基地；还有，我给上面打的报告也成了罪状之一，领导上让我立即停职反省。我拖着不走，就是想等你回来，再见你一面。今天是最后期限了。"他紧握住萧川的手，"老伙计！你我一起战斗了这么多年，你最了解我，我也最信任你。我不想说啥豪言壮语，只想跟你交代一声：我走后，你的担子更重了！要当心啊！"

萧川眼中盈泪："我去找他们！"

楚天严肃地摇摇头，看来他已经全盘考虑过了："不，不要把事情弄糟了。我自认光明磊落，不怕受审查，只是时间拖延不起啊！我想，中央一定会体察到这些问题的！你千万别为我担心，要搞好生产，照顾好老吴他们这些下放的'右派'，那都是好同志啊！我放心，你是最坚持真理的……还有，你姚大姐……你若有空，就去看看她。"他喘一口气，急着把话说完，"另外，小妹快生育了，你也要尽到做丈夫的责任，尽量抽出空，多陪陪她。就说这些吧！"

两人紧握着手，欲说无语。这时，王秘书领着几个人走了进来："楚天！收拾好没有？马上上车！"

楚天对萧川微笑一下："就这样吧，多多保重！"

王秘书欲过来拉他，被这个老军人狠狠地拨开。

楚天吼道："我自己会走的！"

萧川沉默地望着他。他又微笑着向萧川点点头，随王秘书等人走出门。

萧川突然追出两步："老楚！"

楚天大步踏上吉普车，车子一溜烟开走了。萧川呆呆地站在风中，眼泪流出。风沙里，还回荡着楚天上车时的高声呼喊："萧川，服从命令！"

小妹挺着肚子坐在床上，缝着小衣服，不时忧心忡忡地看着窗外。萧川风尘仆仆地从外面走进院子，在门口停了一下，才打开门，若无其事地微笑着："小妹！"

小妹一下扔了衣服，冲出去："萧川！你总算回来了！"

夫妻俩依偎着进屋。小妹一下伏在他胸前，亲昵地摸着他胡子拉碴的脸。

萧川深情地看着妻子："小妹，你瘦多了，都是因为我……"

"不，不！我身体很好。"小妹急忙辩解，"萧川，你还没吃饭吧？我去弄……"

萧川忙止住她："不，我吃过了。你去歇着吧！"

小妹望着他的脸，点点头："来，进卧室！"

两人走进干净整齐，一尘不染的卧室。小妹拿过一双拖鞋放在萧川脚旁，轻声说："萧川，你累坏了吧？我知道你现在……的处境。尤其是，楚师长又……"

萧川默默地抽出一支烟，点着。

小妹说："我刚去看过姚大姐。"

萧川望着她。小妹继续说："大姐很坚强，还一直关心我们的情况。可我知道，她心中一定非常难过……"小妹说不下去，用手抹抹眼。

萧川狠狠将烟掐灭。两人都不再说话。萧川沉默半晌才说："小妹，今后……照顾大姐的担子就要落在你身上了。"

小妹看看他，深深点头："你放心吧。"她忽然用手捂住肚子。

萧川急忙问："怎么了？"

小妹圆圆的脸上浮起幸福的微笑："孩子在动呢。你来听！"她爱娇地拉过萧川。萧川把头伏在她的肚子上，也笑了："真的，还在踢腿呢！小妹，这一定是个棒小子！"

小妹轻轻抚着他刚硬的头发："像你一样的男子汉……"萧川默默地抬起头。小妹惊呼道："你怎么哭了？我还从没见过你流泪呢！"

萧川咬紧嘴唇，半晌才回答："没有，没有，我只是……有点沙眼。"他忽然一下抱起小妹。

小妹轻轻挣扎着："呀，你要干什么啊？"

萧川把她放在床上，为她盖上被子："睡吧，小妹，当心身体。"

小妹用手搂住他的脖子："你也休息吧。"

"好，好。"萧川轻轻摸着小妹的头发，"小妹，答应我……不管今后发生什么事，你都要坚强，不要惦着我。"

小妹一下坐起："出了什么事？萧川，你不要瞒着我！"

“没什么。小妹，眼下情况不好，我只能告诉你这一点。但你不要为我担心啊。”

小妹倔强地搂紧他：“萧川，不管发生了什么事，我都永远跟着你，还有……我们的孩子！”

萧川把小妹搂在怀中，热泪流在她的头发上。

“萧川，我经得住，我也做了全面的思想准备。这种反常的情况是不会长久的！你安心地工作吧，就是你将来扫马棚，我也会紧跟着你的。这一辈子，我是跟你跟定了！我相信你做的事是正确的，我永远信任你！”

萧川热泪纵横：“小妹，过去我一直把你当作晚辈，直到今天，我才真正了解了你。原谅你这个不称职的丈夫吧。”

小妹含着泪笑了，抚摸着他的头发：“不，你是世界上最好的丈夫！”

萧川默默地亲吻着小妹的头发，又把她小心翼翼地放在床上，深情地说：“快睡吧，小妹。”

小妹望着萧川的脸，微微笑着闭上双眼。萧川站在床前，又俯身亲了一下小妹的脸，才恋恋不舍地离开她。他走到窗前，拉开厚厚的窗帘，望着结冰霜的双层玻璃外那乌云密布的天空，紧皱双眉。

第二天清晨，雨雪倾盆。小妹一觉醒来，发现身边无人。她急忙披衣下床，发现萧川正坐在外屋，两眼通红，一边翻着计划表一边抽烟。桌上的烟灰缸已经满满的了。

小妹嗔怪地叫道：“萧川！你一夜没睡？”

萧川把烟捻在缸里：“我得赶快把这个工业计划审订完。你怎么这么早就醒了？”

小妹心疼地走过来：“你这是干吗呀！快，上床睡会儿！”

萧川站起身，擦一把脸：“不了，我还得赶回去！”

小妹柔声指责：“你这个拼命三郎啊！”她轻轻地叹口气，走进厨房。

这时，院子里传来了车声与人声。萧川警觉地站起。“咚咚”，有人在敲门。

小妹慌张地从厨房里奔出来，手里还拿着两个鸡蛋。萧川深深看她一眼：

“小妹，你要镇静。”

萧川走过去，打开大门。王秘书带着一群人闯了进来。

王秘书打量一下萧川，冷冷地说：“萧川，专员在行署等你，你马上去交代问题！”

萧川严肃地问：“我究竟犯了什么错误？”

“哼哼，你的错误大了！”王秘书扳着手指一件件数着，“你和楚天沆瀣一气，包庇右派，破坏生产，性质非常恶劣！”

“我要求按照法律程序来审查我的问题。”萧川平静地说。

“什么法律？你还敢诬蔑党的领导？赶快上车！”王秘书狠狠一挥手。

小妹忍不住冲过去：“不准你们碰他！”

王秘书勃然大怒，欲把挡在萧川面前的小妹拉开。

萧川立刻吼道：“住手！”

王秘书一愣，畏惧地缩回手，又喊道：“快上车！”

萧川回过身，深情地望望小妹：“小妹，别担心，我就会回来的。”他握握小妹的手，转过头随王秘书走出大门，上了门口的吉普车。

小妹怔了片刻，忽然清醒过来，疯狂地追出去：“萧川，我和你一起去！”然而，车子已经在雨雪中飞速开出了院门。小妹在风雨中哭喊着，追赶着车子，车子早一溜烟远去了。小妹还是机械地追赶着，叫喊着，忽然脚下一滑，跌倒在地上。

好心的家属们把小妹紧急送进了她工作的职工医院。被下放到此地的吴林等医生立刻进行全力抢救。产房的门口围满了闻讯而来的医生、护士和职工、家属们。大家悄悄地议论着、叹息着。

忽然，从产房里传来了婴儿响亮的哭声。人们急忙站起来，围在门口看着：“终于生下来了！”“这苦命的孩子……”“小妹怎么样了？”

一个护士急匆匆地推门而出。大家忙围上去询问。年轻的护士一边飞速地向血库奔去，一边回答焦急的人们：“孩子生了，可梁医生子宫大出血！非常危急！”

“抽我的血吧！”一个大娘立刻说，“这两口子都是好人，不能死啊！”

一句话提醒了众人，大家都围过来，抢着让护士验自己的血。

护士感动地摇摇头：“谢谢你们，只是，不知是否还来得及……”

产房里，面无人色的小妹静静地躺在床上，身边围着她平日的同事。

一个护士紧急报告：“血压迅速下降！”

吴林擦一把汗：“打强心针，继续输血！”

护士迅速给小妹打针。小妹忽然呻吟起来：“萧川，萧川……”

吴林忙伏在她头边：“小妹，你醒醒，萧川很好的，他没事。”

小妹慢慢睁开双眼：“吴……叔叔……”

“哎！萧川没事的，你放心。”吴林抹一把不知是汗还是泪，轻声安慰。

“他人呢？”小妹忽然问。

“他……他马上就来。”吴林尽量平静地回答。

一个护士忽然忍受不住，抽泣着奔出门去。

小妹咳嗽几声，眼泪从眼角慢慢流淌。

“我的孩子……”她轻微地呼唤。

吴林急忙说：“我马上把他抱来！是个男孩。”

小妹的脸上露出一丝笑容：“是男孩……”她静静地仰望着天花板，好像在与谁进行着亲密的对话，“萧川，你听见了吗？我们的孩子……”

笑容渐渐凝固在了苍白的圆脸上，而眼睛依旧大睁着，顽强地、执着地望着天花板。正在监测心跳的护士哭出了声。

吴林也一下痛哭失声：“小妹，小妹！”

屋里屋外的人都哭成了一片。然而，年轻的母亲却再也不能移动她那流尽了鲜血的身体。吴林摘下帽子，走到小妹身边，颤抖地伸出手去，抹下她还柔软的眼皮，猛然转到窗边，望着窗外的风雨，愤怒地伸开双臂，高声呼喊着：“这，这到底是为什么！”

……

过了许久，宋灵漪才缓缓从坟前立起，突然一阵晕眩。萧川忙扶了她一把。灵漪定定神，要把胳臂抽出。“让我扶着你吧。”萧川眼神热切。

“不，不要。”灵漪摇头。

两人默默离开孤坟，在草原上漫走。光秃秃的沙丘边，枯黄的灌木掩映着暴涨的小河。据说早在石器时代，这里的草原人就已开始简单的农业耕作了。此刻一切都还是极度荒寂的，对面就是一幢孤零零的蒙古包。再远处即是一片高耸入云的山脉，灵漪一惊：这山怎么大张着口呢！即使白天也如此阴沉可怕，要吞吃人！真是一座魔山！

“我把赵余心留下的这个烫手山芋推给了你。”她有些控制不住自己的悲痛了。

“有罪的并不是你。我会好好照看她的。”萧川已平静下来，他望着蒙古包，沉思着说。他想像着在从前那些不是最糟糕的日子，静谧的午后，在春江的梅花观里，屋里屋外都异常宁静。欣宁在旧琴上弹奏，余心静坐一旁。和合窗外梅影婆娑，一阵风狂雨骤，她走过去，拉上咯吱作响的窗户……

宋灵漪打开欣宁的书包，里面除了几件换洗衣物、一些零食外，就是一本《安徒生童话》，翻得都卷了边，封面掉了一半。灵漪道：“这么大了，还看这个？”捡起翻翻，扉页上是“欣宁惠存，妈妈赠，1951年”的字样。她向萧川抱怨：“余心送给这孩子一个童话世界，全不管外面的真实人生是怎样的！这样的孩子长大后又怎能不步她后尘呢。”

“欣宁爱读就让她读吧，这是她唯一的乐趣了。”

“你这里苦是苦点，可对欣宁来说，就是安徒生童话里的仙境了。如今她终于留在了仙境里。不用和人打交道，远离尘嚣。”

“我会想尽办法让她活下去的。为了赵余心和你的托付。”

“你还要在这里被流放多久？”半晌，她轻轻问。

“不知道。”他微微笑一下，“等到人家不让我待的时候。”

灵漪的眼泪又涌出来，萧川慢慢伸出手，要为她拭去泪水。灵漪的身体摇晃着，眼泪流了一脸，她乞求地望着萧川，摇着头。萧川紧紧抓住她软弱地颤抖的手臂。灵漪把脸深埋在他胸前，双肩颤动着。二人都热泪纵横。

“萧川，还记得那个春天的夜晚吗？”

“记得，永远记着，刻在这里。”萧川指指自己的心脏，随即抱紧灵漪的身体，轻轻吻了一下她的头发。灵漪却终于从他的手臂里挣脱出来，站定了：“萧川，我们当时一起说过，我们还要一同去北京。如今，我们是断然回不去了。”

二人在草原上坐了很久，很久。暮色渐渐地重了，远处有火苗在闪动。灵漪站起来，向萧川点头："我必须走了。萧川，再见了。"

"再见。也请你们，多保重。"

两人的手轻轻地碰一下，又各自分开了。

蒙古包里点燃了一盏小油灯。萧川端着一盆水走进来，放在板凳上。欣宁茫然地抬起头。

"洗洗脸吧。"萧川温和地说。

欣宁麻木地把脸凑到水盆边，胡乱地擦一把。然后萧川端过盆，自己洗起来。

在萧川侍候下，欣宁又洗完脚，萧川出门倒水。欣宁重新呆呆地坐下，望着外面，是一片静得令人恐怖的黑暗，隐隐地传来几声狼叫。

欣宁用手抱住肩，一动不动。

萧川倒完水，走回来关上门。那"乒乒乓乓"的声音倒使欣宁感到踏实。她宁静地听着，望着。

萧川过来，看一眼她的表情，轻轻问："怕吗？"

"萧叔叔，这里真安静，我喜欢安静……"

"明天早晨才美丽呢，没有任何地方的景色能比得上草原的清晨了！天是蓝极了，草原一望无际，你可以骑着马，在草原上驰骋、放歌，在这里连一个人都遇不到，只有草，还有各种各样的动物……"

"真的？！太好了！"欣宁似乎很欢喜地叫起来，她那快乐的神情好像使得自己也为之感动了，脸上的阴郁慢慢地消失。

"那就赶快睡觉吧，睡一个好觉，明天才能早起，对不对？"萧川笑道。

欣宁疑惑地，尖利地看他一眼。

萧川并不完全知道这眼光中所包含的痛苦记忆与无限伤情，但他立刻下意识地将油灯向蒙古包里面照着。这里很窄，只摆得下两张小木板床，各自垂着帐子，床间横着一张八仙桌，桌上有一支笛子。

欣宁呆呆地看着，不知在想什么。

"进去吧。"萧川把油灯放在桌子正中，灯光照着一左一右两张小床。

"你睡这张，我睡那张。晚上你要吃药的。"萧川抱歉似的向她笑一笑，

“除了吃药，有什么事，你都喊我。好不好？”

欣宁紧紧盯着那张饱经沧桑、伤痕累累的脸，一眨都不眨。萧川也就这样让她看着，坦然地面对她的眼睛。

半晌，欣宁忽然呼出一口气，眼睛中泪花闪闪：“谢谢你，萧叔叔。”

萧川微微笑一下：“放心睡吧，有我在这里。记着，临睡前把油灯吹灭了啊。”他吩咐着。

欣宁怔怔地应了一声，垂腿坐在床边，看着这间小小的蒙古包。过了一会儿，她听见萧川的咳嗽声，急忙上床，放下帐子，准备脱衣服，忽然又停下来，把头探出帐子，一口吹灭油灯，这才慢慢地解开外衣的钮扣。

蒙古包里是那么寂静。她一点点地脱下外衣，看见自己饱满的胸部，猛地钻进铺好的被子中去，把被子紧紧地裹住身体，又一点点地向上提，最后完全遮住了脸。

良久，窗外传来几声凄厉的叫声，然后好像是什么东西贴着墙角过去了，有“扑扑”的声音。

“是谁？！”欣宁直逼叫出来。

“没事的，欣宁，是老鹰在抓旱鼠。这是一种有害的动物，老鹰在为我们除害呢。这里除了我们两个人，谁也不来。只有这些动物，在晚上来给我们做伴。”萧川立刻在那边床上答话。

萧川的回答使欣宁感到一种光明。她这才慢慢把头探出被子，望着身边围得严严实实的帐子和一小方帐顶。

“萧川叔叔，你还没睡啊？”她试探地问。

“我睡得少，战争年代习惯了。”萧川回答。

“白天劳动不累吗？”

“不累。我从十二岁起就干长活了，什么都难不倒我。”

“那，你能给我讲讲你参加革命的故事吗？”欣宁急切地要求着。

“可以呀，我就给你讲讲当年在东北抗联的事情吧……”

欣宁急忙在黑暗里点着头。这时候，只要是人的声音，就能给她以光明，驱散暗夜中无名的恐惧。她怀着迎接今夜救星的心情听着，渐渐地，萧川绘声绘色的讲解使她完全沉入了那悲壮的、她不曾经历过的旧事中。她听着，流着泪，紧张的神经终于放松了，在萧川轻轻的歌声“火烤胸前暖，风吹背后寒”中，她沉沉地睡着了。

萧川躺在另一张床上，静听她因劳累过度而发出的鼾声。久久地，久久地……他长长地叹了一口气，慢慢闭上了眼睛。

第二天，欣宁没有醒来去看草原的日出，这要等到两天之后了。

草原的第一夜终于过去了。

大自然积蕴已久的魔力终于爆发了：闪电撕裂了大草原的夜空，狂风、暴雪带着激怒向这一对孤零零地生活在草原上的宛如父女的苦命人扑来。他们完全被笼罩在令人恐惧的黑夜、风暴、骤雪之中了。

天地间只有狰狞的雷电和风雪声在舞蹈，在叫嚣，蒙古包里，欣宁在萧川鼓励的目光注视下，背诵着自小养母赵余心教给她的《丹柯》：“人们终于冲出了黑暗的森林，看到了光明和富裕的新世界！他们狂欢着，庆贺着这伟大的胜利。而丹柯，就在冲出森林的一瞬间倒下了，捧着那颗光辉的心倒下了……”

欣宁在这黑暗的风雪草原上，在这无人的绝境中，越来越信心百倍地背着，仿佛自己也处在光明与温暖的笼罩中。这篇在她少年时代曾深深激励和感动了她和她的同学们的作品，在这混沌和邪恶的黑夜，重新焕发出巨大的生命和希望之光。

背诵完成，她怯怯地看向萧川：“萧叔叔，我觉得暴风雪也不那么可怕了。”

萧川爱怜地抚着她干涩的头发：“你终于不再苛刻地对待自己了……今天你很清醒，很勇敢，欣宁，我们可以谈一谈了。你宋阿姨来信说，有人从春江来过北京，打听你的去向。风暴可能很快就会卷到这里，也许，你还会重新回到人群中去……我只要你记着一点：千万不能灰心！你要活下来。为着你的养母赵余心，为了关心你的所有人！”

欣宁坐在那里，平日腊黄的脸突然苍白得可怕。

“萧叔叔，我想吹一曲《胡笳十八拍》。”欣宁认真地说。

萧川默默地把笛子递给她，凄凉幽咽的笛声很快从这间蒙古包飞出，淹没在风雪中。

“我今天才真正明白，健康、正常人的生活，是多么幸福啊！”一曲完毕，欣宁放下笛子，认真地对萧川说。

在这被人遗忘的角落，年龄、经历、性情天差地别的两个人，他们竟然找到了彼此心灵的避风港。除了相濡以沫，还有,他们很快就发现，自己终于回到了走出森林前的人类长期生活过的地方：大自然的怀抱中了。然而，就连这样几乎没有任何物质要求的生活，也是完全不能见容于那个尘世的。有人终于发觉了，这个曾乖乖接受他们凌辱的疯女子，竟一不注意遁出了他们的视线，过上了只属于正常人的，甚至是令人嫉妒的有了心灵依附的生活。这怎么可以？！

那已不见刀光血刃，却比野兽的搏杀更卑劣可怕的，是人类特有的，不能失去发泄精神兽性目标的劣根性。于是，人们便“积极”地、心照不宣地行动起来。虽然他们平时三六九等，内讧得极其强烈，但在如何对待比自己更弱的人上，是极其一致的手段毒辣。

不久，萧川忽然接到最后通牒，让赵欣宁明天就动身回到春江去接受劳动改造！即使人人都知道她有病。

在那个生离死别的晚上。欣宁重新呆楞地坐在桌前，眼神死木，绝望得令人望一眼就全身发抖。这是她在来大草原前常有的神气。在这短暂平静的时光里，这神气已经几乎逃遁了，甚至常常有了易于满足的笑容。药，也几乎停了。可是，魔鬼的手，又在敲门了！

萧川心碎地望着她可怕的、扭曲的侧影。蒙古包又刮起了狂风。不远处那即使在白天也黑洞洞的大山，张着大口，仿佛随时准备吞噬闯进它迷宫般肚腹的不速之客。

“没办法，想办法！”他在短暂的绝望后，又一次对她说。这是他重复了无数遍的话，在克服一个又一个在常人看来完全无法逾越的困难后。在她受难的日子里，她也不是没有听亲人们对自己说过这样鼓励的话。可是，似乎从来没有人，真正地、不顾一切地站在她的角度，为她想过彻底的解决办法。他们不是已经自身难保，就是有各种各样的顾虑和苦衷。但他，是已经下定决心与这可怜的孤女融为一体的了。于是他对她说：“我们走，现在就走！”

“到哪里去？”她的眼睛难得地一亮，但又很快淡下去了。

“我们逃！”

“逃？！”这个在人类几千年茫茫历史上并不鲜见的名词，此刻就像金子般在无边的黑夜中闪着特别美丽的光辉！

“你为什么要对我这么好呢？”

“就让我们逃吧，彻底逃离我曾经那么虔诚地为之奋斗过的生活。当初我参加革命，决不是为了看到今天这么个可怕可鄙的世界。我不仅是为了你，也是为了我自己。我们，离开这个可怕的世界！”

当夜，下起了大草原入冬以来最大的一场暴雪。激扬的雪花，几乎把整个蒙古包都给埋起来了。第二天雪停时，当工作组的人连滚带爬，千辛万苦地来到蒙古包时，这一对本应仍然生活在世俗政权统治下的男女，已经神秘地消失得无影踪了。人们只看见,两串长长的，紧紧纠缠在一起的脚印，直伸向那多少年来无人敢闯的大山，神秘的原始森林的腹地而去了……

第七章 / 春风故人夜

一

又是十三年过去了。

方超、王永勤的独子方胜利携新婚妻张冰妮去美国读哲学。张冰妮原名“张兵妮”，生长于部队大院，“文革”中父母相继被迫害致死，她和弟弟亦去了东北插队，后来她把名字改了，似有些深意。

该登机了，胜胜夫妇径直走到灵漪面前。灵漪笑道：“嘱咐的话你妈已讲了多少遍，我无权置喙。只是一句：千万注意身体。”

胜胜道：“宋姨，大恩不言谢。可我还必须说上几句。要不是你把平反后退还给宋教授的遗物，欧美原版哲学经典藏书无条件借我，还请美国的老朋友，著名科学家鲁过做担保，平时更辅导我和冰妮的英语，以我们的薄底子，怎能这样顺利地得到录取信？”于是他和冰妮同时向灵漪深鞠一躬，冰妮已泪下如雨。

灵漪忙扶住他们的胳膊：“不要如此。”王大姐说：“当然该这样。”灵漪等他们完全平静，才又缓缓道：“这一年来我真送走了不少青年朋友，甚至包括中年人。国门开了，人人都想去新世界闯天下。我弟弟也都有子女在联系出国。在动乱的年代，孩子们因为家庭的熏陶没有忘记学习，现在看来是站在了制高点上。晶晶读完社科院的研究生也要走。”王大姐心情复杂地摇着扇子：“出去，出去，都出去！年轻人一窝蜂往资本主义世界跑，这股风潮大概只会越来越强势了。”

“每一代都有自己的选择。我们这些老辈当然不会干涉，但我还是要说一句也许落伍的话，希望你们学成后能回来为国效力。说下大天去，爱国主义还是永恒的主题。”

胜胜忽然冷笑：“如果国家不能很好地利用我们的聪明才智呢？”王大姐怒道：“胡说什么！”胜胜遂两眼向天，不再言语。

冰妮调转话题：“宋姨，当年要不是搞救亡，您肯定也出国留学了。”“所以，个人的命运总要和国家的命运连在一起。”宋灵漪转向王大姐，“我们这批人当时之所以对共产党，对社会主义有如此真诚强烈的向往，就是因为看到资本主义危机四伏，解决不了迫在眉睫的国难和社会公平问题。”王大姐点头。胜胜、冰妮也沉思无语。

回来的路上，灵漪问：“老方还没转过弯吗？”“这对父子真是冤家聚头！昨天晚上老方还念叨呢，说好好的中国人却要打破头跑到美国资本主义的地盘上争当二等公民，还去读什么神学！难道我们几十年的命都白革了？”“嗨！”“不过说归说，今天早上车子出发时，我还是看到一个影子悄悄站在窗口。我实在太了解这个人了。”王大姐忽然抹眼睛，灵漪拍拍她的手背。

车子在干休所停下。满头白发的老方，此刻他佝偻身体，坐在窗前，面色阴郁如无尽的苍穹。

“走了？”

“你也真是的，唯一的儿子漂洋过海，你也狠心，不去送送！”王大姐又埋怨上了。

“刚才，楚天和姚玉琴夫妇找来了。人刚走。”

“什么？”宋灵漪和王永勤同时出声。

“关于萧川和欣宁在十年前那个最冷的风雪天突然的失踪，楚天说了什么线索？”王大姐嘴唇翕动着，低声问。

“他也不清楚。总之，他们的的确确是在一个深夜，消失在那座大山里了。楚天只记得，那个晚上，风都发了狂，雪把蒙古包都覆盖了。雪亮得真可怕。月亮好像就挂在房梁上，他长这么大，从没见过那么大个的月亮。”

宋灵漪视线模糊。此时月亮高挂于天际，仿佛千里之外神圣的鄂博清晰可见。即使在阳光下也笼罩着可怕迷雾的群山，那连绵阴沉的雾竟不知何时散去了。它的色彩已突变为无边际的纯黑。黑幕使山林更呈现一种可怕神秘的景观，忽而似在咆哮、狞笑，忽而又陷入无垠的死寂。积雪覆盖的山口，有如巨兽贪婪的嘴。你弄不清何时它将反扑过来，它更是随时准备着蚕食误闯进原始森林迷宫般腹胸的任何生命。

她情不自禁地打了个寒战。那真是一座特别可怕，也特别阴沉的苍山。

“我几个最尊敬的朋友，都是没有坟碑的……”她泪如雨下。

“楚天说，有一天，他去看望萧川。他们轻手轻脚地在油灯下谈天，因为欣宁的精神太紧张脆弱了，害怕每一点突然的声音。小油灯的心忽忽悠悠的。他苦笑着说，看，至少我们还有这个，可许多老乡呢，连灯油都添不起。从这个小油灯看，我们就还是特权阶级。”

“瞧，就因为点了个油灯，便说自己还属于特权阶级！”老方说到这里声色俱变，“相比他，我们岂不是差得太远了！”

“我懂他……懂他的品格，懂他的理想，懂他的胸怀。我早就体察到，有一种绝对的意志，永远在他的内心雄雄燃烧。要探求真理、要坚守信仰。对平等观的敏感，始终贯穿他的生命，挥之不去。‘生常免租役，名不隶征伐，抚迹犹酸辛，平人固骚屑。’虽然他不一定读过杜甫的这首诗，但这种传承千百年的对人民最原始纯洁，不可动摇的深厚同情，也正是他的思想境界。”宋灵漪不觉泪下数行，“所以他这一生里，无论身处惊涛骇浪，还是和风细雨，都敢于直言，始终反对任何形式的特权。几十年前，在根据地，就有人批评他是平均主义者。王大姐，你还记不记得赵余心呢？她也天赋这种与生俱来的人道主义气质。她对我说过，不平等存在于两种表现形式中，一种是物质上的，另一种是精神上的，却更隐蔽难察。”

“楚天问他，到底能想出什么来，他却反问，老楚你在参加革命前就多少想过吧？为啥盖房子的永生住不进高楼，织锦缎的总穿粗布，挖人参的自己却舍不得吃一口……也免不了被官家人欺负。而城市人呢，若享受好待遇，是天经地义，得不到，或早或晚，每个角落都会为他们鸣冤叫屈？为啥我们明里暗里总要考虑一个人来自啥子家庭背景？我们马克思主义者是为了改变这个千百年来不平等社会的才参加革命的，可革命都胜利几十年了，为什么这一切听上去还正常得很！

“他说，别人也许会认为我这样说实在是胡扯。有多少老干部，有多少知识分子正在挨整被批，难道你没有看到？你竟还在说这样的风凉话。可我想终有人会明白我的意思。这时风更猛了，打得窗户纸刷啦啦直响，在这样的月光下，那盏油灯快要熄灭了。忽然萧川悠悠地说：‘这一切，是我们世代生活的这片土地决定的吧。’我终于明白了，如果革命不能动摇这几乎拔不出来的根基，真正的社会进步说到底就是扯淡。楚天看见，他的眉头，皱得都打结了。”

老方忽然放声大哭：“一腔忠言！一腔忠言！忠言不免偏激，更少不了逆耳之辞，却恰恰说明他的视线永远保持低平的角度，他的心与人民在一起。这位老战友啊，是面明镜，把我们心底的尘埃都照出来了。”

王大姐也泪流满面。

“老牛自知夕阳晚，无须扬鞭自奋蹄。无论如何，萧川就是我今后做人最好的榜样。”

“我看，你首先把对儿子的观念变变吧，”王大姐趁机道，“他出国留学，到底有什么不对？”

“给我走开！”方超勃然大怒，“你的心眼里，还是只有这么一个宝贝儿子！”

“你！”王大姐满脸煞白。

宋灵漪突然开口：“倒是有什么可争的呢？”

“老方，请不要自责。你的儿子出国，究竟错在何处？西西弗斯式的萧川，理论上是无比正确的，怕只有进入共产主义社会，他理想的大同世界才终可实现。就好比无穷大这数学概念，无论你怎样努力演算，都永差着几步距离。有时似乎已近，有时又很远。

“这些都是我们脚下五千年的土地决定的。那么，除非土地不存在了，否则希望大概永远只能是个希望。萧川并非知识分子，他说的，有多少人早已想过；但真正能做到的，又有几人？他们是天空的星辰，照亮了我们脚下的道路。”

二

弄堂、花园、天井……又是几十年弹指一挥间。在新世纪的曙光中，春江大规模建设的轰鸣声中，古色古香的小城正在迅即消寂殆尽。然而春来雨水依旧积盈，地面还会泛起阴阴的绿泽。这还是一个湿润的江南小城。大自然永远是顽强而宽容的。

灵漪于80年代中期离休时，正赶上出国潮兴起。不久，晶晶从社科院取得欧美文学研究生文凭后，也出国了，最终在美国教授中文。她被时代耽误了青春，又发奋读书、出国……真正落脚安居下来结婚生子，早已年过三旬。这也是和她同一个大院的许多同龄人走的共同的路，倒很正常。灵漪赴美探望过她。那时道平的几个子女也都前后脚出去了，学的却都是科学。人人忙碌，灵漪只蜻蜓点水般在他们几个家里轮流住过数宿。即使晶晶在美国生的两个女儿，也都是由她的婆婆赴美照看的。这些年灵漪双鬓如霜，已多载未去美国。晶晶一家每隔两年回中国一次，晶晶还忙着在国内授课开讲座，团圆亦如过客。

所幸中国劳动力便宜，灵漪亦如其他空巢老人那样很早就找了个保姆照顾饮食起居。她又是老干部，看病住院都无须花费。到1997年，故乡县政府隆重纪念宋鲁直先生诞辰一百周年，还建立了纪念馆，盛情邀请宋鲁直几个有地位有头脸的子女回乡，宋家分散在海内外的老老小小才又重聚在他们血脉开始的地方。那老宅自是早没了，但县里征集了不少旧物，又在附近新盖了座仿古建筑，即纪念馆所在地。孝心已由他人为自己尽了，只须享受那中国式的热闹亲切团圆即可。况且政府还组织起小学生排成整齐的队列，在大红横幅下吹着喜洋洋的小号。不过热闹过后，大家马上又天各一方，只余纪念馆孤零零立在一片富起来的当地农民盖的欧式二层小楼簇拥中，被马赛克墙面晃得有些滑稽，前头却横亘着绿油油的田埂地。来此参观者极少，故乡的年轻人亦在为生计苦苦打拼，只有县政协的工作人员偶尔陪同上级单位爱好文史的学者型官员来此看看。

那年众人散后，宋灵漪专程赴另一村庄看望了同样年开百秩的老奶妈。这位老太太顽强地活着，比所有人都活得长久。宋鲁直夫妇于文革中去世后，她就回了自己的家，由灵漪负责她的生活开销。这些年来灵漪竟也是第一次去看她。不久，奶妈也去世了。

此次探家后，在宋灵漪身上发生了一些奇怪的变化。第二年正赶上房改，单位分的住房成为商品。她遂把北京的房子卖了，很容易就在春江市中心的潭水边，一个新开发的小区买了一大套居室，叶落归根。北京的同事，包括故乡人都感到奇怪：怎么闯出去的人又倒流回来了？虽然她是退了休的，但那也不太正常。不过春江是座风和日丽的宜居小城，近些年虽添了不少工业企业，那潭水也不再清澈，GDP却节节升高。生活质量自也不必发愁。

三

新千年到来的时候，宋灵漪小弟道平在新加坡工作的儿子宋悦接受了春江一个新成立的外资企业的聘请，回到这座美丽的小城，做起总裁来了。

因家小还在新加坡，宋悦就暂住在姑母的新宅里。这年春天宋灵漪又去美国探望晶晶一家了。周末的晚上，春风沉醉。宋悦把窗户都打开了，自己泡了一杯春茶，舒舒服服地坐在沙发上，打开录音机，有滋有味地听着评弹。

“情切切，切情情忐忑，叹连连，连叹是叹凄凉……路迢迢，云程千里隔，白茫茫，望不到旧家乡。”

忽然有人敲门。宋悦关了录音机，站起打开门。昏暗的楼灯下，春风吹拂着一个白发苍苍的老者皱纹纵横的脸。

“请问，这里是宋灵漪家吗？”老者的吐字有些困难，给人舌头发木的感觉，仿佛刚刚从另一个世界归来。他穿着一件旧军装，人虽然苍老、瘦削，身板却是老年人里少见的挺直。

“您是……”

“我是……她的故交。”

“哦，那请进，请进！姑母到美国探望女儿去了。您请坐，老人家。”

宋悦忙着让座泡茶。

“您是姑母在春江的老友呢，还是在北京人民日报社任职时订下的交情？”宋悦热心地问。

“春江。就是这座城市。我也几十年没回来过了。”老者走到窗前，看着窗下那湖深潭，月光下那汪通往大海的深潭闪着幽幽的白光，“我一直生活在一个幽僻的所在。前几年，我的亲人欣宁去世了，我才走出大山。”

说到这儿，他停顿了一下，想想当初那么毅然决然地带欣宁逃走，就是为了完成宋灵漪和赵余心的唯一的嘱托——一定要让欣宁活下去。他长长地叹了一口气接着说："可走出大山后，我发现一切都改变了。我找不了你姑母很多次，就是找不到她。其他的老战友，则已离开人世。这次我费了千辛万苦，终于找到这里。我要见她一面，哪怕只是见一面，我这颗心才能得到安宁。"

他想起那一年。也是个春天。仿佛是童话世界里的仙境。一切都是那么地寂静，飞鹰在天空为他们巡逻，鲜花在身边为他们绽放。大青马站在山丘上，低下头去泰然自若地吃着甜蜜的青草，野兔们躲在洞穴中茫然地观看。欣宁坐在开满野花的草地上，快乐地抚摸着一株小黄花："萧川叔叔，你看，春天又来了。一感觉到春意，我的心情就会好很多。咦，我的笛子呢？"

萧川从怀里取出来，欣宁抚摸着，喃喃自语："笛子，笛子，我有很长时间没有理你了……"

"我要吹一曲。"她快乐地对萧川说，把笛子横到嘴边。

萧川静静地听着，看着她激动得染上红晕的脸。他忽然意识到她很清醒，季节的变化对她的病很有帮助。萧川扳过大青马低下的头，让她搂着。欣宁抚摸着青马温顺的嘴唇。

雨后的大山，格外地清绿，牧草在雨水的洗刷下，显得异常茂盛。午后，萧川从草地上坐起来，看看日影。欣宁该起床了。他向自己拼搭的小木屋走去。

屋里很安静。欣宁床上的帐子已经掀了起来，用夹子夹在两边。原来她已经起床了。"欣宁，你在哪里?！"萧川惊诧了，奔出门外，"你在哪儿啊？"

他在大山里四处奔跑着，忽然停下了脚步。他看见，在那盈盈的丰茂绿草间，流动着一条细细的红色河流。喉间顿时发出一声野兽般痛苦的狂吼，他车转身，向小屋后的苗圃奔去。

欣宁静静地躺着，细瘦的右手腕上汹涌喷起的鲜血流入每一根小草的茎部。看见奔来的萧川，她惨白而浮肿的脸上，涌起艰难的微笑。她吃力地抬起左手，向自己的胸前指了指。

萧川撕下衣襟，颤抖地拿起她的右手腕，就要为她包扎。

"不，不……"欣宁微弱地叫了一声，神态极其严肃。她又指指胸前。

在泪眼模糊中，萧川从她的胸前拿起一张马兰纸，上面用粗糙的皂蓝水写着密密麻麻的字。“我的话……我的话……”他听见欣宁的声音越来越微弱，“快看，快看……”

萧川把纸放在一边，又抓起那手腕。

欣宁恐惧地挣扎着，双手伸向不可测的天空，仿佛要在可怕的地狱般不能逃脱的黑暗中，重寻回逃避的亮色。但是，一切都太晚了。那迷离的眼睛里，最后露出了求饶的神色。她的嘴角歪着，好像要再说什么，可是却说不出来了。生命之血就要干涸了。

萧川把她抱在怀里，模模糊糊地看着那双曾连痛苦也无法表达的眼睛，在最后的时刻终于摆脱了恐惧和惊慌，开始那样安祥地，又成功地表现出一丝遗憾地，像个正常人一样地瞪大，然后慢慢地闭拢。她静静地躺在他的怀中，嘴角含着一丝快化了的笑意，手腕疲累地垂下来，越来越细的血流仍汩汩地流入每片花草的根部，滋润得它们越发地肥壮。

“萧川叔叔，有几句话，我早就想对你说了。我是没有用的，早就没有用的了。这是我的病造成的。我对国家对人民无用，便是对自己这颗心，也无法交待……逃走的这些年，我们经历了何等的艰难困苦。我深深地感激你，萧川叔叔。这样洒满宁静阳光的生活常使我能听清过去熟悉的那些自然之音，使我的思绪抓住一点点过去的影子。小时候，在我眼中，一切都是别致的，美的……它们属于我，却在悄悄地和我捉迷藏，等我去把它们拉出来。很久以来这一切都离我而去了，是你的照拂，多少唤醒了一点深埋在我记忆中的洒满阳光的宁静小路、依稀铃声、弥漫天地的花香……

“从前，我走着阳关大道，两旁开满鲜花；而我拒绝它们；今天，在这条小土路上，我对每一朵小草都欣喜若狂，并清楚地感受着自己活生生地存在。但它们终究只是回光返照，再也不会回来了，就像我是回不来的一样。我清楚地知道。我也再没有勇气去面对它，面对今后的风雨。我清楚的时候最知道，即使有你，也最终无用。我不仅要尊严地活着，也要有用地活着。

“这一辈子就这么过去了，什么也没为他人留下，真不甘心啊……但我也不会再为爱我的人们留下麻烦和痛苦了。我不是个强者，但在某些事上，只要我决定的，就一定会完成。萧川叔叔，我再也不想连累你了，你一定要走出大山，去寻找你的幸福！祝福你，萧川……叔叔！”

“是这样？”宋悦沉默了一会。以他的聪明，虽然不能完全理解老者话中的深意，但他感到这是一种神秘的力量，他的姑母，眼前的老者，他们的历史是他不了解的，而他迫切希望去探求。于是他字斟句酌地说：“在中国这片古老的土地上，一地之风俗景观与历史、文化往往是密不可分的，从一山一水、里巷林木间，人们往往能感受到过去岁月尽管已成历史，但它没有消亡，还活泼泼地在寒暄阴晴的时候，于水石草木间闪出幽色。文化把历史留于城池草木，反过来山川水土又影响子民去创造历史，编织文化的璎珞。”宋悦侃侃而谈，越说越兴奋，“老先生，您知道吗？这就是我从新加坡回来创业的原因之一。我从小在这座小城长大，这儿的每一条巷子，每一棵梅树，都萦绕在我的梦中。故土难离啊。虽然春江只是个鱼米小城。在华东沿海，这样的地方是比比皆是的，皆气候湿润，民阜物丰，山水秀丽，它们究竟酝酿出了多少感人的故事，后人怎么能说得清呢……”

“你姑母可是一个人去的美国？她为什么要回春江定居？”老者打断他的抒情，突然问。

宋悦耸耸肩膀：“姑父早去世了。姑母呢，人越老，脾气就越古怪。自从前几年去春江乡下，看望了一百岁的老奶娘后，不知怎的就郁郁寡欢了。姑母这个人啊，一辈子都过得外面光鲜照人，其实内里在想什么，谁也不知道。其实姑父在世时，他们的感情也不很和谐。姑父是个老实人，理解不了那么复杂的姑母；和两个同父异母的弟弟，姑母也总是隔着一层肚皮；就连与把她辛苦拉扯成人的老奶娘，关系也不大亲密，多少年了，才回去看了老人一趟，又弄得这样尴尬莫名……”

一轮明月就在这时照亮了春夜的天空，照得那些梅花树光辉灿烂。宋悦笑道：“也许——这才是真实的人生。对吗?……”

门口忽然传来响动，接着锁眼开始旋转。宋悦惊呼一声：“怎么姑母在这时候突然回来了？”遂奔过去开门。

那立在窗口、白发苍苍的老者肩膀一抖，闻声缓缓地回过头来——这一刻他的心竟沉笃笃地跳起来，大步向大门走去……

后记

京剧《汾河湾》里有句唱词：“来来去去十八春。”后来“十八春”被喜欢听戏的张爱玲用作了一部小说的名字，写一对恋人经过十八年后重逢，看见对方变成了什么样子。《未必圆时即有情》这本书，从写稿到如今终于付梓，来来去去，也正好十八年了。

这本书的构思其实还更早。1991年的冬天，我还在读高中，那时就在笔记本的后面空白处写下了小说初稿。当然后来又经过多少次修改，已经数不清了。当时的初衷是想写一个极美的女子和一个极丑的女子，她们起初受家庭环境、自身遭遇、社会经历的影响，对男人都抱着不信任的态度。后来在抗战风云里，这两个小城少女认识了一些纯粹和不那么纯粹的人，逐渐改变了看法。虽然丑女孩的一生依然只能在对爱人的美好想象里度过，但她首先与这个世界，也与自己握手言和了。美丽的女孩最终也接受了生命里必然的异性的参与。

这部书跨度半个世纪，但主要篇幅是写抗战前后一群人从小城到上海、武汉、根据地、大后方的烽火岁月。其中有投笔从戎的学生，有保家卫国的将士，有报人，有壮烈牺牲的演员……

此书原名“关山难”，取自李白诗“天长地远魂飞苦，梦魂不到关山难”，写一种中华民族特有的诗意精神；现在的名字则取自李商隐“初生欲缺虚惆怅，未必圆时即有情”，也很有味道。

我在和疾病赛跑的过程中，草草写下这篇后记，真希望能有读者有会于心。

侯宇燕